취향입니다
존중해주시죠

제4회 중앙장편문학상 수상작

취향입니다
존중해주시죠

CLUB
ANTI
BUTLER

이수진
장편소설

웅진 지식하우스

차례

"뭐야? 뭔데, 저 개 같은 것들은?"

"뭐, 이 고양이 같은 새끼들아!"

1장

예쁘고 못돼 처먹은 너

나는 충분히 싸울 준비가 되어 있었다. 나는 노려보고 있었고 당장이라도 달려들어 모든 것을 엎어버릴 수 있었다. 그러나 참아야 했다. 참지 않는다면 엉망이 되어버릴 것이 분명했다. 이곳에 내 편은 없었다. 누구도 내 손을 들어주지는 않을 것이었다. 물론 나는 참을 것이었다. 더는 참고 싶지 않아도 참게 되리라는 것을 나는 알고 있었다. 나는 그 모든 것이 지긋지긋했다.

사람들은 배식을 받은 고아원생들처럼 수저를 쥐고 말없이 음식을 뒤섞기 시작했다. 그들은 차분했고 음식에 집중하고 있었다. 노랗고 탁한 안개 가운데서 나는 깊은 심호흡을 했다. 매운 냄새가 비강을 자극했다. 그들이 손을 움직일 때마다 나는 분명히 얻어맞고 있었다. 그들은 의도치 않게 나를 공격하고 있었다. 냄새 분자들이 노랗게 둥실둥실 매캐하게 퍼지는 것을 느끼며 나는 숟가락을 내려놓았다. 무언가를 참는 것과 억지로 먹는 것은 조금 다른 얘기였다. 내게 그 정도의 고집은 남아 있었다. 어떻게 물어보지도 않고 이런 걸 대접할 수가 있을까. 나는 생각했다. 하이라이스였다면, 차라리 짜장밥이었다면, 내가 이 정도로 불쾌했을까.

그날, 카페 문을 열고 들어섰을 때 나를 맞이한 것은 바짝 식은 에어컨 공기였다. 갑작스러운 한기에 나는 가볍게 몸을 떨었다. 날이 선선한 편이었는데도 몸이 온통 땀에 절어 있었다. 이게 식은 땀인지 더운 땀인지, 의아할 정도로 온 등이 축축했다. 오는 내내 긴장할 필요 없다고 되뇌었지만 그럴 필요가 있건 없건 긴장이 되는 것은 어쩔 수 없는 일이었다. 그러나 정말로 그럴 것도 없었던 게, 나는 잃어버린 것을 찾으러 유실물 센터에 온 것이나 다름없었기 때문이었다.

그곳은 평범하고 아담한 카페였다. 벽엔 연한 올리브색 페인트가 칠해져 있었고 바닥엔 나무무늬 리놀륨이 깔려 있었다. 붙박이된 선반마다 손바닥이나 팔뚝 크기의 소품들이 간격을 둔 채 놓여 있었다. 스피커에서는 잘 모르겠는 음악이 흘러나오고 있었고 역시 잘 모르겠는 느낌의 유화 캔버스 몇 점이 벽에 걸려 있었다. 가을 햇살이 통유리 창을 투과해 안을 밝게 비춰주고 있었고 목재 테이블과 왕골 의자는 반듯이 정리되어 있었다. 전반적으로 누군가는 좋아할 법한 평온한 분위기의 카페였다. 만약 당신이 비염 환자가 아니라면 말이지만.

그곳은 어느 순간부터 우후죽순 생겨나 최근 일반 카페의 자리를 밀어낼 정도로 거대한 점유율을 자랑하는 종류의 가게였다. 그런 형식의 카페는 거대 자본이 투입되면서부터 더욱 주목을 받았다. 모임 장소인 이 카페는 개인이 운영하는 곳이라고 했지만 나는 이곳이나 저곳이나 가본 일이 없었다. 그곳은 고양이 카페였다. 공기 중에 떠다니는 가느다란 털이나 어디선가 풍겨오는 비릿한 냄새가 이곳이 단순히 커피와 차를 파는 장소가 아니라는 것을 말해주고 있었다.

나는 비염 환자가 아니었고, 비염 환자가 아니라고만 말하기엔 필요 이상 발달한 후각을 가지고 있었다. 카페 내부에서 풍기는 것은 어디에도 비할 수 없는 싫은 냄새였다. 처음 맡아보는 냄새였고 굳이 표현하자면 동물을 커피 잔에 담갔다 꺼내 방치한 듯한 냄새였다.

선반마다 놓인 고양이 장식들은 세계 여러 곳에서 사 모은 듯 두서없었고 어떤 것은 특이하다 못해 괴기스러운 느낌까지 주었다. 사람들은 서 있거나 앉아 있었고 돌아다니는 것은 고양이들뿐이었다.

그 카페가 마음에 안 들었지만 그냥 그러려니 했다. 나는 카페에 들어왔지만 카페를 찾아온 것은 아니었다. 더 이상 분위기에 흥미를 보일 여유는 없었다. 나는 너를 찾아야 했다. 나는 다만 그 목적만으로 여기까지 기어 나온 참이었다. 나를 떠난 너, 전화도 안 받는 너, 고양이를 잃어버린 너. 내 가방 속엔 너를 만날 하얀 티켓, 네 고양이가 들어 있었다.

너, 너, 너. 카페 안에는 어쩐지 너 같은 여자들이 북적거리고 있었다. 너는 어디서나 튀었지만 여기서는 아닌 것 같았다. 고만고만

하고 비슷비슷해 보이는 여자들의 얼굴을 하나하나 훑으며 나는 충분히 초조함을 느끼고 있었다. 너를 찾으면 어떻게 해야 할까? 일단 인사를 건네야겠지. 잘 지냈니? 그리고 고양이를 내밀면 될 거야. 너는 아마 울음을 터뜨릴 거고, 그랬구나, 너도 날 보고 싶었구나, 하면서 너를 달래고, 충분한 감사를 받고, 네 반성을 충분히 느끼고, 그러고선 끝나고 술 한잔하자며 널 이끌면 되겠지. 너는 납작 엎드려 나를 떠받들고, 나보다 고마운 사람은 없을 거라 말하고, 술기운이 적당히 오르면 오늘 밤 함께 있자고 말하고, 같이 가서 잠을 자고. 그러면 될 거야. 그 정도면 되겠지.

나는 타조처럼 고개를 쭉 뽑아 올려 널 찾았다. 나는 설레고 있었다. 널 만나지 못한 게 벌써 한 달은 된 것 같았다. 나는 너를 찾고 있었고 너는 이곳에 오겠다고 했다. 내게 한 말은 아니었지만 내게 말하지 못한 것은 어쩔 수 없는 일이었다. 내가 네 고양이를 데리고 있다는 것을 알았다면 너는 어떻게든 연락을 하려고 했을 테지만, 네가 전화를 꺼놓고 메신저도 로그아웃 상태로 유지해둔 것은 그 사실을 몰랐기 때문이었다. 나는 무지로 일어난 일에 대해서는 책임을 묻고 싶지 않았다. 그런 것까지 죄를 묻는다면 너는 이미 연옥에 갇혔을 것이었다.

네 뒷모습이 눈에 들어온 것은 그때였다. 그럼 그렇지. 네가 안 왔을 리가 없지. 나는 의기양양 안쪽으로 몸을 틀었다. 나는 자신만만했고 그 순간 날 막을 수 있는 건 어떤 것도 없었다. 그런데 그때, 막 걸음을 옮기려는 순간, 무언가 거짓말처럼 내 앞을 가로막았고 나는 막혔는데, 무언가라고 표현한 것은 얼핏 보기에 그것이 사람 같지는 않았기 때문이었다.

"어떻게 오셨어요?"

고개를 들고 보니 벌초를 안 한 묘지 같은 게 찌를 듯 솟아 있었다. 뭐야, 이건. 나는 한 발 더 물러서 눈을 두어 번 끔뻑였다. 무슨 고슴도치 등짝 같은 게 시야를 가리나 했는데 어떤 여자의 머리였다. 여자는 짧게 자른 머리털을 스프레이로 바짝 세운 채 물었다.

"닉네임은요?"

나는 아, 찔릴 뻔했잖아, 생각하며 "네?" 반문했다.

"닉네임이요. 카페 정모 오신 거 아니에요?"

고슴도치 여자는 볼펜으로 차트를 툭툭 두들기며 재차 물었다.

"아…… 닉네임이요."

여자는 빨리 말하라는 듯 볼펜 버튼을 빠르게 딸깍거렸다. 출석 체크라도 하는 건가? 이런 시스템인 줄은 몰랐는데. 당황한 나는 대강 적어냈던 닉네임을 떠올리기 위해 급히 머릿속을 뒤적였다. 그때 네가 이 카페에 대한 이야기를 했던 게 생각났다.

소수 정예, 너는 그 말을 자랑스러운 듯 했었다.

네 말에 의하면 그 커뮤니티는 배타적 친목이 돋보이는 곳이었다. 가입된 회원 수는 많았으나 오프 활동을 주도하는 것은 서른 명 안팎으로, 서로가 서로의 존재를 분명히 파악할 정도라고 했다. 그것은 서로의 실명이나 직업, 고양이의 이름과 나이쯤은 빠삭하게 꿰고 있는 수준의 끈끈한 관계성을 기반으로 한 친목이었다.

– 내 이름 대면 모르는 사람 없을 거야.

물론 너는 그 서른 명 안에 들어 있었다. 그렇다고 너와 아는 사이라고 말하는 것은 좀 그랬기 때문에 나는 마침 떠오른 내 닉네임을 댔다. 여자는 그런 녀석이 있었던가 하는 표정으로 나를 물끄러미 보는가 싶더니 회비 만 원을 받고 물러섰다.

장애물을 해치운 나는 다시 네게 천천히 다가갔다. 네가 가까워지고 있었다. 나의 너. 도망가려다 실패한 너. 다시 내 것이 될 너…….

그러나 다가서서 막 네 어깨에 손을 가져다 대려는 순간 나는 그게 네가 아니라는 것을 알게 되었는데, 너인 줄 알았던 여자가 고개를 돌려 나를 보았기 때문이었다. 나는 짐짓 태연한 척 손을 든 채로 여자를 스쳐 지나갔지만 속으로 욕설이 튀어나오는 건 어쩔 수 없었다. 이 여자는 어디 헷갈리게 고양이 귀 머리띠를 하고 모임에 왔어, 저런 건 어디서 팔아, 너랑 공동구매라도 했나. 사실 나는 전혀 태연할 수 없었다. 그건 너를 다시 찾아야 한다는 얘기였다. 그렇다면 대체 너는 어디에 있단 말이지?

나는 문득 의심이 들었지만 혹시, 설마, 믿기 힘든 것을 믿기 싫어서 발버둥 쳐야만 했다. 그것은 혹시 네가 안 온 게 아닐까, 온대 놓고 안 온 게 아닐까, 하는 말도 안 되는 얘기였다. 그러나 그로부터 꼭 오분 후 얼굴들을 다시 확인하고, 고슴도치 여자가 앉아달라고 말하고, 나는 떠밀리듯 자리에 앉고, 그러고 나서야 나는 가끔은 말도 안 되는 얘기가 말이 될 때가 있고 현실을 직시하기 싫지만 직시해야 한다는 결론을 내리게 되었다.

안 왔잖아, 얘가. 내가 올 줄 어떻게 알았지? 어떻게 알고 도망을 다 쳤지? 도망가려다 실패한 너는 어떻게 실패하지 않은 네가 되었지? 꼭 갈게요, 댓글을 달았던 너는 왜 꼭 오지 않고 어디로 샜지? 나는 눈앞이 깜깜해짐을 느꼈다. 어깨에 멘 가방이 갑작스레 무겁게 느껴졌다. 무게도 모르고 짊어지고 있던 네 고양이가 납과 수은으로 뼈와 피를 바꿔버린 듯 묵직해졌고 어깨를 짓눌렀고 나는 바닥을 파고들 정도로 절망했고 실망했다. 왜냐하면 나는 네가 아니라면 이런 냄새나는 장소에 올 이유가 전혀 없었기 때문이었다. 이 피 같은 주말에.

나는 자리에서 벌떡 일어났지만 잠시 고민했다. 마음 같아서는 당장 그 장소를 벗어나고 싶었다. 고양이도 무거웠고 냄새도 싫었다. 아마 회비를 내기 전이었으면 일말의 망설임도 없이 그랬을 테지만, 나는 이미 만 원이나 내버린 상태였고 그걸 도로 달라고 하기엔 자존심이 좀 상했다. 나는 망설이다 끼니나 때우고 가기로 마음 먹었다. 공지사항에 따르면 식사와 차와 기념품을 줄 거였다. 운이 좋으면 너에 대한 정보를 얻을 수 있을지도 몰랐다.

적당한 곳에 자리를 잡고 앉자 식사 준비가 다 되었다는 말이 들렸다. 고양이를 꺼내려던 나는 가방을 도로 테이블 옆에 내려놓았다. 식사 시간에 동물이 돌아다니게 두는 것은 예의 없는 짓이었다. 나는 이미 고양이를 꺼내놓은 사람들을 흘겨보다 고개를 돌리고 손을 마주 비볐다. '맛있는 식사가 제공된다'고 했지. 나는 아무래도 기대가 되었다. 내내 긴장한 탓이라 몰랐지만 오후 두시가 되도록 나는 공복 상태였다. 메뉴가 뭘까? 스테이크일까? 파스타? 리소토? 나는 된장찌개라도 좋았다. 그런데 그런 내게, 그들이 보란 듯 똥을 준 것이었다.

처음에 나는 눈을 의심했다. 그러나 코를 의심하는 편이 좋았을 터였다. 나는 내 의사와 상관없이 눈앞에 놓인 오목한 접시를 쏘아보았다. 아, 어디서 매운 냄새가 난다 했더니 이건, 유황불 대신 강황이었다. 하얀 사기그릇이 내게 지옥을 속삭이고 있었다. 카레라이스라는 이름의 지옥. 접시에는 말갛게 끓인 일본식 카레라이스가 담겨 있었다.

훅 끼쳐오는 매운 냄새에 나는 나도 모르게 코를 감싸 쥐었다. 나는 그것을 싫어했다. 카레라이스는 내가 싫어하는 음식 중 다섯 손가락 안에 드는 것이었다. 가을이 되었다곤 하지만 여전히 더운 편이었고 그런 날의 카레는 더욱 끔찍했다. 습도와 더위와 카레의 삼합은 파랗게 맑은 하늘이 노랗고 걸쭉하게 뒤덮이는 느낌을 주곤 했다. 마치 인도에 와 있는 양 착각이 들게 했고, 그렇다고 인도에 가본 것은 아니었지만 어쨌거나 카레나 커리나, 그것들이 특유의 싫은 맛과 냄새를 갖고 있다는 점에서는 다를 바 없었다. 아, 정말이지 카레란, 기묘할 정도로 진득한 그 국물이란, 그 불쾌한 노란빛이란. 나는 치즈케이크나 단무지, 잘 봐줘서 바나나 껍질을 제외하면, 음식은 절대 노래서는 안 된다고 생각하는 사람이었다. 나는 급격히 기분이 나빠졌다.

"안 드세요?"

누군가 물었기 때문에 나는 살짝 미소를 지으며 누런 카레 국물과 밥을 시적시적 뒤섞었다. 건더기가 몹시 빈약한 카레였다. 주재료라곤 당근과 브로콜리, 닭가슴살이 전부였는데 나는 그 세 가지 식재료를 전부 싫어했다. 나는 닭고기도 다리와 날개만 먹는 타입

이어서 치킨을 시킬 때에도 다리와 날개만 든 스페셜 메뉴를 주문하곤 했는데, 그런 내게, 얘들은 어떻게 묻지도 않고 이런 걸 줄 수가 있지? 나는 화를 참기 어려웠고 절대로 그 음식에 입을 대지 않기로 마음먹었다.

그러나 먹지 않아도 카레는 거기 있었다. 카레 냄새는 에어컨의 시금털털한 공기와 섞여 내 폐부를 노랗게 찔러댔다. 온통 노랗게 진동하는 카레 입자들이 내 온 신경을 갉아대는 것을 나는 마냥 견디어야 했다. 온몸이 노랗게 번져드는 것 같았다. 나는 점점 더 기분이 나빠졌다. 나는 너고 뭐고 잘못 찾아왔다는 생각을 하기에 이르렀다. 나는 당장 그 장소를 벗어나고 싶었다. 고양이 비린내와 카레 냄새. 이보다 더 나쁜 게 있을 수 있을까? 나는 냄새로 방향을 감지할 수 있을 정도로 후각이 예민한 남자였다. 그건 내 능력이었지, 내 잘못이 아니었다.

"집사님?"

그때 카레 접시를 나르던 운영자 여자, 예의 그 고슴도치가 내게 말을 걸어왔다. 집사님이라고? 나는 여자가 날 부르는 호칭에 좀 의아했지만 집사든 권사든 중요한 건 그게 아니었다. 나는 팔짱을 끼고 여자를 올려다보았다. 나는 어쩌면 여자가 카레에 대한 사과를 할지도 모른다고 생각했다. 그렇다면 나는 일단 각 테이블에 놓인 모든 카레 접시를 치우고 벽 구석에 달린 환풍기를 이십여 분간 돌리겠다는 약조를 받은 뒤라면 사과를 받아줄 용의가 있음을 내비치려고 했다. 그래서 그러한 의향을 담은 표정으로 여자를 바라보았는데 예상과 달리 여자는 내 어깨를 덥석 잡으며 다른 말을 던졌다.

"고양이는 안 데리고 오셨나 봐요?"

나는 이 여자가 어디다 손을 대? 생각하며 "고양이요?" 하고 반문했다.

"네, 고양이요. 고양이 동반 모임이잖아요."

여자는 싱긋 웃으며 다시 말했다. 아, 고양이 동반. 그러고 보니 그랬더랬다. 아마 카레 접시가 날라져 오기 전이었다면 나도 싱긋 웃으며 당장 가방 안에 든 쿠치를 보여줬을지도 몰랐다. 그러나 나는 이미 기분이 상했고 카레가 내 반경 오 미터 안에 있는 한 계속 기분이 상해 있을 터였다.

"그게 문제가 되나요? 보니까 안 데리고 온 사람도 많은데."

나는 퉁명스럽게 대꾸했다. 나는 왜 여자가 사과를 하지 않는지 생각해보려다 피곤함을 느끼고 관두기로 했다. 어디에나 예의를 모르는 사람이 있었다. 도처에. 아무튼 여자의 머리 모양은 우스웠고 나는 삿대질을 하며 낄낄거리고 싶은 것을 참느라 애를 쓰고 있었다. 나는 예의가 몸에 밴 사람이었고 어쨌거나 그 여자도 여자였으니까. 그나저나 저런 머리는 대체 어디서 했는지, 정말 저러고도 미용실에선 돈을 받았는지, 그렇다면 그거야말로 사기가 아닌지, 생각하는데 여자가 다시 말했다.

"그게 아니라 이쪽 자리는 고양이 동반 회원들 자리거든요. 저쪽으로 좀 옮겨주시겠어요?"

여자는 검지를 뻗어 건너편 테이블 쪽을 가리켰다. 나는 저쪽 테이블을 돌아보았다. 그건 뜻밖의 요구였다.

나는 황당하기까지 했다. 옮겨가라고? 왜? 고양이를 데리고 오지 않았기 때문에? 그것은 일종의 차별 선언처럼 들렸다. 고양이를 데리고 오지 않았기 때문에 너는 부당한 대우를 받을 것이다. 여자의 손가락이 그렇게 말하는 듯했다. 그러한 분류가 왜 필요하단 말이지? 누구나 참가비를 지불했는데. 나는 그것이 어처구니 없는 요구라고 생각하며 헛웃음을 흘렸고 모두가 그렇게 여기리라 생각하며 고개를 돌렸다. 아마 동의를 구하는 눈빛이었을 것이다. 그러나 주위를 둘러보아도 모두가 관망할 뿐, 나를 도우려는 모습은 보이지 않았다. 그들의 차가운 눈빛에 나는 순간 카레 냄새를 잊었다.

그러고 보니 내가 앉은 테이블의 얼굴들이 어딘가 낯이 익었다. 뇌리를 더듬던 나는 그들이 카페에서 본 지난달 정모 사진에 있던 인물들이라는 것을 깨달았다. 정모에 오기 전에 분위기를 살필 겸 봤던 지난달의 후기, 그 전달, 더 지난달의 후기에도 그들은 찍혀 있었다. 나는 순간 정신을 바짝 차려야 한다고 생각했다. 여기에 내 편은 없고 누구도 내 손을 들어주지 않을 것 같았다. 나는 그것이 내가 모르는 사람이기 때문에 당하는 배타라고 생각했다. 일찍이 그런 식의 꽁꽁 뭉친 배타를 자주 당해왔으므로 긴장하는 것이 무리도 아니었다.

그런데 또 생각해보면 그럴 것도 없었는데 왜냐하면 나는 분명히 네 고양이, 쿠치를 데리고 왔기 때문이었다. 그것을 깨달은 나는 히죽이며 테이블 옆에 놓아둔 노트북 가방에 눈길을 주었다. 너를 되찾는 티켓이었던 쿠치는 이제 배타를 걷어내는 와이퍼와 같은

21

역할을 할 것이었다. 모두가 나를 핍박해도 마땅히 그 자리에 있을 수 있는 예의 그 카드, 고양이가 내 가방에 들어 있었다. 여자는 이제 팔짱을 끼고 나를 내려다보고 있었다. 여자는 눈치가 없었다. 덕분에 나는 전혀 당황하지 않고 태연자약할 수 있었다.

"접시를 옮겨드릴까요?"

여자는 눈치가 없을 뿐 아니라 시력까지 바닥을 기는 모양이었다. 여자는 내 곁눈질을 신경도 쓰지 않았으며 다만 나를 그 테이블에서 쫓아낼 궁리만을 하고 있는 것 같았다. 나는 회심의 미소를 지으며 테이블 옆에 놓인 노트북 가방을 집어 들었다. 이때야말로 널 위해 준비했던, 널 위해 쓰지는 못했던 바로 그 히든카드를 꺼낼 순간이었다.

"무슨 말씀이신지, 저도 고양이를 데리고 왔는데요."

나는 당당한 손놀림으로 가방 지퍼를 열었다. 까만 가방 깊숙한 곳에서 하얀 터럭이 꿈틀거렸다. 나는 고양이를 천천히 끄집어냈다. 쿠치는 축 늘어진 먼지떨이처럼 내 손에 딸려져 나왔다. 가방에서 나온 쿠치는 허공에 대고 발톱 날을 바짝 세웠는데 날이 더워서인지 녀석은 지친 동시에 성이 난 듯 보였다. 하지만 선견지명이 특기고 유비무환이 취미인 내가 그쯤 예상하는 것은 식은 죽 먹기였기 때문에 나는 긁히지 않게 녀석의 목덜미를 쥐고 끄집어낸 참이었다. 그런데 예민하기도 하지, 아마도 그 점이 여자의 심기를 건드린 모양이었다.

"지금 뭐하시는 거예요?"

여자는 바짝 날카롭게 물었다. 여자의 하관이 바르르 떨렸다.

"뭐가요?"

"지금 고양이를 짐짝 취급하셨잖아요."

"제가요?"

환대는 못 받을망정 예상치 못한 질타에 놀란 나는 반문하며 여자를 보았다. 그때 마주친 여자의 눈이 까맣고 매서워 손에 힘이 풀린 것은 가장 예기치 못한 것이었다. 손에서 미끄러져 벗어난 고양이는 퉁, 소리를 내며 바닥에 짧게 널브러지는가 싶더니 순식간에 달음박질쳐 찬장 위로 뛰어올랐고, 겁먹은 것처럼 눈치를 보며 몸을 웅크렸다. 그때 나는 녀석이 무척 요망하다고 생각했는데 내가 아는 쿠치는 겁먹은 듯 눈치를 보며 발발거리는 성격이 절대 아니기 때문이었다. 녀석은 잔머리를 굴리는 다섯 살 꼬마처럼 적절히도 여자의 화를 돋우었고, 여자는 허리춤에 양손을 얹었다.

나는 쥐지도 펴지도 못한 손바닥을 쳐다보다 여자의 눈치를 살폈다. 이 여자라면 당장 지금 투포환 하시냐며, 왜 고양이를 던지시냐며 난리를 치고 따져 물을 것 같아서였다. 실제로 고슴도치 여자는 성이 날 대로 난 표정으로 가시 같은 그 머리털을 내 어디, 예를 들어 눈알이나 불알 같은, 아무튼 아픈 부위에 들이밀며 괴롭힐 듯 나를 노려보았고, 나는 긴장하여 손바닥을 몇 번 쥐었다 폈다 했는데 왜냐하면 여자가 눈빛으로 나를 죽일 것 같았기 때문이었다.

주위를 둘러보니 모두 나와 여자를 바라보고 있었다. 나는 그 시선들이 달갑지 않을 뿐만 아니라 따가웠다. 그런 식의 시선은 누구라도 감내하기 어려운 종류였다. 나는 좀 짜증이 나기까지 했다. 내가 지나치게 욕을 먹고 있다는 생각이 들었다. 뭘 별로 대단히 잘못한 것 같지도 않은데 왜 나만 미워하고 그러는지. 나는 부아가 치밀었고 지루했고 이제는 앉아서 만 원어치의 적당한 대접을 받고 적당히 빠져나가 다시 너를 찾아 나서고 싶다고 생각했다. 그래서 대충,

"아, 제가 고양이를 짐짝 취급한 게 아니라요……"

"그게 짐짝 취급이지 뭐예요? 어떻게 숨구멍도 없는 가방에 고양이를 내내 가둬둘 수 있어요? 고양일 키운다는 사람이 캐리어 하나 없으세요?"

해서 나는, 아이, 씨발, 이게 자기 고양인가, 사실 내 고양이도 아닌데, 생각하며

"아니, 이게 제 고양이가 아니라요…… 제가 원래는 고양이를 안 키우는데요……"

하는 식으로 대응하고 말았다. 기어 들어가는 목소리로, 아, 내가 왜 기어 들어가고 있지, 생각하며, 왜 내가 고양이에게 쫓기는 쥐새끼처럼 이러고 있지, 속이 절절 끓는데, 주위에서 웅성거리는 목소리들이 더 끓어올라 나를 쥐포처럼 구워댔다.

'뭐? 고양이를 안 키운다고?'

'본인 고양이가 아니라고? 무슨 소리야?'

'자기 고양이가 아니라는데요. 고양이를 안 키운대요.'

'그럼 저건 누구 고양인데? 아니 그것보다 저건 학대 수준 아닌가?'

'진정한 집사라면 저럴 순 없지. 고양이를 싫어하나 봐요.'

'고양이를 싫어한다고? 어떻게 고양이를 싫어할 수가 있지?'

궁지에 몰린 나는 급격히 어지러워지고 말았다. 그들의 입에 오르내리는 수많은 고양이 떼가 바짝, 맹수와 같은 공격성으로 재빨리, 오른쪽 귓바퀴를 할퀴며 뜨겁고도 느닷없이, 왼쪽 고막을 치고 빠져나갔다.

'정말 이해할 수가 없어요. 이렇게 예쁜데 고양이,'

'이렇게 특별한데 고양이,'

'이렇게 우아한데 고양이,'

'고양이, 고양이, 고양이!'

나는 재판정 한가운데 선 사람 같이 아득한 울렁증을 느꼈다. 나는 온갖 것이 빠져나간 껍데기처럼 멍청히, 속수무책 당하는 수밖에 없었다. 어그로를 잘못 끈 탱커처럼 처참히 얻어터지고 있었다. 그건 잔인하고 난데없는 집단 공격이었다. 고양이가 뭐, 가방이 뭐? 그럼 나는 도대체 어떻게 고양이를 운반했어야 했지?

"아뇨, 싫어서 안 키웠던 게 아니라요…… 집이 좁아서…… 번거롭기도 하고…… 아직 뭔가를 키울 정도로 안정이 된 게 아니라서…… 제가 그러려고 그런 게 아니라……"

나는 내가 무슨 말을 지껄이고 있는지조차 알 수 없는 상태로 말을 이어가고 있었다. 마치 변명하는 꼴이었다. 그러나 대체 무엇을 변명해야 한단 말이지? 어쩐지 스스로에게 진절머리가 났다. 얼굴에 점점 피가 몰리는 것이 느껴졌다. 나는 어떻게든 열을 식히고 싶었지만 아무래도 시선은 걷힐 것 같지 않았다. 나는 미치겠다고 생각했지만 미쳐지지도 않을 것 같아서 더 미칠 것 같았는데 사실 미치는 것도 아무나 할 수 있는 게 아니었다.

"설명하자면 좀 긴데요…… 그러니까 제가 이걸 좀 주워가지고……."

"이거요? 지금 이거라고 하셨어요?"

여자는 계속해서 예기치 못한 부분에서 태클을 걸어댔다. 적당히 넘어갈 수 있을 것 같던 상황이 백두산을 넘고 넘어 에베레스트를 방불케 했다. 나는 우와, 이 여자는 어떻게 찰떡을 콩떡처럼 알아먹지? 생각하며 인간 본연의 이해력을 의심할 뻔했으나 생각해보면 사람이 이렇게까지 말이 안 통하는 건 말도 안 되는 것 아닌가 싶었고, 그리고 보니 이 여자가 일부러 그러는 게 아닐까 생각했는데, 내가 불청객이어서, 보기 싫어서, 나를 쫓아내려고 그러는 게 아닌가 싶었다. 왜냐하면 뭐라고 혀를 놀려도 하찮은 내가 고양이님을 부러 가방에 담아 학대했다고 믿어 의심치 않는 여자의 결론은 바뀔 것 같지 않아서, 나는 차라리 혀를 잘라 여자의 손에 쥐어주고 싶은 심정이었으나 여자가 내 혀를 달가워할 것 같지도 않았으므로 나는 그저 지쳐가고만 있었다.

처음 카페를 찾았을 때 나는 기운이 셌고 의지가 충만했으며 너라는 이름의 산을 정복하기 위한 비장한 마음의 노스페이스를 입고 있었지만, 이제는 모든 게 지리멸렬해서 나는, 정복이고 뭐고 산을 쳐다보는 것만으로도 피로해져버리고 마는 관절염 환자와 같이 잔뜩 늙어가고 있었던 거였다. 그리고 보면 어디서부터 잘못되었는지, 정말 내가 여기 왜 왔는지, 너는 왜 오겠대놓고 안 왔는지. 나는 어제의 모든 결정을 완전히 후회하고 있었는데 어쩌면 이것은 모두 날씨 탓이었는지도 몰랐다. 어제 날씨가, 너무 좋아서.

불과 스물여섯 시간 전, 나는 바깥문을 열고 걸터앉아 담배를 피우고 있었다. 그날따라 날씨가 아주 좋았다. 무척이나 좋아서, 볕을 쬐는 몸뚱이가 바삭바삭하게 풀 냄새를 풍기며 타오를 것만 같았다. 충만했고, 그래서 나도 모르게 세상에 미안했고, 그럼에도 만족 비슷한 무언가를 느꼈는데, 좋기는 참 좋은 날씨였다.

요 며칠 날씨는 정말이지 내 기분과 같은 정도로 안 좋았다. 가을 장마여서 습했고, 아무튼 가능한 모든 나쁜, 곰팡이 같은, 그것도 지독한 검정 곰팡이 같은, 그런 날씨였는데 어제 갑자기 좋아졌다. 나쁠 때는 나쁘다, 더 나쁘다, 매우 나쁘다 정도로 만족스러울 만한 표현들이 이런 날씨엔 충족되기 어려웠다. 이런 날씨는, 뭐라고 하면 좋을까.

그러니까 따뜻하고 적당한 바람이 불고 갓 돋아난 목련의 새순 같은 그런 느낌으로 좋다고 생각했는데, 이 정도 표현이면 충분할까, 싶어도 충분하지 않았고, 그래서 나는 적합한 표현을 찾기 위해 애를 쓰고 있었던 것이다. 나는 따끈하게 데워진 옥탑 계단 위에 발을 올리고 계속 생각했다. 날씨는 마치 건너편 빨간 지붕에 고인 어제의 빗물 위로 햇살이 반짝이는 것 같았다. 아니면 철제 계단에서 발견되는 벗겨진 녹색 페인트와 그 사이로 드러난 붉게 녹슨 속살의 대비 같기도 했고, 회색 돌담 사이에 돋아난 이끼가 바람결에 흔들리는 모양새 같을 수도 있겠지. 그도 아니면 그 위에 엎드려 볕을 쬐는 하얀 고양이 같을 수도 있을 텐데. 고양이, 그러나 그게 하얗다는 건 좀 이상했다. 왜냐하면 그 자리의 주인은 하얗지가 않았기 때문이었다.

늘 거기 있던 터줏대감은 꼬리가 반쯤 잘린 노란 줄무늬 고양이였다. 그러나 담장 위에는 이 근방에선 본 일이 없는 희디흰 고양이가 앉아 있었다. 매일의 풍경에 그어진 낯선 한 획처럼 녀석은 거기 있었다. 사위를 둘러보아도 노랗고 날렵한 터줏대감의 꽁무니는 보이지 않았다. 갠 어디 가고 잰 또 어디서 왔지? 나는 머리를 긁적였다.

나는 고양이를 좋아하지 않았지만 녀석, 터줏대감 고양이와는 안부를 궁금해할 만큼의 친분을 가지고 있었다. 그것은 빈 참치 캔을 던져주었던 만큼의 관심이었다. 빈 참치 캔인 까닭은 내가 온전한 통조림 하나를 고양이에게 줄 정도로 부유하지는 않아서였는데, 혼자 사는 자취생에게 캔 참치란 세 끼에서 네 끼까지도 때울 수 있는 엄청난 식재료였다. 캔 참치란 전시 식품이었고 내 식생활이 전쟁 중의 그것과 다를 것 없었으므로 그런 짓을 하다간 내쪽이 먼저 끼니를 굶기 십상일 것이었다.

아무튼 노란 터줏대감은 어제까지의 장마와 함께 흘러간 듯 보이지 않았고 대신 흰 고양이 한 마리가 거기에 있었다. 흰 고양이는 그 자리에 앉아 나를 말끄러미 올려다보고 있었다. 몹시 곧은 시선이었기 때문에 나는 약간 긴장이 되기까지 했다. 나는 쟤가 왜 날 째려보지, 내가 뭘 잘못했다고 저러지, 하며 뒤를 돌아보거나 손을 흔들어 보였는데, 그럼에도 시선은 흔들리지 않고 마냥 나를 노렸다. 나는 세상의 모든 과녁들이 꼿꼿하게 서서 총알받이 노릇을 하는 일에 새삼 경의를 표했다. 나는 이제 좀 기분이 나쁠 지경이었으나 고양이는 눈싸움을 그만둘 생각이 없어 보였다.

딱히 할 일이 없었던 나는 승부를 받아들이는 기분으로 고양이를 마주 쏘아보았다. 싸움을 거는 것은 네 마음이지만 일단 시작되고 나면 아니란다. 나는 눈을 부릅뜨며 생각했다. 이런 승부에서는 이겨야만 하는 것이 나의 의지였다. 나는 고양이에게 패배하고 싶지 않았다. 왜냐하면 나는 심심했고 눈싸움을 잘했기 때문이었다. 눈싸움은 내가 잘하는 몇 안 되는 대결 종목 중 하나였다. 나는 마침내 고양이가 앞발 사이로 고개를 파묻는 것을 보고 나서야 시린 눈을 깜빡였는데, 문득 이 상황이 낯설지 않다는 것을 깨달았다.

내가 언제 또 고양이를 노려봤지? 그러고 보니 고양이도 낯이 익었다. 얼마나 낯이 익었냐면, 사람이라면 '우리 어디서 만난 적 있지 않아요?' 하고 물어볼 정도였다. 그러나 생각이 나지 않아서 나는 머리를 긁적였다. 녀석은 흔히 길에서 볼 수 있는 고양이는 아니었다. 하얀 털이 늘어져 있었고 뾰족한 양쪽 귀 사이에 검은 점이 박혀 있었다. 먹물 자국 같은 검은 점이 시선을 잡아끌었다. 나는 고양이의 이마를 물끄러미 보며 생각했다. 그러니까 내가 쟤를 어디서 봤더라.

나는 라이터를 딸깍거리며 그것을 언제 어떻게 왜 얼마나 봐왔는지를 생각했다. 좋은 날씨와 좋은 햇살과 좋은 바람이 귓가를 천천히 재촉도 없이 스쳐 지나갔다. 시간과 풍경이 먼지처럼 느리게 떠돌았다. 나는 별로 공들이지 않고 기억을 더듬었다. 기억나면 좋고 아니면 말고 하는 마음이었다. 나는 담배에 불을 붙이고 느리게 연기를 빨아들였다. 그때 하나의 이미지가 툭, 나를 스치고 지나갔다. 그건 너와 관련한 기억이었다.

그것은 사정 시간을 지연시키는 한 방법으로 이용되던 것이었다. 너는 자주 '아직'이라고 말했고 나는 자주 '지금'이라고 말했다. 너의 지금과 나의 지금이 같아지기 위해서는 고도의 집중력이 필요했다. 그래서 나는 종종 네 고양이의 이마를 애국가 대신 활용하곤 했는데 한 자리에 진득하게 붙어 있는 네 고양이의 성격을 생각하면 그건 꽤 유효한 방법이었다. 종종 실패하긴 했지만.

너는 고양이를 키웠고 고양이를 좋아했다. 내 눈에는 도통 비슷하기만 한 고양이들의 품종을 너는 기가 막히게 알아맞히곤 했다. 코리안 쇼트헤어, 친칠라 실버, 샴, 러시안 블루. 내 기억이 틀리지 않았다면 담장 위의 고양이는 네 고양이 쿠치와 같은 종이었다. 터키시 앙고라. 희고 부드러운 털과 노랗거나 푸른 눈동자가 매력이라고, 네가 말한 적 있었다.

- 더 멋진 게 뭔 줄 알아? 그건 쿠치 눈이 오드아이란 거야.

너는 침대에 엎드려 얘기했었다.

- 오드아이가 뭔데?

내가 묻자 너는 까르륵 웃으며 얼굴을 들이밀었다. 그때 네 눈엔 보라색과 녹색 렌즈가 한쪽씩 끼워져 있었다.

나는 손바닥 그늘을 만들어 담장 위의 고양이를 다시 한 번 살폈다. 고양이는 꼭 쿠치 같았다. 닮아도 너무 닮았는걸. 터키시 앙고라들이 비슷비슷하게 생겼다곤 해도 같은 위치에 같은 크기의 검정 얼룩이 있는 고양이는 드물지 않을까, 나는 생각했다. 눈동자 색을 확인할 수 있으면 더 확실해질 텐데, 햇빛이 역광이라 그것까진 알 수 없다는 게 아쉬웠다. 물론 네 고양이가 대체 왜 여기 있겠어, 하는 생각이 들지 않은 것도 아니었지만, 그래도 정말 많이 닮아서 혹시나 네가 고양이를 잃어버렸을 수도 있잖아, 생각했고 그렇다면 네게 전화해 물어보는 편이 빠를 거라고 판단하긴 했지만 안타깝게도 나는 그럴 수 없었는데, 왜냐하면 그 날이 네게 차인 지 꼭 열흘째 되는 날이기 때문이었다.

헤어진 지, 라고 할까 생각했지만 아무래도 헤어진 것 같지가 않아서 차인 지, 라는 표현을 썼는데 생각해보니 그 역시 적절한 것 같지는 않았다. 네 이별 통보는 지나치게 일방적이었다. 얼마나 일방적이었냐면 너는 내게 문자 메시지 하나를 달랑 보내는 식으로 우리 사이를 정리하려 들었다. 그러나 우리의 연애가 일방적인 선상에서 시작되지는 않았다는 점을 생각하면 내 입장에서 그 방식은 엄청나게 터무니없었다. 더 큰 문제는 터무니가 있건 없건 네가 그 문자 메시지 이후 열흘간 내 연락을 철저히 피하고 있다는 것이었다.

일주일 하고도 사흘, 너는 완벽한 해녀처럼 잠수를 타고 있었다. 나를 만나주지 않는 것은 물론이거니와 아르바이트까지 그만두었고 네 집 초인종이 묵묵부답인 것만큼이나 너의 페이스북과 싸이월드, 트위터와 블로그는 정전 상태였다. 그럴수록 나는 초조하게 너에게 연락을 시도할 수밖에 없었다. 아무래도 이해가 안 됐고, 널 만나는 내내 널 이해하는 데 어려움을 겪긴 했지만, 이런 사건적인 불가해는 내게 어떻게도 치명적이라는 것을 너는 생각지도 않는 모양이었다. 네가 워낙 배려심이 눈곱만큼도 없는 타입이긴 했지만 그래도 이건 아니었다. 나는 우리가 그 정도로 얄팍한 사이는 아니었으리라 믿었다. 네가 내게 그럴 수는 없는 거였다.

그래서 나는 요 며칠, 날씨가 안 좋은 동안 내내, 하릴없이 네 주변을 기웃거렸다. 네 집과 아르바이트를 하던 호프, 네 소셜 계정과 이웃 계정들까지, 나는 내 치밀하고 집요한 면을 최대한 활용했다. 그러나 그 노력에 비해 찾아지는 흔적은 없는 것이나 다름없었다. 은둔의 귀재처럼 너는 완전히 숨어버렸고 나는 어떻게도 너를 만날 수 없을 것 같았다. 그러나 그렇다고 손을 놓고 있을 수도 없는 노릇이어서 어떻게든 널 만나고 말겠다고, 다짐했지만 그 어떻게가 어떤 어떻게인지는 도무지 감이 잡히지 않아서 나는 거의 강제 휴식을 취하고 있던 거였다.

사실 마침 생각나는 게 있긴 했다. 그러니까 저기 하얗게 졸고 있는 저 고양이, 저게 네 고양이 쿠치라면 어떨까? 우연히 지금, 네가 고양이를 잃어버린 상태라면? 물론 우연이라면 지나치겠지만 터무니없는 망상이라고는 말할 수 없을 것 같았다. 담장 위의 고양이는 쌍둥이가 아니라면 복제 수준으로 쿠치와 닮은꼴이었다.

그런 우연이 있을 리 없다고 생각하면서도 기대를 갖지 않는 것은 불가능했다. 일반적인 루트로 네게 접근하는 것은 이미 가능하지 않았기 때문이었다. 나는 네가 고양이를 얼마나 좋아하는지 알고 있었다. 그건 '좋아한다'는 표현으로 다 말할 수준의 것이 아니었다. 그러니 저게 네 고양이인지 아닌지 알 방도만 있다면, 어쩌면 저것이야말로 너를 만날 최후의 수단인지도 몰랐다. 나는 미간을 모으며 생각에 잠겼다.

나는 휴대전화로 네 미니홈피에 접속했다. 거기에 쿠치 폴더가 있는 것을 알고 있었다. 저 고양이는 쿠치인가, 아닌가? 나는 사진과 고양이를 번갈아 뜯어보았다. 보면 볼수록 결론은 견고해졌다. 저 고양이가 쿠치가 아니면 어떤 고양이를 쿠치라 말할 수 있겠어? 나는 생각했다.

고양이가 쿠치였으면 좋겠다고 생각하는 만큼 고양이는 쿠치인 것 같았다. 아니면 말고, 하는 식이 아니었다. 터키시 앙고라들이 얼추 비슷하게 생겼다고 해도 이마의 점을 기준으로 비교했을 때 저토록 같은 위치에 같은 크기의 얼룩이 있다는 것은 우연이라면 지나치다는 생각이 들었다. 너와 나의 집은 걸어서 십오분 거리에 있었지만 길 잃은 고양이가 헤매다 보면 여기까지 올 수도 있지 않을까? 나는 휴대전화를 열고 네게 전화를 걸었으나 전화기는 역시 꺼져 있었다.

날씨 생각을 할 때가 아니었다. 나는 방으로 들어가 컴퓨터를 켰다. 네 고양이를 의식한 순간부터 생각지도 않았던 것들이 순차적으로 떠올랐다. 지난 열흘간 나는 네 개인 공간만을 뒤적였지만 그거야말로 너를 간과한 것이었다. 기억하기로 너는 몇 개의 인터넷 커뮤니티에서 활동하고 있었다. 사람이 무리를 지으면 말이 많아지기 마련이었고 인터넷에서의 말은 흔적을 남겼다. 나는 네가 자주 가는 포털 사이트에 접속했다. 검색 창에 '고양이'를 입력하자 카페 목록이 주르륵 떠올랐다. 나는 네가 주로 사용하는 닉네임을 알고 있었다.

위에서부터 세 번째 카페를 둘러보았을 때, 나는 더 이상 다른 카페를 검색할 필요가 없다는 것을 알아차렸다. 여남은 마리의 고양이들이 엉겨 노는 메인 사진 아래, 현수막이 걸린 단체 사진 속에서 네가 웃고 있었다. 찾았다. 나는 심장이 커다랗게 벌렁거리는 것을 느꼈다. 너와 갑자기 마주친 것처럼 실질적인 떨림이 느껴졌다. 나는 급격히 차가워지는 손끝을 비비며 새 담배를 꺼내 물었다. 덜덜 떨며 카페 검색 창에 네 닉네임을 입력했다. 네가 작성한 글 목록이 신속하게 떠올랐다. 가장 최근 글의 제목은 '고양이를 찾습니다'였다.

〈고양이를 찾습니다. 이름은 쿠치입니다. 여덟 달 된 터키시 앙고라 남아입니다. 잠깐 문을 열어둔 사이 집을 나간 것 같습니다…….〉

나는 더욱 진지하고 싶었으나 쿠치의 사진과 전화를 받기 어려우니 문자를 달라는 네 남김 말을 반복해 읽을수록 거의 승리자 같은 기분에 휩싸였다. 와, 이런 데 숨어 있었어? 이러자고 요 며칠간 날 뺑이 치게 한 건 아니었을 텐데. 나는 의자에 길게 기대 누우며 헛웃음을 지었다. 너의 단서를 기필코 찾아낸 내가 대견할 정도였다. 하지만 너답다면 너다운 일이었다. 너는 어딘가 허술한 면이 있었다.

요 며칠, 나는 너를 찾아야 한다는 생각을 강박처럼 하고 있었다. 그건 일방적으로 차인 사람이 보일 수 있는 마땅한 반응이었다. 나는 우리가 만나온 시간을 정리하는 데 〈우리 그만 만나. 연락하지 마.〉라는 문자 메시지보다는 좀 더 그럴싸한 것이 필요하다고 느꼈다. 소중한 것을 찾아주는 것만큼 적절한 재회 방법이 또 있을까? 너는 네 수명의 삼 년 정도는 거침없이 떼어줄 것같이 고양이를 사랑했다. 고양이는 충분히 그럴싸해 보였다.

나는 네게 고양이를 찾아다 줄 것이었다. 그러한 이벤트는 너로 하여금 나를 다시 보게 하는 계기를 만들어줄 것이다. 너는 내게 늘 고양이를 이해하라고 얘기했고, 나는 이제 그 동물을 이해하는 이상으로 미아를 찾아 주인에게 데려다 주려는 노력을 보일 예정이었다. 그 정도면 네가 내게 사과를 하겠지. 그리고 이별 선언을 철회하겠지. 고양이와 사과와 철회, 그것은 초침이 한 바퀴 돌면 분침이 한 칸 건너가듯 자연스러운 수순으로 여겨졌다. 나는 손바닥을 마주 비볐다. 일단 고양이를 잡아야 했다.

고양이는 아직 그 자리에 있었다. 쿠치는 기분이 좋은 듯 담장 위에 배를 깔고 납작 엎드려 볕을 쬐고 있었다. 하지만 저 좋은 시절도 잠깐이겠지. 나는 녀석을 붙잡을 의지가 만만했다.

고양이를 붙잡을 때, 선택지는 크게 두 가지일 것 같았다. 시선을 끌지 않고 덮치거나 시선을 끌어 유인하는 것. 나는 둘 중 덜 귀찮은 편을 택하기로 마음먹었다. 나는 일어나 찬장에서 참치 캔을 꺼내왔다. 참치 캔은 소중했지만 너를 돌려받기 위해서라면 하나를 몽땅 고양이에게 주어도 아깝지 않을 것 같았다. 나는 엄지손가락으로 참치 캔을 따면서 녀석의 이름을 불렀다.

"쿠치."

그러나 고양이는 미동도 보이지 않았다. 고양이라서 그런가. 개라면 꼬리를 흔들 텐데.

"쿠치, 쿠치."

몇 번인가 더 녀석의 이름을 부르던 나는 문득 언젠가 네가 말했던 것을 기억해냈다.

 - 쿠치는 귀가 안 들려. 오드아이 중에 그런 애가 있거든.

나는 부르는 것을 멈췄다. 귀가 안 들려서 그렇다고? 이거 성가시게 됐는데, 나는 생각했다. 들리지 않으면 부를 수가 없었다. 호명이란 그 정도로 중요한 것이었다. 누군가의 이름을 불렀더니 와서 꽃이 되었다는 시가 있었던 것 같은데, 시 내용이 정확히 기억나지는 않지만 어쨌거나 사람을 불렀더니 꽃이 될 정도면 고양이 이름을 불러서 내 것이 되는 일은 무척 간단한 일일 것 같았다. 그런데 들리지가 않는다면, 꽃이고 뭐고 말짱 황 아닌가.

잠깐 고민을 한 나는 돌멩이를 던져보기로 마음먹었다. 불러서 못 들으면 건드리면 되잖아. 사실 그게 더 효과적일 수도 있었다. 하지만 너무 세게 맞추면 도망갈지도 모르니까, 적당한 크기의 돌멩이를 골라 적절한 세기로 던져 시선을 끄는 것이 관건이었다.

나는 발치를 더듬어 작은 시멘트 조각을 하나 주웠다. 눈싸움을 잘하는 일과 비슷한 수준으로, 나는 돌멩이를 던지는 데 꽤 괜찮은 저격수였다. 나는 시멘트 조각을 조물거리며 녀석의 흰 등에 대고 겨누었다. 잘하면 한 번에 맞출 수도 있을 것 같았다. 옥탑으로 이어지는 계단 옆 난간이 기껏해야 내 허벅지 중간까지밖에 안 왔으므로, 나는 조심히 고양이를 굽어보았다. 손을 앞뒤로 흔들어 시멘트 조각을 가볍게 날렸다. 아뿔싸, 빗나갔고, 고양이는 귀 끝도 미동치 않았다. 나는 바닥을 긁어모아 양손 가득 시멘트 조각을 그러쥐었다.

아무튼 지난한 과정을 접어두고 말하자면 고양이를 잡긴 잡았는데 그게 내 예상과는 다분히 달랐음을 말해두어야겠다. 시멘트 조각에 맞은 고양이는 곧이어 던진 참치 덩어리에 코끝을 잠깐 대는가 싶더니 고작 이깟 걸로 수작을 부리느냐는 식으로 고개를 돌려버렸는데, 꼴에 입맛이 고급인 모양이었다. 별수 없이 내려가 잡아보려 했지만 녀석은 생각보다 잽쌌다. 한참 허우적대다 팔뚝에 몇 줄기의 상처를 입고 난 뒤에야 나는 방법이 틀려먹었다는 것을 깨달았다. 그래서 결국 슬리퍼를 끌고 동네 동물병원으로 향해야 했는데 인터넷에 고양이를 꾀는 데는 개박하가 최고라고 적혀 있었기 때문이었다.

개박하는 비싼 편이었지만 그래도 마침내 고양이를 환장하게 했다는 것을 생각하면 오천 원어치의 말린 이파리를 산 게 아주 아깝지만은 않았다. 개박하가 든 봉지를 들고 줄레줄레 돌아온 나는 고양이가 아직 그 자리에 엎드려 있는 것을 보고 안도의 한숨을 내쉬었다. 나는 천천히 고양이에게 다가갔다. 고양이는 약간 경계하며 나를 쳐다보았다. 나는 조심스레 움직였다. 포장을 뜯고 손바닥에 개박하를 조금 쏟았다. 천천히 내밀었다.

고양이는 약간 머뭇거리는가 싶더니 곧 흥미를 보였다. 머뭇머뭇 흰 발을 내뻗어 다가온 녀석은 손바닥에 대고 깊숙한 숨을 들이마셨다. 그러기를 몇 번, 고양이의 눈이 풀리는 게 보였다. 녀석은 흥분한 듯 혀를 느리게 날름거리며 몸을 비비 꼬기 시작했다. 비 오는 날 미친년처럼 도망치던 녀석이 필로폰을 갈망하던 중독자처럼 빠르게 이성을 잃어가고 있었다. 마침내 고양이가 담장 위에 벌렁 눕는 순간 나는 녀석의 가슴팍을 그대로 그러쥐었다.

나는 뜨뜻하고 말랑말랑한 고양이를 쥐고 방으로 올라왔다. 녀석은 버둥대지도 않고 목을 반쯤 뒤로 꺾은 채 몽롱한 표정을 유지하고 있었다. 거의 감다시피 뜬 눈에선 감출 수 없는 흥분이 엿보였다. 가늘게 뜬 눈꺼풀 사이로 눈동자가 들여다보였다. 양쪽 눈동자의 색깔이 다른 게 보였다. 오드아이, 녀석은 쿠치가 확실했다. 노란색과 파란색 눈동자, 이마에 박힌 검은 점, 하얗고 풍성한 털. 꼬리 모양이 좀 다른 것 같기도 했지만 꼬리쯤이야. 그러니 녀석은 쿠치가 아닐 수 없었다. 사실 내 입장에선 녀석이 쿠치가 아니면 안 됐는데 너를 만나기 위해 고양이를 생포하긴 했지만 고양이를 별로 좋아하지 않았기 때문이었다.

어쩌면 나는 고양이를 싫어하는 편에 속할지도 몰랐다. 처음부터 그랬던 건 아니었다. 널 만나기 전에는 나도 보통 남자들과 비슷한 정도의 호감을 고양이에게 가지고 있었다. 그것은 헬로 키티 인형 따위를 구입해 여자에게 선물하거나, 고양이를 어떻게 생각하느냐는 질문을 받았을 때 귀엽지 뭐, 하고 즉각 대답할 수 있는 수준의 아주 보통의 호의였다. 그랬던 내가 고양이를 싫어하는 편에 속하게 된 것은 전부 너 때문이었다. 이렇게 말하면 좀 편해지는데, 너는 여러모로 나를 미치게 만들었고 많은 것을 싫어하게 만들었고 나 자신까지 싫어하게 만들 뻔했으나 미처 성공하지 못하고 내 곁을 떠나갔다.

너는 고양이를 좋아했다. 너는 아주 처음부터, 마치 엄마 배 속에 있을 때부터 좋아했던 것처럼 좋아했고 끝까지 좋아할 것처럼 좋아했다. 네가 사랑이라는 단어를 쓴다면, 그건 고양이에 관해 얘기할 때일 것 같았다. 너는 사랑이 어떻게 변하느냐는 듯 쿠치를 사랑했으나 나와의 관계에서는 그 단어를 쓸 것 같지 않았다. 사실 네가 나를 버린 방식을 생각하면 그런 의문이 드는 게 무리도 아니었다. 그렇다면 우리가 한 건 대체 뭔지, 나는 너를 만나 꼭 물어보고 싶었으나 막상 물어봤을 때 네가 즉시, 날 사랑한 적 없다고 말할까 봐 또 물어볼 수 없는 것은 또 다른 문제였다.

그 질문, 한순간이라도 내가 네 안에서 고양이보다 우위에 놓였던 적이 있었느냐고 묻는 것은 사실상 핵심에 가장 근접해 있었는데 그렇기 때문에 더 묻기가 겁이 났다. 왜냐하면 너는 얼마든지 '당연히 너보단 고양이가 좋지'라고 즉답해버릴 법한 여자였기 때문이었다. 너는 고양이를 무척 좋아했고, 고양이 자체를 좋아했고, 종 자체를 신봉했고, 아꼈고, 미쳤고, 차라리 고양이 자체가 되길 바라는 것 같았고, 왜 사람은 고양이가 될 수 없느냐고 내게 투덜거렸고, 그러니까 어쩌면 넌 고양이의 혼이라도 빙의되길 바라는 그런 느낌으로, 그래, 너는 거의 고양이 광팬이었다.

처음엔 그조차 매력으로 느껴졌다. 널 처음 봤던 곳은 서울의 한 코스튬 플레이 행사장이었는데 당시 나는 이런 게 대체 뭐가 재미있다는 거지, 하는 방관자의 시선으로 사람들을 보고 있었다. 나는 코스튬 플레이에 전혀 관심이 없었다. 내가 그 행사에 참가하게 된 것은 단순히 게임 아이템이 욕심나서였는데 이벤트 경품이란 게 뭔지, 당시 대학 마지막 학기를 다니고 있던 나는 어떤 온라인 게임에 푹 빠져 있었고, 그래서 수업이 끝나기만 하면 피시방으로 달려가곤 했는데 늘 함께 가던 몇 명의 녀석들 중 하나가 코스튬 플레이를 좋아했던 게 내가 거기 방문하게 된 유일한 계기였다. 어쩐지 녀석이 아이템이나 골드를 찔러주나 했더니 별안간 '찍사'를 해보지 않겠느냐며 말을 꺼냈는데 아무래도 내가 여자애들을 꾀려고 구입했지만 막상 제대로 써본 적은 없던 기다랗고 커다란 카메라를 갖고 있는 것을 눈여겨본 모양이었다. 나는 망설였지만 그 게임 회사가 행사의 스폰서이며 마지막 추첨 시간에 고가의 게임 관련 경품이 걸려 있다는 말에 결국 수락하고 만 것이었다.

너는 그날 내가 찍은 모델들 중 하나였다. 너를 발견했을 때 너는 이미 플래시 세례를 받고 있었다. 그곳에서 너는 단연 돋보였는데 그중 어떤 사람들보다 눈에 띄었다. 얼굴만 보면 너보다 예쁜 애들도 분명히 있었는데 나는 어쩐지 네게서 눈을 뗄 수가 없었다. 글쎄, 지금 생각해보면 네 의상이 남들과 좀 달랐기 때문이 아니었을까 생각되는데, 그날 너는 짧은 검은 털로 된 옷감으로 만든 전신 타이즈 같은 것을 입고 있었다. 날렵하게 마른 몸매의 사지 끄트머리에는 통통하게 생긴 고양이 발 장갑과 짧은 어그가 장착되어 있었고 옅은 갈색으로 염색한 머리에는 가운데가 핑크색인 삼각형 귀가 달린 머리띠가 씌워져 있었으며 엉덩이에는 긴 꼬리를 달고 있었다.

그러니까 그날,

- 그건 어떤 캐릭터예요?

내가 물었을 때 너는 똑 부러지는 말투로

- 고양이요.

하고 대답했는데 너의 말처럼 너는 정말 그랬다. 다른 사람들이

게임이나 만화에 나오는 캐릭터를 흉내 냈을 때 너는 고양이 자체를 코스튬한 모양이었다. 그것은 어떤 캐릭터가 되고 싶은 게 아니라 어떤 종이 되고 싶은 뚜렷한 욕망의 발현이었다.

검정고양이로 분한 너는 완벽에 가까울 정도로 고양이 같았다. 흰 목에 두른 빨간색 가죽 목걸이는 짐승에게 걸어야 어울릴 법한 디자인이었으나 너는 그 모든 것을 완벽하게 소화해내고 있었다. 렌즈를 노려보는 네 커다란 눈에는 보라색과 녹색 렌즈가 짝짝이로 끼워져 있었는데 그게 또 어찌나 고양이 같던지. 그곳에 고양이 귀를 달고 온 여자애는 너 말고도 많았지만 그것을 소품이 아닌 몸체의 일부로 승화한 것은 너뿐이었다.

나는 너를 프레임 안에 담는 데 애를 먹었다. 네게 첫눈에 반했다고밖에 표현할 수 없는 상태에 빠져 있었다. 나는 평생 그 표현의 진실성을 믿어본 적이 없는 인간이었으나 너를 보는 순간 내가 저 암고양이를 어떻게 가질 수 있을까 하는 생각 외엔 뭘 생각하기가 어려웠다. 너는 '고양이요.'라는 대답 이후론 모든 질문에 '냐앙?' 혹은 '이야옹' 따위로 반응했기 때문에 너의 번호를 따는 것은 쉽지 않았다. 사진을 보내주겠다고 말하며 세 번째로 번호를 졸랐을 때에야 너는 포즈를 풀고 내 휴대전화를 받아들었는데, 고양이 발 모양 장갑을 끼고 있었지만 그 안의 손가락은 인간성을 잃지 않았다는 게 불행 중 다행이었다.

너와 영화 약속을 잡는 데까지 꼭 삼 주가 걸렸다. 너는 갖기 쉬운 타입의 여자는 아니었다. 공을 들일 대로 들이고 아침저녁으로 문안인사를 한 후에야 너는 나를 만나주기로 약속했다. 그러나 쾌재를 부르며 나간 그곳에서 나는, 어떤 의미로든지 당황할 수밖에 없었다.

그날도 너는 고양이 귀 머리띠를 하고 왔다. 너는 까만색 꼬리를 달고 왔고 여전히 짝짝이 렌즈를 끼고 있었다. 마치 처음 만났던 그날처럼 너는 고양이였다. 나는 당혹스러웠으나 어떤 반응을 보이기가 쉽지 않았다. 너의 미모는 나를 오징어로 만들어버리기에 충분했기 때문에 버터도 발라져 있지 않은 얄팍한 나는 네 옆에서 타버리거나 바짝 구워져 배배 꼬는 것 말고는 할 수 있는 게 아무것도 없었다. 그렇다고 지적을 하지 않자니 그것도 우스워서 나는 다만 이렇게 말했다.

- 그때 본 그 머리띠네요.

내겐 그게 최선이었지만 너는,

- 저 원래 이것만 해요.

라는 말 같지도 않은 대답을 충분한 답변으로 내세웠다.

그날 나는 네 머리띠가 눈에 밟혀 마치 롯데월드에 와 있는 것 같은 기분을 참아내기 어려웠지만 참는 수밖에 없어 참았는데 실은 너라는 쥐덫에서 빠져나가려면 그날밖에 없었으며 고양이 차림을 하고 온 너와 번화가를 거닐며 쪽팔림과 맞서 싸운 대가가 바로 길고 지난한 방식의 호구로의 전락이라는 것을, 그때 나는 알지 못했다. 생각해보면 사실 그때 도망쳤어야 했는데.

물론 나는 상당한 대인이기 때문에 사랑하는 여자를 위해 호구가 되는 일은 참을 만한 것이었다. 그러나 참을 만한 일을 참은 뒤에 마땅한 대가를 받지 못하는 것은 참기 어려운 일 중 하나였다.

온라인 게임에 빠져 허우적거릴 때, 나는 그 이유를 정확히 알고 있었다. 미치도록 노력을 하면 마땅한 대가를 얻는 것, 그게 게임의 윤리였다. 공을 들일수록 게임 캐릭터는 빨리 성장했고 시간을 투자할수록 레어템을 얻을 확률이 높아졌다. 그러므로 나는 너도 그러리라고 생각했다. 시간을 두고 애정을 투자한다면 너도 내게 그것을 돌려줄 것이라고. 그러나 너는 뼛속까지 비상식적인 인간이었다. 너는 매번 튕기거나 달아났고 갑자기 돌아오거나 등을 돌렸다. 그런데도 도망갈 수 없었던 것은 네 애정 표현들이 예고 없이 주어지는 때가 있었기 때문이었다. 나는 네게 단 한순간도 익숙해질 수가 없었다.

어쩌면 지독한 여자에게 걸렸는지도 모른다는 생각을 하게 된 것은 너와 사귄 지 꼭 석 달째 되던 때였다. 그건 네 변덕이 극에 치닫기 시작한 어느 날이었다. 사귀는 내내 너의 변덕은 잦고도 다양했는데 그 분야란 생활 전반에 걸쳐 있었다. 결정을 내리지 못해 변덕을 부리는 거라면 애초에 내 말을 들으면 될 텐데, 문제는 네가 고집이 센 데다 빌어먹게도 말을 안 듣는다는 거였다. 처음 한동안 나는 너를 어떻게든 바꿔보려 노력했지만 '그래, 그래' 해주는 편이 맞서 싸우는 것보다 편하다는 것을 깨달은 후로는 네게 맞추거나 어르거나 달래는 데 초점을 맞추는 수밖에 없었다. 그 후로 네게 전적으로 휘둘리게 되었음은 말할 것도 없을 것이다.

너는 달콤하고 예쁘고 사랑스러운 만큼 약았고 교활했고 치밀했다. 가장 지옥 같았던 것은 그 모든 사실을 알고 있는데도 네게서 벗어날 수 없는 나 자신이었다. 이제 와 생각해보면 식당에 가서 무엇을 먹을 것인지 따위에 부렸던 네 변덕은 애교 수준이었다. 나를 가장 피폐하게 만들었던 것은 네가 갖고 싶은 물건에 대한 변덕이었다. 너는 너무 자주 가장 갖고 싶은 게 바뀌었다. 너의 그 변덕의 기저에 있는 건 네가 자랑스럽게 여기는 그 대단한 취향과 안목이었으나 내 눈에는 그게 그거 같았고, 내가 보기엔 가지나 가지지 않나 어차피 매번 업데이트 될 게 분명했다. 어쨌든 너는 갖고 싶은 게 있으면 꼭 갖는 여자였는데 문제는 네게 그것들을 가질 만한 능력이 없단 거였다.

나의 문제도 너와 다르지 않았다. 나는 네게 그것들을 가지게 할 능력이 없었다. 그러나 너는 무척이나 영악한 계집애였다. 되짚어보면 너는 정말 빌어먹을 여자였다. 너는 빌어먹는 데 아주 특화되어 있었다. 길 가던 고양이를 도둑고양이라고 부르면 길고양이로 정정해주는 너를 볼 때마다 내가 얼마나 우스웠는지. 그만큼 너는 도둑고양이 같은 여자였는데, 내가 네게 사준 것들을 생각하면 넌 정말 빌어먹고 등쳐먹고 말아먹는 년이 분명했다. 당시엔 괜찮았지. 당시엔 정말 괜찮았다. 왜냐하면 너는 내게 그것들을 사달라고 말한 적이 없었기 때문이었다. 단 한 번도. 대놓고는.

너의 머리는 어떤 면에 국한되어 발달된 경향을 보였다. 그것은 주로 원하는 것을 얻어내는 식으로 사용되었다. 이를테면 나는 어느 순간 네게 무언가를 자꾸만 사다 바치는 스스로를 발견하게 되었는데 네게 요구받은 것이 없다는 게 더 끔찍했다. 그게 설득과 회유보다 포기와 타협으로 노선을 정하게 된 자의 말로였다.

네게 바쳤던 그것들에 대해 얘기하기 시작하면 구구절절 길고도 험하며 구질구질하기가 이를 데 없어 속이 상하는데, 그러니 최대한 간단히 말하자면, 나는 네게 열흘 전에 차였지만 할부는 열 달 이상 남아 있다는 정도로 말할 수 있겠다. 그렇다고 네게 이걸 갚으로 하기엔 너의 반응이 너무 빨해서 따지고 들기 어려운 구석이 있었는데 네게 차이기 전부터 몇 번이고 들었던 그것은,

— 아, 누가 사달랬어? 사달랬냐고!

였으나 너는 분명히 사달랬다. 그게 내가 너의 두뇌 발달에 대해 확신하는 근거였다. 차라리 그랬다면 녹취라도 해뒀다 시비라도 걸어볼 텐데 너는 다만 눈빛으로, 행동으로 그것들을 요구했기 때문에 이제 와 증거를 들이밀 수 없었다. 너는 말로 요구하진 않았다. 그러나 네가 의도적으로 나를 벗겨낸 것은 명백한 일이었다. 아니 내가 자발적으로 껍질을 벗어줬다고 표현하는 게 더 맞을까. 사실 남자라면 사랑하는 여자가 쇼윈도 앞에 멈춰 서서 한참을, 정말로 한참을 물끄러미, 마네킹이 들고 있는 가방을 바라본다든가,

— 뭐해? 안 가?

라는 내 말에

— 으응…… 가야지…….

하고 말꼬리를 흐리며 고개를 돌리지 못하는 모습을 보인다든가 하는 걸 보면 누구라도, 정말 어떤 남자라도 사주고 싶은 게 당연하지 않은가. 물론 문제는 내가 어떤 남자인 동시에 거지새끼란 거였지만.

이쯤에서 앞으로 갚아야 할 카드 빚에 대한 얘기를 해야 할 것 같은데, 사실 카드 회사에서는 내게 카드를 만들어주면 안 되는 거였

다. 나는 옛날부터 워낙 뭘 갚지 않기로 유명한 녀석이었고 그래서 다들 내게 뭘 안 빌려줬는데 카드 회사 아줌마가 그걸 몰라서 나한 테 카드를 만들어주고 카드 회사가 내게 돈을 빌려준 거였다.

그날은 네 생일 며칠 전이었고 나는 네 선물을 사러 백화점에 들른 참이었다. 무엇을 살지, 주머니는 막막한데 어설픈 걸 줬다간 네게 죽도록 바가지를 긁히고 그 바가지로 얻어맞아 정수리가 깨 지는 건 아닌지, 왜 사람은 태어나서 생일이란 게 있는지, 머릿속 이 복잡했는데 그때 그 카드 회사 아줌마가

– 카드 만드시겠어요?

라고 물어봤고, 그때부터 내 운명은 뒤틀리고 말았다.

– 저도 만들어주나요?

라는 질문에 아줌마는

– 학생이에요?

물었고,

– 직장인요.

하자마자 냉큼 카드를 만들어주었는데 이래도 되나 싶을 정도 로 간단했고, 이 사람들이 왜 나를 믿나 의문이 들지 않는 것은 아 니었으나 좋은 게 좋은 것 같았다.

나는 인턴 석 달차에 '직장인요.'라고 대답할 수 있는 것이 좋았 고 네게 뭘 척척 사줄 수 있다는 게 좋았다. 좋았기 때문에 나는 몇 개의 카드를 더 가졌다. 카드가 있었기 때문에 긁었고, 긁다가 안 긁히면 다른 걸 꺼내서 긁고 그랬는데 이제, 네가 떠나고 난 후 빨 다 버린 사탕이 된 나는 인턴은 진작 끝났고, 인턴이 끝나니까 이

제 직장인이라고 대답할 수도 없는 상황이 됐고, 그래서 나는 씹다 버린 껌처럼 바닥에 들러붙어서 그저 빚 갚을 일만 남았는데 돈도 없고, 그러니 이제 문서세단기에 들어간 영수증처럼 잘게 썰려 버려지는 일만 남았는데 너는 이미 내 곁에 없는 거였다.

카드 회사에서 자꾸 전화가 왔지만 받지 않았다. 어차피 돈도 없었고 네게 받아낼 수도 없었다. 그러나 분명히 해둘 것은 그게 너의 빚이라는 거였다. 그렇다고 네게 갚으라 할 건 아니었고, 사실 내가 생각하는 너의 빚 갚는 법은 따로 있었다. 그것은, 네가 이별 선언을 철회하고, 돌아와 나를 사랑한다고 말하고, 네 못된 성격을 고치고, 나의 비위를 맞추고, 마침내는 나와 결혼하는 것이었다. 간단하고 깔끔하게. 왜냐하면 나는 아무래도 네 생각을 멈출 수 없었고, 너를 여전히 사랑하는 것 같았기 때문이었다. 그래서 내가 청혼까지 했었는데 정말, 빌어먹을.

아무튼 네가 고양이를 잃어버렸다는 글을 올린 것은 사흘 전 오후 네시 사십칠분이었다. 휴대전화를 열어보니 그보다 꼭 십분 전에 내가 전화를 걸었던 기록이 남아 있었는데, 그때 너는 고양이를 찾는다는 글이나 쓰고 있었던 모양이었다. 그로부터 사흘이 지났으니 지금쯤 너는 바짝 애가 달아 있을 터였다. 나는 네가 남긴 글과 댓글들을 찬찬히 훑었다. 다행히 아직 찾았다는 내용의 글은 보이지 않았다.

그러다 나는 네가 가장 최근에 남긴 댓글을 발견했다. 그것은 공지 사항으로 올라 있던 정기 모임 안내문에 달려 있었다.

〈우와, 꼭 참석할게요!〉

꼭 참석하겠다고? 나는 코 끝이 닿을 정도로 바짝 모니터로 다가갔다. 정모 날짜는 바로 다음 날이었다. 나는 쾌재를 부르며 방 구석에 널브러져 있는 쿠치를 돌아보았다. 너를 만날 수 있는 기회로, 이보다 자연스러울 수 있을까? 네가 '어, 오빠가 여기 웬일이야?' 하면 나는 쿠치를 내밀며 '걱정 많이 했지? 네 사랑을 잃어버려서. 나도 그랬어. 널 정말 보고 싶었어.' 하면서 너를 꼭 안아주면 게임 오버, 게임 셋, 승리의 함성아 울려 퍼져라, 뭐 그렇게 될 것이었다. 나는 낄낄 소리 내 웃으며 의자에서 내려왔다. 나는 너와의 재회를 상상하며 바닥에 등짝을 대고 누워 한참 동안이나 웃어댔다. 캐리어가 필요할 것 같았다.

다음 날이 되었지만 캐리어는 사지 않았다. 왜냐하면 낄낄대다 잠들어버렸기 때문이었는데 사실은 고양이 데리고 겨우 역 몇 개를 가려고 돈을 쓰는 건 아무래도 낭비라고 생각했기 때문에 잠을 잘 수 있었던 것 같기도 하다. 물론 고양이를 옮기는 데 겨우 그런 허접한 새장이나 짝퉁 버버리 같은 것보다는 내 노트북 가방이 더 튼튼해 보인 이유도 있었을 것이다. 아무튼 시계를 보니 당장 튀어나가야 정시에 도착할 것 같았다. 나는 씻는 것을 포기하고 노트북 가방에 고양이를 박다시피 집어넣고 약간의 숨 구멍만을 남겨놓은 뒤 지퍼를 잠갔다. 정모 장소엔 지하철을 타고 가야 했다.

날씨가 좋았다. 날씨는 계속 좋을 것 같았다. 신록이 푸르렀다. 아, 너무 푸르러서 진짜. 나는 햇살을 느끼며 길을 걸었다. 네 얼굴이 당장 눈에 선했다. 나는 주머니를 뒤져 적어온 약도와 시간을 다시 한 번 확인했다. 씻지 않길 잘해서, 시간은 충분했다. 이제 카운트다운이 시작되었고 너는 울 일만 남았겠지. 말하자면 감동의 눈물이었는데 그것이 내 계획이었다. 내 계획의 근거라곤 가방에 든 하얀 수고양이뿐이었지만 그게 내 히든카드였고 마지막 남은 칩이었고 절대로 실패란 없을 거였고 그러므로 그럴 확률 따윈 계산할 생각도 하지 않은, 그것은 마치 '무조건 당첨! 꽝 없음!'의 느낌이었다.

막 계단을 내려섰을 때 지하철이 도착했다. 좋은 서막 같았다. 문이 닫히고 자리에 앉은 나는 쿠치가 든 가방을 손으로 쓰다듬었다. 녀석이 뒤척이는 게 느껴졌다. 나는 진정하고 싶었지만 심장이 정신없이 뛰어 심호흡을 해야 했다. 지하철이 터널 속으로 빠르게 빨려 들어갔다. 그래, 지금은 터널이지만, 어둡고 좀 축축하고 그렇지만, 곧 빛이 나올 것이었다. 동굴과 터널이 다른 점은 바로 거기에 있었다.

지하철은 나를 빠르게 네게로 데려가고 있었다. 너무 빠른가 하는 생각이 들었다. 괜히 걱정이 들었지만 그래도 내겐 고양이가 있었으므로 나는 최대한 진정하기 위해 노력했다. 그래, 내겐 고양이가 있어. 네가 가장 갖고 싶어 하는 게 있어. 루이비통 핸드백보다 더 간절히 바라고 원하는 게 내게 있어. 그러니까 긴장할 거 없고, 사실 긴장해봤자 소용없고, 왜냐면 내겐 고양이가 있으니까, 괜찮아.

건너 창에 내 모습이 비쳐 보였다. 씻지 않았는데도 평소보다 잘생겨 보였다. 가을치곤 날이 더운데도 아디다스 저지를 입고 온 게 탁월한 선택이었다. 나는 그 옷이야말로 패션의 종결이라고 감히 주장할 수 있었다. 무엇에 받쳐 입어도 곧잘 어울리는 그것을 나는 녹색, 파란색, 금색 줄이 들어간 검정, 흰색 줄이 들어간 검정, 이렇게 네 벌이나 갖고 있었다.

다음 역은 홍대입구, 홍대입구역입니다. 나는 아디다스 저지의 옷깃을 여몄다. 그러니 디스 스테이션 이즈 메이비 유. 나는 이번 역은 너라고 생각했다. 내 사랑의 종착역. 예쁘고 못돼 처먹은 너.

지하철에서 내려 2번 출구로 나가 오분 정도 쭉 길을 따라 내려가다 이 골목 저 골목을 몇 번 꺾으면 카페가 하나 있다고 했다. 나는 약도 가장자리에 박힌 마지막 골목을 돌았다. 과연 진녹색 포치가 달린 작은 카페테리아가 하나 보였다. 나는 마지막으로 머리를 한 번 더 매만진 뒤, 카페 쪽으로 천천히 다가섰다. 카페는 이층 건물의 일층에 있었고 양옆으로 시멘트 벽이 세워져 있었다. 아이보리색 무광택 페인트로 칠해진 시멘트 벽엔 담쟁이넝쿨이 다닥다닥 엉겨 붙어 있었고 볕이 너무 잘 들어 방문 시 선크림을 지참하시오, 라는 안내문이 필요할 법한 통유리 창에는 흰 선으로 고양이 실루엣이 그려져 있었다. 어디서 많이 본 실루엣인데, 생각하며 고개를 들자 포치에 흰 글씨로 'Raison'이라고 적힌 것이 보였다.

고동색 창살이 촘촘한 카페 대문에는 'closed'라는 표찰이 걸려 있었으나 그것은 환영의 표식이 될 수 있었다. '닫혔다는 표찰이 걸려 있을 테지만 신경 쓰지 말고 들어오세요.' 문 앞에 선 나는 공지를 곱씹으며 노트북 가방끈을 고쳐 맸다. 어느새 심장이 바짝 달아올라 있었다. 고환 근처에서 맥박이 뛰는 것이 느껴졌다. 마치 처음 네 안에 들어갈 때와 같은 긴장감이 문고리를 쥔 손으로부터 온몸으로 퍼져 나갔다. 마침내 나는 카페로 들어섰고 너를 찾기 위해 목을 뽑았다. 그러나 나를 맞이한 것은 너도 아닌 지옥이었다.

"이거요? 지금 이거라고 하셨어요?"

나는 급격히 피로해지는 것을 느꼈다. 무슨 말이 먹혀야 설명을 할 텐데 여자는 귓구멍에 고양이 털이라도 틀어막은 듯 내 말은 들으려 하지도 않았다. 고양이를 위한다는 정당성 하나를 가지고, 감히 고양이님을 욕보인 나는 당장 처단돼도 이상하지 않다는 듯, 분위기는 여자를 중심으로 험악하게 흘러가고 있었다.

'고양이를 안 키우는데 여긴 왜 왔어?'

'그럼 저 고양이는 누구 고양이야?'

'주웠대요.'

'주웠으면 주인을 찾아줄 것이지 여긴 왜 왔지?'

사람들은 수군거리는 걸 멈출 생각이 없어 보였다. 나는 애초에 변명거리로 준비해두었던 고양이 주인을 찾아주기 위해서, 같은 말들을 입안에서 짧게 굴리다, 다 귀찮고 이제 앉아서 카레 접시나 내려다보고 싶다고 생각했다. 여자는 계속해서 고양이를 이거, 라고 불러선 안 되는 이유에 대해 역설하고 있었는데 여자와 대면하는 것은 카레라이스보다 훨씬 더 끔찍한 일이기 때문이었다.

어느 순간부터 여자의 말은 귀에 들어오지도 않았다. 여자는 너무 긴 시간 동안 나를 물고 늘어지고 있었다. 눈앞에서 뻐끔거리는 여자의 입술을 보며, 나는 그래도 참으려 노력하고 있었는데,

여자가 너무 갈구니까 아무래도 슬슬 참기 힘들어지는 것을 느꼈고 그래서,

"……상관이에요?"

"뭐라고요?"

"내가 고양이를 이거라고 부르든 저거라고 부르든 무슨 상관이냐고요. 이게 그쪽 고양이예요?"

참다 참다 못 참아서, 시비조의 목소리가 마구잡이로 튀어나온 것이었다. 나는 참기 위해 이를 악물었지만 잇새로 새어 나오는 거친 숨소리가 더 나쁜 결과를 초래하는 것 같았다.

"고양이를 가방에 넣어온 게 잘못됐다고 칩시다. 그걸 내가 알고 그랬어요? 좋게 설명해주면 어디 덧납니까? 고양이 좋아하는 사람들은 다 그쪽 같아요?"

"아니, 생각을 해보시면 알 거 아니에요. 상식적으로……."

"그리고 고양이를 이거라고 부르면 안 되는 이유가 뭡니까? 사람한테도 이거 봐라, 하는 마당에 고양이한테 그러면 안 되는 이유가 뭐냔 말이에요. 고양이가 알아듣기나 한답니까?"

"아니, 고양이도 하나의 생명첸데 이거라는 표현은 사물에나 쓰는……."

"아, 됐고, 제가 옮기겠습니다. 그럼 됐습니까?"

거기까지 말한 나는 접시와 가방을 들고 자리에서 벌떡 일어났다. 의자가 끽, 바닥을 긁으며 듣기 싫은 소리를 냈다. 나는 이 모든 것이 네가 만들어놓은 함정이 아닌가 생각될 정도로 엿 같다고 느꼈다. 속이 부글부글 끓었다. 그러게 너는 왜 온대놓고 안 와

가지고 사람을 이렇게까지 열 받게 하는지, 저 여자는 뭔데 진짜 나를 프라이팬에 달달 볶아 참깨까지 뿌려 잡아먹으려 하는지 이해할 수가 없었고, 내가 정말 여기 왜 왔는지, 성이 나서 견딜 수가 없었다.

"별 고슴도치 같은 게."

나는 내뱉듯이 말하고 등을 돌렸다. 여자를 포함한 모두의 시선이 등에 다가와 박혀 커다란 문신을 새기는 것 같았다. 쟤, 뭐니? 같은 느낌의 커다란 레터링이었다. 말이 좀 심했나 싶기도 했지만 사과하고 싶지는 않았다. 그러게 왜 묻지도 않고 카레라이스를 주고 그랬냐고, 왜 일말의 설명도 없이 나를 비난하고 들었냐고, 따지고 싶은 것은 내 쪽이었다.

나는 비교적 한산한 옆 테이블로 가 앉았다. 기분 탓인지 불과 몇 미터 차이라고는 믿을 수 없을 만큼 냉랭한 기운이 맴돌고 있었다. 어딘지 구석져 있었고 그늘진 냄새가 났으며 묘하게 축축한 느낌이 들었다. 물에 불은 미역 같은 분위기의 테이블이었다. 접시를 내려놓자 옆에 있던 사람이 자신의 접시를 제 쪽으로 약간 끌어당기는 게 보였다. 피해야 하는 사람이 된 것만 같은 기분이었다. 나는 약간 움츠릴 뻔했으나 여러 의미가 담긴 따가운 시선들이 내게 박혀 있는 것이 분명한 이상 그걸 드러낼 순 없었다. 그것이야말로 패배였고 나는 지는 것을 좋아하지 않았다. 나는 태연한 척하기 위해 부러 카레라이스를 한입 크게 퍼먹었다. 빌어먹을 노란 맛이 입안 가득 퍼지긴 했지만 달리 대처할 일이 눈에 띄지 않았다.

이 상황이 편한 것은 고양이들뿐이었다. 자리를 옮겼음에도 여전히 불쾌하고 불편한 공기가 자욱했다. 다들 많이도 수군거렸고 모두들 어지간히 힐끔거렸다. 나는 그대로 집에 가고 싶었다. 집에 가서, 카레고 뭐고 다 때려치우고, 참치김치찌개를, 오늘은 피곤했으니까 참치 한 캔을 다 넣어서 끓여 먹고, 깊은 잠을 자고 싶었다. 나는 나갈 타이밍을 노리려 슬쩍 뒤를 돌아보았다. 고슴도치 여자가 나를 처다보고 있는 게 보였다. 심장이 덜컹 내려앉는 것 같았다. 기분 탓인지, 여자의 눈빛에서 살기가 느껴졌다.

나는 카레 맛 혀를 이로 긁어내며 카페를 떠날 기회를 노리고 있었다. 어쩐지 느낌이 좋지 않았다. 나는 언젠가 너를 화나게 했을 때 네가 했던, '고양이는 복수를 한다'는 투의 말이 별안간 머릿속을 가로지르는 것을 지켜보고 있었다. 나는 만에 하나 여자가 내게 다가와 어떠한 복수, 이를테면 나를 할퀸다든가 깨문다든가 하는 것을 주의하기로 마음먹으며 친구의 꼬드김으로 한 달인가 배우다 말고 때려치웠던 복싱의 기본기를 되새겼다. 주먹을 쥐고, 이렇게, 이렇게.

몇 분 후 여자가 다시 내게 다가왔을 때, 나는 주먹에 힘이 들어가는 것을 느꼈다. 여자는 키가 크고 무섭게 생겨서 나는 떨려오는 것을 참기 힘들었지만 여자를 상대로 떠는 것은 말도 안 되는 일이었다. 그러나 내 가까이 다가선 여자가 고개를 모로 살짝 기울여 보이자 나는 긴장하지 않을 수 없었다. 오른손을 먼저 뻗었던가. 아니, 왼손이다. 왼손이 잽이니까……. 나는 숨을 골랐지만 여자의 손이 내 어깨를 짚었을 때는 얼어붙다시피 했다. 나는 여자의 손바닥으로 느껴지는 미지근함이 어떤 의미인지 알아내기 위해 애를 썼다. 분노인가, 관용인가? 여자는 충분한 시간을 들여 자신의 감정을 갈무리하는 데 성공한 것 같았다. 그 증거로 여자는 어중간한 미소를 입가에 띠고 있었다. 나는 왠지 모를 불안감을 느꼈다. 누가 선빵을 날리는가, 긴장하며 마른 침을 어렵사리 삼키는 순간 여자가 먼저 선공했다.

"사실 회원님이 잘못하신 건 없죠. 싫은 걸 좋아하라고 할 수도 없는 노릇이니까."

– 잽?

"우린 그런 걸 강요하는 사람들이 아니랍니다."

– 원투.

"기왕 오신 거 많이 드시고 재밌게 놀다 가세요. 카레 부족하면 더 달라고 하시고요."

– 카레라이스로 라이트 훅!

"앞으론 고양이도 부디 좋아해보시길 바라요. 알게 되면 정말 멋진 존재거든요."

– 어퍼컷으로 케이오…….

나는 별안간 쏟아지는 주먹에 가드 한 번 못 올리고 만신창이가 돼버린 스스로를 발견하고 아연해졌다. 뭐야, 이건. 주먹이 날아오는 걸 본 사람이 있나? 나는 못 봤는데.

첫 번째로 대치했을 때, 나는 내 태도가 무례한 걸 알면서도 네가 먼저 무례했으니까, 하고 뻗대는 마음으로 여자를 상대했다. 그런데 여자는, 영악하게도, 나의 무례에 무례로 답하기보다는 분명한 매너를 지키며 나를 대한 거였다. 그것은 얼핏 관대한 듯 보였지만 좀 더 들여다보면 나를 짓밟기 위한 속내가 확연했다. 나는 감정적으로 널브러져 여자를 올려다보았다. 여자는 친절한 듯 미소 짓고 있었지만 나는 그 너머의 히죽거림을 분명히 간파해냈다. 여자는 생각보다 머리가 좋았다.

고슴도치 여자가 손바닥으로 내 어깨를 두어 번 토닥이고 등을 돌리자, 갓 뽑은 순무처럼 알싸한 패배감이 온몸을 휘감는 것이 느껴졌다. 여자는 자신이 할 수 있는 최선의 공격을 했고 나는 최선을 다해 얻어맞은 듯했다. 여자는, 여자는 자신이 잘못한 주제에 '사실 회원님은 잘못한 게 없다'고 말하는 방식으로 상황이 내 탓임을 못 박고도 자신의 관용을 드러냈고, 강요 이상의 강압을 해댄 주제에 직접적으로는 드러나지 않은 점을 방패 삼아 '우린 그런 걸 강요하는 사람들이 아니'라며 자신들의 배타를 감쌌으며, 또한 '우리'라는 단어 사용으로 나를 한층 더 소외했고, 접시를 받은 후로 내내 역겨움을 감추지 못했던 나의 표정을 두 눈으로 똑똑히 봤으면서도 '부족하면 더 달라고 하시'라며 내 속을 더욱 뒤집어놓았으며, 고양이를 '알게 되면 정말 멋진 존재'로 표현함으로써 고양이를 좋아하지 않는 내 취향을 나의 무지 탓으로 돌려버렸다.

나는 시선과 맞서 싸우며 비틀비틀 상처를 수습하려 애썼다. 이건 예상치 못한 방향이었다. 이전의 상황을 모르는 누군가가 그 순간 들어와 여자의 말만 들었다면 영락없이 나를 친절하고 성숙한 이들에게 반항하는 무지렁이 소인배로 판단할 정도였다. 차라리 여자가 쌍욕을 하며 내 따귀를 올려붙였다면 더 나았을 것을. 할퀴거나 깨물었다면 좋았을 것을. 나는 무언가 소중한 게 망망대해로 떠내려가는 듯한 상실감을 뼈저리게 느끼며 멀어지는 여자의 의기양양한 뒷모습만 쳐다보았다. 속이 쓰렸다.

영화나 드라마에서 어떤 인물이 난데없는 불안감을 느꼈을 때, 그가 죽거나 다치지 않기 위해 할 수 있는 선택은 당장 달아나는 것뿐인 듯 보인다. 사건의 흐름에 있어 왠지 모를 불안한 것들은 가장 중요한 한 획을 긋고는 하니까. 그러나 언제나 그들은 기회를 다 엿보기도 전에 별안간 급류에 휩쓸리곤 했다. 그들은 알면서도 당했고 나 역시 다를 바 없었다.

나는 애초에 달아나야 했다. 옆 테이블로 옮겨가는 것이 아니라 당장, 고양이를 챙겨들고 나가야 했다. 나와 여자는 빤한 승부를 겨루고 있었다. 그것은 일종의 병신 올림픽 같은 일이었다. 져도 병신, 이겨도 병신인 그 상황에서 무례하게 승리한 나는 이긴 병신이 되긴 하였지만 진 병신들의 특징이란 패배를 부끄러워하지 않고 몇 번이고 얄팍한 수작을 부린다는 것이었다. 나는 충분히 그것을 경계하고 있었지만 보초병을 세운다고 성이 함락되지 않는 것은 아니었다. 여자의 역습은 유효했다. 나는 분명히 패배했다.

'운영자님은 정말 친절하셔.'

'저희 집사들의 귀감입니다.'

'그렇게 살다간 이용당하기 십상이에요. 걱정되네.'

같은, 여자를 칭송하는 말이 쏟아지는 것이 들려왔다. 여자는 승기를 되찾고, 칭찬 받고, 타의 귀감이 되고 있었다. 나는 끓어오르는 속을 진정시키기 위해 노력하고 있었다. 왜냐하면 그건 너무 불공평한 일이었다. 양심이 있다면 하나쯤은 포기했어야 하는 거 아닌

가. 예를 들어 첫 번째 대전에서 나는 분명히 이겼지만 여론을 버렸고 악인이 되었다. 그렇지만 패자를 짓밟는 일도 없이 깨끗이 뒤돌아섰다. 그런데 저 여자는 대체, 이건 너무하지 않은가.

이긴 병신에서 진 병신으로 격하된 나는 아무래도 더는 그 자리에 있을 수 없다고 생각했다. 그러게 싸움은 끝까지 해봐야 안다고 했던가. 그러지 않으면 약이 바짝 오른 상대가 집어 든 빨간 벽돌에 뒤통수를 까여 선혈을 흘리게 될 거라고. 그게 누가 말한 거였더라. 나는 그 경고가 손자병법에 있었는지 한때 열광했던 그 게임 게시판에 있었는지를 되짚어보며 고개를 떨어뜨렸다. 불길함을 느꼈을 때 당장 나가지 않은 스스로가 저주스러웠다.

내가 여기 대체 왜 왔을까. 고양이를 키우지도 않고, 고양이를 좋아하지도 않는데. 애초에 여기 온 게 잘못이었을까. 그래도 나는 고양이를 싫어하지는 않았다. 돌멩이를 던진다거나 지나가기만 해도 학을 떼며 발로 찰 정도의 그런, 이를테면 증오 비슷한 감정을 동물에게 갖는 것은 내 성격도 아니었다. 너 때문에 고양이라는 동물에 회의를 갖게 되긴 했지만 그럼에도 고양이에게 공을 들여 너를 붙잡고 마음을 돌리기 위한 방편으로 삼기 위해서라도 그 동물에 대해 생각했다. 세상에는 그런 관심도 있는 법이었다. 그게 잘못된 거였을까?

어쩌면 나는 기아 타이거즈 단복을 입고 롯데 자이언츠 응원석에 앉아 있는 거나 다름없었다. 아니, 아니었다. 그보다 훨씬 더 나빴다. 그런 경우에는 최소한 야구를 좋아한다는 공통점이라도 있었으니까. 그것은 오히려 터키시 앙고라 파와 샴 고양이 파 간의 대립

이었지, 나와 그들의 경우와는 차원이 달랐다. 차라리 나는 확성기를 들고 야구장 응원석 한가운데서 벌떡 일어나 '나는 야구를 좋아하지 않아요. 취향에 이유가 어디 있어요, 씨발.' 하고 있는 것이나 다름이 없었다. 그러니 몰매를 맞는 게 당연하고 미친놈 취급받는게 당연하고 추방돼야 마땅한 전염병자로 몰리는 게 당연할 수도 있을 테지. 왜냐하면 나는 고양이를 좋아하지 않으니까. 고양이를 좋아하지도 않으면서 고양이 애호 카페 정모에 왔으니까.

그렇지만 또 달리 생각해보면 야구장에 가는 모든 사람이 야구를 좋아하는 것은 아니었다. 누군가는 맥주를 마시러, 누군가는 데이트 삼아서, 누군가는 심심해서 그곳을 찾을 수 있었다. 야구 경기의 목적과 야구장 방문의 목적은 다를 수 있으니까. 그와 마찬가지로 고양이를 기르는 목적과 달리 고양이 카페 정모의 목적은 애호에 있는 것만이 아니었다. '친목'으로 분류되어 있는 카페의 카테고리와 공지사항에 게시된 누구든 환영한다는 말에 기초한다면 그들은 내게 그렇게 해서는 안 되는 거였다. 나는 환영받아야 마땅했고 내가 쿠치를 데리고 온 진짜 목적이 너를 만나기 위해서라고 해도, 그 스포츠를 좋아하지 않는 사람이 야구장에서 야구를 좋아하는 누군가와 함께 있기 위해 싸구려 핫도그를 먹는 것이 허용된다면 내가 배척될 이유는 하등 없었다. 빌어먹을, 나는 어금니를 깨물었다.

정신을 차려보니 카레 접시가 치워지고 있었다. 식사 시간이 끝난 모양이었다. 나는 그나마 노란 공기가 옅어지는 것을 느끼곤 안심했다. 내 접시 먼저 치울 것이지. 파마머리 종업원은 내게

서 한참 먼 테이블부터 느릿느릿 치우고 있었다. 하여간 숨 쉬기도 편해졌겠다, 이제 나가기만 하면 될 텐데. 그런데 어떻게 고양이를 가방에 담지?

나는 오른손을 뻗어내려 가방 위치를 확인했다. 조용히, 썰물처럼 빠져나가고 싶은 마음이 굴뚝같았지만 쿠치 녀석이 저 높은 쪽에 앉아 있는 것을 생각하면 그조차 간단할 것 같지는 않았다. 쿠치, 쿠치 불러봤자 녀석은 듣지도 못하니까 나는 결국 저 찬장, 내 키보다 한참은 높은 그곳에 대고 폴짝폴짝 뛰며 슬랩스틱 코미디 같은 것을 해야 할 것이었다. 나는 막막한 기분에 이마를 감싸 쥐었다. 더 이상 조롱거리가 되고 싶지는 않았다.

개박하를 쓰기엔 다른 고양이들이 너무 많이 꼬일 것 같은데. 도대체 어떻게 하면 저 많은 고양이들 가운데서 쿠치만 쏙 빼서…… 그런데 저건 뭐지, 디저트인가.

쿠치를 노려보던 내 눈에 밀차를 밀고 나오는 다른 종업원이 들어왔다. 포니테일 종업원은 민트색 커튼을 열어젖히며 부엌에서 나오는 중이었다. 뭐지? 뭘까? 바에 가려져 밀차에 놓인 게 안 보이는 것이 아쉬웠다. 왜냐하면 나는 단것을 바라고 있었기 때문이었다. 맵고 짠 음식 뒤에 달콤한 디저트를 바라는 것은 관계 후 담배를 찾는 것만큼이나 본능적이고 당연한 순서였다. 그러니 나는 아무래도 좀 기대할 수밖에 없었다. 혹시 카운터 아래 유리 냉장고에 든 케이크는 아닐까? 뉴욕 치즈 케이크나 산딸기 무스 케이크 같은 것……. 나는 침이 고이는 것을 느꼈다. 물론 기대는 하지 않는 것이 좋았다. 기대를 하면 실망을 하기 쉬웠고 또 한 번 실망을 하기에 나는 너무 지쳐 있었으니까. 그런데 한심하기도 하지. 나는 또 당하고 말았다.

밀차 위에 놓여 있는 것은 블랙커피였다. 까만, 검정, 블랙커피. 맙소사, 어떻게 카레 다음으로 블랙커피를 줄 수 있단 말인가. 나는 또 한 번 묻지도 않고 대접받게 된, 하얀 머그잔과 그 위로 피어오르는 흰 김을 보며 현기증을 느꼈다. 무언가가 큰 소리를 내며 무너지는 것 같았다. 그것은 내 기대와 카레라이스로 얼얼해진 내 혀, 현기증 나는 식도에 시너와 불붙은 라이터를 통째로 집어넣어버리는 메뉴 선정이었다. 나는 분노할 기력도 없었으므로 도리어 절망했다. 뜨끈하고 씁쓸한 액체가 블랙홀 같이 검게 나를 빨아 당기는 것 같았다. 블랙커피는 너의 메뉴였다. 나는 블랙커피를 마시지 않았고 너는 내가 달콤한 커피 마시는 걸 싫어했다.

- 오빠 왜 만날 캐러멜마키아토만 마시니?

- 뭐? 생크림을 추가하겠다고?

- 원두의 깊은 맛을 느껴봐. 이게 다 아프리카 아이들이 뙤약볕에서 한 알, 한 알…….

너와 만날 때면 나는 항상 내 음료에 대해 변명해야 했는데 그렇게 넘어가기만 했으면 그렇게까지 화가 나진 않았을 것을 너는 매번 기가 차다는 듯, '에스프레소는 마셔봤냐'고 놀려댔고 '촌스럽다'고 핀잔했다. 그러나 내가 보기에는 너야말로 세련과 거리가 멀었으니, 너는 커피 열매가 처음부터 까맣다고 알고 있는 멍청한 애였기 때문이었다.

내가 달콤한 커피를 좋아한다고 생각하는 것은 너의 착각이었다. 나는 커피 자체를 별로 좋아하지 않았다. 생크림과 캐러멜을 넣지 않은 커피는 내게 먹물이나 다름없었다. 묘한 향이 나고 색깔이 거무칙칙한. 그런데도 나는 너를 위해 커피를 함께 마셔주었는데 너는 내게 촌스럽다, 촌스럽다, 노래를 불렀던 거였다.

사실 나는 카페도 좋아하지 않았다. 터무니없이 비싸고 소란스러운 탓이었는데, 너를 만나는 날만 되면 하루에 한 번, 많게는 두 번씩 카페에 가 앉아 있어야 하는 게 고역이었다. 왜냐하면 너는 약속 장소를 매번 탐앤탐스나 스타벅스, 투썸플레이스, 파스쿠찌 앞 따위로 잡았기 때문이었다.

각 장소의 각 카운터 앞에서 주문을 할 때마다 너는 내게 아낌없는 핀잔을 주었다.

– 오빠가 커피를 달게 마신다고 오빠가 달콤해지는 건 아니잖아. 정말 모르겠어?

그럼 넌 네가 블랙커피를 마시면 시크해진다고 생각하냐? 나는 네가 지적할 때마다 따지고 싶었지만 핀잔을 받아치는 순간 그날 하루 종일 네게 시달릴 것이 뻔했으므로 매번 입을 다물었다. 네가 블랙커피를 주문할 때마다 들먹인 단어들을 생각하면 그보다 기가 찰 수는 없는 노릇이었다. 그것들엔 시크, 모던, 스타일리시, 엘레강스, 심지어는 바리스타까지 포함되어 있었는데 나는 그 알량한 쓴맛 나는 까만 물에 어떻게 그 모든 성격적 특성들이 동원될 수 있는지, 마침내는 블랙커피를 좋아한다는 이유만으로 바리스타라는 전문 직업을 가질 요건을 만족했다고 보는지 이해할 수 없었으나 비운 지 오래된 커피 잔의 밑바닥 무늬로 하루를 점치는 일에 과학적 근거를 들먹이는 맹신자를 설득하는 것처럼 막막한 마음에 나는 도리 없이 내 취향을 포기하곤 했던 것이다.

그렇다고 커피 말고 다른 거, 이를테면 홍차나 녹차나 뭐 이런 건 진짜 어떤 의미론 커피보다 더 못했는데 왜냐하면 커피는 볶은 콩을 우린 거였지만 녹차나 홍차는 이파리를 우린 거여서 정말. 아무튼 나는 다 마음에 안 들었고 그런데 그런 내게, 심지어 나를 그렇게 취급한 너를 잡으러 온 고양이 카페 정기 모임이라는 곳에서 내게 당연하다는 듯이 주어진 것이 카레라이스 다음으로 머그잔에 담긴 블랙커피라는 것이 내 눈을 돌아가게 만들었다. 무엇이 나를 실망시켰는지, 나는 무슨 기대를 왜 했는지.

그러게 정말, 나는 왜, 네 앞에선 왜, 한 번도 한순간도 따지지 못했으면서 너를, 달아난 너를 잡으러 여기까지 와 있는지. 정말 한심하고 짜증 나고 그래서 눈물이 날 것 같은데 그게 꼭 네 탓이나 사람들이 날 괴롭혀서는 아닌 거 같고, 아마 카레라이스 냄새나 어쩌면 나도 모르는 고양이 털 알레르기 따위 때문이 아닐까 나는 생각하면서 약간 눈물을 글썽거렸는데, 눈물이 글썽거린다고 해서 그 상황이 슬픈 종류의 것은 아니었고 오히려 열이 받는 상황이었고, 왜냐하면 여자가, 고슴도치 여자가 홈그라운드라는 것 하나 믿고 나한테 덤빈 걸 보면 정말, 그 여자는 왜 나보다 키까지 커서 나를 굽어보면서 비참하게 했는지 그걸 말리지 않은 사람들은 또 뭔지, 다 미웠는데 또 생각해보면 내가 미워할 건 그 사람들이 아니라 내가 여기 온 게 너 때문이니까 오히려 기가 막힌 예지 능력으로 날 만나는 걸 피해버린 네가 더 미워야 마땅할 것 같기도 했지만, 걔들이 안 미운 건 또 아니어서 전부 다 머릿속으로라도 능욕해버리고 싶은 그런 생각이 줄을 섰고, 어차피 같은 족속들, 너나 걔들이나 애호가들이니까 나로선 너와 걔들 어쩌면 고양이까지 해서 전부 엉겨 야옹거리며 뒹굴어대는 그런 상상을 하지 않기가 어려웠다. 등허리에 손톱을 박아 넣으며 헐떡이는 검고 추한 인간들. 나는 정신이 혼미해지는 것을 느꼈다.

목구멍이 간질간질해 기침을 할 것 같았지만 눈앞에 놓인, 뜨거운 블랙커피는 아무것도 해결해줄 것 같지 않았다. 커피 위에는 체하실까 봐 몇 올 띄웠사옵니다, 할 것 같은 모양새로 고양이 털이 둥둥 떠 있었다. 코가 너무 간질거렸고 커피는 더러웠고 사람들은 여전히 떠들고 있었다. 그들은 계속 멍청한 이야기들을 늘어놓았는데 이 모임의 기념품이 무엇인지는 몰랐으나 적어도 그 머저리 같은 대화를 견딜 만큼의 값어치는 못할 것이 분명했다.

'우리 도련님 그루밍 하는 것 좀 보세요. 어쩜 저렇게 우아할까요.'

'캣 타워를 직접 만드셨다고요? 정말 부지런하시네요.'

'어머, 쟤 식빵 굽는 것 좀 보세요. 귀여워라.'

'우리 아가씨 젤리 발바닥은 또 어떻고요!'

가게 안은 난장판이었다. 흰 털이 잔뜩 붙은 지저분한 옷을 신경쓴 듯 차려입은 남자와 여자들, 그들의 검은 매니큐어와 뿔테 안경, 사방을 미친 듯이 뛰어다니는 고양이 떼와 고양이 똥 냄새, 화장실 모래에서 피어난 먼지…… 나는 냉수 한 잔이 간절했다. 목이 바짝바짝 탔고 이제 뭐 기념품 뭐 회비 만 원 뭐 그런 거 다 필

요 없고 얼음 띄운 물 한 잔만 내게 준다면, 기왕이면 레몬 조각 하
나 넣어서 준다면 고슴도치 여자라도 용서할 수 있을 것 같았다.
그러나 구석의 물통은 텅 비어 바싹 말라 있었고, 그 와중에 보인
가게 문에 붙은 종이 한 장은 나를 더욱 기가 차게 만들었다. '고양
이가 달아날지도 모르니 문을 열기 전에 꼭 말씀해주세요.' 나는
목이 마른 와중에도 손을 놓으면 달아날지도 모르는 짐승을 왜 굳
이 키우는지 도무지 이해할 수 없었다.

'하긴 태생이 어떻든 고양이들은 그렇죠.'

'아뇨, 업둥인데 저렇게 도도하네요.'

'댁의 도련님은 오드아이가 정말 선명하네요.'

'그렇죠. 제 자랑이랍니다.'

'그럼 귀가 안 들리겠네요?'

'아뇨, 다 그런 건 아니에요. 그렇지만……'

그래, 나도 귀가 잘 안 들렸으면 싶었다. 내가 그때까지 그 자
리에서 일어나지 않은 것은 순전히 자존심 탓이었다. 불쾌한 일을
당하고 곧바로 자리를 뜬다면 그 뒤에 따라올 것은 비아냥거림이
분명했다. 이건 네게 당하면서 배운 결과였는데 그러니까 병신 같
은 놈, 고양이도 안 기르는 새끼, 고양이도 모르는 새끼, 고양이도
이해 못하는 새끼, 카레 하나도 못 먹는 새끼, 커피엔 꼭 생크림을
올려야 한다고 믿는 새끼, 세상 평범한 새끼, 평범한 것 외에는 아
무 장점도 없는 새끼…….

평범한 게 왜 나쁘냐는 말은 그들에게 통하지 않을 것 같았다.
네게도 그랬으니까. 나는 너에 대한 그리움이나 분노가 놓였던 자

리에 거기 있는 사람들에 대한 진절머리를 던져 넣었다. 모든 것, 숨 쉴 공기에서부터 딛고 선 바닥까지, 그들은 내게서 선택권이라는 것을 완벽하게 빼앗은 것처럼 보였다. 우린 그런 걸 강요하는 사람들이 아니라고? 그들은 충분히 내게 그러고 있었다. 나는 부글부글 끓어오르는 속을 다스리려 애썼지만 울렁거리는 울화는 금방이라도 토악질로 뿜어져 나올 것 같았다. 나는 좀 전에 카레를 한 입 먹은 걸 후회하고 있었다. 입에서 코로, 코에서 귀로 노란 안개 같은 것이 유독 가스처럼 번져 올랐다.

나는 마침내 자리에서 일어났다. 더는 무리라는 생각이 지배적이었다. 슬랩스틱이건 매직스틱이건 조롱거리가 되건 황조롱이가 되건 당장 그곳을 나가기로 마음먹은 차였다. 쿠치를 잡아서, 가방에 넣고, 이곳을 떠나자. 그리고 다시는, 이런 곳에 발도 들이지 말자. 너고 뭐고, 너고 뭐고, 하여간 이런 곳에 다시는, 생각하며 나는 테이블 옆에 놓아둔 노트북 가방을 집기 위해 허리를 숙였다. 그런데 그때,

"어디 가세요?"

누군가 덥석 손목을 쥐었다.

고개를 들자 내 옆에 앉아 있던 여자가 내 손목을 쥐고 있는 게 보였다. 나는 역시 고양이 털이 붙은 검은 옷을 입고 검은 매니큐어를 바른 여자의 손길이 싫어 홱 뿌리치려 했지만 여자의 악력은 생각보다 셌다. 여자가 물었다.

"왜 고양이를 싫어하세요?"

뭐라고? 나는 여자를 무섭게 노려보았지만 여자는 내가 뭘, 하는 표정으로 어깨를 약간 으쓱해 보일 뿐이었다.

"뭔가 오해가 있는 것 같은데요. 저는 고양이를 싫어하지 않습니다."

나는 날카롭게 대답했다. 그건 정모에 참석한 불과 몇 시간 동안 온통 위선적인 모습만을 보여주었던 고슴도치 여자와 여타 회원들에 대한 분노의 표현이나 마찬가지였다. 나는 여자가 손목을 쥔 게 싫어서 벗어나려 했지만 잘 되지 않았다. 그 악력이란 이 여자와 팔씨름을 하면 내가 질지도 몰라, 하는 생각이 들 정도로 강력한 것이었다.

"그럼 뭘 싫어하세요?"

여자는 어딘가 순진해 보이는 표정으로 다시 물었는데 목이 탈대로 타고 신경 날카롭기가 얼음송곳보다 더했던 나는 여자가 자꾸 안 놔주니까 아, 왜 이러세요, 진짜, 싫어서 짜증스럽게 쏘아붙였다.

"아니, 제가 뭘 싫어하느냐고요? 이보세요. 저는요, 카레도 싫고요. 블랙커피도 싫고요. 당신이 까만 옷을 입고 있는 것, 여기 있는 사람들과 이 장소, 여기 냄새, 물통에 물이 없는 것까지 전부 싫어요. 당신이 고양이를 좋아하는 것, 고양이를 이해하는 것, 고양이를 흉내 내는 것! 나는 전부, 미쳐버리도록 싫단 말예요. 아시겠어요?"

데시벨을 좀 조정할 생각이었으나 말하다 보니까 격해져서 나는 결국 시선을 끌고야 말았다. 있는 대로 성을 내다 보니, 나는 여자가 나를 때리거나 성을 낼지도 모른다고 생각했는데, 네가 쿠치가 아프다거나 쿠치를 씻겨야 한다는 이유로 날 만나려 하지 않을 때 내가 짜증을 부리면 그랬듯이 그래야 했는데, 놀랍게도 여자는 화를 내는 대신 싱긋 웃어 보이며 이렇게 말했다.

"카레가 싫다고 그러셨죠? 그럼 우리 이렇게 해요."

그리고 여자는 내 손목을 놓는 것과 동시에 미처 치우지 않은 내 접시와 자신의 접시를 집어 들고는 그대로 바닥에 내동댕이쳐버렸다. 접시들은 리놀륨 장판 위에서 날카로운 소리를 내며 산산이 조각났고 싫었던 음식은 순식간에 싫은 쓰레기로 변했다. 여자는 뒤이어 내 앞에 놓여 있던 블랙커피가 든 머그잔까지 들어 널브러진 바닥에다 던져버렸다. 사기그릇이 깨지는 소리는 생각보다 컸고 그래서 액션보다도 사운드로 더욱 시선을 끌었고 그 장소에서 여자와 나를 보지 않는 사람은커녕 고양이조차 없었다.

폭풍이 지나간 자리면 으레 찾아오는 정적이 어디에나 스미는 게 느껴졌다. 그건 여러 의미로 무서웠고 짧은데도 길게 느껴졌고 현실과 그 공간을 분리하는 듯한 느낌으로, 주변의 기압이 뚝 떨어지는 것만 같았다. 감히 아무도 말을 못 꺼낼 것 같은 침묵이었고 그러다 최후의 만찬을 앞에 둔 사람들 중 유독 용기 있는 한 사람이 '먹죠?' 해서 식사를 시작할 수 있듯 누군가가,

"뭐야?"

외치자, 그건 충분히 '뭐야?' 하고 의문을 가질 법한 상황이었으므로 그 타이밍에 그런 외침이 없었으면 이게 현실인지 뭔지 의심이 들 정도였으니 어떻게 생각하면 그 '뭐야?' 한 사람이 얼음

하다가 땡 해준 것처럼 느껴져 고마울 정도로 나는 정신이 하나도 없었다. 아마도 나만큼 놀란 카페 회원들은 뒤늦게야,

"뭐야? 뭔데, 저 개 같은 것들은?"

했지만, 여자는 끝까지 미소를 잃지 않고 나를 끌고 나가며,

"뭐, 이 고양이 같은 새끼들아!"

외치고는 상황이 더 악화되기 전에 문밖으로 걸어 나와 버렸다. 나는 왠지 뒤를 돌아보았지만 아쉬움 때문은 아니었다. 그건 오랜만의 해방감이었다. 문턱을 넘는 순간 마침내 벗어났다는 감동이 물밀듯 밀려왔다. 푸른 하늘을 침범했던 황사 같은 카레 가루가 산산이 흩어졌고 왠지 모를 희열이 가슴 가득 벅차올랐다.

Club
Anti
Butler

2장

클럽 안티 버틀러

여자와 한은 빠르게 걸어 나갔다. 마치 누군가 쫓아오는 것을 걱정하는 듯한 발걸음이었으나 사람도 고양이도 뒤따라 나오는 일은 없었다. 한은 여자의 걸음이 너무 빠르다고 생각했다. 여자는 걸음을 늦추지 않고 말했다.

"제 이름은 김B예요."

"본명이 말입니까?"

한은 내리는 비와, 빗자루 비와, 꿀벌 비를 동시에 떠올리며 물었다. 여자는 그의 손목을 잡아끌던 채로 걸음을 옮기며 고개를 가로저었다.

"아뇨, 이름을 부르다 보면 정이 들어버리니까 만든 닉네임 같은 건데, 성이 김이고 거기 알파벳 B를 붙인 거예요. 저희 클럽에 김씨가 하나 더 있었거든요. 지금은 탈퇴했지만."

"클럽이요? 무슨 클럽?"

한은 의아해 질질 끌려가며 되물었다. 어쩌면 여자가 말하는 게 예의 그 고양이 커뮤니티를 뜻하는 게 아닐까 싶기도 했지만 맥락상 그럴 것 같지는 않았다. 여자는 그제야 멈춰 서며,

"아, 제가 명함을 안 드렸군요."

하고 들고 있던 클러치 백을 열어 명함을 한 장 내밀었다. 한은 엉겁결에 두 손으로 받아들었는데 무척 단순한 디자인의 명함이었다. 직사각형 흰 종이 가운데 'Anti Butler'라는 글자와 도메인인 듯 보이는 영어 한 줄이 인쇄된 게 전부였다. 몇 번이고 명함을 뒤집어보기도 했으나 흔한 전화번호나 주소가 적힌 것도 아니어서 한은 다시 여자를 보았다.

"어, 그러니까 이게……?"

뭔지 설명을 좀 해줘, 하는 표정으로 고개를 들자 여자가 손톱에 붙여 놓았던 팁을 떼고 있는 게 보였다. 여자는 갓 딴 싱싱한 홍합 껍데기 같은 가짜 손톱을 아스팔트 위로 툭툭 떨어뜨렸다. 그레텔을 위한 표지를 만들어내는 듯한 진지한 표정으로. 그건 꽤 인상 깊은 장면이었다. 여자는 마지막 손가락의 팁까지 전부 제거해내고 난 뒤에야 오른손을 불쑥 내밀었다.

"당신을 '클럽 안티 버틀러'로 초대합니다. 물론 거절은 안 하시겠죠?"

그것이 바로 한이 그들을 만나게 된 계기였다.

명함을 건네준 김B는 다시 걷기 시작했다. 그녀는 걸음이 빨랐고 접시를 내던졌을 때처럼 아주 거침이 없었다. 그러나 한에게는 이해되지 않는 점이 너무 많았다.

"그 클럽에서 저를 왜 초대하죠? 버틀러란 건 또 뭐예요?"

김B는 계속 걸으며 말했다.

"버틀러……는 집사라는 뜻이죠. 아까 그 사람들이 사용하던 단어 중에 '집사'라는 말, 기억나시죠? 그들은 스스로를 집사로 낮춰 표현하곤 하죠. 고양이를 도련님이나 아가씨로 높여 부르기 때문인데, 저희 클럽은 그런 집사들을 싫어하는 사람들의 모임입니다. 그래서 '안티 버틀러'예요."

집사가 그런 뜻이었던가? 한은 집사라는 단어에 곧바로 권사나 전도사를 떠올린 게 무색해졌다. 그러나 그럴 것도 없었던 게 요즘 세상에서 그 단어란, 집사는 무슨 놈의 집사, 어디 백작님이라도 납셨나, 하는 생각이 드는 게 마땅한 느낌이기 때문이었다.

"고양이 애호가를 싫어한다는 말씀인가요? 그런데 왜 거기에 계셨죠? 거긴 고양이 애호 카페 정모였는데."

한은 종종걸음으로 김B를 따르며 물었다. 김B는 힐끔 한을 돌아보았다.

"그러는 그쪽은 왜 그 모임에 가셨죠? 고양이 애호가도 아니면서요. 아마도 어떤 이유가 있으셨겠죠? 저도 그렇습니다. 제 나름의 목적이 있었어요."

"목적이요? 어떤?"

"네, 아주 큰 목적이죠. 저희 클럽은 중대한 계획을 하나 가지고 있거든요. 거대하고, 원론적인, 이 세상을 흔들 법한 그런 계획이죠……."

아무려나, 한은 김B가 너무 빠르게 걷는다고 생각했다. 그야말로 목적이나 목적지가 있는 듯한 걸음걸이였다. 나를 어디로 데려가려는 거지, 한은 조금 걱정이 되었다. 엄마가 아무나 따라가지 말라고 그랬는데. 그나저나 이 석연치 않은 기분은 뭘까. 한은 자신도 모르게 따라 걷고 있긴 했지만 무언가 뒤를 닦지 않은 듯한 찝찝함이 그의 발목을 붙잡는 것을 느끼고 있었다.

한은 문득 키가 낮고 조그마한 무언가가 걸음마다 거치적거린다는 것을 깨달았다. 그것은 털이 기다란 하얀 고양이였다. 그제야 한은 자신이 쿠치를 두고 왔다는 것을 알아차렸다. 계획이고 뭐고, 한은 놀라 멈춰 섰다.

"어, 잠깐만요. 고양이, 고양이를 두고 왔나 봐요. 돌아가야 될 것 같은데."

김B는 한을 잠깐 돌아보는가 싶더니 다시 걸음을 옮겼다. 모르는 사람이 봤으면 그와 일행이 아니라고 생각할 정도로. 점점 거리가 멀어졌다. 한은 어쩔 수 없이 달음박질쳐 그녀를 다시 따랐다. 뭐 이런 여자가 다 있지. 경보 선수도 아니고. 처음 보는 사람을 따라 나오는 게 아니었는데. 혹시 실수한 게 아닐까. 카페와 거리가 멀어질수록 한은 초조함을 감추기 어려웠다.

한은 쿠치의 존재를 아주 무시할 수 없었다. 물론 한이 전 여자친구인 홍을 비롯한 고양이 애호가들이 역겹다고 생각한 것이 불과 몇 분 전이긴 했지만, 그 장소와 멀어질수록, 사실 끔찍한 건 거기 있던 사람들이지 홍이 아니라는 생각이 들었다. 그러니까 홍이 끔찍한 면이 있긴 했지만 홍이 끔찍하다고 느끼는 건 머리로나 그랬지 마음 혹은 마음 비슷한 무엇은 여전히 그녀를 향해 있기만 했다.

그녀를 보지 못한 지 열흘이 넘어가면서 금단 증상 같은 게 그에게 생겨나고 있었다. 한은 홍이 꼴도 보기 싫은 동시에 엄청 보고 싶었다. 그건 자주 만나던 연인들이 겪는 흔한 이별 증상이었다.

카페에서 지난한 시간을 보냈음에도 달라진 것은 아무것도 없었다. 한을 실망시킨 것은 홍이 아니라 그 사람들인 것 같았다. 개가 제멋대로긴 하지만 기만을 떨진 않았잖아? 그러니 그는 그녀를 만나야 했고 열쇠는 여전히 쿠치였다. 한은 정말로 발걸음을 멈췄다. 김B를 따라갈 때가 아니었다.

"저기요. 저 정말 가봐야 한다니까요."

앞서 걷던 김B가 우뚝 멈춰 섰다. 천천히 고개를 돌려 한을 보았다. 김B는 조금 짜증스러운 표정을 짓고 있었다. 한이 그녀 가까이 따라붙어 변명조로 덧붙였다.

"글쎄, 고양이를 두고 왔다니까요."

"그쪽 고양이도 아니라면서요?"

"제 고양이가 아니긴 한데요. 제가 그 주인이랑 좀 잘 아는 사이거든요."

김B는 미간을 약간 찌푸려 보였다. 이해할 수 없다는 표정이었다. 한은 조금 민망해졌다. 그 역시 자신의 말이 카페에서의 행동과 괴리가 있다는 걸 모르진 않았다. 아는 사람이 잃어버린 주운 고양이를 데리고 굳이 고양이 애호 카페 정기 모임에 참석해 깽판을 놓는 사람의 목적은 누가 봐도 알기 어려웠다. 친목이라고 볼 순 없었고 그렇다고 고양이 애호에 있다고 생각하기에는 한의 태도가 그다지 다정하지 않았다는 것을 기억해낼 것이었다.

"그게 누구 고양인데요?"

설명을 해야 하나? 한은 머리를 긁적이다 짤막하게 말을 이었
다. 집 근처에서 못 보던 고양이를 한 마리 발견했는데 아무리 봐
도 헤어진 여자 친구의 고양이 같았다고, 그 애가 쓴 글을 검색해
보니 정말 고양이를 잃어버렸단 내용을 발견했는데 마침 정기 모
임이 있다는 공지를 읽었다고, 거기에 그 애의 참석하겠단 댓글이
달린 걸 보았다고……. 한은 흐리듯 말을 마쳤다. 이 정도면 될까?
될 것 같았다. 김B는 팔짱을 끼고 고개를 끄덕여 보였다.

"헤어진 여자 친구의 고양이라 이거죠. 그 여자 분은 고양이 애
호가고."

"네, 그래서 혹시나 만날 수 있을까 생각해서 제가 고양이를 데
리고 거길……."

"글쎄, 전 이해가 되질 않는군요. 그렇담 개인적으로 만나는 게
더 빠르지 않나요? 둘 사이에 무슨 문제라도?"

한은 말문이 막혔다. 차라리 왜 헤어졌느냐는 질문에는 간단히
대답할 수 있었을 텐데, 차였거든요, 라고. 그러나 김B의 질문은
지나치게 사적인 영역이었다. 처음 보는 사람한테 이런 얘기까지
해야 하나. 그런데도 한이 입을 열었던 것은 홍과 그의 상황이 워
낙 거지 같았기 때문에 혹시 실마리라도 얻을 수 있지 않을까 하
는 기대 때문이었다. 홍이 왜 그를 떠났는지, 왜 모든 연락을 끊
었는지 한은 여전히 알지 못했다. 한은 한숨을 짧게 쉬곤 어물어
물 대답했다.

"문제가 있으니까 헤어졌겠죠. 저도 만나서 돌려주고 싶었는데

애가 연락을 안 받아요. 어, 아마 앞으로도 안 받을 것 같고요……. 어, 고양이는 일종의 미끼인데요. 음, 고양이를 미끼로 삼은 이유는 쿠치가, 아까 그 고양이 이름인데요, 그 애에게 특별한 존재이기 때문이에요. 저보다도 훨씬……. 그건 사귈 때에도 그랬어요. 저는 이해하기 어려운 일이지만요."

사실이었지만 그 사실을, 처음 보는 여자 앞에서 언급한다는 것은 한에게 일말의 수치심을 주었다. 더는 말하고 싶지 않은 방어 본능과 모든 것을 털어놓고 싶은 충동이 한을 혼란스럽게 했다. 남이 어떻게 헤어졌건 고양이를 미끼로 삼건 말건 당신이 무슨 상관이야? 그쪽이 내 엄마라도 돼? 혹은, 걔가 대체 왜 그랬을까요? 내가 싫어진 걸까요, 남자가 생긴 걸까요? 내가 걔를 이해할 수 있는 순간이 오긴 할까요?

이해라는 단어는 사실 한과 홍이 다툴 때면 단골 메뉴처럼 튀어나오던 것이었다. 홍은 늘 그가 자신을 이해하지 못한다고 말했었고 그건 사실이었다. 한은 여전히 이해하지 못하고 있었다. 어떻게 남자 친구보다 고양이를 더 좋아할 수 있는지.

– 또 왜 그러는데? 뭐가 불만인데?

– 뭐가 불만이냐고? 정말 몰라서 물어? 오빠 나, 이해 못 해!

– 이게 뭐 이해가 필요한 일이야? 그럼 네가 잘했어? 방금 사준 꽃을 바닥에 팽개치는 게 어디 있어?

– 오빠 아무것도 몰라! 오빠 평생 이해 못 할 거야!

한은 화를 잘 내지 않았지만 홍은 그런 한의 화를 잘도 이끌어냈다. 그 역시 몇 번의 연애를 거치는 동안, 여자란 알 수가 없어,

라는 결론을 내려가고 있긴 했지만 홍만큼이나 알 수 없는 여자는
만난 적이 없었다. 홍은 기분이 좋은 듯하다가도 느닷없이 성을 냈
고 화가 난 것 같다가도 갑자기 애교를 부리며 안기려 들었다. 여자
들에게 그런 면이 있다는 것쯤 한도 알고 있었지만 홍은 그게 격했
고 심했고 잦았다. 한이 고양이 애호 카페 정모에 참석하면서, 홍을
만나는 것 외에 또 하나 기대한 게 있다면 그것은 고양이와 고양이
애호가들에 대한 이해였다. 홍은 가끔 말했다. 그가 고양이를 이해
하게 되는 순간이 온다면 그때가 바로 그녀를 이해하는 순간일 거
라고. 그러나 그들은 한에게 또 다른 절망만을 안겨주었다.

김B는 미간을 찌푸린 채 생각에 잠긴 듯 보였다. 한은 슬슬 다
시 조급해지기 시작했다. 아무튼 정모가 끝나기 전에 가야 할 텐
데. 누군가 쿠치를 가로채기 전에. 그러니 차라리 이대로 뒤돌아
뛰면 어떨까. 쫓아오진 않을 것 같은데. 사실 이 여자가 알긴 뭘 알
겠어. 나도 홍 같은 여자는 태어나서 처음이었는걸. 이런 한의 생
각을 아는지 모르는지, 김B는 혼잣말처럼 입을 열었다.

"연인보다 고양이를 더 좋아하는 사람이란 말이죠. 차라리 잘
됐군요."

한은 잘 되긴 뭐가 잘돼? 하고 생각했다. 김B는 묻지 않아도 다
안다는 표정으로 말을 이었다.

"얘기가 편해지겠단 말이에요. 그런 일엔 저희 클럽이 적격이죠.
그 카페는 잊어버리세요. 그 고양이도요. 어차피 여자 친구를 찾기
위한 수단이었다면 딱히 소중한 대상도 아닐 테지요. 당신 여자 친
구는 저희가 찾아드리겠습니다. 반드시. 믿으셔도 좋아요."

이번엔 한이 미간을 찌푸릴 차례였다. 여자가 자신만만한 표정을 짓고 있긴 했지만, 그들이 무슨 수로 홍을 찾는단 말인가. 한은 평소 의심이 많았다. 그는 그 의심들이야말로 자신을 지탱하는 견고한 기둥이나 뿌리라고 생각했다. 자랑이지만, 한은 다단계나 '도를 믿으십니까'에 단 한 번도 속아 넘어가지 않았다는 데 자부심을 가지고 있었다. 가끔 친구들을 도와주긴 했지만 그건 속은 게 아니라 도와준 거니까. 아무튼 종종 친구들까지 의심하는 판에, 이 여자는 뭘 보고 자신을 믿으라는 거지?

"아니, 그쪽이 그 애를 무슨 수로 찾아요? 저도 못 찾은 걸. 그리고 제가 그쪽을 어떻게 믿습니까? 오늘 처음 봤는데."

김B는 예상한 질문이라는 듯 웃었다.

"글쎄요. 안 믿어도 좋지만, 당신 입장에선 믿져야 본전 아닌가요? 고양이를 데리고 있다고 해서 무슨 뾰족한 수가 있는 것도 아니잖아요? 데리고 있어 봤자 번거롭기만 할 테고. 게다가 오늘, 당신은 무척 소란을 피웠어요. 그런 사진들이 정모 후기에 올라오기라도 한다면 여자 친구가 순순히 모습을 드러낼 리가 없을 텐데요. 잘 생각해보시면 알 거예요. 무엇보다 당신과 그 카페는 어울리지 않아요. 당신은 고양이 애호가가 아니니까요. 그러니 저희 클럽과 함께하시죠."

여자의 말에도 일리가 있었다. 사실상 그는 고양이 애호 카페의 우두머리와 한판 붙고 나온 길이었다. 돌아간다면 겪기 싫은 눈총을 한 몸에 받게 될 것이었고 누군가 시비를 걸어올지도 모르는 일이었다. 운이 좋아 별일 없이 고양이를 데리고 나온다 하더라도, 대책을 세워놓은 것도 아니었기 때문에 어쩌면 한은 홍이 올지도 모르는 모든 장소를 지키고 서 있어야 할지도 몰랐다. 정보는 터무니없이 부족했고 한의 몸은 하나였다. 그러나 한은 계속 의심스러웠다.

"뭘 함께해요? 전 아직 그 클럽이 뭔지도 잘 몰라요. 그리고 대가 없는 호의를 믿을 만큼 전 어리석지 않아요. 그쪽이 왜 이유 없이 절 돕겠어요? 저는 바보가 아니에요."

한은 방어적이었지만 김B는 태연한 표정으로 유유히 말을 이었다.

"그렇게 말씀하시니 도리어 다행이군요. 얘기가 잘 통하겠어요. 사실 이건 호의보다는 거래 제안에 가까워요. 가는 게 있으면 오는 게 있어야죠. 별것 아니고요. 저희 클럽 일을 몇 가지만 도와주시면 돼요. 강요하는 건 아닙니다. 하지만 잘 생각해보시면 알 거예요. 시간과 노력을 단축하는 데는 그 편이 나을 거라는 걸요. 저희 클럽을 애호로 뭉친 저들과 동급으로 보시면 곤란합니다. 저희는 시스템적으로 월등하거든요. 그러니 혼자 찾아 헤매시는 것보단 나을 것 같은데요. 물론 결정은 당신이 하는 거지만요."

그럴싸한 설명을 듣고 나서도 한은 망설여졌다. 김B의 말에 틀린 구석은 하나도 없었다. 이 클럽과 뜻이 맞기만 한다면 홍을 찾는 건 시간문제일 것 같았다. 한은 점차 설득되고 있었다. 김B가 쐐기를 박았다.

"함께 가시죠. 차나 한잔하면서 앞으로의 계획을 얘기해보도록 해요. 그리고…… 고양이는 걱정 마세요. 아마 거기 놔둘 겁니다.

고양이 카페니까요."

김B는 한의 대답을 기다리는 듯 보였다. '거래'라는 표현이 도리어 그의 마음을 사로잡았다. 한은 마음을 정했다. 한의 머리가 빠르게 돌고 있었다. 흥미가 없을 리 없었다.

자리를 옮겨 카페에 마주앉은 김B는 아무 말도 하지 않고 한이 먹는 모습을 지켜보고 있었다. 김B는 이 남자 정말 잘 먹는군, 하고 생각했다. 한은 단것이라곤 없는 나라에서 온 것처럼 아이스 캐러멜모카와 허니 브레드를 빠른 속도로 먹어치우고 있었다.

"잘 드시는군요."

"음, 네. 저, 그쪽도 좀 드시죠."

"저도 먹을 거예요. 음, 어디서부터 시작해야 할까요?"

김B는 앞에 놓인 녹차라떼를 홀짝 마시곤 말했다.

"먼저 저희 클럽 안티 버틀러에 대해 얘기하는 게 좋겠군요. 아까 말했다시피 저희 클럽은 버틀러, 즉 집사를 싫어하는 사람들의 모임입니다. 간단히 말하자면 고양이를 좋아하는 사람들을 싫어하는 사람들의 모임이라고 할 수 있겠죠. 물론 부연 설명이 필요하겠지만요. 여기까진 이해하셨으리라 믿습니다. 그러면 왜 저희가 버틀러를 싫어하느냐, 이제 거기에 대해 이야기할 생각이에요. 그런데 성함이?"

"한…… 그냥 한이라고 부르시죠."

"한 씨, 그렇게 하죠. 음, 물론 다 그렇지는 않겠지만 두드러지는 경향을 두고 이야기를 진행해보죠. 한 씨는 고양이를 좋아하는 사람들의 특징이 뭔지 아시나요?"

한은 생크림과 빵을 우물거리며 홍을 떠올렸다. 몇 가지 홍의 재수 없는 면들이 한의 머리를 스쳐 지나갔다. 그것들을 채 정리하기도 전에 김B가 말을 이었다.

"여러 가지가 있겠지만 그들의 가장 큰 특징은, 스스로를 특별하게 여긴다는 데 있어요. 우린 남들과 다르다. 너희는 우릴 이해할 수 없다."

김B는 포크를 들고 빵 한 조각을 찍어 들었다.

"나는 남들과 다르다. 사실 이건 인간이라면 누구나 가질 수 있는 관념이라고 생각해요. 그게 자아를 규정하는 한 방식이기도 하고요. 그러니 고양이 애호가들도 그렇게 느끼는 게 당연하겠죠. 그런 걸 비판하자는 건 아니고. 하지만 모든 인간들이 자신의 특별함을 내세워 타인을 무시하진 않지요. 그런데 걔들은 그러거든요. 보통 '이해'나 '교감', '소통' 같은 단어를 들먹이면서."

이해, 교감, 소통. 한은 늘어뜨린 몸을 슬쩍 바로 세웠다. 그건 자주 듣던 단어들이었다. 물론 홍에게서.

"자신들이 고양이를 좋아하는 근거가, 그들이 고양이를 '이해'하기 때문이란 거죠. 그와 더불어 그들이 자주 쓰는 단어로는 '교감'도 있는데, 그들은 그들이 고양이와 '소통'하는 것이 자신들의 교감 능력이 뛰어나서라고 얘기합니다. 이것들이 무슨 얘기냐면, 고양이 비애호가들을 이해력과 교감 능력이 떨어지는 사람으로 본다는 얘기예요. 어딘가 모자란 사람 취급을 한다는 얘기죠. 단지 고양이를 좋아하지 않는다는 이유만으로."

그녀는 잠깐 말을 멈추고 한을 물끄러미 보았다. 제대로 듣고 있는지 가늠하는 표정으로. 그가 집중하는 듯 보이자 김B는 다시 말을 이었다.

　"무엇보다 그게 사실이라면, 그러니까 고양이 비애호가들이 실제로 이해력과 교감 능력이 떨어진다면, 버틀러들도 싫어할 이유가 없겠죠. 오히려 대단한 심미안을 가졌다 평가해줄 수도 있을 거예요. 그러나 한 씨도 아시다시피, 그런 건 사람마다 다른 거잖아요. 무엇을 좋아하는 것과는 상관없이요. 그렇다면 우리는 여기서 생각해볼 수 있습니다. 왜 그들이 인간 객체마다 본연히 다른 그것을, 고양이를 좋아하지 않는다는 이유로 뭉뚱그려 비하하는지에 대해 말입니다."

　한은 귀를 기울이고 있었다. 그녀가 말하는 것은 한이 늘 궁금해하던 것과 맞닿아 있었다.

　"결론부터 말하면, 그들이 고양이 비애호가를 모자란 사람 취급을 하는 까닭은, 그게 그들 자신을 더욱 빛나게 하는 가장 손쉬운 방법이기 때문입니다."

　김B는 차를 한모금 마신 뒤 계속 말했다.

　"그러나 얄팍한 수작이죠. 제 생각은 그렇습니다. 실제로 빛나는 사람이라면, 누군가를 폄하하고 깎아내리면서 자신의 반짝임을 주장할 필요가 없다고요. 보통 자신의 특별함을 간단히 추구하려는 사람일수록 상대방을 짓밟으려는 경향이 있어요. 그들이 바로 그렇습니다. 그들은 그런 방식으로 아주 간단히 특별함을 공고하게 해버리죠. 그렇지도 않으면서요."

"그러니까 그 말씀은 그들이 전혀 특별하지 않다는 겁니까?"

"아니죠. 인간 개개인은 모두 특별합니다. 물론 그들도 특별해요. 다만 제가 말하고 싶은 것은 그들이 그 이상으로는 절대 특별하지 않다는 거예요. 존재로서의 특별함은 인정하겠지만, 그들이 고양이 애호가라는 이유만으로 획득해낸 그 특별함은, 글쎄요. 다시 생각해볼 만한 문제란 거죠. '특별하다'를 사전에서 찾아보면 이렇습니다. '보통과 구별되게 다르다.' 그렇다면 보통은 무엇일까요? 사전적 의미는 이렇습니다. '특별하지 않고 흔히 볼 수 있어 평범함. 뛰어나지도 열등하지도 않은 중간 정도.' 이 두 단어의 의미에서, 느껴지는 것이 있으신가요? 바로 그렇죠. 이 두 단어의 특징은 기준이 필요한 단어들이란 겁니다. 이 둘은 상당히 추상적인 단어예요. '특별'을 설명하는 데 '보통'이 필요하고 '보통'을 설명하는 데 '특별'이 필요하다는 것은 이 단어들이 발화자의 기준에 따라 전혀 다른 의미로 사용될 수 있다는 것을 의미합니다."

김B의 말을 들으며 한은 홍이 그를 '평범하다'고 놀렸던 것을 떠올렸다. 그것이 비웃음의 단초가 되는 게 과연 정당했을까?

"일반적으로 사람들은 자신이 가지고 있는 것을 보통이라고 여기기 마련입니다. 자신들이 속한 무리를 봤을 때 자신들과 비슷해 보이는 사람이 많기 때문이에요. 그렇기 때문에 자신이 속한 무리와는 어딘가 다른 사람을 봤을 때 저 사람은 특이하구나, 혹은 특별하구나 하고 느끼는 거지요. 그런데 이때 고양이 애호가들은 정반대의 모습을 보입니다. 특별함에 대해서요. 그들은, 자신들이 어떤 무리에 속하기 때문에 특별하다고 생각합니다. 그들만의 기준으로 그 밖의 것들을 보통으로 규정지어버리는 거예요. 스페셜을 군집으로 키워버리는 거지요. 더 못된 것은, 그 기분에 분명한 비하가 담겨 있다는 겁니다. 앞서 말했듯 말이죠. 그러나 그들이 주장하는 것과 같이, 그들 무리가 정말 특별한가, 이제 이 부분을 얘기해봐야겠군요. 한 씨의 여자 친구는 어땠나요? 특별했나요?"

"글쎄요, 저는 어떤 면에선 특별했다고 생각하는데요."

한은 어물어물 대답했다.

"아뇨, 한 씨가 지금 말하는 특별함은 그분이 한 씨의 연인이었기 때문에 가지게 된 특별함이었으리라 생각해요. 그때 한 씨가 가지는 기준은, 한 씨와 어떠한 관계를 가지고 있지 않은 여타 여자들과의 비교에서 드러났을 겁니다. 제 얘기는 인간적인 면에서 말이에요."

"인간적으로 말입니까? 글쎄, 괴상했을 수는 있겠군요. 인간적으로."

"저희가 가질 수 있는 특별함은 각자의 엄마 배 속에서 나온 것만큼밖에 없어요. 그렇지 않으면 '특별'이라는 단어에 '차별'이라는 성분이 들어가거든요. 제가 말하고 싶은 건 그거예요. 차라리 그들이 '우리는 특징적인 면이 있다'고 얘기했다면 납득했을지도 모르겠어요. 정모에서 보셨다시피 그들에겐 확실히 그런 면이 있으니까요. 고양이를 좋아하는 사람들에겐 특징이 있습니다. 이를테면 새침하고, 도도하고, 약간 어둡고, 개인주의적이고, 혼자 있는 걸 좋아하고, 얽매이는 걸 싫어하고, 신비주의적인 면도 있고, 감성적이고, 검정색이나 보라색 계통을 좋아하는 경향을 보이고,

마이너에 심취하고, 그것에 자부심을 갖는 것들이죠. 고양이를 좋아하는 사람들의 보편적 특수성이라고 부를 수도 있겠네요. 하지만 이게 특별함의 상징이 될 순 없어요. 이것은 스포츠카를 좋아하는 사람들이나 선인장을 좋아하는 사람들의 특징과 다를 게 없는 것들이에요. 구별되지만 나열에 그쳐야 하는 것들이죠. 왜? 그들만의 이야기니까."

김B는 목소리를 높였다. 그녀는 자신의 이야기에 심취된 듯 보였다.

"그들이 특별함에 가까워졌던 때가 있긴 했어요. 벌써 십 년도 더 된 이야기지만. 지금처럼 인터넷 문화가 활발하지 않았을 때여서 그랬겠지만, 혹 그 시절에 이런 발달된 매체를 가지고 있었다 하더라도 분명 이런 식으로 무리 짓지는 않았을 거라고 생각해요. 저희는 지금의 이 상황을 취향 추구의 변질이라고 보고 있어요."

"확실히 고양이 애호가들이 느는 것 같긴 하더군요. 고양이 카페도 많이 생기고."

"그렇죠. 그러나 저희가 고양이 애호가의 증가만을 문제 삼는 건 아니에요. 역사적으로도 고양이 애호가들은 꾸준히 있었거든요. 릴케, 헤밍웨이, 샤갈에서 나이팅게일이나 슈바이처, 마릴린 먼로까지. 세계적으로 유서 깊은 고양이 협회나 동호인들도 분명히 있었고요. 그러나 지금 우리나라에서 고양이 애호가가 아닌 애호 무리가 지나치게 늘어난 것은 특수한 경우예요. 이런 식으로 대거 몰려 다니게 된 것이 최근 몇 년간의 일이거든요. 저희는 그것을 특별함에 대한 강박관념 때문이라고 생각했어요. 어느 순간부터 우리 사회는 개성이라는 것을 강조, 아니 강요해왔죠. 사실 어디서든 튀지 말라고 배워온 그전의 상황이 더 문제였지만요. 그땐 가만히 있으면 절반이라도 간다거나 모난 돌이 정 맞는다는 말이 교육 철학처럼 사용되던 시절이었으니까요. 사람들은 자신들의 취향에 대해 침묵했어요. 숨겼고 조심스러웠고 틀에 찍은 듯 같은 모양새를 가지고 있었죠. 그러다 세계화가 어느 정도 진행되면서부터 사람들은 달라지기 시작했습니다. 세계화, 그 기저에 깔린 것이 차이의 인정이었으니까요. 그러나 그것은 남다를 것 없는 이들에게는 지옥일 수도 있었어요. 그와 발맞춘 인터넷의 발달로 우리는 다른 사람들의 삶을 쉽게 접할 수 있게 되었죠. 그런데 문제는 자신과 다른 여러 삶을 보면 볼수록 비교가 되는 거예요. 부정적인 쪽으로요. '인간 모두는 특별하다'란 명제에 대한 불신이 생기는 찰나였죠. 왜냐하면 그 말을 곧이곧대로 듣기엔 자신의 삶이 너무도 평범하고 하찮아 보였으니까요. 그들은 어떻게든 증명하고 싶었을 거예요. 그렇다고 자아성취를 이뤄 증명하기엔 현실의 벽이 너무 높았겠죠. 그러나 마른 장작엔 이미 불이 붙은 후였어요."

한은 생각에 잠겨 빨대로 얼음을 휘휘 저었다. 반쯤 녹은 얼음이 무너진 생크림 속으로 희게 섞여들고 있었다. 김B는 이야기를 마무리해야 할 때임을 직감했다.

"그들 중 어떤 이들은 교활한 방법을 선택했죠. 그게 버틀러들이에요. 그들은 비애호가를 마음 깊은 곳에서 무시하는 식으로 그것을 드러내게 되었어요. 이제껏 고양이로 표현되었지만 그것은 일종의 고급 취향으로 대변되는 모든 것을 뜻해요. 하필 고양이로 이야기된 것은 마이너였던 취향이 메이저로 확대된 것 중에 그들만큼 규모가 큰 부류가 없기 때문이에요. 또한 고급 취향을 지향하는 이들 중 많은 이들이 고양이 애호를 기저에 깔고 있다는 것 또한 그 이유가 될 것입니다. 억압에 대한 반작용으로 일어난 셈이지만, 그게 정당화되진 않아요. 누구에게도 누군가를 차별하고 무시할 권리는 없어요. 그게 저희 클럽의 활동 이유입니다. 지금의 일차원적 개성화에서 벗어나 모든 취향을 존중해야 한다는 뜻 말이에요. 취향 없는 취향까지 포함해서요."

한은 머리를 긁적였다. 그는 차가운 생크림을 한 모금 마신 뒤 말했다.

"글쎄요. 너무 어려워서 잘 모르겠지만요. 어쨌거나 버틀러인가 하는 사람들을 싫어하는 클럽이란 거잖아요. 그렇담 결국 고양이 또한 싫단 얘기 아닌가요? 그들이 좋아하니까요. 전 고양이를 싫어하지 않아요. 사실 별 관심도 없었어요. 어제까지는."

"아니요, 그렇지 않습니다. 바로 그 점이 바로 한 씨가 저희와 어울릴 거라고 생각한 근거였어요. 저희는 고양이 혐오가와는 전혀 다른 성격을 가지고 있거든요. 저희는 고양이를 싫어하지 않습니다. 고양이를 싫어하지도 좋아하지도 않는다는 게 맞는 표현이겠군요. 저희에게 그 동물은 단지 동물에 불과해요. 식육목 고양잇과의 포유류죠. 오해하실까 봐 하는 얘기지만 우린 개를 좋아하지도 않아요. 개를 좋아하는 사람들도, 개 애호가들도 성격적 특징을 가지고 있긴 합니다. 그들은 자신들이 보편적 인간성을 획득한 존재라고 여기거든요. 다정함이랄까, 긍휼함이랄까. 개 애호가들 중에도 개를 자식처럼 대하는 사람들이 있고, 그런 면들이 종종 지적의 대상이 되긴 하지만 저희가 얘기하고자 하는 것과는 거리가 있어요. 적어도 그들은 자신들이 특별히 잘났다고 여기진 않아요. 그들만의 언어를 만들어내지도 않고요. 그게 그들이 저희의 대상이 되지 않은 이유예요. 무엇보다도 개 애호가들은 개를 싫어하는 사람을 만났을 때 그것을 단순히 개인의 취향 탓이라고 여깁니다. 애견 역사가 오랜 이유도 있겠지만요. 그러나 애묘인들은 다른 양상을 보이죠. 앞서 말했듯, '고양이를 안 키워봐서 그렇다'거나 '고양이를 이해하지 못해서 그렇다'는 반응이 나온단 말입니다. 안 그런 사람도 많은 것을 알고 있습니다. 그러니 우린 그런 부류만을 대상으로 하는 거예요. 자신들을 '집사'라고 낮춰 말하는 사람들에게 주목하는 거죠. 그게 저희 클럽 이름이 '안티 버틀러'인 이유입니다."

김B는 음료를 홀짝이고 티슈로 입을 닦았다. 한은 머리를 거칠게 긁적였다. 고양이가 싫은 건 아닌데 고양이 애호가는 어쩌고저쩌고, 뭐가 이렇게 복잡한지. 사실 한에게 중요한 것은 흥을 되찾느냐 마느냐 하는 것이었다. 한이 물었다.

"그래서 제가 뭘 해드리면 되죠? 그 클럽이 제 여자 친구를 찾아주는 대가가 뭐냔 말입니다."

"앞서 말했듯, 저희 클럽은 중대한 계획을 목전에 두고 있어요. 한 씨는 저희와 함께 행동하며 그 일을 조금 도와주시면 됩니다. 구체적인 얘기는 한 씨의 참여가 결정이 되면 그때 말씀드리도록 할 거예요."

그렇게 말한 김B는 클러치 백에서 메모지를 꺼내 휴대전화 번호를 적어 건넸다. 한은 그것을 받아들었다. 김B가 자리에서 일어났다.

"머릿속이 복잡하시죠. 너무 많은 얘길 들어서. 시간을 드리겠습니다. 이번 주 안까지만 결정을 내려주세요."

그녀는 짧게 목례를 하고 홀연히 자리를 떴다. 한은 그대로 한참 떨떠름하게 앉아 있었다. 일이 복잡해지는 기분이었다.

집에 돌아온 한은 책상 위에 명함과 메모지를 나란히 놓았다. 잠시 망설이던 한은 주머니에서 휴대전화를 꺼내 그 옆에 놓았다. 희고 검은 네모들이 책상 위에 놓여 있었다. 한은 종이와 기계를 번갈아 만지다가 휴대전화를 집어 들고 홍의 단축번호를 길게 눌렀다. 전화는 여전히 꺼져 있었다. 한은 머리를 벅벅 긁었다. 뭐가 어디서부터 꼬인 거지?

한은 홍이 그를 찬 구체적인 이유도 알지 못하고 있었다. 차라리 싸웠더라면, 그나 그녀가 바람을 피웠더라면 오히려 상황이 분명했을지도 모르겠지만 홍은 안부를 묻듯 그에게 이별을 선언했다. 한의 친구들은 홍에게 다른 남자가 생겼을 거라 추측했지만 한이 봐왔던 그녀는 그런 성격이 아니었다. 만약 홍에게 남자가 생겼다면 그녀는 '미안, 나 다른 사람 생겼어.'라고 말하고도 남았을 것이다. 그러나 그 빌어먹을 문자 메시지, 〈우리 그만 만나. 다시는 연락하지 마.〉는 어떤 추측도 불허하는 동시에 모든 망상을 불러일으켰다. 한은 그대로 쪼그려 앉아 머리털을 쥐어뜯었다.

홍을 찾아 나서기 전에 이것을 먼저 생각했어야 했던 걸까? 대체 이유가 뭘까? 한은 고민했다. 혹시 내 존재 자체가 싫어진 건 아닐까? 달리 이유가 없지 않나. 나는 왜 이런 존재일까? 한은 점점 쪼그라드는 기분이었다. 부정적인 생각들을 그만두고 싶을수록 그것들은 깊어지기만 했다. 이대로 바닥을 뚫고 들어가 버렸으면 좋겠다. 음식물 쓰레기처럼 재활용도 안 되게 버려졌으면 좋겠다. 고양이 애호 카페고 혐오 클럽이고 다 소각장에서 불타버렸으면 좋겠다. 왜냐하면 홍이 그를 떠났으니까.

솔직히 짐작 가는 게 없는 건 아니었다. 아니 오히려 너무 많아서 탈이었다. 왜냐하면 홍은 끊임없이 그에게 불평을 얘기했기 때문이었다. 그것들이 너무 광범위해서 그렇지, 홍이라면 그것들 전부를 이별의 이유로 댈 수도 있을 거라고, 한은 생각했다. 무엇보다 먼저 생각나는 이유라면 한이 청혼을 한 것일 텐데, 그러나 그는 그게 이별의 단초라고는 생각하고 싶지 않았다. 무엇보다 홍이라면, '나 오빠랑 결혼하기 싫은데?'에서 멈췄을 것이다. 실제로 홍이 그렇게 말하기도 했고. 그럼 결혼을 안 하면 되는 거지 이별할 이유는 없는 것이었다. 물론 계속 졸랐겠지만.

그러던 한의 머릿속을 하나의 사건이 관통한 것은 그때였다. 그것은 한과 홍이 꽤 열애 중이었던 초여름의 일이었다.

– 오빠 여자를 몰라도 너무 몰라.

그날 홍의 발언에 한은 그의 어딘가 깊은 곳, 아마도 속옷 근처의 마음이 산산이 무너지는 것을 느꼈다. 그것은 그 말이 나온 장소가 다른 곳도 아닌 침대 위였기 때문이었을 것이다. 그것이 홍의 화법이었다. 일단 꼼짝 못하도록 비웃음조로 질러놓고 상대방이 주눅 들면 영혼까지 야금야금 파먹는 식. 한은 아직도 무너질게 남았던가, 생각하면서도 매번 당하고 또 당했다.

홍의 무시는 다양하고도 다채로웠고 그날도 예외는 아니었다. 그중에서도 한의 속을 가장 뒤집어놨던 것은 잠자리 문제였는데, 잠자리야말로 홍이 괴상한 권력을 부리는 최고의 장소였다. 홍은 희대의 요부였으므로 그녀가 어떤 못된 짓을 했건 간에 한에게 그런 추억들을 줬던 것은 감사하고도 남을 일일는지도 모른다. 그만큼 홍의 섹스어필은 다양하고도 다채로웠다. 고양이 귀 머리띠와 고양이 꼬리에서 눈치챘겠지만 홍은 도구를 이용하는 타입이었다. 중탕한 초콜릿이나 특별한 날의 무스 케이크 따위는 베이커리 앞을 지날 때마다 한을 딱딱하게 만드는 기폭제나 다름없었다. 그런데도 한이 홍과의 행위를 마냥 즐길 수만은 없었던 것은 그녀가 종종 발작처럼 그를 무시한 탓이었다.

홍이 그 말을 할 당시에 그녀는 한의 아래에 있었다. 그때 한은 한창 움직이는 중이었는데 열심히, 홍은 마치 숙련된 농부가 보리를 밟듯 그를 가뿐히 짓밟아버린 것이었다. 말할 것도 없이 한은 당황했다. 그러나 당황했기 때문에 당황한 만큼 더 열심히 해보려 했는데, 왜냐하면 한은 평소 늘 열심히 했고 그런 쪽에서만 열심히 하긴 했으나 아무튼 열심히 더 힘차게 움직이며,

– 어디로 보내줄까, 홍콩?

했는데 홍은,

– 비행기가 뜨기나 해?

까불며, 막 이륙하려는 한이라는 비행기를 간단히 격파해버린 것이었다. 그러니 한은 그대로 작아지고 줄어들고 영원한 먼지와도 같은 자괴감에 빠지게 되었는데, 왜냐하면 자신이 아메리카 에어라인까지는 안 되더라도 제주항공쯤은 된다는 자부심을 갖고 있었기 때문에 그 발언에 맥없이 추락하며 그녀에게서 몸을 뗀 것은 그로선 중력과도 같이 어쩔 수 없는 일이었던 것이다.

물론 홍이 그런 식으로 불만을 표한 것이 드문 일은 아니었다. 홍은 불만이 있으면 표현하지 않고는 배기지 못하는 성미의 여자였기 때문에 매번 불도저와 같은 압력으로 한을 깔고 지나갔고 이후의 납작함을 추스르는 것은 늘 그만의 몫이었다. 딱히 불만을 갖기엔 이미 긴 시간 동안 마음의 재조립에 익숙해진 후였기 때문에 한은 불 위에 놓인 냄비 속 개구리처럼 꿈틀대며 천천히 익어가기만 했는데, 그렇다고 온전히 괜찮은 건 또 아니어서 그녀의 폭격에 대비도 없이 부서졌는데 그런데도 멀쩡한 척을 해야 하는 게 더 고역이었고, 그렇긴 한데 그게 또 그의 자존심이었다.

생각해보면 홍의 폭언 중 가장 끔찍했던 것은 차라리 선언이라고 불릴 법한 종류였는데, 그것은 바로 헤어지기 얼마 전 했던,

– 나 다시는 오빠 걸 빨아주지 않을지도 몰라.

였고, 그건 참 다시 생각해봐도 끔찍한 발언이었다.

한의 입장에선 감히 언급되었다는 것조차 믿기 힘든 그 말을 홍은 아주 태연하게 해버렸다. 그녀는 늘 극한 상황에서 격한 말들을 해댔는데 그 상황 또한 그러했다. 초여름의 그날 한과 홍은 모텔에 있었는데 어쩌다 취해서 들어온 상황도 아니었다. 한은 홍에

95

게 영화를 보여주고 밥을 사주고 커피를 마셔주는 일련의 퀘스트를 모두 깬 후에야 비로소 모텔이라는 던전에 입성한 참이었다. 그런데 그곳의 왕인 홍이,

- 나 오늘은 안 할 거야.

같은 결정타를 아무렇게나 날려댔던 거였고, 그건 너무 치사한 발언이었다.

- 뭐? 왜? 왜 그런 말을 하는 건데?

한은 당황한 기색을 감추지도 않았다. 그는 거의 달려들 정도로 홍에게 바짝 다가서 따져 물었다. 그런데 홍은 대답도 없이 침대에 엎드려 다리를 까딱거리며 손톱 끝을 만지고 있을 뿐이었다. 한은 도무지 믿을 수 없었다. 그것은 그 정도로 못된 발언이었다. 연인 사이라도 상도덕이란 게 있어야 한다고, 한은 생각했다. 네가 정말 그럴 생각이었다면 너는 그곳, 육만 원짜리 모텔에 들어오기 전에 미리 말했어야 했다고. 함께 편의점에 들러 초박형 콘돔과 컵라면, 삼각 김밥을 구입하고 방에 들어와 샤워까지 같이한 주제에 홍은 그따위로 못되게 구는 것이었다. 물론 사귀는 내내 그녀의 변덕이 잦고도 흔했던 건 사실이었지만 그것은 식당의 메뉴를 고르거나 상점의 옷을 구입할 때 같은 상식적이고 일반적인 상황에서나 발현되곤 했다. 그런 말도 안 되는 말을 받아들이기에 한의 모든 준비는 완벽히 끝나 있었다. 그는 이미 콘돔 포장지를 찢고 반투명한 아이보리색의 그것을 착용한 상태였다.

홍은 다리를 까딱거리고 있었고 방 안에는 침묵만이 흐르고 있었다. 정적을 깨는 것은 한의 몸에서 흘러내린 물방울이 모텔 장판

에 떨어지는 소리뿐이었다. 말문이 막힌 한은 물장구를 치듯 움직이는 홍의 곧고 매끈한 다리와 까만 페디큐어가 발라진 발을 멍청하게 쳐다보다가 그제야 현실을 깨달은 듯 발작처럼 외쳤다.

- 진짜? 왜? 진심이야?

그는 멀어지는 정신을 부여잡으려 애쓰며 다급하게 물었다.

- 농담이지? 농담 맞지? 그렇지?

한은 침대에 한쪽 무릎을 걸치며 다시 물었다. 하지만 홍은 묵묵부답이었다. 그는 마침내 성이 났고 얼굴이 달아오르는 것을 느꼈다.

- 또 시작이야? 이번엔 뭐가 불만인데? 내가 뭘 잘못했는데?

몰렸던 혈액과 함께 정신까지 허공으로 분산되고 있었다. 한은 그게 작아지는 것을 막으려 손에 쥐고 달달 흔들며 재차 캐물었다.

- 왜 그런 말을 하는 거야? 이제 나랑 자는 게 싫어졌니? 그런 거야?

그러나 홍은 양 손바닥으로 뺨을 괸 채 고개를 짧게 가로저었다. 그녀의 표정은 심각했다. 한은 이 상황이 장난이 아니라는 것을 깨달았다. 그는 콘돔을 빼서 바닥에 패대기치며 말했다.

- 너 지금 되게 이상해. 하기 싫으면 애초에 안 들어왔음 됐잖아. 근데 여기까지 와서 하기 싫다니? 다시는 빨아주지 않겠다니! 너 진짜 왜 그러는 건데?

한이 그렇게까지 흥분한 데는 이유가 있었다. 그에게 그것은 섹스만큼이나, 아니 어쩌면 섹스 이상으로 중요한 문제였기 때문이었다. 물론 그것엔 홍이, 한이 이제껏 만나온 여자들과는 다르게 무척이나 세련되게 혀를 놀린다는 점도 한몫했다. 계속된 한의 추궁에도 홍은 연신 고개를 갸우뚱거리며 한참 말이 없었다. 더 이상 따지려 들 힘도 없었던 한은 허리를 구부려 콘돔을 주워들었다. 누렇게 구불거리는 뱀 허물 같았고 처량하기가 자신과 다를 바 없어 보였다. 물렁한 그것을 손에 말아 쥐고 휴지통 가까이 다가서려는데 홍이 가까스로 입을 열었다.

— 글쎄, 이걸 뭐라고 해야 할까. 매너리즘이라고 할까, 메리트가 없다고 해야 할까?

그러니 한은 황망히 반문하는 수밖에 없었다.

— 뭐, 무슨…… 메리트?

그건 욕지기가 튀어나올 정도로 생생한 기억이었다. 한은 바닥에 널브러져 그날 일을 떠올리고 있었다. 매너리즘과 메리트, 어쩌면 한은 어떻게든 그것들을 채우려 노력해야 했는지도 몰랐다. 그러나 한은 홍이 말하는 그 M 자 음의 단어들이 정확히 무엇을 뜻하는지, 여전히 알 수 없었고 사실 더 우스웠던 것은 그 이후의 상황이었다.

홍은 침대에 누워 뒤척이다가 텔레비전을 켰다. 한은 그 상황에서 방송이나 보려는 그녀의 행태가 도무지 이해되지 않았다. 그런데 그때 홍이 입을 열었다.

— 오빠, 우리 아무 말도 하지 말자. 우리, 쟤들처럼 해보는 거야.

그때 마주친 텔레비전에서는 동물농장 고양이 편을 방영하고 있었다.

— 쟤들? 뭐, 고양이? 그게 메리트랑 무슨 상관인데?

- 오빠는 말이 너무 많아. 근데 그게 재미도 없고…….

그랬나? 한은 자신이 최소한의 말만 한다고 생각했다. 아주 중요한, 꼭 해야 하는 말들. 예를 들면 그는 홍의 안에 들어가 몸을 움직일 때 이렇게 물었다.

- 여기가 어디지?

그럼 홍은 숨을 헐떡이며 대답을 삼켰고, 그는 매번 집요하게 캐물어 그곳이 모텔이며 우리가 하고 있는 것은 섹스라는 대답을 받아냈다. 한은 그것이 홍을 더 달아오르게 하는 데 일조한다고 굳게 믿고 있었는데 어디선가 분명히 그런 글을 본 기억이 있었기 때문이었다. 그게 여성을 만족시키는 방법에 관한 지식인 답변이었는지, 그 게임 동호회 게시판에 올라왔던 글이었는지는 기억이 잘 나지 않았지만 어쨌거나 그랬고, 그래서 한은,

- 우리가 지금 뭘 하고 있지? 젖었구나. 야한 소리가 난다.

- 가고 싶지? 가고 싶다고 말해. 좋아? 갈 것 같아?

- 갔어? 갔냐고! 아, 난 지금!

했는데 홍은,

- 내가 가긴 어딜 가. 오빠, 바보야?

라고 멀뚱히 대답할 뿐이었다. 게다가 홍은 그의 신음소리 또한 마음에 들지 않는다고 말했다. 그러니까 한은 몸피가 두꺼운 서양 남자처럼 오, 예, 오, 예 소리를 질러대는 타입이었는데 홍은,

- 제발 그만둬. 오빠가 마이클이나 존은 아니잖아? 그런다고 오빠 정력이 걔들만큼 되는 것도 아니고.

라며 뾰족하고 작은 턱을 치켜들어 불만들을 차분하고 장황하

게 쏟아냈던 것이다.

- 있지, 난 좀 더 간질간질했으면 좋겠어. 내게 필요한 건 좀 더 조용하고 매끈하고 말랑말랑한 거야. 그러니까 우리 이제, 고양이처럼 야옹…… 하자.

그렇게 말한 홍이 손바닥으로 침대를 짚고 무릎으로 기어 한의 위로 올라왔을 때, 그는 숨이 멎는 줄 알았다. 이런 것이 매너리즘 타파라면, 글쎄, 더한 것도 좋을 것 같은데. 당시 그는 단순히도 생각했다. 홍은 혀를 뾰족하게 내밀어 그의 몸을 핥아댔다. 간헐적으로 흘러나오는 그녀의 숨소리엔 그 야행성 짐승의 숨결이 섞여 있었다. 냐옹. 한의 손가락을 핥을 때마다 그녀는 가르랑 가르랑 고양이 소리를 냈다. 한은 통 익숙해지지가 않아서 거의 신음소릴 내지 못했지만 홍은 무척이나 자연스럽게 그것을 해냈고 그는 흐냐앙, 흐냐앙 울어대는 홍의 몸놀림에 혼을 뺏겨 금방 사정하고 말았다.

그런 방식의 홍의 고양이 놀이는 헤어지기 얼마 전까지도 계속되었는데, 매너리즘은 타파되었지만 메리트는 여전히 문제였던 모양으로 어느 날 아침, 모텔에서 나와 해장국을 먹는 도중에,

- 우리 결혼하지 않을래?

한이 덜덜 떨리는 목소리로 물었을 때, 홍의 태도는…….

한은 누운 자리에서 벌떡 일어나 앉았다. 생각할수록 분통이 터지지 않을 수 없는 일이었다. 물론 그가 바보 같다는 것은 그 스스로가 가장 잘 알았다. 그는 병신이었지만 최선을 다하는 병신이었다. 홍이 원하는 것은 그도 원했고, 홍이 싫은 것은 그도 싫어했다.

실제론 어땠건 간에 그렇게 보이려 노력했다. 그것은 엄청난 희생이었다. 그를 깎고 낮추고 감추고 숨기는 일이었다. 한의 문제는, 홍이 그를 싫어할 때의 상황을 생각하지 않은 것뿐이었다. 한은 홍이 무언가를 원할 때의 표정에만 익숙했기 때문에 무언가를 원하지 않는 눈빛으로 그를 바라보는 것을 눈치채지 못했던 거였다. 그래서 그때 해장국 집에서,

- 우리 결혼하지 않을래?

했을 때, 홍이,

- 뭐? 싫어! 내가 왜 오빠랑 결혼을 해?

하고 진저리를 쳤을 때, 한은 굉장한 상처를 받았던 거였다.

그날, 한이 그렇게 말하며 반지를 내밀었을 때, 홍은 놀란 표정으로 싫다고 딱 잘라 거절했다. 한은 홍이 놀란 것보다 더 놀랄 수밖에 없었는데, 왜냐하면 '나랑 같이 죽을래?'라는 질문이라도 그렇게 빨리 거절할 수는 없을 것 같아서였다. 그래, 결혼하는 게 싫었을 수도 있다. 그러나 한이 화가 났던 건 홍이 대처하는 방식이었다. 그는 울컥 성이 나 따져 물었다.

- 너 날 사랑하긴 했니? 어떻게 그렇게 딱 잘라 거절하니? 생각해본다거나 뭐 그런 거 있잖아. 네가 어떻게 나한테 이럴 수가 있어? 난 네가 원하는 거라면 뭐든지 했어. 네가 달라면 통장까지 털어서 줬어. 카드 돌려막기는 일도 아니었어. 네가 원하는 거라면, 간에다 허파까지 내줄 정도로 잘해줬어. 그런데 네가 어떻게 나한테 이래?

그러자 홍은 기가 차다는 듯 쏘아붙였다.

- 아, 누가 달랬어? 간이나 허파 달랬냐고!

물론 달라고 한 적은 없었지. 한은 앉은 채로 심호흡을 했다. 생각하면 생각할수록 피로감이 몰려들었다. 거의 먹구름과 같이, 까맣고 막막한 게 홍을 생각할 때의 마음이었다. 그 수준이니, 어쩌면 그런 여자는 잊는 편이 나을지도 모른다는 생각이 그의 머릿속을 스쳤다. 그러나 잊을 수 있을까? 잊고 나면 편해질까? 한은 그가 질색을 하던 홍의 단점들이 어쩌면 그녀를 잊기 어려운 이유가 될지도 모른다는 것을 새삼 느끼고 있었다. 이제껏 어떤 여자들도 보여주지 않았던 그녀의 모습들이, 방종하고 건방진 태도들이, 그녀를 생각하게 하는 단초가 되고 있었다.

머리가 지끈지끈 아파왔다. 한은 자리에서 일어나 컴퓨터를 켰다. 만약 카페에 자신이 회자되고 있다면, 홍이 무언가 반응을 남겼을지도 모른다고 생각했기 때문이었다. 약 오분 후, 한이 그로부터 삼십분 동안 화면을 응시하게 한 댓글은 딱 세 글자였다.

〈헐, 대박.〉

그게 홍이 정모 후기에 남긴 댓글이었다.

후기 사진에는 한의 모습도 올라와 있었다. 인상을 잔뜩 찌푸린 채로 의자에 앉은 모습이었다. 거기에 대고 '헐, 대박'이라고? 한은 화를 내고 싶은 생각도 들지 않았다. 조금 허탈하게 웃었다. 그리고 한은 메모지를 들여다보며, 휴대전화에 김B의 전화번호를 꾹꾹 눌러 찍었다. 통화 버튼을 누르고 숨을 골랐다. 이대로 홍을 보내줄 수는 없다는 생각이 들었다. 앞에 데려다 놓고, 어떻게든, 어떤 방식으로든 반성하게 만들고야 말겠다고, 그녀와 헤어지고 열

흘간 겪은 그 뼈저린 패배감과 상실감을, 어떻게든 홍에게 겪게 하
고 말겠다고……. 신호음이 끊겼다.

"김B 씨? 저 한입니다. 하겠어요. 대신 그 여자를 제 앞에 데려
다 주기만 하세요. 무슨 수를 써서라도."

한과 김B가 통화한 시각, 자정이 가까워 있었다.

그 시각, 곽은 책상 앞에 앉아 있었다. 그의 앞엔 몇 개의 파일
과 두 개의 달력, 여러 뭉치의 사진이 놓여 있었다. 곽은 사진을
한 장씩 넘기며 보았다. 인화된 사진은 주로 한 남자에게 초점이
맞춰져 있었다. 웃고 있군, 그는 생각했다. 웃고 있어. 그는 사진
에서 눈을 떼고 고개를 들었다. 맞은편 어둠에 잠긴 창에 자신의
얼굴이 비쳐 보였다. 수심이 깊은 표정 가운데 이마의 깊은 주름
이 눈에 띄었다. 곽은 양 손바닥으로 눈두덩을 지그시 눌렀다. 피
로했지만 쉬이 잠들 수 없는 노릇이었다. 더는 미룰 수도 없다고,
곽은 생각했다.

자신의 표정이 왜 그 모양인지, 곽은 분명히 알고 있었다. 그의
앞에 놓인 두 개의 달력 중 오른쪽 것은 그로부터 몇 달 후에 맞춰
져 있었다. 빨간 동그라미가 쳐진 달력에는 같은 색의 굵은 글씨
로 'D-DAY'라고 적혀 있었고 그 왼편의 다른 달력에는 디데이까
지 며칠이 남았는지가 역시 붉은 글씨로 적혀 있었다. 시간이 없
었다. 초조하지 않다면 거짓말이라고, 곽은 생각했다. 그리고 동시
에, 이렇게 일이 커질 줄은 몰랐다고 자조했다.

이 모든 사건의 단초는 지난봄의 일이었다. 그날 곽은 오랜만의

휴일을 만끽하고 있었다. 월차를 안 쓰다 보니 이렇게도 써지는군, 그간 미뤄둔 영화라도 볼까, 하는 게 그의 마음이었다. 마침 찬장엔 망한 비디오 가게에서 싼값에 사다 놓은 비디오들이 산재해 있었다. 그런데 하필 그날 비디오 기기가 고장이 났고 그래서 공중파를 틀게 된 것이 운명의 장난이라면 장난이랄까. 그날 곽은 놀라운 것을 발견하고 만 것이었다.

도무지 할 일이 없던 곽은 컴퓨터를 잠깐 하다가 낮잠을 잤고, 자고 일어나 텔레비전을 틀었다. 점심엔 짜장 라면을 먹었으니 저녁엔 국물 있는 라면을 먹는 편이 나을 것이라고 그는 판단했고 라면을 끓여와 먹으며 채널을 돌리던 그가 한 방송에서 손가락을 멈춘 것이었다. 그날 곽은 난생처음으로 캣 쇼를 보게 되었다. 캣 쇼는 고양이들의 쇼였다. 그것은 각종 고양이들이 나와 매력을 뽐내고 순위를 매기는 행사였다. 물론 곽도 그런 것이 있다는 것은 알고 있었으나 그는 그런 동물 놀이에 전혀 관심이 없었다. 먹고살기도 팍팍한데, 내가 무슨 동물이야, 하고 그는 생각했던 것 같다.

곽이 방송을 계속 본 것은 그의 회사가 그곳의 스폰서란 얘길 들은 적이 있기 때문이었다. 대회장에는 온 세상의 고양이란 고양이는 다 모아둔 것처럼 고양이들이 몹시도 많았다. 본 적도 없는 고양이들과 본 적은 있는 고양이들이 케이지에 갇혀 있거나 주인의 품에 안겨 있었다. 곽은 면발을 입에 우겨 넣으며 화면을 무심히 응시했다. 종류가 많기도 하군. 내가 아는 고양이는 딱 두 종류인데. 사실 알아봤자 어떤 소용이 있는 것도 아니라는 게 곽의 생각이었다. 곽은 면발을 다 건져 먹고도 허전해 밥을 푸러 부엌으로 향했다. 그릇에 밥을 양껏 퍼서 돌아오던 곽은 문득 창밖을 보았다. 어둑한 가운데 희부연 안개가 끼어 있었다. 그런데 지금 몇 시지? 곽은 시계를 보았고, 무언가 이상하다는 것을 깨달은 것은 그 순간이었다.

시간은 아홉시 이십분을 지나고 있었다. 곽은 시계와 텔레비전 화면을 번갈아 보았다. 화면 왼쪽 상단에는 작지만 분명하게 세 글자의 영문이 박혀 있었다. 분명히 공중파 방송이었다. 곽은 머리를 긁적였다. 괜한 위화감이 들었다. 아홉시 이십분에 공영 방송에서 캣 쇼라, 그거 특이한 편성이군. 처음 곽은 단순히 그렇게 생각했던 것 같다.

그러나 방송을 보면 볼수록 위화감은 점점 커져갔다. 방송 자체엔 문제가 없었다. 고양이들은 활기찼고 MC는 예뻤고 심사위원들은 권위 있어 보였다. 페르시안, 노르웨이 숲, 벵골, 러시안 블루, 스핑크스, 버먼, 아메리칸 컬……. 대회는 몇 개 부문으로 나뉘어 진행되었다. 키튼, 캣, 프리미어, 하우스홀드 펫. 곽으로선 알 수 없었지만 어떤 기준으로 고양이의 생김새와 행동을 관찰하여 그에 따른 평가 후 순위를 매기는 방식인 것 같았다. 세상엔 참 신기한 사람이 많다는 게 그의 감상이었다. 저 대회의 목적은 뭘까, 상금도 적구먼. 곽은 생각 없이 부지런히 밥을 퍼 먹었다. 그러던 그가 숟가락질을 멈춘 것은 화면 아래 한 줄의 자막이 지나간 순간이었다.

〈캣 쇼 방영 관계로 아홉시 뉴스가 열시에 방영됩니다.〉

곽은 멍청히 화면을 바라보았다. 아홉시 뉴스가 열시에 방영된다고? 그렇담 그게 어떻게 아홉시 뉴스란 말인가? 밥상을 앞에 두고 멍하니 앉아 있는 사이 몇 마리의 고양이가 리본을 달았고 우승자를 축하하면서 방송은 막을 내렸다. 그게 아홉시 오십오분경이었다. 곧이어 아홉시 뉴스가 방영된다는 말이 흘러나왔다. 그 뒤로 몇 개의 광고가 차례로 화면을 비췄다. 고양이 사료, 캣 타워, 전문 브리더 양성 교육 프로그램에 대한 것들이었다.

〈당신의 고양이를 위한 최고의 선택! 집사라면 이 사료! 캣 맘 캣 대디 브리더용은 애묘의 모질 개선에 특히 좋습니다.〉

머리가 복잡했다. 곽은 음소거 버튼을 눌러두고 생각을 정리했다. 이건 좀 이상하지 않나? 아니면 내가 너무 오랜만에 텔레비전을 봐서, 시류에 뒤처진 걸까?

고양이 애호가 수가 기하급수적으로 는 것은 그도 잘 알고 있었다. 그가 다니는 회사, 정확히는 공장의 매출이 꾸준히 오르고 있다는 것이 그 반증이었다. 생각해보니 곽의 동네에도 고양이 용품점이나 고양이 카페가 몇 개나 우후죽순 생겨났던 것 같았다. 그러나 그렇다고 해서 아홉시 뉴스가 열시 뉴스로 둔갑하는 상황이 정상일까? 이 황금시간대에 고양이 애호가를 위한 방송이라고? 그건 충분히 이상한 상황이었다. 이상한 일이라고, 곽은 중얼거렸다. 냄비와 그릇을 들고 싱크대로 향했다. 정말 이상한 일이야. 곽은 고무장갑을 끼며 다시 중얼거렸다. 납득이 되지 않는걸. 곽은 장갑을 그대로 벗어놓고 물을 잠갔다. 그는 책상으로 다가가 컴퓨터를 켜고, 인터넷에 접속했다. 뭐가 문제인지 알아야 할 것 같았다.

고양이, 고양이 광고, 캣 쇼…… 곽은 몇 개의 검색어를 연달아 입력했다. 고양이 애호, 고양이 물품, 고양이 교배, 고양이 분양. 검색 결과는 놀라울 정도로 많았다. 곽의 낡은 컴퓨터가 따라잡기 어려울 정도로 고양이 애호가들의 글이나 관련 상품, 기사들이 즐비하게 늘어섰다. 개중엔 '애묘인, 애견 인구 따라잡아' 따위의 기사도 눈에 띄었다. 그리고 또 고양이 협회, 고양이 대회, 캣 쇼 주최. 그러다 곽은 좀 전에 광고에서 본 다소 생경한 '브리더'란 단어가 들어간 홈페이지 하나를 발견하고 클릭했다. 잠깐의 간격을 두고 화면이 떠올랐다.

홈페이지의 메인에는 척 보기에도 값비싸 보이는 어린 고양이 사진이 가득했다. 고양이들은 비슷하거나 달라 보였지만 모두 아주 어린 녀석들이었다. 곽은 사진 아래에 'hot'이나 'new'가 붙은 걸로 보아 판매를 주로 하는 사이트 같다고 생각했다. 집사는 고양이를 키우는 사람을 말하는 것 같고, 브리더가 뭐지? 전문 교육 과정 어쩌고 한 것 같은데. 곽은 무심코 화면 하단에 있는 검은 줄무늬가 있는 회색 고양이 사진을 클릭했다. 그리고 그다음 순간 곽은 깜짝 놀라고야 말았다.

곽이 놀란 것은 그가 가난하기 때문만은 아니었다. 사실 곽은 먹고살 만큼은 벌었다. 다만 그는 고양이가 그렇게 비싼 줄 몰랐던 것이었다. 페이지에 명시된 고양이 가격은 그의 월급과 맞먹었다. 무심코 그는 싱크대에 담아놓은 라면 냄비를 힐끔 보았다. 곽은 뒤로가기를 눌렀다가 다음 고양이 사진을 눌러보았다. 맙소사, 이번 고양이 값은 그의 월급의 두 배를 상회했다. 곽은 소리 나게 침을 삼켰다. 이게 뭐람. 요즘 사람들은 다 이런 걸 키운단 말이야?

그날, 컴퓨터를 끄고 누웠을 때, 곽의 눈앞에 아른거리는 것은 고양이들의 생김새가 아니라 숫자들이었다. 백육십만 원에 삼백이십만 원이라…… 삼백팔십만 원인 녀석이 제일 비싼 것 같았지만 더 비싼 녀석들도 얼마든지 있겠지. 하긴 살아 있으니까 그럴 수도 있겠다. 순수 혈통이라서, 혈통서를 받을 수 있다니까, 뭐랄까, 저런 녀석들은 고양이계의 명품이겠지. 내 월세가 한 달에 삼십이니까 고양이 한 마리면 일 년을 살 수 있는 셈이네. 쟤들과 길거리 고양이들의 차이는 뭘까? 순수 혈통? 그건 부모를 잘 만났다는 걸까? 저런 고양이를 키우는 사람들은 뭘까? 그 사람들은 무슨 돈으로 저런 애들을 키우는 걸까? 나는 뭘까? 나잇살이나 처먹어서 장가도 못 가고 고양이와 비교나 하고 있는 나는 뭐지?

곽은 한참이나 뒤척였다. 어린 시절 시골에서 살 때 싫은 녀석이 키웠던 고양이가 떠올랐다. 삼십 년도 훌쩍 지난 일이었다. 녀석은 부잣집 아들이었고 고양이를 키우고 있었다. 녀석이 거들먹거리던 표정이 눈앞에 선연했다. 얼마나 비쌌는지는 모르지만 아무튼 그 집 벽에 혈통서 같은 게 걸려 있었던 것 같기도 했다. 녀석이 잘나간단 소식은 동문회를 통해 종종 들려왔지만 곽으로선 그런 곳에 나갈 이유가 하등 없었다. 그때 녀석의 고양이는 얼마짜리였을까? 그렇다면 나는 지금 얼마짜리일까? 생각을 곱씹으면 곱씹을수록 곽은 점점 더 우울해졌다. 짜장 라면 점심에 이어 국물 라면을 저녁 메뉴로 정하고 스파이더 맨 비디오를 보려 했을 때의 충만했던 기분은 이미 어딘가로, 아마도 싱크대 배수구쯤으로 흘러간 듯 간데없었다. 새벽이 깊어가는 가운데 그러한 질투와 좌절, 우울 뒤에 찾아올 것은 분노인 게 순서였다. 깊은 밤, 시계 속 뻐꾸기가 두 번

울었을 때 곽은 이불을 박차고 일어났다.

　그러니 그날 곽이 클럽을 만든 것은, 단순히 모호한 불만이나 가벼운 시기에서 비롯했다. 고양이 주제에 왜 이렇게 비싸, 너희는 왜 이렇게 비싼 동물을 키우는 거야, 먹고살기도 팍팍한데, 내가 우습냐. 그때 만들어진 클럽의 이름은 '고양이 인간 안티 클럽'이었다. 그땐 한창 인터넷 동호회를 만드는 게 유행이었다. 클릭 몇 번만 하면 금세 만들어지는 것이 개인 공간이었고 홈페이지였다. 카페를 개설한 곽은 대문에 '고양이 인간 안티 클럽: 고양이를 키우거나 좋아하는 사람들을 싫어하는 사람들의 모임'이라고 적어 넣었다. 곽으로선 실제로 그 카페를 운영할 생각은 없었다. 단지 우우 몰려다니는 행태가, 그들만의 세상이, 부럽고 재수 없었기 때문에 소극적으로 분노를 표한 것이었다.

　고양이 인간 안티 클럽이 '안티 버틀러'가 되기까지는 몇 번의 시행착오가 있었다. 방문자나 가입자 수가 많지도 않았지만 처음에는 무조건 다 가입 신청을 받았다. 사실 인터넷 커뮤니티 활동을 거의 해보지 않은 곽의 입장에선 마냥 누군가가, 그가 어떤 주장을 하는 공간에 찾아와 동의를 표하거나 반박을 일삼는 것이 신기하기만 했다. 그러나 광고 도배 글이 자꾸 늘고 마냥 고양이를 싫어하는 고양이 혐오나 그에게 클럽 폐쇄를 요구하는 고양이 애호가들, 뭣도 모르면서 이상한 말을 해대는 어린애들이 자꾸 가입했기 때문에 그는 무언가 대책을 세워야 했다. 그래서 나이 제한을 두었고 가입 질문에 대한 답변을 운영자인 자신이 확인하는 식으로 성벽을 둘렀다. 그 과정에서 김B와 김A가 들어오고, 오가 들어오고, 조와

방, 세 명의 이가 들어왔다 나가고 더 많은 회원들이 추가되고 어쨌거나 유령 회원이나 활동이 부진한 회원이나마 수가 느는 동안, 클럽은 상당히 활성화되었다. 그것도 다 옛날 얘기지만.

물론 이제는 곽도 모든 고양이가 무작정 그렇게 비싸지 않다는 것을 알게 되었고 또 모든 고양이 애호가들이 비싼 고양이를 키우는 것은 아니라는 것도 알게 되었지만 그렇다고 그것이 클럽 폐쇄의 근거가 될 수는 없었다. 또 사람이 몰리면 몰릴수록 대상의 범위가 확장되는 경향을 보였다. 그중 몇몇은 곽과는 다른, 각자의 이유로 고양이 애호가를 싫어했다. 결국 그의 클럽은 자신들만의 취향 세계, 예컨대 고급 취향을 가진 동시에 그것을 빌미로 상대를 위축되게 하거나 부러 무시하는, 그런 사람들에 대한 기험을 표출하는 공간으로 자리 잡게 되었다. 곽과 회원들은 그들을 통칭 '버틀러'라고 부르기로 결정했다. 곽은 그에 맞춰 클럽 이름을 바꾸었다.

곽은 회원들과 뜻이 잘 통했다. 주말이면 회원들과 만나 맥주를 마셨다. 그곳은 비애호의 교류의 장이었지만 겉보기엔 애호 커뮤니티와 별다를 게 없어 보였다. 실제로 그들은 게시판에 모여 버틀러들의 뒷공론을 하는 데 주로 시간을 보냈다. 그것은 애호가들이 모이면 주로 고양이에 대해 이야기하는 데 시간을 보내는 것과 거의 흡사했다. 곽은 점점 더 버틀러들을 싫어하게 되었다.

곽은 모든 면에서 만족스러웠다. 비디오 기기를 수리하지 않아도 심심하지 않았다. 중고 비디오테이프들 위에는 먼지가 쌓였다. 곽은 그런 시간이 내내 이어지기를 바랐지만, 어디 사람 일이 뜻대로 되던가. 열차가 달리는 방향은 선로변경기에 따를 수밖에 없

는 노릇이었다. 그리고 그 분기점은 예상치 못한 조우, 불쾌한 우
연 등으로 결정되곤 했다.

　곽은 눈을 감고 의자 깊숙이 몸을 파묻고 있었다. 잠든 것은 아
니었다. 그때, 곽의 전화벨이 울렸다. 곽은 전화벨이 두어 번 더 울
리게 뒀다가 느릿느릿 몸을 일으켜 발신인을 확인했다. 김B였다.
　"어땠어?"
　곽은 전화를 받자마자 물었다. 기대와 우려가 섞인 목소리였다.
김B가 무어라고 대답하는 게 수화기 밖으로 새어 나왔다.
　"그래? 그거 다행이군. 아지트로 데리고 오도록 해. 아니, 오에
겐 내가 연락하지."
　곽은 전화를 끊고 휴대전화 주소록을 열고 통화 버튼을 눌렀다.
벌써 자는 건 아니겠지. 이런 중대한 시기에.
　"네, 형님."
　아니나 다를까 오는 차분한 목소리로 전화를 받았다.
　"자고 있었나?"
　"아뇨, 저도 막 전화 드리려던 참이었습니다. 김B 쪽은 어땠답
니까?"
　"한 녀석 건진 모양이야. 자네 쪽은 어떤가?"
　"저도 번호를 하나 따긴 했는데, 괜찮은 녀석일지는 미지숩니
다. 약간 맹해 보여서요."
　"글쎄, 좀 덜떨어진 녀석이라도 상관없을 거야. 고양이 손이라
도 빌려야 할 지경이니까. 김B 쪽도, 자네 쪽도 직접 만나봐야 알

겠지. 아무튼 수고했네."

곽은 잠시 말을 멈췄다 다시 이었다.

"미션이 시작되었다고 이렇게 모두들 떠나버릴 줄은 몰랐어. 남은 건 자네와 김B뿐이네. 그러나 우리는 반드시 저지해야 해. 버틀러 세계가 되도록 둘 수야 없지 않은가."

"그런 약해빠진 녀석들을 아쉬워할 필요 없습니다. 어차피 걸림돌이 됐을 거예요. 그런 것은 걱정 마시고 어떻게 그 자식을 박살내 버릴지를 더 생각하시는 편이 좋을 것 같습니다."

"그렇겠지……. 그래, 고맙네. 다시 연락하도록 하지. 참, 재료 준비는 어떻게 되어가나?"

"순조롭습니다. 다만 생체 실험을 해봐야 할 것 같은데, 실험체가 없어서요."

"벌써 그 단계인가……. 그 건은 내가 어떻게든 구해보도록 하겠네. 그럼 아지트에서."

"네, 그럼, 아지트에서……. 안녕히 주무십시오, 형님."

전화를 끊은 곽은 다시 의자에 길게 기대 누웠다. 그의 목소리가 끊긴 방 안은 적막했다. 곽은 중얼거리며 손가락을 꼽아보았다. 채 왼손을 쓰기도 전에 숫자 세기는 끝이 났다. 그는 자신이 어처구니없는 게임을 시작하려 하고 있다는 것을 새삼 느꼈다. 오와 김B가 새 사람을 끌어들였다 해도, 아직 회원 수가 터무니없이 부족했다. 그러나 더 미룰 수도 없는 노릇이었다. 느긋하게 인원을 모집할 때가 아니었다. 또 생각해보면 다섯이든 열이든 스물이든, 몇명이 되어야 충분하단 생각이 들지도 미지수였다. 그들이 싸워야 하는 건 한 사람인 동시에 몇 만의 무리였다.

곽은 손등으로 눈을 비비고는 스탠드 등을 껐다. 까맣게 물든 어둠 위로 문득 한 사람의 얼굴이 스쳐 지나갔다. 그래, 어쩌면 그 사람이 우리 일을 도와줄지도 모르겠군. 내일 이야길 꺼내봐야겠다, 곽은 생각했다. 사실상 이젠 시간 싸움이나 다름없었다. 디데이가 얼마 남지 않았으니까. 그는 일어나 침실로 향했다. 씻을 기운도 나지 않았다. 내일도 출근을 해야 했다.

오는 휴대전화를 쥔 채 생각에 잠겨 있었다. 그는 곽과의 통화 내용을 곱씹고 있었다. 고양이 손이라도 빌려야 한다니, 형님이 약한 모습을 보이시는군. 나라면 무슨 일이 있어도 고양이 손은 안 빌릴 텐데 말이야. 차라리 알파카의 발굽이나 낙타의 물혹을 빌리고 말지, 고양이 손은 안 빌릴 텐데, 그깟 고양이 손은 말이야……. 그때, 오의 엄지발가락에 불같은 통증이 엄습했다.

"아!"

오는 외마디 비명을 지르며 벌떡 일어났다. 오는 씩씩거리며 그의 앞에 무릎 꿇은 여자를 노려보았다.

"멍청한 년이! 발톱 하나 제대로 못 깎아?"

"죄송합니다. 죄송합니다. 주인님…… 벌을, 벌을 주세요……."

여자는 거의 울먹이고 있었다. 오의 엄지발가락에서 붉은 피가 배어 나오고 있었다. 전라로 무릎을 꿇고 앉아 연신 고개를 조아리는 여자를, 오는 차갑게 내려다보았다. 한숨이 나왔다. 오는 매고 있던 넥타이를 거칠게 풀어 헤치며 말했다.

"그만둡시다. 오늘은 도저히 그럴 기분이 아니니까."

"네? 하지만……."

여자는 무언가 못마땅한 듯 무릎을 꿇은 채로 어물거렸지만 오는 단호했다.

"오늘은 그만 돌아가세요. 다음번에 만나는 게 좋겠어요. 박 여사님도 절 좀 이해해주셔야죠."

여자는 오의 눈치를 보더니 슬그머니 자리에서 일어났다. 주섬주섬 옷을 챙겨 입는 여자를 보며 오는 다시 의자에 앉았다. 발가락이 얼얼했다. 옷을 다 입은 여자가 목례를 하고 뒷걸음질 쳐 문쪽으로 향했다. 막 문을 나서려는 여자를 오가 불러 세웠다.

"박 여사님."

여자가 멈춰 서서 고개를 들었다. 오는 여자와 눈을 마주친 채로 말했다.

"팬티, 벗어두고 가세요."

여자는 머뭇거리는가 싶더니 곧 수줍게 웃었다. 블라우스 아래 받쳐 입은, 와인색 펜슬스커트를 가만가만 걷어 올린 여자는 약간 의도적으로 엉덩이를 돌리며 속옷을 내렸다. 마치 음악이 흐르는 듯했지만 방 안엔 여자의 숨소리밖에 들리지 않았다. 오의 손에 살구색 팬티를 쥐어준 여자는 연락드리겠단 말을 남기고 역시 뒷걸음질로 방을 나섰다. 잠깐의 간격을 두고 현관문 닫히는 소리가 들렸다. 오는 여자의 팬티를 쥔 채로 앉아 있었다. 오늘따라 피곤하군. 오는 중얼거렸다.

오는 휴지를 몇 칸 뜯어 엄지발가락을 지혈했다. 따끔한 정도에 비해 상처는 별것도 아니었다. 갑작스러워서 그렇게 아프게 느껴졌던 걸까. 기껏해야 살짝 찍힌 정도에 불과한데. 오는 서랍을 열어 연고를 꺼내려다 도로 닫았다. 하긴 갑작스러운 것들은 늘 더 아프게 느껴지곤 하지. 시간이 지나고 보면 별것도 아닌데……. 오는 다시 책상 앞에 앉아 달력을 넘겨보았다. 오의 달력에도 곽의 달력과 같은 날에 빨간 동그라미가 그려져 있었다.

가을밤이 깊어가고 있었다. 벌써 가을이라. 오는 시간이 빠르다는 것을 새삼 느꼈다. 어느새 그녀가 떠난 날로부터 일 년이란 시간이 지나 있었다.

오의 그녀는, 아니, 먼저 오에 대해 이야기하는 편이 좋겠는데, 그는 이래저래 조교였다. 대학의 연구실에서 화학 실험을 하고 논문을 작성하고, 무엇보다 교수의 뒤를 닦는 게 그의 일이었다. 그가 대학원생치고도 나이가 많은 이유는 그가 그의 적성을 너무 늦게 깨달았기 때문이었다. 오는 적성뿐 아니라 자기 자신도 늦게 깨달았는데, 그의 지금은 이전에 그를 알던 사람들로서는 상상하기 힘든 모습이었다. 대학원에 진학하기 전, 사람들은 그를 평가할 때 흔히, 조심스러운 사람이라고 말했다. 실제로 그는 모든 일을 조심하곤 했다. 그리고 그것은 상상 이상으로 피곤한 일이었다.

대학원에 진학하기 전에 오는 평범한 회사원이었다. 대학을 졸업하고 몇 년 만에 들어간 곳이었다. 그의 나이와 졸업한 학과를 봤을 때, 운이 나쁜 편은 아니었다. 월급이 많진 않았지만 신입치고는 아주 적지도 않았다. 그가 다니던 보험 회사는 대기업에 딸린 것으로, 텔레비전에서 곧잘 선전을 하는 곳이었다. 지점치고는 성적이 나쁘지 않은 곳이었고 오는 그곳에서 총무라고 불렸다. 말이 좋아 총무였지만 그가 하는 일은 보험설계사들의 불만 해소와 팀장의 보조, 대부분의 서류 업무, 간단한 컴퓨터 수리와 간식 선정, 그 외에도 커피와 청소를 제외한 모든 일이었다. 보험설계사들 중엔 아줌마가 많았다. 아줌마들은 불평이 많았고 오는 일이 많았다. 그들은 말을 아주 잘했고 오는 말을 잘하지 못했다. 오는 늘 업무 과다 상태였으나 더 많은 일을 떠맡았다. 팀장은 그에게 모든 것을 설계사 위주로 돌아가게 두라고 지시했다. 사실상 팀을 먹여 살리는 것은 그네들이었다.

오가 말을 잘하지 못했던 것은 생각이 많기 때문이었다. 그리고 생각이 많은 것은 그가 조심스러운 탓이었다. 하나의 행동을 하기 위해 그는 여러 개의 가설을 세워야만 했다. 그는 그것을 시뮬레이션이라고 불렀다. 또한 그의 머릿속엔 늘 단어와 상황들이 가득 차 돌개바람을 일으켰는데 그는 그것을 브레인스토밍이라고 불렀다. 그것들의 이름이 무엇이건 간에 그런 것을 일상으로 가지고 있는 사람이 사회에 적응하기 쉽지 않다는 것은 기정사실이었다. 그 증거로 오에게 따라붙는 두 번째 수식어는 '답답하고 좀 느리다'였다. 현대 사회에서 그것은 '조심스럽다'와 거의 비슷한 의미였다.

오가 그런 평가를 받아온 것은 그가 사회생활을 시작하기 전부터의 일이었다. 이를테면 오가 학사 논문을 준비할 때, 그가 애를 먹은 것은 연구 때문만은 아니었다. 오가 논문 주제를 상담하기 위해 지도교수의 연구실을 찾아갔을 때, 그의 오른손엔 밸런타인 십칠 년산이 들려 있었다. 시뮬레이션을 열다섯 번쯤 돌린 후의 행동이었다. 마지막 순간까지 오는 십칠 년산과 이십일 년산을 두고 고민했으나 지갑 사정을 기반으로 한 것이었기 때문에 이보다 나은 결론을 내리긴 어려울 것이라고 그는 생각했다.

오는 그가 지도교수에게 좋은 인상을 심어주기만을 바랐다. 논문이란 연구였고 연구란 실상 정답이 없는 것이나 다름없었기 때문에 지도교수나 평가 교수의 경향 혹은 주관에 따라 졸업의 길이 삐걱거릴지 평탄할지가 결정될 것이었다. 그의 시뮬레이션은 다음과 같았다.

〈시뮬레이션 Ⅰ〉
오: 교수님, 이거······.
교수: 오, 뭘 이런 걸 다 사왔나. 거기 앉게.

〈시뮬레이션 Ⅱ〉
오: 교수님, 이거······.
교수: 자네! 내가 위스키 좋아하는 건 어떻게 알았나? 거기 앉게.

〈시뮬레이션 Ⅲ〉
오: 교수님, 이거······.
교수: 아니, 이런 걸 받으면 안 되는데······. 고맙지만 다음부턴 그러면 안 되네! 거기 앉게.

그러나 실제로 교수의 연구실을 노크했을 때, 오는 당황할 수밖에 없었다. 대면한 교수의 태도가 그의 예상과는 다분히 달랐기 때문이었다.

〈실제 상황〉

오: 교수님, 이거…….

교수: 어, 거기다 놔둬.

그때 오가 돌아본 소파 옆 테이블에는 포장도 뜯지 않은 길쭉한 술 상자가 즐비하게 쌓여 있었다. 교수는 그를 돌아보지도 않고 컴퓨터 앞에 앉아 빠르게 타자를 치고 있었다. 오는 당황한 기색을 감출 수 없었다. 무엇보다도 오는 '거기 앉게.'가 동반되지 않은 대면을 상상해본 일이 없었다. 오는 그 자리에 선 채로 허둥거렸다. '앉아도 될까요?'나 '혹시 위스키를 좋아하시지 않을까 해서요.'와 같은 말은 생각나지도 않았다. 매번 폭풍우처럼 몰아치던 머릿속 시뮬레이션은 간데없이 자취를 감췄고 태풍의 눈처럼 고요하고, 흰 눈처럼 깨끗한 화이트 아웃이 잠시 이어졌다. 교수가 오를 돌아본 것은 그로부터 오분도 더 지난 후였다.

- 그래서 뭘 연구하겠다고?

오는 자신이 무슨 대답을 하는지조차 파악하기 어려울 정도로 얼어붙어 있었고 정신을 차린 다음엔 빈 쇼핑백을 들고 이미 교수 연구실을 나온 후였다. 다만 기억나는 것은,

- 흔해 빠졌구먼.

- 이미 있는 거야.

- 다른 사람들 논문을 찾아보긴 했나?

- 자네, 생각보다 허술하군.

- 이대로는 안 되겠네.

와 같은 차갑고도 쟁쟁한 교수의 목소리뿐이었다. 그날 오는 소 파에 엉덩이 한번 붙여보지 못했다. 오는 역시 이십일 년산을 준 비했어야 했는지에 대해 후회하고 고민했으나 이렇다 할 결론을 내릴 순 없었다.

비단 교수를 찾아간 경우만이 아니라, 오의 시뮬레이션은 자주 실패하곤 했다. 예측을 실패할 때마다 그의 머릿속은 깔끔하고 하 얗게 변해버렸고 사람들은 그가 새로운 가설을 세울 때까지 기다 려주지 않았다. 사람들이 나빴다고는 볼 수 없었다. 단지 그들은 딱히 관심도 없는 오의 버퍼링을 기다려줄 정도로 한가하지 않은 것뿐이었다. 그나마 다행인 것은 졸업 논문 발표를 하는 데는 그의 능력이 꽤 쓸 만했단 거였다. 그는 모든 질문을 예상하여 준비했고 그 이상의 것을 물을 만큼 사람들은 주의 깊지 않았다. 그는 무엇을 대비하는 데 탁월한 능력을 보였다. 인간관계를 빼놓고는.

그런데도 그는 현실을 직시하지 못했다. 오는 인간관계의 부진 을 그가 더 많은 경우의 수를 찾아내지 못한 탓이라고 생각했다. 오는 상대방이 보일 수 있는 거의 모든 가능성을 타진하고 생각 하는 식으로 그에 대응했는데 그럼에도 언제나 실수는 생겨났다. 오는 그때마다 하얗게 질렸고 말문이 막혔다. 사람들은 오의 대 답이 느린 것을 그가 일부러 대답하지 않는 것이라고 여겨 더 이 상 말을 걸지 않게 되었다. 어느 순간부터 오는 혼자 다니는 게 오히려 마음이 편했다. 혼자인 상황에서는 시뮬레이션이 필요 없었기 때문이었다.

그런 면에서 회사는 오에게 잘 맞는 편이었다. 오는 시키는 일 하나는 잘했다. 아줌마들은 그에게 이거 해달라, 저거 해달라 잘도 말했다. 오는 그들이 시키는 대로 이걸 해주고 저걸 해줬다. 그는 머리가 좋았고 한번 익힌 일은 절대로 잊지 않았다. 그로서는 대비에 만전을 기하다 보니 생긴 능력이었겠지만 아무튼 상사로서는 부려먹기 좋은 부하 직원임이 틀림없었다. 브레인스토밍에 휩쓸리지만 않으면 그는 능률적으로 일하는 편이었다. 팀장도 그를 다루는 데 도가 터서, 어느 순간부터는 순발력을 요하는 일은 시키지 않았다. 오는 어떤 면에서 기계와도 같았고 시스템적으로 완벽했다. 무언가를 입력하면 그만큼을 착실하게 뱉어냈다. 시간이 지나자 연봉도 올랐고 불만은 없을 것 같았다. 그러나 입사한 지 두 해째, 서른넷이 된 어느 날, 문득, 그는 자신이 매우 외롭다는 것을 깨달았다. 오도 여자를 만나고 싶었다.

여자들은 남자보다 더 어려웠다. 오가 시뮬레이션에서 실패하는 경우의 칠할은 여자들이었다. 오가 무언가 말을 붙였을 때 나오는 대답이 그의 예상과 적중하는 일은 절반가량에 불과했다. 여자들과의 관계에서, 오는 자신이 무언가를 자발적으로 해야 한다는 데에 공포를 느꼈다. 오는 재미가 없었고 여자들은 재미없는 남자를 싫어했다. 농담은 그에게는 난이도가 높은 대화법이었다. 오는 여자를 사귀어본 일이 없었다. 여자는 정말 알 수가 없었다.

서른 중반이 가까워짐에도 오는 동정이었다. 몇 번인가 사창가에 가볼 생각을 하기도 했으나 그로서는 홍등가로 유명한 지역으로 지하철이나 버스를 타고 가는 것 이상의 시뮬레이션을 돌릴 수 없었다. 방법도 몰랐고, 어떤 시스템인지도 몰랐다. 문 앞을 '떡대'들이 지키고 섰으면 어쩌지? 값은 선불인가, 후불인가? 현금인가, 카드도 되나? 여자가 알아서 벗나, 내가 벗겨야 하나? 내 쪽이 애무를 해야 하나, 아님 가만있어도 다 해주나? 만약 여자가 말을 붙이면 뭐라고 대답해야 하지? 정보가 모자라도 너무 모자랐다. 그러나 정보를 끌어 모으기엔 오에겐 친구도, 형도 없었고 '사창가 가는 법'을 검색해도 구체적인 그림이 그려지지 않는 것은 마찬가지였다. 오는 몇 번이고 검색어를 바꿔가며 검색을 하다 한숨을 쉬며 컴퓨터를 꺼버리곤 했다.

그러니 오의 문제를 성욕에만 국한되었다고 보기엔 다소 부족한 감이 있었다. 사실상 오는 여자와 대화만 해봐도 좋겠다고 생각하고 있었다. 어깨를 툭툭 치지 않고, 저기요, 라고 하지 않고 누군가 내 이름을 불러주는 걸 듣게 되는 것은 어떤 기분일까. 여자가 마주 웃어주고, 손을 잡아주고, 물론 겪어본 적은 없지만 그런 달콤한 일들까진 바라지 않으니 다만, 아줌마들이 아닌 미혼 여성과 업무상 대화가 아닌 일상을 나눌 수 있다면 얼마나 즐거울까. 퇴근 후부터 출근 전까진 한마디도 하지 못하는 생활이 그는 지긋지긋했다. 오에겐 대화할 대상이 필요했다.

그러던 어느 날 오는 휴게실에서 자판기 커피를 뽑아 마시고 있었다. 오는 땅콩차를 좋아했는데 회사 전체를 통틀어 땅콩차가 나오는 자판기가 있는 휴게실은 그곳 하나였다. 흡연실을 겸한 탓이었는지 여자 직원들은 통 오지 않는 곳이었다. 유리문을 열고 들어가 동전을 넣고 땅콩차를 뽑아 마시는데 오의 귀에 문득 먼저 들어와 있던 직원들의 대화가 들려왔다.

- 뭐? 조건 만남을 했다고?
- 쉿, 목소리가 커!
- 뭐, 어때. 남자들만 있는데.

오는 자신을 돌아보는 그들의 시선을 느꼈지만 무시했다. 남자들이 담배를 태우고 있어서 공기가 매우 탁했다. 오는 비흡연자였지만 들으란 듯,

- 아, 담배가 어디 갔지…….

주머니를 뒤적거리며 자리를 뜨지 않았다. 그가 벽에 기대어 땅콩차를 홀짝이자 머뭇대던 남자들은 다시 비밀스럽게 쑥덕거리기 시작했다. '인터넷, 채팅, 아, 그 사이트……. 스무 살. 스무 살? 만으로 열아홉. 진짜? 모르지, 인마. 걸리면 쇠고랑이야. 무슨 쇠고랑. 이번 주가 생일이라고 했어. 이젠 만으로도 스물일걸. 야, 거짓말이겠지. 예쁘던? 아, 그냥, 보통. 민증은 확인했어? 뭘 확인해, 인마. 다시 볼 사이도 아닌데. 그래서 얼마? 이십만 원? 십이만 원. 어떻게 꼬였냐? 뭘 꼬이냐? 요즘은 방제가 다 그 모양이야. 잘 골라서 들어가면 싱싱한 애 먹는 거 일도 아니야. 피임은 제대로 했겠지? 당연하지, 내가 병신이냐?'

오가 땅콩차를 다 마실 쯤이 되자 그들의 주제는 재수 없는 상사로 넘어가 있었다. 오는 종이컵을 구겨 휴지통에 버리고 짐짓 태연한 듯 유리문으로 향했다. 그러나 휴게실을 나오는 오의 심장은

빠르게 벌렁거리고 있었다. 팀장에게 두 번이나 지적을 받고도 오는 정신을 차리기 힘들었다. 애인 생겼냐는 아줌마들의 타박을 귓등으로 흘리며 그는 퇴근을 서둘렀다. 그들이 말했던 채팅 사이트의 이름이 머릿속에서 빙빙 돌고 있었다.

집에 돌아온 오는 즉시 컴퓨터를 켜고 직원들이 쑥덕거렸던 채팅 사이트에 접속했다. 회원 가입을 하고 나니 사용할 닉네임을 입력하라는 창이 떴다. 닉네임이라……. 오는 딱히 생각나는 것이 없어 두리번거렸다. 문득 돌아본 냉장고에 전단지가 붙어 있었다. 춘천닭갈비, 배달 전문, 카드 환영. 그래서 오의 닉네임은 '춘천닭갈비'가 되었다. 확인 버튼을 누르자, 왼쪽 상단에 '춘천닭갈비 님이 로그인 하셨습니다'라는 안내 글이 떴다. 오는 손바닥을 마주비볐다. 긴장이 되어 손가락 끝에 땀이 배어났다. 마우스를 움직여 '채팅'이라고 적힌 곳을 클릭했다. 가슴이 떨렸다.

오는 맨 위에 있는 채팅 방 제목을 눌러보았다. '오늘 재워주실 오빠, 제시요'라는 방제였다. 채팅 창이 떠올랐다. '춘천닭갈비 님이 입장하셨습니다'라는 안내 글이 적혔다. 채팅은 처음이었다. 오는 침을 삼켰다. 뭐라고 말해야 하지? 제시하라는 건 금액을 말하는 걸까? 아무나보고 오빠라면 이 사람은 대체 몇 살일까? 그때 상대방이 먼저 말을 걸었다.

은밀화끈하게: 안녕?

오는 잠깐 머뭇거리다가 타자를 쳤다.

춘천닭갈비: 안녕?

은밀화끈하게: 오늘 재워줄 수 있어요?

춘천닭갈비: 재워줄 수는 있는데요.

은밀화끈하게: ?

춘천닭갈비: 먼저 대화를 좀 나눴으면 하는데요.

은밀화끈하게: 무슨 대화? 아, 네고 하게? 얼마까지 생각해?

춘천닭갈비: 그게 아니라……. 혹시 어떤 영화 좋아해요? 제가 최근에
　　　　　　　대부를 다시 봤는데요…….

은밀화끈하게: 아, 뭐야.

　그리고 순간, 오는 채팅 방 목록으로 돌아가 있었다. 화면 가운
데, '춘천닭갈비 님이 강제 퇴장당하셨습니다'라는 안내가 떴다.
강제 퇴장? 오는 자신도 모르게 어둑한 뒤를 돌아보았다. 확인을
누르고 나자 다시 수많은 선택지들이 그를 기다리고 있는 게 보였
다. 오는 자신이 쫓겨났다는 것을 깨달았다. 모르는 누군가에게.
오는 갑자기 자신이 없어졌다. 문자로 이루어진 대화라 마음을 놓
은 것이 실수인 듯했다. 얼굴을 보지 않으니 손쉬울 거라 생각했
던 게 착각이었다. 오가 끊임없이 시뮬레이션을 돌리는 이유는 상
대방이 실망하는 모습을 보기 싫어서였다. 그러나 오는 매번 모두
에게 실망감을 안겨주는 듯했고 현실에선 어쩔 도리가 없었으나
채팅 사이트는 다를 것 같았다. 그러나 오의 영화 이야기에 상대는
'아, 뭐야.' 실망하며 그를 강제 퇴장시키지 않았던가. 오는 기운이
쭉 빠졌다. 채팅 사이트란 대화를 하는 사이트가 아니었나? 만약

관계를 맺더라도 충분히 대화가 오가야 하는 거 아니었나? 그럼 휴게실의 남자 직원은 대체 어떻게 여자 아일 만난 걸까? 영화 이야기를 한 정도면 선방이라고 생각했는데, 아니었나?

몇 개의 채팅 창을 오가던 오는 채팅 사이트가 자신이 생각하던 시스템으로 이루어진 것이 아님을 깨달았다. 채팅 방을 개설해놓은 사람들은 분명한 주제의 빠른 대화만을 요구하고 있었다. '몇 살?' '얼마?' '어디서?' 오는 실망할 수밖에 없었다. 왜냐하면 그것은 아줌마들과 나누는 업무상의 대화와 일말의 차이도 없어 보였기 때문이었다.

오는 기대한 자신이 바보같이 느껴졌다. 잠이나 잘까, 생각하며 막 인터넷 창을 닫으려던 오는 아무래도 미련을 버릴 수 없었다. 오는 자세를 고쳐 앉으며 취미 카테고리를 눌러보았다. 마지막 희망이었다. 그곳은 앞의 데이트 방과는 분위기가 사뭇 달랐다. 일단 채팅 방 제목부터가 알 수 없었다. 'FS'나 'MD' 같은 이니셜의 나열이나 어딘가 외국 문학의 한 대목을 따온 듯한 '핏빛 향기를 그대에게' 혹은 '아름다운 복종의 유혹'과 같은 문구가 그 제목들이었다. 오는 좀 어리둥절했지만 목록을 천천히 훑어보았다. '강아지'나 '주인님'과 같은 단어들도 눈에 들어왔다. 그러나 그 방제를 클릭하기엔 오에겐 말할 게 딱히 없었다. 기껏해야 어릴 적 키웠던 복실이 얘기 정도일까. 그러나 오에겐 그 개가 복날 팔려갔다는 것 말고는 딱히 기억나는 것이 없었다.

보면 볼수록 훑으면 훑을수록 어느 방도 그에겐 어려워 보이기만 했다. 영화 대부를 이야기하기에 어울릴 것도 같았지만 그가 모르는 주제의 이야기가 나오면 까마득할 터였다. 오는 스크롤을 내리다 비교적 만만해 보이는 방제를 하나 발견했다. '딸기 맛, 레몬 맛, 박하 맛'이라는 제목이었다. 오는 그것을 클릭했다.

여고딩: 하이.

춘천닭갈비: 안녕하세요.

여고딩: 몇 살?

춘천닭갈비: 삼십대.

여고딩: 난 십대!

춘천닭갈비: 닉네임 보니까 그런 것 같네요.

몇 번의 시행착오를 겪으며 오도 어느 정도 채팅에 익숙해졌기 때문에 그는 시간차를 그리 두지 않고 대화에 임할 수 있었다. 그러나 상대가 자신이 십대라고 밝히자 오는 다시 막막해졌다. 요즘 십대가 대부를 알까? 아이돌 얘기라도 해야 하는 거 아닐까? 요즘 연예인은 잘 모르는데 어쩌지? 생각하고 있는데 상대가 문장을 입력했다.

여고딩: 근데요, 아저씨.

춘천닭갈비: 네?

여고딩: 침 안 사실래요, 침?

춘천닭갈비: 침이요? 무슨 침?

오는 한방에서 쓰는 그 침을 잠깐 생각했다. 상대가 계속 말했다.

여고딩: 침 몰라요? 입안에 있는 침이요. 딸기 맛, 레몬 맛, 박하 맛,
　　　 이렇게 있는데.

오는 당혹스러웠다. 침을 사라고? 오는 키보드 위에 손을 얹은
채로 가만히 있었다. 상대의 의중을 읽을 수 없었다. 이건 꺼지라
는 말을 우회적으로 하는 게 아닐까? 네게 침을 뱉을 테니 당장
이 채팅 방에서 나가! 그러나 이어지는 말을 보면 그런 것 같지
는 않았다.

여고딩: 싫어요? 다른 맛도 있는데. 청포도 맛 캔디나 딸기 크림 맛 추
　　　 파춥스도 가능해요.

오는 정신을 차리려 애쓰며 다시 물었다.

춘천닭갈비: 그걸 어디다가 써요?
여고딩: 그건 나도 모르지. 내가 그것까지 신경 써야 해?

어쨌거나 오는 대화가 끊기지 않게 주의하며 여자애에게 여러 가
지를 물었다. 대화가 몇 줄 이상 이어지자 약간 설레기까지 했다. 상
대, 그러니까 아마도 십대일 그 여자애가 적어도 그와 대화를 나누
어주고 있지 않은가. 여자애는 순순히 묻는 말에 대답해주었다.

여자애의 말에 의하면 그녀가 처음부터 침을 판 것은 아니라고 했다. 처음엔 팬티였고 그다음엔 스타킹이었는데, 아무래도 상품의 원가가 부담될 쯤에 그녀에게 침을 팔아달라고 요구한 사람이 있었다는 거였다.

여고딩: 남자들은 모르겠지만 팬티니 스타킹이니 그런 것도 꽤 비싸거든요. 근데 이건 사탕이랑 작은 통 하나면 통 치니까.

여자애의 얘기는 꽤 설득력이 있었다. 원가를 절감할수록 판매자는 이득을 취하는 법이었다. 여자애가 사용하는 용기는 흔히 약국에서 물약을 담는 용도로 쓰이는 숫자와 눈금이 있는 플라스틱 통이라고 했다. 오는 고개를 끄덕이며 자판을 두들겼다.

춘천닭갈비: 한 통에 얼만데요?
여고딩: 삼만 원.
춘천닭갈비: 삼만 원?
여고딩: 아니, 사탕 먹고 침 뱉는 게 쉬운 줄 아나. 어때요? 만날래요?

그럼 어려울 게 뭔가. 오는 의아했지만 묻지 않았다. 삼만 원이란 침치고 비싼 값 같았지만 오로선 침의 적정 가격이 얼마인지 알 수 없었다. 오가 말이 없자 여자애는 이런저런 말을 주워섬겼는데 오가 마음에 든다고 했고 매너가 좋을 것 같다고 했다. 그러나 오는 고민이 되었으므로 '흠', 한 글자만 채팅 방에 올렸다. 여자애는 선심을 쓰듯 다시 말했다.

여고딩: 아, 그럼 이렇게 해요. 나 스테이크 먹고 싶으니까, 그거 사주
면 그냥 줄게요. 세 통 다! 완전 거저먹기지.

스테이크가 얼만지는 모르지만 글쎄, 아마도 구만 원보다 적은
값인 모양이었다. 그러나 사실 오가 고민하는 것은 침의 가격이나
구매 여부가 아니었다. 현실에서 만나자고? 어떻게? 왜? 어디서?
몇 시에? 무슨 얘길 하고, 어떤 표정을 지어야 할지 감도 안 오는
데, 정말로? 여자애는 계속 말했다.

여고딩: 알았어요. 커피는 내가 쏜다. 만나서 얘기나 해요. 오빠 동생
하면 좋잖아.

오는 망설이다, 전화번호를 알려주었다. 자신이 여자애 앞에서
쩔쩔매는 모습이 선연했지만 그가 구매자고 그 애가 판매자인 이
상, 아무래도 그에게 맞춰줄 것만 같은 생각이 들었다. 그게 오가
종종 백화점에 가는 이유이기도 했다. 무엇보다 오가 마음에 들었
던 것은 여자애가 오의 말수와는 별개로 쉬지 않고 무언가 조잘거
린 것이었다. 또 만나서 무엇을 할지, 어떤 옷을 입고 나올지를 여
자애는 완벽히 정해주었다. 오는 마지막 순간까지 망설였으나 여
자애는 '내일 봐요!' 쐐기를 박고 방을 나가버렸다. 약속은 다음
날, 토요일 점심이었다.

오는 검은색 남방에 청바지를 입고 나갔다. 여자애가 정해준 옷 차림이었다. 그는 역 앞 꽃집에서 장미 한 송이를 샀다. 그 역시 여자애의 요구였다. 그는 약속 시간보다 조금 일찍 도착했는데 교통수단 시뮬레이션 중 택시를 선택했기 때문이었다. 오는 마음이 복잡했다. 여자애가 나를 마음에 들어 할까? 그나저나 정말 여고생일까? 그것보다 여자이긴 할까? 오가 혹시나 하는 마음으로 '채팅, 여자'라는 키워드로 검색해본 결과에 따르면 채팅 창에서 오간 말들 중 진실은 십 퍼센트 정도에 불과하며 그조차 안 되는 경우가 많다고 했다. 오의 머리는 바쁘게 돌아갔다. 나서기 전 그는 몇 가지 가설을 세웠다.

가설 Ⅰ: 진짜 여고생.
가설 Ⅱ: 가짜 여고생. 여자는 여잔데 성인인 경우.
가설 Ⅲ: 여고생이고 나발이고 상대방이 약속 장소에 나타나지 않는 경우.
가설 Ⅳ: 심지어 남자인 경우.

오는 그중 어느 것도 배제할 수 없다고 생각했다. 상식적으로 생각해봐도, 여고생이 침 같은 걸 팔 것 같지는 않았다. 하지만 여고생이든 여고생이 아니든, 오에게 필요한 이는 그저 대화할 미혼 여성이었다. 오는 초조하게 기다렸다. 여자애는 노란색 후드티를 입고 올 거라고 했다. 약속 시간 오분 전, 어디에도 노란빛은 보이지 않았다.

약속 시간으로부터 꼭 삼분이 지났을 때, 멀리서 노란빛의 인영이 보이기 시작했다. 오는 가슴이 덜컹 내려앉는 것을 느꼈다. 저 사람일까? 저 사람이 여고딩일까? 안녕 하고 인사하면 될까? 노란 옷을 입은 남자인 건 아닐까? 남자라도 대화를 시도해보는 편이 좋을까? 어쨌거나 주말 내내 입을 다물고 있는 것보단 낫잖아? 그러나 그 인영이 오의 앞에 완전히 다가섰을 때, 그는 더욱 당황하고 완전히 생각의 흐름을 놓치고야 말았는데, 왜냐하면 그 사람이 어디로 봐도 진짜 여고생처럼 보였기 때문이었다.

가까이 본 여자애는 앳되어 보였다. 예쁘다고는 말하기 어려운 외모였지만 오밀조밀한 생김새를 갖고 있었다. 일자로 굳게 다문 입술에서 아집 같은 게 느껴졌다. 여자애는 노란색 후드티를 입고 달라붙는 청바지를 입고 있었다. 어깨에 멘 크로스백은 에나멜 재질이었고 까만 바탕에 고양이 캐릭터가 그려져 있었다. 가슴까지 오는 긴 생머리를 여자애는 양 갈래로 가볍게 묶었다. 조그마한 입술 사이로 하얀 막대가 튀어나와 있었다. 여자애는 잠깐 두리번거리는가 싶더니 곧바로 오에게 다가왔다. 오는 겁이 났다. 그 말고도 까만 남방을 입은 사람이 주변에 있었으면 싫었다. 달아날 기회는 그때뿐이었다. 그러나 그 근처의 모든 남자들 중 그와 같은 입성을 한 사람은 한 명도 없었다. 오의 심장이 미친 듯 벌렁거렸다. 여자애는 오를 보며 생긋 웃어 보였다.

― 춘천닭갈비?

오는 정신없이 고개를 끄덕였다.

오는 흥신소에서 보내주었던 파일을 새삼 넘겨보고 있었다. 그녀가 무엇을 하고 있을지 궁금해지는 밤이었다. 물론 그 생각을 떨치는 데는 오랜 시간이 걸리지 않았다. 오는 자신으로 하여금 고양이를 저주케 하고 고양이 애호가들에게 분노케 한 그녀를 용서하고 싶지 않았다.

그녀는 오에게 너무 많은 영향을 미쳤다. 보험 회사 총무를 하고 있던 오에게 대학원에 가 무어라도 연구를 해보면 어떻겠느냐고 말했던 것도 그녀였다. 오는 그녀로 인해 전공을 바꾸었고 직업을 바꾸었고 머리 모양, 옷차림, 성격에서 말투까지 모든 것을 바꾸었다. 그녀는 없었지만 생활은 그때와 거의 다르지 않았다. 그의 역사는 그녀를 만나기 전과 후로 나뉘었다. 실상 오는 그녀로 인해 모든 것이 깨어진 동시에 영원히 죽은 것이나 다름없었다. 그리워할 법도 했지만 오는 그녀가 차갑게 떠났던 날을 분명히 기억하고 있었다. 그가 그녀에게 품었던 마음과 그녀가 그를 버린 상황, 그것들은 갑작스러운 만큼이나 오에게 상처가 되었지만 그는 계속 울고 있을 만큼 어린애는 아니었다.

오는 처음 안티 버틀러에 발을 들였던 때를 떠올렸다. 그때 그는 이 세상의 모든 고양이와 고양이 애호가들을 막연히 증오했다. 그러나 지금은 더 어른스럽고 그만큼 복잡한 이유로 미션에 참여할 생각을 가지고 있었다. 오는 파일을 도로 책장에 끼워두고 침대로 가 누웠다. 다음 날 연구실에 가려면 잠을 자둬야 했다. 오는 휴대전화를 열고 새로 영입한 회원의 이름을 다시 한 번 확인했다. 미션이 완료되면 어떻게 될까? 고양이 애호가들은 어떤 반응을 보일까? 당신은 여전히 고양이를 좋아할까? 당신은 화가 날까? 내가 화났던 만큼 화가 날까? 오는 손을 뻗어 램프를 껐다. 멀리 어두운 산 중턱에서 빨간 조명이 깜빡이고 있었다. 악몽을 꿀 것 같은 기분이었다.

CLUB
ANTI
BUTLER

3장

모든 수단을 동원하라

버스 정류장에서 내려 오른쪽으로 걷다 순댓국밥 집을 끼고 왼쪽으로 돌고, 오십 미터쯤 걷다 어린이놀이터를 뒤로하고 다시 백 미터쯤 걸으면 보이는 파란 대문 집, 아지트는 그 주택의 이층이라고 했다. 한은 녹색 아디다스 저지 세트를 입고 있었다. 그것은 그가 힘을 내고 싶을 때 선택하는 색상이었다. 한은 계단을 올라 현관문을 두들겼다. 잠시 기다렸지만 안에서는 아무 대답도 들려오지 않았다. 여기가 아닌가? 한은 실례합니다, 말하며 대문을 밀어보았다. 문은 잠겨 있지 않았다.

한은 안으로 들어섰다. 김B는 아직 도착하지 않은 듯 보였다. 그는 머뭇거리다 손에 쥔 약도를 다시 한 번 들여다보았다. 이 장소가 틀림이 없는 것 같은데. 그 증거로 계단을 올라오기 전에 본 대문에 'Club · Anti · Butler'라는 간판이 붙어 있지 않았던가. 한은 충분히 낯설어하며 방 안을 훑어보았다. 커다란 목재 테이블이 방

한가운데 놓여 있었다. 그것을 빙 둘러 같은 색상의 의자 여섯 개가 놓여 있었고 벽에는 은행에서 받아온 달력과 벽걸이형 텔레비전이 걸려 있었다. 한의 감상으로 그곳은 '아지트'라기보다는 생활감이 부족한 누군가의 집 같았다.

"거기 누구요?"

누군가 한을 부른 것은 그때였다.

한은 불법침입을 하다 들킨 것처럼 얼어붙었다. 뒤돌아보니 아래층과 이어지는 계단 위에 중년 남자 하나가 서 있었다. 그는 회색 점퍼와 감색 면바지를 입고 있었고 꽤나 우락부락한 인상이었다. 남자는 마흔 중반쯤 되어 보였고 중키에 몸이 무척 단단해 보였다. 내 복싱 기술이 도움이 될까? 한은 생각하다 고개를 저었다. 설명을 해야 하는 걸까, 변명을 해야 하는 걸까? 한은 어, 저, 그, 같은 말을 정신없이 어물거렸다. 남자가 활짝 웃어 보인 것은 그때였다.

"오의 소개로 오셨소? 아니면 김B의?"

한은 남자의 우락부락한 얼굴이 선해 보일 수도 있다는 것을 발견하고 놀랐다. 저 얼굴이 저렇게도 변하는군.

"김B 씨의 소개로 왔습니다. 여기가 저……."

"그렇소. 환영합니다. 이곳이 바로 클럽 안티 버틀러요."

남자는 자신을 곽이라 소개한 후 어떤 음료를 마실 것인지 물었다. 한은 쭈뼛거리다 생크림을 얹은 커피가 되는지 물었다. 남자는 너털웃음을 지으며, 김B가 사람 하난 잘 데리고 왔다고 말했고 한은 약간 기분이 좋아지는 것을 느꼈다. 곽은 이쪽이 주방이라며 한을 안내했다.

"다른 회원들은 안 왔습니까? 여기가 아지트라고 하던데요."

곽은 유리잔에 얼음과 시판용 커피를 따르고 빨간 무스형 휘핑크림을 착착 흔들어 생크림을 얹었다. 한은 그 과정을 신기하게 쳐다보았다.

"좀 일찍 오셨소. 곧 다들 도착할 거요."

곽이 내민 잔 위에는 생크림이 돌돌 말려 있는데 한으로선 그 위에 격자로 뿌려진 캐러멜이 더 마음에 들었다.

거실로 돌아온 한은 빨대를 쪽쪽 빨며 눈을 굴렸다. 어떤 말을 해야 할 것 같기도 했지만 무슨 말을 해야 할지 알 수 없었다. 곽은 그의 맞은편에 앉아 그의 얼굴을 관찰하듯 뜯어보았다. 막 부담이 될 쯤 문이 열리며 김B와 두 남자가 방으로 들어왔다.

"어, 김B 씨!"

"한 씨, 안녕하세요."

한은 낯익은 얼굴에 지나치게 반가운 시늉을 해 보였다는 것을 깨달았지만 뭐 어때, 생각하고는 다시 자리에 앉았다. 안경을 쓴 마른 멸치 같이 생긴 남자가 성큼성큼 들어와 곽과 포옹했다. 멸치 남자 옆에는 머리털이 덥수룩한 키 큰 남자 하나가 쭈뼛쭈뼛 서 있었다. 김B가 나서서 사람들을 소개했다.

"곽이랑은 인사했죠? 이쪽은 오, 이쪽은 한, 이쪽은?"

"아, 이쪽은 남궁이라고 합니다. 제가 스카우트한 재원이죠."

오가 말을 받았다. 남궁이라고 소개된 남자는 구부정한 어깨를 더욱 구부려 목례했다. 푸른 안색 탓에 몸이 안 좋아 보였다. 눈치를 보던 한도 덩달아 인사했다. 어색한 분위기였다. 그것을 전환

하듯 곽이 그들을 테이블로 안내했다. 곽은 잠시 자리를 비우더니 오렌지주스와 콜라, 시판용 커피 등을 쟁반에 내왔다. 몹시 익숙한 몸놀림이었다.

점퍼를 벗은 곽은 헛기침을 하곤 테이블의 비어 있는 짧은 면에 섰다. 점퍼 안에는 체 게바라가 그려진 티셔츠를 입고 있었다.

"어, 일단 환영합니다. 클럽 안티 버틀러요. 나, 김B, 오가 그 회원들이고 이곳이 우리의 아지트지. 내 이름은 곽, 이 클럽을 만든 사람입니다. 개략적인 것은 스카우트될 때 들었으리라 생각하는데?"

곽이 동의를 구하듯 김B를 돌아보자 그녀가 깊숙이 고개를 끄덕였다. 곽은 만족스러운 듯 고개를 끄덕이곤 계속 말했다.

"음, 기껏 찾아왔더니 생각보다 허름하고, 또 사람 수도 너무 적어서 실망했는지도 모르겠소. 그러나 우리는 매우 중대한 사명을 안고 모인 사람들이오. 모든 위대한 단체들의 시작은 늘 미약했소. 국제 로터리 클럽도 창단인과 세 명의 친구들로 시작됐다는 걸 예로 들 수 있겠지. 이미 들었겠지만, 클럽 창단에 대해 먼저 소개하겠소."

곽은 옷을 여미며 클럽 창단과 그 이유, 개명하기까지의 과정에 대해 설명했다. 바깥에 어둠이 내리고 있었다. 어느새 해가 부쩍 짧아져 있었다. 곽이 말을 이었다.

"그전까지 우리는 일반 커뮤니티의 성격과 별반 다르지 않았소. 다만 무엇을 애호하지 않기 위해 모였다는 것 말고는 애호 단체와 거의 흡사했지. 그러다 내가 어떤 단서를 잡게 되었소. 아주, 누군가 아주 위험한 계획을 세우고 있다는 단서를 말이오. 처음엔 음모론에 불과했지만 깊이 파고들수록 그 윤곽이 뚜렷해지는 것을 발견할 수 있었소. 궁금하겠지? 중요한 내용이니, 이것은 마지막에 얘기하도록 할 거요. 아무튼 나와 오는 그것을 막아야 한다고 생각했고, 회원들에게 우리의 뜻을 알렸소. 그러나 지금의 회원을 보면 알 수 있듯이 우리에게 찬성한 것은 김B뿐이었고, 분열이 시작된 것은 그때부터였소……."

곽은 회원들에게 행동할 것을 요구했다. 그의 음모론에 기본으로 깔린 것은 취향의 감정적 탄압이었다. 안티 버틀러의 회원들은 대부분 그것에 질린 나머지 클럽에 가입하여 활동하고 있었다. 그러나 단지 게시판에 울분을 토해내는 것과 오프라인에서 누군가의 지시를 받아 조직적으로 행동하는 것은 전혀 다른 얘기였다. 그들이 곽의 '활동'에 발을 들이고 싶지 않아 하는 이유는 다양했다. 바빠서, 관심이 없어서, 귀찮아서. 그중 곽의 속을 가장 상하게 한 것은 이런 것이었다. 어차피 받고 있는 핍박, 더 당하나 덜 당하나 그게 그거 아니냐.

물갈이가 필요한 시점이었다. 곽은 '활동'에 참여하지 않을 회원들은 모두 탈퇴해줄 것을 정중히 요구했다. 어떤 회원들은 반박했지만 대부분은 말없이 떠났다. 미안하다는 사람도 있었지만 곽을 미친 사람으로 매도하는 편이 더 많았다. 그들이 떠나는 동안 곽은 유령 회원을 강제 탈퇴시켰다. 정리가 끝났을 때, 백 명에 육박하던 회원 수는 딱 셋으로 줄어 있었다. 곽은 클럽을 비공개로 돌렸다. 회원을 충원하기 위해 김B와 오를 파견했다.

"김B는 주로 고양이 애호 카페의 정모를 공략했소. 호랑이를 잡으려면 호랑이 굴에 들어가야 한다는 게 내 의견이었지. 실제로 우리와 뜻이 맞는 사람을 얻는 방법은 그게 가장 유효해 보였소. 어떤 특성에 반하는 사람을 얻을 때, 광장에서 소리 높여 외치는 것은 무용하기 그지없소. 차라리 그 어떤 특성의 사람들이 모이는 곳에 가는 편이 효율적이지. 어느 무리건 그곳에 불만을 갖는 사람은 있기 마련이니까. 그 증거가 김B가 데리고 온 당신이오."

곽이 한을 쳐다보자 모두의 시선이 그에게 쏠렸다. 민망해하는 한을 대신해 김B가 입을 열었다.

"여기 있는 한 씨는 고양이 애호가 여자 친구 때문에 고통을 받던 사람이에요. 고양이 애호가들의 행동과 양태, 카레라이스, 블랙커피를 싫어합니다."

곽은 고개를 끄덕여 보이곤 계속 말했다.

"오는 스스로를 아웃사이더로 표현하는 사람들의 개인 공간을 공략했소. 보통은 고양이 애호가들처럼 진짜 아웃사이더도 아니면서 영혼의 아웃사이더 행세를 하지만 잘 찾아보면 진짜배기가 있는 법이지. 이해받지 못하는 척하는 사람들이 아니라 정말로 이해받지 못하는 사람들 말이오. 그들과 접촉하는 것은 쉽지 않은 일이지만 불가능한 일도 아닐 터요. 오가 남궁 씨를 데리고 온 게 그 증거겠지."

오는 반쯤 몸을 일으키며 남궁을 소개했다.

"남궁 씨는 블로그를 통해 설득했습니다. 소설가 지망생이고, 이분은 현재 세상에 나와 있는 모든 종류의 소설을 싫어하신답니다. 특히 최근 일약 주목을 받고 있는 고양이 소설들은 아주 치가 떨린다고 합니다. 인기 있을수록 혐오스럽다고 말씀하시더군요."

남궁은 구부정하게 앉은 채로 고개를 주억거렸다. 곽은 고개를 끄덕이며 김B와 오에게 눈짓했다. 김B가 자리에서 일어났다.

"저는 김B예요. 국어학을 전공하고 있지요. 저는 고양이 애호가들의 은어를 싫어합니다. 저는 그것을 현대 사회에서의 '바벨탑 쌓기'로 보거든요. 이번 미션이 실패하게 되면, 그 탑이 완성되는 것은 시간문제일 겁니다."

그 뒤를 오가 계속했다.

"나는 오입니다. 생화학을 연구하고 있습니다. 내가 싫어하는 것은 고양이 같은 여자입니다."

한은 흠칫 놀라 오의 얼굴을 쳐다보았다. 홍 같은 여자를 말하는 걸까? 오는 입가를 비틀며 계속 말했다.

"사실상 그년들, 아니 죄송합니다. 그 여자들은 아주 최악이죠. 달아나고…… 할퀴고……. 내가 바라는 것은 개의 재림입니다. 뭐, 내가 개를 좋아하는 건 아니고요. 개 같은 사람들이 많아졌으면 좋겠습니다. 복종하고…… 순응하는……. 이것은 내 개인적인 목적이지만 고양이 애호가가 줄게 되면 자연히 이어질 현상으로 보기 때문에, 그게 내 '활동'의 이유가 되겠습니다. 클럽의 궁극적 목적과는 크게 반하지 않는다고 생각하니까요. 네. 취향을 존중합시다."

말을 마친 오는 약간 거들먹거리며 자리에 앉았다. 한은 오의 얼굴을 다시 보았다. 그러고 보니 길쭉한 얼굴형에 자그마한 눈이 어떤 종의 개를 닮은 것도 같았다. 그래서 개의 재림 운운하는 건가? 한은 고개를 갸웃해 보이며 도로 시선을 돌렸다. 곽이 말했다.

"소개는 대충 끝난 것 같고……. 나중에 한 사람이 더 합류할 거요. 같은 직장 사람인데, 이름은 박이라고 하지……. 이제 한 씨와 남궁 씨의 결정만이 남았군그래."

김B가 고개를 돌려 한을 바라보았다. 한은 어쩐지 위축되는 것을 느꼈다. 뭔가 좀 복잡한데. 잘못 엮인 것 같기도 하고. 홍을 잡아야 하긴 하지만, 정말 이대로 괜찮은 걸까? 한은 힐끔 남궁의 눈치를 살폈다. 그러나 남궁은 무표정하고 구부정하게 그대로 앉아 있을 뿐이었다. 곽이 헛기침을 했다.

"먼저 말해두고 싶은 것은, 이 '활동', 즉 앞으로 행해질 미션들이 혁명이나 테러의 성격을 가질지도 모른다는 거요. 우리는 이미 몇 번인가 평화로운 방법을 시도해보았소. 그들 커뮤니티에 가입해 설득하는 글을 올려도 봤고 설명회를 개최해 애호가들의 폐해를 알리려고도 했으며 그들 운영진과 접촉해볼 궁리도 했소. 전부 버틀러들의 위험성을 전파하려는 행동이었지. 그러나 결과는 참패. 절이 싫으면 중이 떠나라는 식이 대부분이었고 심지어 강제 탈퇴를 당하는 경우도 있었소. 이제 우리는 아지트 밖으로 나가,"

곽이 팔을 뻗어 대문을 가리켰다.

"진짜 '활동'을 할 생각이오. 그러니 두 분은, 그 점을 잘 고려해 결정해주시길 바라오. 지금 떠난대도 절대 잡지 않을 생각이오. 그런 분은 그저 세상에 이런 클럽도 있구나, 하고 다시 일상으로 돌아가면 되는 거요. 자, 그럼 오분, 드리겠소."

곽은 시계를 한 번 쳐다보고는 등을 돌렸다. 한은 초조했다. 그는 덜덜 다리를 떨고 있었지만 의식하지 못하는 듯했다. 초침 소리가 유난히 크게 들렸다. 남궁은 계속 무표정하게 앉아 있을 따름이었다.

오분이 지났을 때, 모두는 그 자리에 그대로 있었다. 한은 여전히 엉덩이를 꿈틀대고 있었지만 어쨌든 자신의 목적을 이뤄야 한다는 심산을 놓지 못하고 있었다. 곽은 활짝 웃어 보이며 크게 한 번 박수를 쳤다.

"환영합니다! 당신들은 안티 버틀러의 회원이 되었소. 간단하지요? 그럼 이제 미션과 그 구체적인 배경, 그러니까 음모론에 대해 이야기하도록 하지요."

음모론의 시작은 석 달 전, 곽이 여느 때처럼 술안주가 되어줄 썹을 거리를 찾아 고양이 애호 카페를 검색하던 중의 일이었다. 평소 그는 회원 수가 많은 커뮤니티를 주로 뒤졌다. 사람이 많을수록 사건 사고가 많을 수밖에 없기 때문이었다. 그런데 무슨 바람이 불었는지 그날따라 곽은 최신순으로 카페를 검색했다. 그리고 그 검색 결과에서 놀라운 것을 발견했다.

V 검색 결과 〔최신순〕

☆ 애묘인 장국태 의원 팬 카페 ☆
♥♡ 우리의 맛을 찾아서 ♡♥ (맛집, 멋집)
※ MAKE-UP GALLERY ※ (노하우 공유)
선인장을 사랑하는 사람들의 모임
♧ 길냥이가 장국태 의원을 지지합니다

그 아래로도 비슷한 빈도로 고양이와 장국태라는 이름이 함께 언급되어 있었다. 곽은 이게 뭔가 싶었다. 하루에 생기는 카페 중 고양이에 관련한 것이 열 개 가운데 두세 개를 차지한다는 것은 그도 알고 있었다. 고양이 애호가의 증가세는 줄어들 기미가 보이지 않으니까. 그런데 이들이, 누구를, 그것도 무슨 의원을 지지한다고? 이해할 수 없었던 곽은 즉시 '장국태'로 검색에 들어갔다. 인물 정보에 말끔하게 생긴 중년 남자의 사진이 떴다. 곽은 깜짝 놀랐다. 어쩐지 이름이 낯익다 싶었는데, 그는 곽이 만난 적도 있는 사람이었다. 아주 오래전의 일이었지만.

장국태는 그가 사는 곳과 멀지 않은 곳의 지역구 의원이었다. 그는 성공한 남자의 전형 같은 생김새를 하고 있었다. 뿔테 안경 뒤에 가려진 날카롭고 짙은 눈매와 굵직한 콧대가 남자다워 보였고 굳게 다문 입술은 양 끝이 살짝 기울어 약간 음울해 보이기도, 강단 있어 보이기도 했는데 또 그와는 반대로 웃는 인상이 꽤 부드러워서 곽은 이 사람 여자 여럿 후렸겠군, 하는 생각을 잠깐 했던 것 같다. 뭐, 아무래도 상관없겠지, 생각하며 곽은 그 아래로 길게 뻗은 검색 결과를 천천히 훑었다. 결과는 대부분 뉴스 기사였고 실시간으로 업데이트 되고 있었다.

☞ 장국태 의원, 고양이 애호 카페 정회원으로 밝혀져

☞ 장국태 의원 발언 화제, '반려 동물 복지 더 이뤄져야'

☞ 토크쇼 출연한 장국태 의원, '최근 사랑에 빠졌다 고백', 충격!

☞ [포토 뉴스] 장국태 의원의 '고양이 사랑'

몇 개의 뉴스 기사를 정독한 곽은 이게 어떠한 사태인지 깨달았다. 토크쇼에 출연한 장국태라는 의원이 고양이 애호가들의 마음을 흔들 법한 발언을 한 모양이었다. 용쓰는군. 저런 식으로 지지자를 끌어들이는 게 무슨 소용이지? 처음 곽은 대수롭지 않게 생각했다.

그는 지역구 의원이었지만 고양이에 대한 발언을 하기 전부터 국민 배우 누구를 닮았다는 식으로 꽤나 인기가 있었던 모양이었다. 실제로 그가 출연한 쇼 프로도 '스타 닮은꼴 찾기' 같은 느낌의 방송이었다. 그런 방송에 나와 고양이 얘길 하다니, 별 녀석이 다 있군. 그나저나 국회의원치고는 드문 행보인데. 보통은 품위니 뭐니 몸을 사릴 텐데 말이야. 어쨌든 곽은 그 일을 기억해두었다. 적당한 안줏감이었기 때문이었다. 그날 저녁 그 의원이 회원들의 입에서 마른 오징어처럼 잘근잘근 씹힌 것은 당연한 일이었다.

그로부터 한 달 후, 퇴근한 곽은 여느 때처럼 저녁을 먹으며 텔레비전을 보고 있었다. 날이 더웠기 때문에 비빔면을 선택한 참이었다. 달걀을 삶을 걸 그랬나. 근데 달걀이 남았던가. 곽은 몸을 일으켜 부엌으로 향했다. 냉장고엔 달걀이 한 개도 없었다.

〈다음 소식입니다. 대선이 넉 달 앞으로 다가오면서…….〉

곽은 입맛을 다시며 밥상 앞에 돌아와 앉았다. 대선? 벌써 오 년이 지났나? 곽의 귀에 그 이름이 다시 들린 것은 그때였다.

〈한편 당의 유력 후보로 떠오른 장국태 의원은…….〉

곽은 젓가락을 떨어뜨렸다. 누구라고? 그의 질문에 답하듯 아나운서는 차분한 목소리로 말을 마쳤다.

〈……장국태 의원의 행보에 정치권의 관심이 집중되고 있습니다.〉

모두가 곽을 쳐다보고 있었다. 곽은 말을 멈추었다. 그는 마치 그때의 충격이 다시 느껴진다는 듯 눈을 질끈 감았다.

"우리 생각은 이렇소. 버틀러들이 각 분야에서 판을 치고 있지만 그중에서도 고양이 애호가들의 행태는 충분히 만연해 있어요. 수가 느는 만큼 그들만의 세계는 공고해지고 있으며 그에 따른 감정적 피해자들이 속출하고 있소. 이미 학교든 직장에서든 고양이를 좋아하지 않는다는 말을 꺼내기조차 힘든 상황이 오고 있는데, 그건 어디에나 매도하는 이가 분명히 있기 때문이오. 그런데 이 상황에서 장국태가 대통령이 된다면? 어떻게 될 것 같소?"

곽은 회원들을 둘러보았다.

"사태는 걷잡을 수 없게 될 거요. 기우겠지만 고양이 외의 동물을 키우는 사람에게 추가 과세를 하거나 동물 전체 차원의 복지가 아닌 고양이 차원만의 복지가 이루어질 가능성 또한 배제할 수 없소. 이미 그는 '길냥'이라고 불리는 길고양이들에 대한 언급을 여러 번 한 참이오. 우스운 것은 그가 단 한 번도 여타 다른 동물에 대해 자진하여 언급한 일이 없다는 거지. 더 큰 문제는 그런 사실을 깨달은 사람이 거의 없다는 것이오."

곽의 뒤를 김B가 이었다.

"장국태가 아직 대선 후보로 등록되지 않은 것 때문에 우리의 생각이 과하다고 생각할지도 모른다는 것 잘 알고 있어요. 하지만

148

아는 사람은 다 알고 있죠. 취향이라는 새로운 코드를 가지고 그 토록 거대한 지지층을 가진 사람은 이제껏 없었으니까요. 실제로 언론에서도 그렇게 보고 있고요. 그 사람처럼 취향을 이토록 정치 적으로 이용한 사람도 전무후무할 거예요. 머리가 좋은 사람이죠. 우리는 그 사람을 코드 네임 '미스터 버틀러'라고 부르기로 했습 니다. 보안상의 문제도 있으니 신입 회원들도 실명보다는 이 이름 을 사용해주세요. 버틀러들을 담합시키고 그 힘을 이용하는, 그들 의 수괴란 의미죠."

"김B의 말이 맞소. 사실 우리가 겁을 내는 것도 그가 고양이 애호 가이기 때문만은 아니오. 우리에게 더 충격적이었던 것은 그의 지 지층이 견고해지는 과정이었소. 고양이 애호가들은 조직적으로 미 스터 버틀러를 지지하는 움직임을 보였소. 그를 지지하는 커뮤니티 몇 개가 실시간 급성장 카페가 되고 우수 카페 백위권 안에 들어간 걸 보면 짐작할 수 있는 일이지. 그리고 지금, 미스터 버틀러의 팬 클럽 수가 몇 만에 이르렀소. 불과 두 달 만에 말이오. 이건 심각한 수준이오. 믿어지지 않는 성장세지. 물론 애호가들이 미스터 버틀 러의 야욕을 알고 있는지 어쩐지는 나도 모르오. 알면서도 넘어가 주는지, 되레 그쪽이 미스터 버틀러를 이용하고 있는 건지."

그러자 오가 날카롭게 말했다.

"아니, 당연히 알고 있지 않겠습니까? 고양이 년들, 아니 죄송 합니다. 그들 속셈이야 분명하지요. 이미 그들만의 세상임이 틀림 없는데 이제 정치사회적으로도 그것을 공고히 하겠다는 거 아닙 니까. 그가 대통령이 되면 국가 차원에서 고양이에 대한 지지가 이어질 겁니다. 지금도 고양이 애호가, 혹은 주요 취향의 애호가가 아닌 다른 애호가들이 지탄을 받는 마당에 말입니다. 지금 대통령이 기독교도이기 때문에 '하나님 믿어라. 대통령 된다.'는 말이 돌고 있는 건 아시지요? 미스터 버틀러가 대통령이 되기라도 하면, 이런 말이 안 돌 것 같습니까? '고양이 키워라. 대통령 된다.' 안 그럴 것 같습니까?"

오는 앞에 놓인 오렌지주스를 들고 벌컥벌컥 마신 후 소리 나게 내려놓았다. 그는 약간 흥분하고 있었다. 유리와 유리가 부딪치는 소리가 그의 목소리만큼이나 날카로웠다. 오는 숨을 고르고 계속 말했다.

"이걸 지금 너무 이르다고 생각하면 안 됩니다. 벌써 시월도 중순이 되어가고 있으니까. 대통령 선거까지 불과 두 달밖에 남지 않았어요. 아닐지도 모르잖아, 하는 안이한 생각으론 우리 모두 잡아먹히고 말 겁니다. 그러니 우리는 모든 수단을 동원하여 그의 당선을 저지해야 하는 겁니다……."

그때 한이 오른손을 들었다. 좋은 질문자의 태도였다. 한은 막 회의가 시작될 때보다는 이 일에 흥미를 가진 듯 보였다. 한은 회의 초반, 홍을 잡는 방법을 물을 타이밍을 노리던 때와는 상당히 다른 표정을 짓고 있었다.

"저기, 무슨 말인지는 알겠는데요. 그런데 어떻게요? 아까 박이라는 사람이 합류한다고 했지만 그래도 회원은 여섯 명에 불과해요. 우리가 무슨 수로 그의 당선을, 그러니까 대통령 선거를 방해한단 말입니까? 버틀러들만 투표를 못 하게 할 수도 없는 노릇인데."

한의 말에 곽이 비죽이 웃어 보였다.

"잘 물었소. 역시 우리 신입답군그래. 일단 우리는 미스터 버틀러가 후보 등록을 하지 못하게 저지할 거요. 당 차원에서 그가 아닌 다른 후보를 내세우게 만드는 거지. 그게 우리가 행할 첫 번째 미션이오."

곽의 논리는 이러했다. 장국태는 사십대 후반으로 대선 후보로 나오기엔 어린 축에 들었다. 실제로 그를 지지하지 않는 사람들은 '저렇게 어린놈이 무슨 정치를 알아'라는 식의 반응을 보이는 경우가 많았고 그를 지지하는 층은 주로 젊은층이 많았다. 곽은 그 이유를 버틀러들의 연령대에서 찾았다. 곽은 클럽이 행할 미션의 근거가 바로 그 지점에 있다고 말했다.

"미스터 버틀러가 속한 당에서 그를 미는 것은 젊은층의 표심을 노린 거지. 그들은 잠정적으로 이십대에서 사십대까지의 몰표를 예상할 거요. 아니 거의 확신하고 있지. 그게 나이 어린 그가 후보로 거론되는 유일한 이유이기도 하고. 그런데 그 연령층이 주로 참가한 고양이 페스티벌에서 테러가 일어난다면?"

곽은 의미심장하게 웃었다.

"어떻게 될 것 같소? 그의 고양이 정책에 반대하는 거대한 세력 역시 존재한다고 믿지 않겠소? 미스터 버틀러가 후보가 된다면 중장년층의 표는 분명히 흔들리게 될 거요. 기존에 당을 지지하던 세력들조차 말이오. 그런데도 그 당에서 미스터 버틀러를 민다면 젊은 유권자들의 지지를 신뢰하기 때문일 테지. 실제로 믿을 만한 지지 기반이기도 하지만 우리는 일종의 쇼를 벌일 작정이오.

그의 지지 세력과 비슷한 연령대의 고양이 행사에서 한탕 크게 할 예정이지. 제대로만 된다면 당 내부에서 그를 반대하는 세력들이 목소리를 내기 쉬워질 거요. 봐라. 장국태를 지지하지 않는, 테러를 감행할 정도로 못마땅하게 여기는 사람들이 저렇게 많지 않느냐. 장국태를 내세우면 우리가 지는 것이 기정사실이다. 이렇게 믿게 만드는 거지."

김B가 모두를 둘러보며 말했다.

"며칠 후에 '고양이 박람회'가 열리는 것 알고 계시죠? 텔레비전에서 매일 광고하고 있잖아요. 마침 미스터 버틀러도 그곳에 참석할 예정이라는 기사가 떴어요. 바로 그곳을 공격할 겁니다. 우리는 무언가를 좋아하거나 싫어할 자유가 있는 사람들입니다. 억압에 저항해야 해요. 우리에겐 취향에 의해 매도되지 않을 권리가 있단 말입니다. 우리는 미래의 사람들이 자유로운 취향을 가질 수 있게 하려고 싸우는 거나 다름없어요. 그리고 바로 지금이 우리가 활동할 때입니다."

오가 일어나 가장자리를 호치키스로 박은 문서를 나누어주었다. 한은 그것을 받아 소리 나게 넘겨보았다. 거기엔 고양이 박람회장의 지도와 그가 맡은 임무, 주의할 점들이 프린트되어 있었다. 한에게 배정된 곳은 고양이 도서 부스였다.

"고양이 박람회는 크게 고양이를 주제로 한 도서나 음반, 고양이를 대상으로 한 용품, 신청 캐터리들의 고양이 전시 코너들로 나뉘어 있어요. 우리는 두 명씩 조를 짜서 행동할 계획입니다. 조는 곽과 저, 오와 남궁 씨, 한 씨와 박 씨로 나눴어요."

"이번 미션에서 가장 중요한 건 한 군의 조요. 불씨를 댕길 거거든. 한 군과 함께할 박은 미션 당일 박람회에서 소개하도록 하겠소. 그 사람도 고양이에 관련해선 유명한 사람이지. 오늘 함께했으면 좋았겠지만 와이프가 아프다더군……. 그럼, 질문 있는 사람?"

아무도 아무것도 묻지 않았다. 어쩌면 묻고 싶은 게 너무 많아 묻지 못했는지도 몰랐다. 곽은 고개를 끄덕이며 다시 말했다.

"전부 이해했기 때문에 질문이 없다고 받아들이겠소. 지금은 말하기 어렵지만, 이것은 진짜 고양이 애호가들에게도 좋은 일이라고 난 생각하오. 미스터 버틀러의 당선은 그만큼 나쁜 일이고 말이지."

오가 정리에 들어갔다.

"이상으로 회의를 마치도록 하겠습니다. 비상연락망은 나누어 준 용지에 기재되어 있으니, 궁금한 점 있으면 곽이나 저, 김B 중 아무에게나 연락을 취해주시기 바랍니다. 그럼 박람회 당일, 회장 앞에서 만나도록 하지요. 모두 수고하셨습니다."

수고하셨습니다, 말하며 다들 의자를 뒤로 빼고 일어났다. 오와 남궁은 문가에 서서 무어라 말하며 서로 어깨를 두들겼다. 그림자처럼 서 있던 남궁이 막 문을 나서려 하자 오가 붙잡아 무언가 말을 걸었다. 엉거주춤 서 있는 한에게 김B가 다가왔다.

"일주일 후에 만나요. 활약 기대할게요. 참, 오늘 옷 예뻐요."

한은 머리를 긁적이며 웃었다. 그녀는 싱긋 웃으며 한의 어깨를 두들겼다. 김B는 음료가 놓였던 쟁반을 들고 부엌으로 향했다. 김B가 시야에서 사라지자 한은 아디다스 저지의 옷깃을 여몄다. 문을 나서는데 곽이 덥석 그를 끌어안았다.

"함께하기로 마음먹어줘서 정말 기쁘네. 한 군!"

한 군이라고? 그는 약간 몸을 뺐다. 한은 곽에게 목례를 하고 계단을 빠르게 내려갔다. 한은, 문을 나서며 끝내 홍을 잡는 방법에 대해 묻지 못했다는 것을 깨달았다.

박은 솥을 씻고 있었다. 스테인리스 솥은 지름이 이십오 센티미터, 높이가 삼십 센티미터는 되어 보이는 커다란 것이었다. 그는 수세미를 이용해 박박 소리 나게 그것을 씻었다. 이렇게 빨리 떨어질 줄은 몰랐는데. 아내의 식욕이 날이 갈수록 좋아지고 있었다. 하지만 박으로서 그건 좋은 일이었다. 암, 좋은 일이지, 생각하며 박은 행주로 솥의 물기를 닦았다. 그가 솥에 물을 받아 막 가스레인지 위에 올렸을 때, 안방에서 윤형자의 목소리가 가늘게 들려왔다.

"여보…… 아직 멀었어요?"

박은 물기 묻은 손을 앞치마에 닦으며 대답했다.

"아냐, 이제 넣고 끓이기만 하면 돼. 조금만 기다려."

"네……."

박은 서둘러 냉장고를 열었다. 평소보다 늦게 퇴근한 참이었다. 아내가 아픈데도 참, 그놈의 잔업이 뭔지. 박은 중얼거렸다. 박은 채소 서랍을 열어 미리 손질해둔 깎은 밤, 잘게 썰린 나뭇가지와 뿌리를 꺼냈다. 엄나무라고 불리는 종류였다. 박은 그것들을 물에 헹궈 솥 안에 집어넣었다. 솥 안에 든 맑은 물이 찰랑거렸다. 이어 그는 냉동실 문을 열었다. 냉동실에는 포장을 뜯은 만두 봉지와 얾인 굴비, 언젠가 사놓고 방치한 오래된 꽃게 따위가 들어 있었다. 박은 그것들을 옆으로 밀어 치우고 오른쪽 구석을 뒤적였다. 언제 얼려뒀는지도 알 수 없는 삼겹살 옆, 그 구석에 까만 얼룩이 있는 흰 고양이가 차갑게 얼어 있었다.

박은 비닐봉지에서 고양이를 꺼내 흐르는 물에 씻었다. 냉동실에 넣기 전에 한 번 씻긴 했지만 피를 뺐을 때의 비린내가 여태 남아 있는 것 같아서였다. 언 고양이는 몹시 차가웠다. 박은 손을 호호 불며 고양이를 마저 씻었다. 다 씻은 고양이의 털을 가볍게 짜낸 박은 물이 흐르지 않게 주의하며 가스레인지 가까이 다가섰다. 물이 튀지 않게 조심하며 고양이를 솥 안에 집어넣었다. 뚜껑을 닫고, 가스레인지 불을 켰다. 시계를 보았다. 여덟시 삼십오분. 고양이는 한참 동안 삶아야 할 것이다. 저녁이 너무 늦어지겠는걸. 박은 생각했다. 형자 씨가 배고프겠어.

물이 끓는 소리가 들렸다. 박은 냄비 뚜껑을 열어 안에 든 재료들을 확인했다. 고양이는 눈을 감고 끓는 물 가운데 누워 있었다. 고양이를 더 잡아야 해. 박은 생각했다. 그간 공장이 쉬는 날을 이용해 짬짬이 고양이를 잡긴 했지만 도구 없이 날고 기는 고양이를 잡기에 박은 쉰도 넘은 나이였다. 그렇게 잡은 고양이라 해봤자 주말에 한두 마리꼴. 박은 매일 중압감과 싸워야 했다. 박은 윤형자가 음식을 소화할 수 있는 한 고양이를 잡아다 주고 싶었지만 아무리 노력해도 아내의 식욕을 만족시키기엔 역부족이었다.

윤형자가 먹어치운 고양이가 벌써 이번 달 들어 다섯 마리째였다. 냉동실에 얼려놓은 것도 아까 그게 마지막이었다. 고양이를 공수하는 일은 생각보다 쉽지 않았다. 시골에 있을 때는 차라리 더 간단했는데, 보는 눈도 없었고 미끼를 무는 일도 더 잦았기 때문이었다. 도시의 고양이들은 아무래도 더 약은 것 같았다. 놈들은 어떻게 하는지 올가미를 잘도 피해 말린 생선을 빼내 먹었고 가끔 걸려드는 녀석들도 아직 어린 조그마한 놈들이 대부분이었다. 어린 고양이들은 살이 부드러웠지만 아무래도 먹잘 것이 없었다. 더 큰 문제는 누군가 자꾸만 그의 사냥을 방해한다는 것이었다. 박은 고양이가 잘 다니는 길목에 여러 개의 덫을 설치해놓았지만 언제부턴가 그것은 누군가에 의해 꼼꼼히 수거되어 간데없이 사라지곤 했다. 그 누군가가 단체든 개인이든 박은 자신이 감시받고 있을지도 모른다는 걱정을 떨치기 어려웠다. 불안은 공기처럼 그의 곁에 있었다. 그는 자신을 향한 올가미가 천천히 죄어드는 것만 같았다.

아내가 고양이를 먹지 않게 하는 것은 불가능할 것 같았다. 그는 지쳐가고 있었다. 어쩌면 누군가 나를 도울 수 있지 않을까, 혹은 이 악순환을 끊어주거나. 박은 며칠 전 점심시간에 곽 실장과 나눴던 대화를 떠올렸다.

- 박 형, 고양이를 잘 잡는다면서요?

- ······무슨 말씀이신지?

- 시치미 떼지 마세요. 다 알고 왔으니. 고양이를 먹는다는 소문이 있던데, 그게 사실인가요?

공장 내에서 박의 소문은 좋지 않았다. 사람들은 그를 '고양이 사냥꾼'이라고 불렀다. 그것은 몇 달 전, 설치해둔 덫에서 고양이를 수거하는 과정을 공장 여직원 하나에게 들킨 이후로 붙은 별명이었다. 그가 고양이를 먹는다는 소문, 그가 흑마술에 빠져 있다는 소문, 온갖 기괴한 말들이 그에게 따라붙었다. 박도 그날을 기억하고 있었다. 그날따라 수확이 좋아 몇 마리 고양이의 꼬리를 쥐고 자루에 집어넣는 장면을 들킨 모양이었다. 그도 사람들이 그를 두고 수군거리는 것을 알고 있었지만 딱히 소문을 정정할 생각을 하진 않았다. 실제로 소문의 일부는 사실이었다.

　- 사실이면…… 뭘 어쩌자는 거요? 신고라도 하실 셈인가?

　- 설마 그럴 리가 있겠소. 그렇게 경계하지 마세요. 사실이라면 도움이 좀 필요할 뿐이에요. 이럴 게 아니라 식사라도 합시다. 내가 살 테니.

　곽은 그를 이끌고 근처 식당으로 향했다. 박은 곽에 대해 나쁘지 않은 인상을 가지고 있었다. 곽은 박보다 열 살은 연하였으나 직책상 존대를 쓸 수밖에 없는 입장이었다. 공장 노동자로서 박은 새파랗게 어린놈들의 홀대에 익숙해 있었으나 곽은 비교적 예의를 차려주는 편이었다. 박은 감자탕을 얻어먹으며 곽과 대화를 나누었다. 박은 그다지 이야기하고 싶지 않았지만 곽은 집요하게 캐물었다. 마침내 박은 윤형자의 이야기와 그간 잡아온 생포 방법들을 말했다. 집중하여 듣던 곽은 잘됐다고 말하며 마침내 속내를 털어놓았다. 그의 이야기는 꽤 장황하고 거창했으나 박으로선 결론이 궁금할 따름이었다.

　- 그런다고 변하는 게 있겠소? 그리고 그 일에 참여하는 게 내게 무슨 이득이 있단 말이오. 내가 고양이를 잡는 건 오로지 마누라 때문이오. 여편네가 많이 아픈데, 고양이를 먹고 싶어 한단 말

이야. 내 이유는 그것뿐이오.

 ─ 내가 박 형에게 얻고 싶은 것은 고양이를 잡는 능력이에요. 소문이 전부 사실은 아니겠지만 들리는 말에 의하면 고양이와 같은 속도로 담장을 달린다더군요.

 물론 그건 사실이 아니었다. 박은 피식 웃으며 뼈를 들고 한입 뜯었다.

 ─ 우린 샘플로 쓸 고양이가 필요한 거예요. 그런데 필요한 개체 수에 비해 우리의 생포 능력은 현저히 떨어져요. 박 형이 얻을 수 있는 것은 실험이 끝난 후의 고양이들과 고양이 값이에요. 돈도 벌고 이후엔 고양이도 돌려받을 수 있으니, 남는 장사 아니오?

 ─ 글쎄, 지금 잡아들이는 놈들도 우리 먹기에 바빠서.

 ─ 선금을 주도록 하지요. 반 다스 치의. 박 형 월급이야 나도 빤히 알고 있으니까 마리당 이 정도면 어떻소?

 곽은 열 손가락을 쫙 펴 보였다. 곽의 앞에 놓인 밥은 한 수저도 줄어 있지 않았다. 박은 말없이 시래기를 건져 입으로 가져갔다.

 ─ 우린 최소 한 다스의 고양이가 필요한데, 다른 할 일도 너무 많은 상황이에요. 일손이 모자란단 말이오. 박 형이 우리와 함께하면 더 좋겠지만 그렇게까지 욕심 부릴 수 있는 계제가 아니란 건 나도 알고 있소. 그러니 박 형, 그것만 좀 도와주시오. 일이 끝난 후 같은 만큼의 값을 치를 테니까……. 지금 명령하거나 요구하는 게 아니오. 부탁하는 거요.

 곽은 거의 납작 엎드릴 태세였다. 그건 그간 보아온 곽의 모습과는 상당히 다른 분위기였다. 실장으로서 그는 꽤나 위엄을 부려

왔는데 지금 곽의 표정은 절실하다 못해 안쓰럽기까지 했다. 무엇이 이 남자를 이토록 애타게 하는지, 무엇이 중년 남자로 하여금 마치 사랑에 빠진 듯 절절 끓는 눈빛을 띠게 하는지. 물론 박도 저런 표정을 지었던 때가 있었다. 너무 오래전 일이었고 곽과는 다른 상황이었지만, 나도 형자 씨에게 저런 표정을 지었었지. 국자로 국물을 퍼 담으며, 박은 윤형자와의 첫 만남을 떠올리고 있었다. 벌써 십 년은 된 얘기였다.

박이 윤형자를 처음 만난 것은 어머니가 등 떠밀어 보낸 베트남 맞선 모임에서였다. 도시로 이사 오기 전, 박이 살던 곳은 야트막한 산을 등진 따뜻한 시골 마을이었는데 근방에 있는 작은 도시 사람들이 종종 오리 고기를 먹으러 찾아오고 실개천이 흐르는, 뭐 그런 곳이었다. 그곳은 박의 고향이었는데, 그 몇 해 전 아버지를 교통사고로 여읜 후로 그는 어머니와 함께 감 농사를 지으며 살고 있었다. 아버지가 물려준 감나무 밭은 이천오백 평이었다. 밭치고 아주 넓은 편은 아니었지만 박은 부지런했고 작황도 나쁘지 않았다. 박은 젊은 영농인으로서 남부러울 것 없이 시골 생활을 영위하는 것 같았다. 그러나 그것은 그의 입장일 뿐, 어머니의 생각은 좀 달랐다.

– 아, 이놈아. 하늘을 봐야 별을 따고 임을 봐야 뽕도 따지. 계집애가 어디 땅 파면 나온다더냐? 어미가 언제까지 네 뒷바라지를 하란 말이냐. 네 아버지가 하늘에서 울고 앉았겠다, 이놈아.

– 아이, 필요 없어요. 귀찮아. 그리고 엄마가 언제 내 뒷바라질

했다고 그래.

박과 어머니의 대치는 주로 대가 끊기느냐 마느냐 하는 대나무 같이 딱딱한 주제로 이뤄졌다. 옆집 노인네 손녀딸이 소박맞고 돌아왔다더라. 참하니 좋다던데 만나볼 생각 없냐. 벚나무 집 막내딸이 시집가려고 벼른다더라. 나이 많고 좀 얽었다지만 얼굴 뜯어먹고 살 거 아니지 않냐. 저녁 밥상에서 그의 결혼 문제는 김치나 다름없이 반드시 올라오는 반찬이었다. 해가 넘어 마흔이 된 후로, 박역시 어머니의 공격을 피하기 어렵다는 것을 알고 있었다.

그런데 그쯤, 그의 어머니가 덥석 물 만한 떡밥이 마을 가득히 뿌려진 거였다. 한창 국제결혼이 유행하던 때, 한두 달에 한 번씩 마을회관에서는 거창한 광고로 마을 청년들을 유혹했고 그에 솔깃한 사람은 청년들만이 아니었다. 박의 어머니는 당장 뛰어가서 본 적도 없는 며느리를 데려오라며 매일 그를 닦달했다.

– 아, 바빠 죽겠는데 거길 가라고 그래요. 내버려둬도 만날 놈은 다 만난다던데 뭘 그런 데까지 가서 외국 색시를 데리고 와. 말도 안 통하는데.

– 바쁘긴 개뿔이 바빠? 수확기도 지났으니 너 할 일 하등 없다. 건넛집 아기는 뭐 말 통해서 거기 눌러 앉았느냐? 필리핀에서 왔다던데, 거, 말 한마디 안 통해도 애 둘 낳고 지지고 볶고 잘 산다고 안 하더냐.

박은 귀찮기만 했으나 어머니는 막무가내였다. 박이 그 모임에 가고 싶지 않아 했던 것은 그가 인연을 믿는 로맨티시스트여서라기보다는 그가 필요 이상으로 현실적이었기 때문이었다. 박으로

선 어머니와 그, 둘만으로도 충분한 노동력이 된다고 생각했다. 물론 수확기에는 일손이 달리긴 했지만 그때야 사람을 사서 쓰면 될 일이었다. 어떻게든 건수를 만들려 애쓰는 동네 청년들에 비해, 그는 결혼에 회의적인 편이었다. 청년이라고 해봤자 사십, 오십, 많게는 육십까지 먹은 중늙은이들뿐이었으므로 마을 청년회에서 박은 젊은 축이었는데, 사실 순서로만 보면 그의 차례는 아직 멀어만 보였다. 그러나 물론, 결혼은 순서대로 하는 게 아니었다. 박은 마지막 승부수를 던졌다.

  ─ 돈은 어쩔 거예요? 돈은. 거 한두 푼 드는 게 아니라던데.

  ─ 네 아버지 돌아가실 때 나온 보험금 있지 않냐. 처음엔 돈 좀 들겠지만 종신 고용이라 생각하면 비싼 것도 아니니라. 아니고, 그 양반…… 네가 이러고 있는 걸 네 아버지가 알면 얼마나 억장이 무너지시겠느냐. 됐고 일단 한번 가보기나 해라, 응? 늙은 어미 소원 하나 못 들어주느냐?

  그래서 박은 어쩔 수 없이 그곳에 가게 된 것이었다. 사실 박이 억지로 마을회관에 간 것은 어머니가 해선 안 될 공격을 감행해서였지 딱히 설득된 건 아니었다. 아버지를 팔아도 먹히지 않자 어머니는 그에게 여자가 필요치 않으면 대체 왜 밤마다 고추를 주물럭거리느냐고 동네가 떠나가라 소릴 질렀는데 박의 입장에서는 그게 사실이건 사실이 아니건 남 보기가 부끄러워 알겠다고 대답하는 수밖에 없었던 거였다. 그래서 그 며칠 후, 아침 아홉시부터 마을 스피커에서 광고를 때리던 날, 박은 어머니의 배웅을 받으며 마을회관을 향해 출발했다. 돌아가신 아버지의 커다란 정장을 입고서. 아버지는 덩치가 무척 크고 힘이 셌는데 트럭이 아버지보다 더 크고 더 힘이 센 게 문제였다고 박은 늘 생각했다.

마을회관 앞에는 마을의 총각이란 총각은 몽땅 모여 있었다. 회관 대문 건너편에는 천막이 쳐져 있었는데 누리끼리하게 빛바랜 천막과는 대비되는 휘황찬란한 현수막이 거기 걸려 있었다. '좋은 인연, 절대 도망가지 않아요'나 '꽃다운 처녀를 만날 절호의 기회'라는 분홍색 글씨 옆에는 가무잡잡한 여자의 예쁜 얼굴과 난잡한 파란 꽃들이 인쇄되어 있었다. 박은 한숨이 절로 나왔다. 말이 통해도 말을 못 하겠는데 말도 안 통하는데 말을 어떻게 하느냐고, 박의 고민은 절실했다.

어머니에겐 귀찮다고 말했지만 실상 박의 고민은 따로 있었다. 그것은 젊은 여자가 너무 불편하다는 거였다. 어머니뻘 되는 여자는 상관없었지만 그보다 나이가 어리다, 하면 백 퍼센트 심장이 벌렁대고 얼굴이 끔찍하게 빨개졌다. 사실 박이 여자를 어려워하는 것은 어제오늘의 일이 아니었다. 특별한 계기가 있었던 건 아니었는데도 박은 그냥 그 생물이 불편하고 이상했다. 불뚝 나온 젖가슴과 길게 늘어뜨린 머리보다 더 그를 반응하게 하는 것은 그네들에게 나는 냄새였다. 이상하리만큼 향긋한, 산에서도 들에서도 맡은 적 없는 어딘가 인위적인데 또 핥고 싶을 만큼 달콤한, 추측건대 화장품 냄새가 아닐까 생각하는 그것은 박을 긴장하게 만드는 분명한 요소였다. 그래서 박은 젊은 여자 앞에서 늘 숨을 참았는데 숨을 참으면서 말을 활발히 할 수 있는 기술을 가진 사람이란 존재할 수 없었으므로 그는 늘 숨만 참다가 여자들 곁을 떠나 집으로 돌아오곤 했다. 그것은 그에게 곧잘 말을 붙여주는 대폿집 황 여사나 길 다방 미스 김을 대면할 때에도 마찬가지였다.

그러니 박이 접수원이 여자인 것을 알게 된 순간, 현수막의 베트남 처녀를 봤던 때와 다름없이 불편한 감정을 느낀 것은 별수 없는 일이었다. 어쨌거나 접수를 해야 했기 때문에 박은 쭈뼛쭈뼛 앞으로 다가섰다. 접수원은 막 건넛마을 황씨의 접수를 마친 참이었다. 황은 이미 두 명의 외국인 신부를 갈아치운 전력이 있었는데 그게 그의 주사와 깊은 관련이 있으리란 건 모두가 추측하는 일이었다. 그가 몇 주 전, 마을 이장에게 염소 한 마리를 공으로 준 것은 유명한 얘기였고 이장은 염소를 얻은 대신 짱돌로 까여 둥그런 이마 흉터를 갖게 되었다고 했다. 아무튼 박은 고개를 푹 수그린 채 접수원 앞으로 다가섰다. 박은 되도록 여자와 눈을 마주치지 않겠다고 마음먹었다. 그러나 접수원이 신청서를 건네주며 저쪽에 가서 작성하라고 말한 순간, 박은 무심코 고개를 들어 여자의 얼굴을 보고야 말았고, 사건은 그때부터 시작되었다.

여자와 눈이 마주쳤을 때, 박의 심장은 덜컹 내려앉았다. 여자는 본 적도 없을 만큼 예쁜 눈을 갖고 있었다. 신께서 사기를 친 게 아닐까 싶을 정도로 여자의 눈은 예뻤다. 여자의 눈동자는 노란빛에 가까웠는데 색소가 엷은 그 빛이 태양광을 흡수하여 더욱 반짝이고 있었다. 마치 호박처럼, 토파즈처럼. 여자는 마스크를 쓰고 있었지만 그깟 천 쪼가리가 그녀의 아름다움을 축낼 도리는 없었다. 농촌 총각인 박으로선 낯설기 그지없는 흰 피부가 더욱 그녀를 돋보이게 하는 듯했다. 이마가 훤히 보이게 머리를 올려 묶은 여자의 얼굴은 감히 박이 쳐다볼 수 있는 수준이 아니었다. 박은 눈을 내리깔았다. 내려앉은 심장은 다시 올라올 생각을 하지 않았다. 저 밑에서 호흡곤란을 호소하듯 벌렁거리는 심장이 이내 터질 것만 같았다.

후에 박은 그것을 첫눈에 반했다고 정리할 수 있었지만 당시엔 그저 아, 내가 왜 이러지, 미쳤나 보다, 생각하는 데 그쳤다. 왜냐하면 그는 불편해서 박동 수가 빨라지는 것과 반해서 빨라지는 것 사이의 차이를 알아차릴 정도로 예민하진 않았던 것이다. 박은 신청서를 받아들고 간이 테이블로 가 앉았다. 그는 공란을 채우고도 한참 머뭇거린 뒤에야 결심을 하고 일어나 여자에게 신청서를 내밀었다. 그것을 옆에 놓인 서류 더미 위에 얹어놓은 여자는 또 다른 종이를 내밀며 말했다.

- 서류상 문제가 없으면 여권이 발행될 거구요. 다음 주 일요일에 설명회가 있을 테니 그때 오시면 돼요.

그 두 마디의 사무적이고 딱딱한 말을, 박은 귀갓길 내내 곱씹었다. 박은 여자를 생각하는 일을 멈출 수 없었다. 박은 춤추듯 걷다가 또 갑자기 축 처져 발을 질질 끌기도 하며 집으로 돌아왔다. 그것은 그의 감정 상태가 고스란히 드러나 보이는 지표였다. 바야흐로 마흔 인생 중 처음, 그는 사랑에 빠진 것이었다.

집에 도착하자 감을 널고 있던 박의 어머니가 버선발로 뛰쳐나왔다. 어머니는 마치 본인이 선이라도 본 양 들뜬 기색을 감추지 않았다.

- 어떻든? 예쁘든? 어리든? 젊든? 힘은 좋아 보이든?

- 아이, 만나지도 못했어. 거기 비행기 타고 가서 만나는 건가
봐요.

- 그래? 그런데 왜 뺨이 발그스름하냐? 계집애 손 잡다 온 것
처럼.

쓸데없는 말 하지 말라며 화장실로 들어간 박은 어머니의 말이
틀리지 않았다는 것을 인정해야 했다. 거울에 비친 박의 뺨은 잘
익은 감만큼이나 붉었고 입가에는 미소가 처마 밑 곶감인 양 걸려
있었다. 박은 양손으로 자신의 뺨을 몇 차례 때렸다. 도무지 정신이
들지 않았다. 찬물로 푸푸 세수를 하며 박은 여자의 눈을 떠올렸다.
둥글고 커다란 누른빛 눈. 잘 구워진 누룽지 색과도 같았던 눈. 악
의라곤 찾아볼 수 없는 맑고 투명한 눈……. 박은 열병을 앓듯 시
간을 보냈다. 넋이 빠진다는 게 이런 거구나, 박은 생각했다.

다음 일요일이 되자 박은 네시부터 자리에서 일어나 단장을 서
둘렀다. 잠을 설쳤지만 여자를 다시 볼 생각에 그는 피곤한 줄도
몰랐다. 옷을 차려입고 마을회관으로 향하는 박의 손에는 최상급
곶감 한 세트와 감잎차가 들려 있었다. 박이 애정을 표현하는 방법
은 꽤 저차원적이었지만 그만큼 순수한 면이 있었다. 수컷 원숭이
가 암컷 원숭이에게 먹을 것을 가져다주듯 박은 자신이 줄 수 있
는 가장 좋은 걸 가져다 바치려는 중이었다. 감잎차는 감기에 특
효가 있었다. 박은 여자가 마스크를 쓰고 있던 것에 주목했다. 가
을걷이가 끝난 후 부쩍 날이 쌀쌀해지고 있으므로 그는 그녀가 감
기에 걸렸으리라고 추측했다.

마을회관에 도착했을 때, 접수원 여자는 보이지 않았다. 어깨에

띠를 두른 다른 아가씨가 박을 안내했다. 신청자가 많아 특별히 업체 본부장이 내려온 참이라고 했다. 박은 아가씨의 손이 팔뚝에 닿아도 아무 느낌이 없다는 게 의아했다. 예전 같았으면 심장이 입 밖으로 튀어나와야 맞을 텐데. 그러나 더 깊이 그것에 대해 생각하기엔 그의 뇌가 용량 부족이었다. 박의 머릿속은 온통 그 여자가 차지하고 있었다. 회관 안으로 들어서자 정숙하고 자리에 앉아 달라는 안내 소리가 흘러나왔다. 박이 여자를 발견한 것은 그 순간이었다. 여자는 간이 의자를 정리하고 있었고 여전히 마스크를 쓰고 있었는데 박에게 그것은 자신의 선물을 빛나게 해줄 상징이나 다름없었다. 감기가 지독하게 걸린 모양이지. 안쓰러워라.

본부장이라는 사람이 연단에 올라서자 마을 청년들은 일제히 박수를 쳤다. 그들의 마음속은 어린 외국인 신부를 맞이할 생각으로 잔뜩 부풀어 있는 것 같았다. 그러나 박에게 필요한 것은 베트남 처녀가 아니었다. 박은 타이밍을 노리고 있었다. 접수원 여자가 화장실에 가려는 듯 강당의 유리문을 나서자 박은 기회는 이때, 라고 생각했다. 박은 잽싸게 그녀의 뒤를 따라붙었다.

박은 여자 화장실 앞에 서서 그녀를 기다렸다. 가슴이 벌렁거리고 몸이 떨려 박은 곶감과 감잎차가 든 비닐봉지를 힘껏 껴안고 있어야 했다. 곧 여자가 물기 묻은 손을 털며 나오는 것이 보였다. 박은 심장이 튀어나올 것 같았다. 그러나 박도 사내였다. 사내라면 용기를 내야 했다. 용기 있는 자가 미인을 얻는다고, 아버지도 늘 말씀하지 않으셨던가. 물론 어머니를 가리키며 당신의 용기 없음을 한탄할 때의 얘기였지만. 아무튼 박은 여자 가까이 다가셨고 입을 열었다.

– 저…… 저기요…….

여자가 돌아보았다. 아, 저 눈. 저, 눈……. 박은 말문이 턱 막히는 것을 느꼈다. 꿈에서나 보던 눈이었다. 어느 순간부턴 자신이 잘못 본 게 아니었을까 생각했던, 아무래도 자신이 미화한 게 아닐까 고민했던, 그런 눈이 바로 그의 앞에서 깜빡거리고 있었다. 물론 여자의 눈은 그의 기억보다 더 맑았고 더 아름다웠다. 박은 그대로 영원히 그녀의 눈만 바라보고 있어도 질리지 않을 것 같다고 생각했다. 박은 용기를 내어 한 발짝 더 다가섰다. 준비한 말들은 생각이 나지 않았다. 박은 머뭇대다 입을 열었다.

– 저어…… 혹시 결혼하셨습니까?

박은 눈을 질끈 감고 대답을 기다렸다. 박은 재판관의 처분을 기다리는 피고인과도 같았다. 그는 여자가 예 혹은 아니오, 하고 대답하리라 생각했다. 예, 가 아니기를. 예, 는 아니기를. 수줍어하며 아니라고, 대답하기를, 제발.

하지만 여자의 대답은 박의 예상과는 전혀 달랐다. 여자는 싸늘하게 되물었다.

– 왜요? 돈이 모자라세요?

여자는 난데없이 공격적이었다. 그러니 박이 백치처럼 아다다 했던 것은 그의 잘못이 아니었다. 박이 당황한 듯 보이자 여자는 더욱 쏘아붙이기 시작했다.

– 사람 우습게 보지 마세요. 여자 필요해서 왔다가 당장 돈이 모자라니까 아무 여자한테나 집적거리는 거, 모를 줄 알아요?

아니, 아니었다. 박은 억장이 무너지는 것 같았다. 그건 사실이 아니었고, 절대로 오해였다. 여자는 잘 알지도 못하면서 도끼눈을 뜨고 있었고 박은 장작처럼 그 앞에서 쪼개지고 있었다. 그게 아니라, 내가 당신을 좋아해서, 당신 생각에 잠을 이룰 수가 없어서, 눈을 떠도 감아도 당신 얼굴이 아른거려서……. 박은 무언가 변명을, 아니 진실을 말하려 했으나 목이 메어 말할 수 없었다. 그는 비닐봉지를 여자 품에 덥석 밀어 넣었다. 그는 그대로 뒤로 돌았다. 눈물이 흐를 것 같았다. 아니 흐르고 있었다. 박은 차라리 먼지가 되고 싶었다. 어머니, 저 쪽팔려서 어떡하죠.

여자가 빠르게 걸어 나가는 그를 뒤쫓아 온 것은 불과 몇 분 안의 일이었다. 뒤에서 부스럭거리는 소리가 들리는가 싶더니 곧 구두 굽 소리가 잘게 쪼개졌다. 여자는 달려와 박의 팔을 잡았다.

– 아니, 저기, 이게 뭐예요?

그리고 그녀는 곧,

– 어머, 지금 울어요?

했는데, 후에 박은 미인을 얻는 데 필요한 것은 용기가 아니라 적절한 순간의 눈물이 아닐까 생각하곤 했다. 그날 박은 서럽게도 울었다. 처음 그것은 한 줄기 서러운 눈물이었으나 여자가 달래면 달랠수록 그는 콧물까지 흘리며 중년의 비밀스러운 목젖을 드러내고야 말았다. 여자로서는 당황스러운 일이었다. 실제로 그녀에게 집적거리는 남자들이 한 마을에 한 다스씩은 되었지만 눈앞의 남자까지 같은 부류로 몰아간 것은 그녀의 잘못이 아닐 수 없었다. 여자는 박에게 손수건을 건넸다. 손수건이 곧 박의 눈물로 푹 젖었기 때문에 그는 그것을 세탁해 돌려줄 약속을 잡을 수 있었다. 그렇게 몇 번의 왕래 끝에, 박은 뒤늦은 연애를 시작하게 되었다. 여자의 이름은 윤형자였다. 여자는 박보다 여섯 살이 어렸다. 여자는 읍내에서 살고 있었다.

윤형자의 감기는 지독히도 낫질 않았다. 데이트를 할 때마다 그녀는 마스크를 쓰고 왔다. 그러고 보면 마스크를 벗은 모양을 한 번도 본 일이 없었다. 감기가 얼마나 심하기에 저럴까. 박으로선 이해할 수 없는 노릇이었다. 그러나 윤형자는 옮을까 봐 무섭다며 함께 밥을 먹지도 차를 마시지도 않았다. 박은 야윈 그녀에게 더 많은 것을 먹여주고 싶었으나 그녀는 완강히 버텼다. 마스크를 쓴 채로 벗지를 않으니 둘은 마땅히 할 일이 없었다. 그들은 만나서 주로 손을 잡고 논길을 걸었다.

다섯 번째 만나던 날, 그녀는 여전히 마스크를 하고 나타났다. 박은 이미 어머니에게 만나는 여자가 있으며 그게 참한 한국인 여자라는 것을 말해둔 참이었다. 어머니는 기뻐 날뛰었고 당장 신혼방부터 꾸미자고 달려들었지만 박으로선 아무래도 조심스러웠다. 조만간 소개를 시키고 싶은 마음은 있었다. 그러나 아픈 채로 대면을 시키기엔 어머니의 성격이 너무 드셌다.

- 감기가 낫질 않네요. 이거 마셔요. 지금 마시는 게 좋을 거예요. 따뜻하니까.

그래서 박은 읍내 약국에서 감기에 좋다는 드링크를 사온 참이었다. 온장고에 있던 것이라 뜨겁기까지 했다. 박도 자신이 그렇게 사려 깊은 놈일지는 몰랐다. 박은 윤형자의 손에 드링크를 쥐어주었다. 박은 그녀가 감동할 거라고 생각했는데 실제로도 그녀는 감동한 듯했다. 드링크 병을 받아든 윤형자의 눈에 눈물이 고이고 있었으니까. 그렇다손 쳐도 좀 과한 것 같은데, 비싼 드링크도 아닌데 민망하군. 박이 그렇게 생각한 것은 그녀가 어깨를 들썩이며 흐느꼈기 때문이었다. 박은 영문을 몰랐지만 무슨 일이냐며 눈물을 닦아주었다. 윤형자가 입을 연 것은 그때였다. 그녀는 소매로 눈물을 닦으며 웅얼거렸다.

  - 따뜻해…… 당신이 너무 다정해서…… 나 이제 못 하겠어요……. 있죠, 나 당신에게 숨기고 있던 게 있어요…….

  박은 가슴이 덜컹했다. 숨기고 있던 것? 그게 대체 뭐지?

  윤형자가 당황한 박의 옷깃을 잡아끌었다. 박은 끌려가듯 따라갔다. 어딜 가느냐고 묻자 함께 갈 곳이 있다고 했다. 삼거리에서 윤형자는 택시를 잡았다. 둘은 택시 뒷좌석에 올랐다. 그녀가 행선지를 말하자 박은 놀라 돌아보았다. 그러나 표정이 너무 단호하여, 이유를 물을 수도 없었다. 그녀가 말한 장소는 불륜 장소로 유명한 모텔 밀집 지역이었다.

  택시에서 내린 윤형자는 잠시 두리번거리더니 박의 손을 끌고 한 건물로 향했다. 궁전 모양을 한 건축물은 그러나 조악하여 누가 봐도 모텔이었다. '꿈의 궁전'이라고 적힌 빨간 네온사인이 번쩍였다. 심호흡을 한 윤형자는 무언가 단단히 결심한 표정으로 모텔 대금을 치렀다. 박이 내겠다고 했으나 완강히 거부했다. 방은 오백구호였다. 둘은 엘리베이터에 올랐다. 박은 식은땀이 흘렀다. 그녀를 본 이래로 꿈꾸고 또 꿈꿨지만 이건 너무 빠르지 않은가?

내가 잘할 수 있을까? 어느새 그의 머릿속에선 그녀가 말하려 했던 비밀의 잔재는 남아 있지 않은 듯했다. 철컥, 소리를 내며 오백구호의 문이 열렸다.

망설인 것도 잠시, 모텔에 들어서자마자 박은 웃통을 벗어젖혔다. 재빨리 윤형자의 목덜미를 휘어잡고 마스크 너머로 그녀의 입술을 탐했다. 박은 오른 손바닥으로 그녀의 얇은 허리를 더듬으며 왼손으론 움푹 들어간 등허리를 쓰다듬었다. 머릿속에서 무언가 연속적으로 폭발하는 것 같았다. 아, 형자 씨, 형자 씨, 형자 씨. 그건 박이 죽도록 꿈꿨던 순간이었다. 어머니 몰래 고추를 조몰락거리게 만들었던 주인공이 지금 그의 품에 안겨 있었다. 박은 숨을 헐떡거리며 그녀의 마스크를 벗기려 했다. 그는 격심한 허기에 몸을 떨고 있었다. 그리고 그 순간, 그가 먹고 싶은 것은 그녀의 입술밖에 없었다. 그러나 윤형자는 오른손을 가만히 들어 그의 손을 저지했다.

- 잠깐만요. 할 얘기가 있다고 했잖아요…….

박은 눈앞에서 사탕을 빼앗긴 것만 같았다. 그래도 그는 이성을 찾아야 했다. 박은 헛기침을 하고는 입술을 깨물었다. 눈을 부릅떴다. 콧김에 인중이 녹을 것 같았지만 그는 안간힘을 썼다. 박은 윤형자의 말을 기다렸다.

윤형자는 박의 그런 표정 변화를 지켜보고 있었다. 왜 저렇게 무서운 표정을 짓지? 내가 말하기로 한 게 잘한 결정일까? 그녀는 확신할 수 없었다. 박에게 그녀는 첫 번째 여자였지만 윤형자에게 박은 첫 번째가 아니었다. 그간 몇 명의 남자들이 그녀를 떠나갔다. 그들이 말했던 이유는 매번 달랐지만 그녀는 그게 하나일 거라고 생각했다. 다시는 연애를 하지 않으리라 결심했던 게 불과 두 해 전이었다. 그러나 윤형자는 마음을 먹은 참이었다. 차라리 빨리 밝히는 게 좋을 거였다.

그녀는 블라우스 단추를 느릿느릿 끌렀다. 의자 등받이에 걸쳤다. 천천히 치마 지퍼를 내렸다. 툭 소리를 내며 스커트가 바닥에 떨어졌다. 옷감이 스치는 소리가 지나치게 크게 느껴졌다. 불을 켜지 않아 방 안은 어두웠는데도 박의 눈길이 고스란히 느껴졌다. 살갗마다 맺힌 그의 시선이 따가웠다. 윤형자는 메리야스마저 벗었다. 이제 그녀의 몸뚱이에 걸쳐진 것은 살구색 브래지어와 팬티뿐이었다. 그녀가 막 등 뒤로 손을 가져갔을 때, 박이 다급히 외쳤다.

– 잠깐, 잠깐만요. 마음의 준비를 좀…….

사실 박의 심장은 요요처럼 떨어졌다 올라오길 반복하고 있었다. 그녀의 스커트가 바닥에 떨어졌을 때 그의 심장도 바닥을 쳤다. 왜냐하면 모텔까지 와야 보여줄 수 있는 비밀이란 건 아무래도 신체적인 것일 텐데, 그렇다면 혹시 그녀는 눈이 아주 예쁜 남자가 아닐까, 그런데 속옷 앞태가 납작했기 때문에 안심이 되긴 했는데, 혹시 등짝에 커다란 용 문신이 있는 건 아닐까, 아니면 어디 굉장히 보기 싫은 흉터가 있거나, 혹시 가슴이 한쪽밖에 없어서 다른 한쪽엔 양말을 넣고 다녔던 건 아닐까, 머릿속이 복잡할 수밖에 없었기 때문이었다. 박이 훅훅 숨을 내쉬며 고개를 끄덕였기 때문에 윤형자는 다시 손을 움직였다.

마침내 윤형자는 알몸이 되었다. 그녀의 몸이 덜덜 떨렸던 게 꼭 날이 싸늘해서만은 아닐 거였다. 박은 팔을 뻗어 윤형자를 껴안아 주었다. 시도는 좋았지만 그의 눈은 별수 없이 그녀의 등을 향했다. 그러나 등짝은 깨끗했다. 용은 없었다. 흉터도 없었고, 앙증맞은 가슴은 두 쪽 다 붙어 있었다. 그렇다면 그녀가 감추었던 게 대체 뭘까? 이토록 완벽한 여자가 왜 그런 얘길 울며 했을까? 박이 의아해 입을 열려는 찰나, 윤형자가 손을 뻗어 자신의 얼굴로 가져갔다. 천천히, 마스크를 벗었다. 마스크가 바닥에 떨어졌다. 윤형자의 얼굴을 본 박은 자신도 모르게 아, 외마디 소리를 흘렸다. 저거였나. 마스크를 벗지 못했던 이유가.

날은 완전히 어두워져 있었다. 밖에서 자동차 경적 소리가 들렸다. 방 안에는 침묵이 흘렀다. 둘 중 누구도 섣불리 말문을 틀 수 없었다. 윤형자는 몸을 떨면서도 고개를 떨어뜨리지 않고 서 있었다. 그녀는 알몸으로, 그의 시선을 고스란히 받고 있었다. 박은 그녀의 양팔을 거머쥔 채로 입술만 달싹거렸다. 무슨 말을 해야 할지 몰랐다. 마스크를 벗은 윤형자의 입술은 세로로 길게 갈라져 있었다. 그 아름다운 눈 아래, 완만한 콧날 아래, 윤형자의 코끝은 작게 일그러져 있었다. 턱은 약간 돌출되어 있었고, 입술 사이로 앞니가 들여다보였다. 마치 짐승의 입술처럼. 그래, 마치 고양이의 입 모양처럼.

박은 곽이 손도 대지 않은 밥공기에 손을 뻗었다. 사발 가득 퍼놓은 국물에 흰밥을 말았다. 그것을 입안 가득 넣고 우물거리며, 박은 느릿하게 말했다.

- 무슨 말인지 알겠군. 도와드리지. 단, 마리당 열다섯 장은 쳐줘야겠어. 마누라 약값 델 정돈 되어야 할 테니까. 대신 그 미션이란 것에 나도 참여하겠소. 나도 마누라도 고양이에 얽힌 게 많아서 말이야.

곽에게 그건 예기치 못한 수확이었다. 박의 기동력이라면 행동대장으로서 아주 마땅할 것이었다. 곽은 반색했고 더 많은 것을 묻고 싶어 했으나 박은 아내가 아프니 미션 당일에만 가겠다는 말 외엔 더 이상 설명을 하지 않았다. 곽은 그마저도 감지덕지라며 그를 형님이라 불러댔다. 그는 진심으로 기뻐 보였다. 박은 밥그릇을 다 비우고 자리에서 일어났다. 곽은 몇 번이고 그의 손을 쥐고 흔들었다. 공장에 도착해서야 곽은 평소의 모습으로 돌아왔다. 곽은 실장, 박은 생산 노동자였다.

고양이가 다 끓은 것 같았다. 박은 몸을 일으켜 솥 가까이 다가섰다. 물을 머금어 통통히 부푼 고양이는 건져 올리기엔 무거운 감이 있었다. 박은 국자와 집게를 이용해 체에 고양이를 옮겨 담았다. 물기가 약간 빠지길 기다려 접시 위로 다시 옮겼다. 가위로 머리와 꼬리를 자르고 배를 갈라 내장을 꺼냈다. 발 끄트머리를 모두 자르고 가죽을 벗겨냈다. 부엌 구석에 벗긴 가죽을 던져두었다. 거기엔 노랗고 하얀 고양이 가죽들이 바싹 말라 쌓여 있었다. 안에서 윤형자가 앓는 소리가 들렸다.

"여보, 밥 먹어."

박은 미닫이문을 열고 밥상을 들였다. 이불을 쓰고 누워 있던 윤형자가 반색하며 일어나 앉았다. 그녀는 허겁지겁 맨손으로 달려

들다가 손을 데고 나가떨어졌다. 박은 그녀의 손에 면장갑과 비닐 장갑을 겹쳐 씌워주고는 기름소금이 담긴 작은 접시에 고양이 살을 발라 놓아주었다. 윤형자는 입안에 살을 넣고 얌전히 고양이를 씹었다. 그녀는 기쁜 듯 웃고 있었다.

"오늘은 살이 많네요."

"그래, 많이 먹어. 잘 먹고 잘 쉬어야 낫지. 그리고 저, 당분간 좀 늦게 들어올지도 몰라. 일이 바빠져서⋯⋯."

"그래요? 나는 괜찮지만⋯⋯. 당신 먹을 고양이는 어떡해요? 신경통이 도질까 걱정되네."

"신경통?"

박은 수저질을 멈췄다. 윤형자는 태연히 고개를 끄덕이며 말했다.

"신경통 때문에 고양이를 삶는 거잖아요? 안 먹으면 너무 아프다고, 죽을 것 같다고 했잖아요."

박은 물끄러미 자신의 아내를 쳐다보았다. 박의 허리는 아주 튼튼했고 다른 신경통도 없었다. 그러나 윤형자가 오락가락하는 게 어제오늘의 일은 아니었고 박으로선 그녀가 그렇게 생각하는 편이 더 낫다는 걸 알고 있었다.

가끔 제정신이 돌아올 때면 윤형자는 먹은 것을 모두 게워냈다. 그녀는 자신이 먹었던 모든 고양이들을 애도하거나 그녀를 위해 고양이를 잡아 나른 그를 저주했다. 그럴 때면 식음을 전폐했고, 그렇게 되면 약을 제때 먹을 수 없었기 때문에 고통을 호소하며 벽을 긁는 아내를 겪어내야 하는 것은 박의 몫이었다. 그러니 박은 자신의 아내가 제정신이든 제정신이 아니든 잘 먹는 편이 좋다고 생각했다. 그 때문에 자신이 가짜 신경통 환자가 된다 해도 박은 상관없었다.

흐트러진 귀밑머리가 고양이 고기에 딸려 윤형자의 입안에서 씹히고 있었다. 그녀는 다정한 표정으로, 예의 그 아름다운 눈동자로 자신의 남편을 바라보고 있었다. 박은 울컥 눈물이 날 것 같았지만 더 흘릴 게 남아 있지도 않았다. 박은 숟가락을 내려놓고 아내의 입에서 머리카락을 거두어 귀 뒤로 넘겨주었다.

"난 걱정하지 마. 당신만 괜찮으면 나는 괜찮아."

박은 중얼거리듯 속삭였다.

"한 씨!"

한은 깨진 보도블록을 발끝으로 툭툭 차다가 소리 나는 쪽을 향해 고개를 들었다. 멀리서 김B가 뛰어오는 게 보였다. 김B는 처음 봤을 때처럼 흔한 버틀러의 분장을 하고 있었다. 과한 메이크업에 과한 렌즈, 과한 옷차림과 과한 손톱.

"오래 기다렸어요?"

가까이 다가온 김B가 물었다. 한은 그다지 기다리지 않았다고 대답했다. 실제로 그가 기다린 시간은 십오분 정도였는데 김B가 늦은 건 오분이었다. 한은 홍을 만나며 먼저 나가 여자를 기다리는 게 습관이 되어 있었다. 혹시나 조금 일찍 나온 여자가 그를 갈굴 상황을 대비한 방편이었다.

"그냥 박람회장에서 만나도 되는데, 뭐하러 여기까지 왔어요?

번거롭게."

"물어볼 것도 있고 해서요. 제 여자 친구에 대한 거요."

김B는 고개를 끄덕였다.

"그 얘기라면…… 가면서 말씀하시죠."

김B의 집 근처에서 박람회장까지 가려면 지하철을 두 번 갈아타야 했다. 둘은 지하철역을 향해 걸었다. 날씨가 약간 흐렸지만 기분 나쁠 정도는 아니었다. 걸음을 걸으며 한은 단도직입으로 물었다.

"제 여자 친구는 찾고 있는 겁니까? 저번에 필요한 정보는 다 보내드린 걸로 아는데."

아지트에 다녀간 후로 김B는 한이 불안해하는 것을 알아차리기라도 한 듯, 여러 번 전화를 걸어주었다. 그녀의 요구에 따라 한은 홍에 대해 알고 있는 전부를 워드로 쳐서 보냈다. 거기엔 홍의 사진, 집 주소, 메일 주소, 몇 개 포털 사이트와 소셜 네트워크의 아이디, 자주 쓰는 닉네임, 출신 학교와 키, 몸무게까지 들어 있었다.

"글쎄요, 나름대로 하고는 있는데……."

"무슨 문제라도 있나요?"

"온라인으로 알아보는 건 한계가 있을 것 같아요. 지난번 정모 사건 이후로 모든 인터넷 활동을 전혀 하지 않는 것처럼 보이더군요. '헐, 대박'이라는 댓글 이후로는 말예요. 그분은 한 씨와 연락할 생각이 아예 없는 것 같아요. 시골의 부모님과 접촉을 시도해보았지만 그쪽도 자주 연락을 하는 편은 아닌 모양이더라고요. 한 씨가 알려준 그 주소에 살지 않는다고 하니 그 집 외엔 아는 곳이 없다고 하는데, 그게 거짓말 같지는 않았어요. 이제 할 수 있는 일은 휴대전화 통화 내역 조사와 발신 기지국을 잡는 방법을 통하는 거예요. 현재 어디 살고 있는지를 알거나 주요 출몰 장소를 밝히려는 건데……. 이게 불법이거든요. 그렇지만 아마 오가 할 수 있을 것 같아요. 근데 요즘 오가 좀 바빠서, 아무래도 좀 더 기다려봐야겠어요."

한은 아무래도 좀 실망했다. 김B가 처음 홍을 찾아주겠다 말했을 때, 그는 그들에게 무언가 대단히 그럴싸한 방책이 있으리라 기대했다. CIA나 FBI까진 아니더라도 모두가 홍을 찾는 데 여력을 다해줄 거라고 생각했다. 근데 다들 바쁘고 바빠서 홍의 히읗이라도 찾을 생각이 있는 건지 없는 건지. 이래선 나 혼자 찾는 거랑 별다를 것도 없잖아. 난 지금 관심도 없는 고양이 박람회장까지 가는 길인데 말이야. 피 같은 주말에, 물론 주말이라고 딱히 할 일이 있는 건 아니지만. 아무튼 좀 더 체계적으로 후닥닥, 나비처럼 날아서 벌처럼 쏘아야 하는 거 아닌가. 홍이 보통 여자도 아니고 말이야. 내 여자 친구였지만 걘 정말 골치 아픈 애란 말이야. 그 계집애는……. 한은 부루퉁한 표정으로 김B의 옆을 걸었다. 김B가 한의 눈치를 살폈으나 한은 돌아보지도 않았다. 김B는 피식 웃고는 위로하듯 말했다.

"헤어진 연인이란 언제나 속을 썩이는 법이죠. 너무 걱정 마세요. 곧 찾을 수 있을 테니까."

한은 속마음을 들킨 듯 뜨끔했다. 한은 헛기침을 하며 화살을 김B에게로 돌렸다.

"뭐, 그렇겠죠. 그런데 김B 씨에게도 속 썩이는 애인이 있었나 봐요?"

"글쎄요, 속을 썩인다기보다는…… 의견이 좀 안 맞았다 해야 할까요."

"그래요? 그 사람도 버틀러였나요?"

"음, 아뇨. 그 사람도 고양이 애호가긴 했지만 버틀러는 아니었어요. 그 친구는 온건한 타입이었죠. 우리 회원이기도 했고. 전에 제 닉네임이 김B인 이유를 말한 적 있었죠? 김 씨가 둘이라서 그렇게 됐다고. 그 친구 닉네임이 김A였어요. 같은 성이었죠."

"아…… 그런데 왜?"

"왜 탈퇴했냐고요? 글쎄요, 어디서부터 애길 해야 할까요……."

김B가 김A를 만난 것은 그녀가 막 대학에 입학했을 때의 일이었다. 갓 신입생이 된 그녀는 그 나이대의 여자애들이 그렇듯 파릇파릇했지만 안타깝게도 캠퍼스의 낭만을 즐길 만한 여유는 갖고 있지 않았다. 집에서 그녀에게 대줄 수 있는 돈은 입학금과 첫 학기 등록금 정도였다. 그마저도 갚겠다는 지장을 찍은 뒤에야 받을 수 있었다. 엄마 앤 캐시는 그녀에게 일 년의 유예를 주었다. 김B의 엄마는 그녀가 곧바로 취업 전선에 뛰어들길 바랐지만 김B는 공부를 하고 싶었다. 쓸데없이 성적이 좋고 지랄이냐는 게 엄마의 입장이었다. 김B는 바라던 대학의 꿈꾸던 학과에 합격했지만 어쨌거나 일을 구해야 하는 데는 변함이 없었다. 학자금 대출을 신청해두었지만 당장 다음 달 생활비조차 걱정이었다. 학교 앞에선 많은 구인구직이 이루어졌다.

처음 김B는 편의점을 생각했다. 일을 하면서 책도 볼 수 있지 않을까 생각했기 때문이었다. 그러나 시급이 생각만큼 되질 않았다. 최저임금이 얼마라는 방송을 본 기억이 있었으나 시급은 그 수준에서 한참 떨어졌다. 아마 고용주들 집엔 텔레비전이 없는 모양이었다. 장학금도 받아야 했으므로 공부를 소홀히 할 수도 없는 노릇이었다. 그녀는 생각을 정리했다. 적당히 머리 안 쓰고 일할 수 있는 곳, 간간이 책을 읽을 수 있는 곳, 최저 시급 오천 원. 그게 그녀가 정한 마지노선이었지만 그에 맞는 곳을 찾기는 쉽지 않았다. 사실 쉬운 건 아무것도 없었다.

그러니 김B가 신입생 환영회 때 이기지도 못할 술을 마신 것은 그녀의 잘못이 아니었다. 그녀는 다만 성이 났다. 정확히 무엇 때문에 그녀가 분노했는지는 스스로도 알 수 없었다. 술자리는 왁자지껄 떠들썩했고 설렘이 가득했고 즐거웠다. 다들 희망과 기대에 들뜬 것 같았는데 어쩌면 그것 때문이었는지도 모르겠다. 아무튼 술자리가 깊어지고 술이 들어가면 들어갈수록 김B는, 가슴이 부글부글 끓는 것을 느꼈다. 쿵쾅쿵쾅 심하게도 뛰었고 그래서 처음 마시는 것치고는, 선배들과의 첫 대면치고는, 또 여자애치고는 많이도 마셨고 그런 뒤 당연한 순서처럼 전봇대를 붙잡고 게워냈다. 그때 김B가 붙잡은 전봇대에는 전단지 한 장이 붙어 있었다. 전단지를 움켜쥐며 김B는 그대로 고꾸라졌다. 김B의 기억은 거기서 뚝 끊기고 말았다.

다음 날, 눈을 떴을 때 김B는 기숙사의 제 침대에 누워 있었다. 어떻게 들어왔는지는 기억나지 않았다. 아무튼 내장은 다 있는 것 같았고 지갑도 온전했다. 안도의 한숨을 내쉬던 김B는 문득 생각 난 듯 주머니를 뒤졌다. 띄엄띄엄한 기억 가운데서도 자신이 전단 지를 챙겨온 것이 떠올랐다. 꿈인가 했지만 아니었고 구깃구깃한 전단지에는 선명한 분홍색 글씨로 시급 오천오백 원이라 적혀 있었다. 용모 단정, 가족처럼 일할 성실한 여종업원 급구, 신입생 환영, 고양이에 대한 간단한 지식 있을 것, 고양이 키우시는 분 우대, 고양이 카페 '스노우 슈', 시급 오천오백 원.

숙취 때문에 머리가 깨질 것 같았지만 김B는 주의 깊게 그것을 읽었다. 김B의 생각으로 고양이 카페란 고양이가 있는 카페인 것 같았다. 고양이를 파는 카페거나. 용모 단정은 모르겠지만 성실할 순 있겠고 나는 환영받을 수 있는 신입생이지. 그런데 고양이에 대한 지식이란 무엇을 얘기하는 걸까? 김B는 고민했다. 그녀는 동물과 가깝지 않았다. 딱히 거리를 두려고 했던 건 아니었지만 다른 신경 쓸 일이 너무 많았다. 김B는 애완동물을 사달라고 조르다 혼난, 사람들이 흔히 갖고 있는 어린 시절의 기억을 갖고 있지도 않았다. 김B의 엄마는 천식이 심했고 계절이 바뀔 때마다 심한 피부병을 앓았다. 김B는 아주 어릴 적부터 무언가를 조르지 않는 데 익숙했다. 말하자면 김B의 대학 진학은 평생 처음 한 반항이나 다름없었다.

아무리 뒤져봐도 그만큼의 시급을 주는 곳은 호프 정도밖에 없었지만 거기서 일을 하기엔 기숙사 귀가 시간에 걸릴 것 같았기 때문에, 김B는 반드시 스노우 슈에서 일하리라 결심했다. 생각 끝에 김B는 인터넷 백과사전에서 고양이에 관한 항목을 찾아 미친 듯이 외웠다. 김B는 외우는 것 하난 자신 있었고 그게 그녀가 할 수 있는 최선이었다. 식육목 고양잇과의 포유류에 속하며, 머리가 둥글고 얼굴은 짧고 넓으며, 눈이 둥글고 커서 양안시의 능력이 뛰어나다……. 백과사전의 고양이 항목을 숙지하는 데 꼬박 반나절의 시간이 걸렸다. 그녀가 가지게 된 고양이에 대한 지식은 당장 고양이 퀴즈 대회에 나간다 해도 무리가 없을 만큼 방대하고 잡다했다. 김B는 정성 들여 지원서를 작성했다. 고양이에 대한 모든 지식을 알고 있단 대목도 빠뜨리지 않았다.

카페 사장은 콧수염을 잘 손질한 중년 남자였다. 흰 셔츠에 정장 바지, 까만 앞치마를 두른 옷차림이 인상적이었다. 김B가 카페에 간 것은 그때가 처음이었다. 사장이 지원서를 검토하는 동안, 김B는 고개를 숙이고 머릿속에 꾹꾹 눌러 담은 고양이 지식을 되새김질하고 있었다. 그녀는 모든 질문에 답할 준비가 되어 있었다. 고양이의 역사에 대해 이야기하시오. 고양이의 성격적 특질에 대해 이야기하시오. 고양이의 신체 구조상 특징에 대해 이야기하시오……. 그러나 사장은 딱 한마디 물었을 뿐이었다.

- 고양이 키워요?

김B는 깜짝 놀라 고개를 들었다. 카페 사장은 고개를 모로 기울이며 방긋 웃어 보였다. 악의로 한 질문이 아닌 것 같았다. 김B는 본능적으로, 그 질문에 대한 답이 자신이 외워온 백과사전 내용보다 중요하다는 것을 알아차렸다. 김B가 망설인 시간은 불과

일분 남짓이었다.

- 네.

- 그래요? 무슨 종이죠? 이름은?

- 코리안 쇼트헤어입니다. 이름은…… 이름은 나비입니다. 지금은 본가에 있어요.

- 그렇군요. 반가워요. 나도 고양이를 키워요. 보면 알겠지만 여기 있는 고양이가 다 내 고양이지요. 가장 오래된 녀석은 스노우 슈라는 종인데, 저쪽에 앉아 있는 아가씨랍니다. 슈슈, 인사하렴.

- 안녕, 슈슈.

김B는 가게 구석에 놓인 보라색 방석 위에 앉은 얼룩 고양이를 향해 인사했다. 고양이는 인사하지 않았다. 김B는 긴장된 표정으로 카페 내부를 훑어보았다. 분홍색과 연한 회색으로 꾸며진 아늑한 분위기의 인테리어였지만 김B에게 그곳은 시험장이나 다름없었다. 구석에서 물끄러미 그녀를 쳐다보는 남자 하나와 여자 하나가 보였다. 저쪽도 아르바이트생인가? 김B는 다시 고개를 돌렸다. 사장은 잠깐 생각하는가 싶더니 짧게 물었다.

- 음, 언제부터 나올 수 있죠?

- 당장 오늘부터라도 가능합니다.

김B는 힘주어 대답했다. 사장은 슬쩍 웃었다. 김B는 그것이 호의인지 가늠했다.

- 오늘은 됐고, 내일부터 출근하도록 해요. 언젠가 나비도 꼭 볼 수 있었으면 좋겠네요.

그러니 그날, 김B가 춤을 추며 기숙사로 돌아갔다는 건 말할 필요도 없을 것이다.

다음 날 김B는 가게로 향했다. 생애 첫 아르바이트였다. 첫 출근이란 게 이토록 신나는 일이었나. 그녀는 자신이 앞으로 벌어들일 돈에 대해 생각했다. 한 시간에 오천오백 원이면 하루에 다섯 시간이니까 이만 칠천오백 원, 일주일에 일요일 하루 빼면 십육만 오천 원, 그렇게 한 달 내내 일하면 육십육만 원. 김B는 날아갈 것 같았다. 고등학생 시절 그녀의 한 달 용돈은 사만 원이었다.

김B는 간단한 교육을 받고 청소부터 시작하게 되었다. 청소라지만 주로 고양이를 보필하는 일이었다. 고양이 털을 쓸고 고양이 똥을 퍼내고 고양이 사료와 고양이 물을 챙기고. 김B는 싹싹하게 대답했고 부지런히 움직였다. 사장은 김B가 좀 익숙해지면 서빙, 더 시간이 지나 기계 조작법을 익히게 되면 직접 커피를 내릴 수도 있을 거라고 했다. 고양이들은 생각보다 얌전했고 김B는 어머니와 달리 천식도 없었다. 그녀는 잘 적응하는 듯했다. 딱 하나, 거슬리는 것만 빼면.

김A는 첫날부터 그녀의 눈에 밟혔다. 김A의 태도가 유난히 껄렁껄렁해서만은 아니었다. 실은 면접 날부터 좀 이상한 녀석이라고 생각했는데 김A의 머리모양이 워낙에 특이해서였다. 김A는 콧날을 기준으로 머리털 반은 짧게 깎고 나머지 반은 길게 늘어뜨려 노랗게 염색한 헤어스타일을 하고 있었다. 딱 봐도 김A는 양아치 같아 보였다. 김B는 김A를 주의하리라 마음먹고 있었다. 엄마는 늘 김B에게 양아치를 조심하라고 말했다. 신세 망치는 주범이라고. 김B는 그게 본 적도 없는 아빠 얘기라는 것을 어렴풋이 눈치챘지만 더 깊이 캐묻진 않았다. 모녀는 그 정도로 친하지도 않았다.

어느 날 여전히 요란한 머리를 하고 출근한 김A는 전에 없이 들뜬 모습을 보였다. 왜 저러지? 구멍 수라도 늘렸나? 김B는 힐끔, 그의 귀에 달린 피어스 개수를 세다 눈이 마주쳐 고개를 돌렸다. 그러나 피어스 개수는 여전히 여덟 개였다. 무슨 일이람. 평소보다 더 건들 거리네, 생각하며 김B는 고개를 숙이고 바닥을 쓸었다. 고양이 털 은 가늘고 가벼워서 집중해서 쓸지 않으면 허공에 흩날리기 십상 이었다. 그때 김A의 빨간색 워커가 그녀에 시야에 들어왔다.

- 저기요!

김B는 고개를 들었다. 김A가 불쑥, 무언가 종잇조각을 내밀었 다. 김B는 무심한 표정으로 그것과 그의 얼굴을 번갈아 바라보았 다. 그러자 김A가 히죽 웃어 보였다.

- 이번 주말에 공연하거든요. 별일 없음 보러 와요.

공연? 웬 공연? 김B가 피하기도 했지만, 사실상 둘은 그녀가 일 을 시작한 일주일 이래로 단 한마디도 나눈 적이 없었다. 저 양아 치가 갑자기 왜 친한 척이래? 친하지도 않으면서. 김B는 눈살을 찌푸렸다. 김B는 친하고 안 친하고의 경계가 뚜렷한 여자였다. 그 러나 그녀가 친하다고 생각하는 사람은 온 인류 중에 없다시피 했 다. 김B는 다시 몸을 숙여 고양이 털을 쓸기 시작했다.

- 아, 팔 떨어지겠네. 좀 받아요. 이거 원래는 팔천 원인데, 초대 권이라 공짜예요. 그쪽 공짜 좋아하잖아?

이번엔 반응을 보이지 않기 어려웠다. 김B는 얼굴이 화끈 달아 오르는 것을 느꼈다. 김A는 끈질기고 무례하고 건방졌다. 더 짜증 나는 것은 김B가 실제로 공짜를 무척이나 좋아한다는 거였다. 사장은 종종 직원들에게 유통기한이 임박한 고양이 캔이나 간식을 나눠주곤 했다. 김B는 고양이를 키우지 않았지만 벼룩시장에라도 내다 팔 요량으로 그것들을 가져다 쌓아놓았다. 사장이 나비는 잘 있냐고 물을 때마다 양심이 따끔거리는 게 사실이었지만 그렇다고 공짜로 주는 걸 받지 않을 이유도 없었다. 얼굴이 발개진 김B는 낚아채듯 티켓을 받아들었다. 김A가 히죽히죽 웃는 게 눈에 들어왔다.

– 이번 주 일요일이에요. 안 바쁜 거 다 아니까 안 올 생각 하지 마요.

김B는 보란 듯 티켓을 구겨 앞치마 주머니에 넣었다. 김B는 김A의 기분이 상하길 기대했지만 그는 별말 없이 자리를 옮겨 다른 아르바이트생 여자애와 시시덕거렸다. 재수 없는 녀석, 내가 갈까 보냐. 김B는 이를 갈았다.

그랬던 김B가 그 장소에 간 것은 첫째로 정말 할 일이 없어서였다. 주말 아르바이트를 구할까 했으나 격주로 카페에 나가야 했기 때문에 근무 요건이 적절치 않았다. 약속도 없었고 공부를 하자니 아직 오리엔테이션이다 뭐다 해서 배운 게 없었다. 둘째로는 대체 녀석이 밖에선 뭘 하고 다니나 궁금해서였는데, 돈이나 뜯고 다닐 것 같은 외모로 대체 무슨 공연을 한다는 건지. 김B는 슬렁슬렁 걸어 공연장으로 향했다. 티켓에 나온 공연 장소는 학교 근처였다. 그 양아치 같은 녀석이 무슨 음악이람. 그러고 보면 카페에 오는 여자애 중에 유독 그를 보고 꺅꺅대는 애들이 있긴 했다. 그게 그 '공연' 때문이란 말이지.

호기롭게 집을 나서긴 했으나 막상 공연장 앞에 도착하니 긴장이 되었다. 그녀도 종종 텔레비전을 봤기 때문에 이른바 '밴드'가 '공연'을 하는 게 어떤 시스템인지 알고는 있었다. 그러나 공연을 실제로 보러 온 것은 처음이었다. 공연장이 있는 건물 앞엔 어딘가 김A와 닮은 듯한, 정확히는 그와 비슷한 옷차림을 한 사람들이 몰려 있었다. 피어스와 개 목걸이, 체인 장식들은 김B를 주눅 들게 하기에 충분했다. 작은 동전 지갑을 주머니에 넣고 청바지에 면 티셔츠 바람으로 온 김B는 자신이 못 올 장소에 왔나 잠시 망설였다. 아직 시작 시간이 되지 않았는데도 공연 장소인 지하에서 무언가 쿵쾅거리는 소리가 들려왔다. 김B는 망설였으나 호기심이 그것을 이겼다. 그들을 비켜 삼면이 까맣게 칠해진 계단을 내려가자 머리를 분홍색으로 염색한 여자애가 껌을 딱딱 씹고 있었다.

- 팔천 원요.

- 아, 초대권이 있는데요.

여자애는 힐긋 김B를 올려다보더니 티켓을 낚아채고는 턱짓으로 문을 가리켰다. 김B는 유리문을 열고 어둑한 안으로 들어섰다.

공연은 곧 시작되었다. 시끄럽고 어두웠기 때문에 김B는 스피커에서 먼 구석에 가서 벽에 등을 붙였다. 사람들은 미친 듯이 뛰며 서로 어깨를 부딪쳤다. 양팔을 위로 뻗어 올리고 무언가 괴성을 지르는 사람도 있었다. 엄청 쿵쾅거리네, 저게 '록'인가 봐. 처음 든 생각은 그것이었다. 사람들은 그들 나름대로 음악을 즐기는 모양이었지만 엄마의 취향을 따라 조영남이 최고라고 생각하는 김B의 입장에서 그것은 도무지 이해가 되지 않는 지점에 있었다. 그래도 김B는 계속 공연을 지켜봤다. 신기했다고 표현하는 편이 어울릴 것이다.

김B가 두 번째로 한 생각은 쟤는 뭐가 저렇게 신날까, 였다. 김A가 무대의 주인공은 아닌 것 같았다. 맨 앞에 서서 노래를 부르는 사람은 다른 남자였다. 남자는 누렇게 염색한 긴 머리를 구불구불하게 볶고 눈가를 시커멓게 칠했다. 김A는 기타를 연주하며 무대 구석에서 몸을 흔들고 있었다. 은색 징이 박힌 까만 가죽 재킷을 입고, 해골이 그려진 티셔츠를 입고, 예의 그 빨간 워커를 신고. 김B의 눈에 김A가 '뭐가 그렇게 신나' 보였던 것은 그의 표정에 있었다. 김A는 뭐랄까, 살아 있는 표정을 짓고 있었다. 김A가 늘 실실 쪼개긴 했지만 그것과는 좀 다른 느낌이었다. 보컬의 뒤편에 서서 기타를 연주하며, 김A는 미간을 찌푸리거나 살짝 미소 지었고 무표정으로 눈을 내리깔았는데 김B가 보기엔 그조차 신남의 연장선에 있는 것 같았다. 어쩐지 김B는 눈을 뗄 수 없었다.

마지막 곡을 부를 때쯤 김A의 온 얼굴은 땀에 절어 있었다. 그의 손에 들린 악기에 전깃줄이 꽂혀 있었기 때문에 김B는, 저러다 감전이라도 되는 것은 아닐까 생각했다. 연주가 다 끝나갈 때쯤 김B는 벽에서 등을 뗐다. 계단을 올라 밖으로 향했다. 괜히 가슴이 쿵쾅거렸다. 머리가 아플 정도로. 그러나 신입생 환영회 때 느꼈던 불쾌한 박동과는 거리가 멀었다. 김B는 이게 뭘까, 생각하며 잠자리에 누웠다. 잠이 오질 않았다.

그렇다고 김B가 갑자기 그 음악에 관심을 갖게 되었다고 생각하면 오산이었다. 그녀에게 그건 너무 시끄러웠다. 다만 그녀는 조금 덜 성실해질 수밖에 없었다. 김A를 볼 때마다 예의 그 괴상한 박동이 일며 머리가 아파온 탓이었다. 김B는 고양이들에게 집중하려 애썼다. 그녀는 무슨 수를 써서라도 전보다 더 김A를 피하려 노력했지만 그가 부러 다가와 앞에서 깔짝거리는 것까지 막을 순 없었다.

- 일요일에 왔었죠? 어땠어요?

김A는 빙글빙글 웃고 있었다. 김B는 얼굴이 확 달아오르는 것을 느꼈다. 왜인지는 몰랐다. 얘길 꺼내지 않으면 가지 않았다고 발뺌할 생각이었다. 어두워서 보이지 않았을 거라고 생각했는데. 김B는 헛기침을 하곤 짧게 대답했다.

- 음악은 잘 몰라서요.

김A가 전에 없이 진지한 표정을 지어 보인 것은 그때였다.

- 그래요? 나도 잘 모르는데. 함께 알아가 보면 어때요?

김B는 다시 고개를 숙였지만 빨갛게 달아오른 귀까진 감출 수 없었다. 예의 심장 박동이 흔히 말하는 두근거림이라는 걸 깨닫는 순간이었다. 김A는 덜덜 떨리는 그녀의 손을 가만히 쥐었다. 그렇게 둘은 연애를 시작했다. 어쩌다 보니 그렇게 된 것 같았지만 김A는 처음 본 순간부터 그녀를 좋아했다고 말해 김B를 기쁘게 했다. 그렇게 둘은 고양이 털을 빗기고 오줌으로 굳은 모래를 퍼내며 알콩달콩 잘도 사귀는 것 같았는데, 문제는 그 카페에 여자 아르바이트생이 김B 혼자만이 아니라는 거였다. 그 여자애의 이름은 황이었다.

처음에 황은 가게의 손님이었다. 말하자면 김A를 보고 깍깍대는 여자애들 중 하나였단 얘기다. 황은 김A 밴드의 굉장한 팬이었다. 어쩌면 김A가 속해 있기 때문에 그 밴드의 팬일는지도 몰랐다. 황은 카페에 취직되기 전부터 출근 도장을 찍었다. 그러다 사장이 새로운 아르바이트생 모집 전단을 붙인 것을 보게 된 것이 황의 장점인 기동력이 발휘된 시점이었다.

황이 김A를 얼마나 좋아했느냐 하면 종종 카페에 처음 오는 손님들이 둘을 보고 쌍둥이냐고 물을 정도였다. 둘의 얼굴은 전혀 닮지 않았지만 사실상 분위기가 아주 비슷했다. 몰랐겠지만 그것은 황의 노력이었다. 황은 김A의 스타일과 그의 음악 취향까지 빼다 박으려 무던히 노력했다. 옷 입는 방식도 김A가 두 줄짜리 체인 장식을 사면 세 줄짜리 체인 장식을 산다거나 스퀘어 스터드가 박힌 재킷 입은 것을 보면 같은 디자인이지만 콘 스터드가 달린 것을 선택하는 식으로 약간의 변화는 주었지만 모르는 사람이 보면 소울메이트처럼 보일 정도였다.

김B와 김A가 연인이 되는 데 결정적인 계기가 되었던 그 공연 날, 황은 초대권을 받았음에도 가지 못했다. 그날 할아버지 제사가 있던 탓이었는데 황은 이미 돌아가신 조부를 원망하고 또 원망할 수밖에 없었다. 왜냐하면 황이 생각하기에 그 자리는 자신의 것이었기 때문이었다. 굴러온 돌 주제에! 황은 손톱 끝을 잘근잘근 깨물며 생각했다. 황은 그 자리를 얻기 위해 많은 것을 투자했다. 오빠도 너무해. 내가 저한테 해준 게 얼만데!

황은 김A에게 어울리는 여자가 되기 위해 최선을 다해왔다. 어릴 때부터 피아노를 배워온 황이 기타를 배우기 시작한 것도 전부 김A 때문이었다. 게다가 그간 밴드에 사다 바친 간식거리들과 김A에게 준 선물들, 몇십 장이나 사서 쟁여둔 조악한 음질의 자체 제작 앨범 시디와 싱글 시디, 색깔별로 세 장씩 가지고 있는 밴드의 티셔츠를 생각하면, 이건 정말 말도 안 됐다. 무엇보다 그 여자는 김A와 어울리지 않았다. 김B라는 애는, 긴 생머리에 분홍색 원피스나 입고 다니는 그년은, 자유로운 김A의 영혼을 이해하고 감당할 자세가 전혀 안 된 아주 햇병아리 같은 계집애였던 것이다.

그러다 인플루엔자가 유행하던 어느 날, 김A가 결근을 통보했다. 지독한 독감에 걸렸단 소식이었다. 마침 사장도 약속이 있어 나간다고 했기 때문에 황은 쾌재를 불렀다. 언제고 기회를 잡아 본때를 보여주리라 벼르던 참이었다. 예전 같으면 약을 사들고 당장 뛰어갔을 그녀였지만 상황은 이미 달라져 있었다. 황은 눈을 돌려 김B를 찾았다. 그녀는 걸레로 선반을 닦고 있었다. 황은 사뿐사뿐 다가가 김B를 불렀다.

- 김승연 씨.

- 네?

- 맛동산이 뭔 줄 알아요?

- 네? 저…… 과자 아닌가요?

김B의 대답에 황은 하, 소리가 나도록 코웃음을 치며 말했다.

- 맛동산을 모른단 말예요? 승연 씨, 고양이 기르는 거 맞아요?

느닷없는 황의 공격에 김B는 당황할 수밖에 없었다. 의도를 몰랐을 뿐더러, 실제로 김B가 아는 그 단어의 의미란 하나밖에 없었기 때문이었다. 맛동산이 맛동산이지, 다른 맛동산이 또 있나? 김

B가 아는 맛동산이란 갈린 땅콩이 뿌려진 예의 그 길쭉한 튀김 과자였다. 맛동산 먹고 신나는 파티, 할 때의 그 맛동산. 이 사람이 나한테 왜 이러지? 과자가 먹고 싶나? 아쉽게도 김B는 눈치가 좀 없는 편이었다. 그 상황에선 젖 먹던 눈치까지 끌어왔어야 했는데 안타까울 따름이었다.

반면 황은 눈치 빠르기가 전광석화나 다름없었다. 황은 꽤 예전부터 김B를 의심하고 있었다. 고양이를 키운다고 말했지만 때때로 읊어대는 백과사전적 지식 외에, 오히려 고양이를 키우는 집사라면 으레 알고 있기 마련인 사소한 정보들을 김B는 모르는 것 같았다. 황 역시 몇 달 전부터 고양이를 키우고 있었다. 김A가 러시안 블루 암컷을 키운다기에 따라 들인 러시안 블루 수컷이었다. 고양이 커뮤니티에서도 부지런히 활동하는 황은, 자신의 집사로서의 지식이 적어도 카페에서는 사장 다음이라고 자부하고 있었다.

맛동산이 과자라고? 황은 김B를 엿 먹이려면 이 순간밖에 없다는 것을 재빨리 눈치챘다. 황은 막 치우려고 옆에 둔 고양이 화장실을 구멍 뚫린 삽으로 부리나케 푹푹 펐다. 삽 위로 고양이 똥이 골라졌다. 김B는 불안한 눈으로 황이 하는 것을 보고 있었다. 고양이 똥으로 뭘 어쩌려는 거지? 그 순간 황이 김B의 눈앞에 삽을 들이댔다.

– 이게 바로 맛동산이에요. 과자 아니냐고? 그럼 한번 먹어보시던가.

그제야 김B는 자신이 하루에도 열두 번씩 삽으로 퍼냈던 그것이 맛동산이란 별칭으로 불린다는 것을 깨달았다. 그러고 보니 길쭉한 똥에 모래가 다닥다닥 붙은 게 비슷한 모양이긴 했다. 그러나 어떤 이름으로 불리건 간에 삽에 든 그것은 고양이 똥이었지 맛동산이 아니었다.

삽을 든 황은 한 발짝, 두 발짝 김B에게로 다가섰다. 황은 비열하게 웃고 있었다. 김B가 그 순간 느낀 것은 거의 공포였다. 그녀는 고개를 저으며 입을 꾹 다물었다. 그녀는 한 발짝, 두 발짝 뒤로 물러섰다.

고양이 똥이 담긴 삽을 들이대며, 황은 계속 지껄였다.

- 고양이도 안 기르는 주제에 거짓말을 해? 사장님이 아시면 어떻게 될까?

- 카페 내에선 연애 안 되는 것도 몰랐죠? 내가 왜 오빠랑 못 사귀었을 것 같은데?

- 고양이 카페 알바 두 달이면 풍월이라도 읊어야지. 건방진 년, 이깟 것도 모르면서 어디서 고양이 애호가 흉내야?

- 맛동산이 과자라면서? 먹어. 먹으라고. 안 먹어?

덜컹, 소리가 났다. 김B는 뒤를 돌아보았다. 걸레질을 위해 테이블 위에 올려둔 의자가 김B의 등에 닿아 있었다. 더 물러설 곳이 없었다. 황과 고양이 똥이 더 가까이 다가오고 있었다. 김B는 울먹이며 손바닥을 마주 붙여 빌었다.

- 언니, 저한테 진짜 왜 이러세요. 제가 다 잘못했어요. 그러니까……

황의 왼손이 김B의 어깨를 힘껏 민 것은 그 순간이었다. 와당탕, 엄청난 소리를 내며 김B는 의자와 함께 널브러졌다. 동시에 고양이 똥이 김B의 얼굴 위로 쏟아졌다. 아프기도 아팠지만 그녀 위로 쏟아진 게 똥이라는 사실이 김B를 더욱 서럽게 만들었다. 김B는 얼굴을 감싸 쥐고 울음을 터뜨렸다. 자존심이 상했지만 눈물이 나오는 걸 어떻게 할 수도 없었다. 황은 김B의 앞에서 숨이 넘어갈 듯 낄낄댔다.

- 아, 미친. 저 꼴 좀 봐.

한참을 웃던 황은 김B의 앞치마에 빈 삽을 툭 던지며 무서운 목소리로 말했다.

- 너 진짜 꼴 보기 싫은 거 아냐? 못생겼음 눈치라도 빨라야 될 거 아냐. 대충 알아들었으면 우리 앞에서 꺼져. 확 밟아버리기 전에.

"그래서요? 김A라는 사람은 어떻게 했는데요? 물론 그 여자를 혼내줬겠죠?"

한이 물었다. 둘은 지하철을 타고 박람회장으로 향하고 있었다. 한은 주먹을 불끈 쥐고 분노했다. 세상에 홍보다 더 못된 년이 있다는 건 또 새로운 소식이었다. 김B는 손바닥을 내려다보았다. 그때의 고양이 똥 맛이 입안에서 느껴지는 것 같았다. 마치 어제 일처럼. 그녀는 자신이 김A의 얘기를 한 것이 꽤 오랜만의 일이라는 것을 새삼 깨달았다. 둘이 헤어진 지 꽤 오랜 시간이 지났다는 것도.

한의 물음에 김B는 짧게 고개를 가로저으며 말했다.

"아뇨, 오빠는, 그러니까 김A는 그럴 수가 없었어요. 왜냐하면 밴드의 드럼 형이 황을 좋아하고 있었거든요. 김A를 제외한 밴드의 나머지 멤버들은 엄청난 버틀러들이었어요. 음악적 버틀러는 고양이 버틀러보다 더 나빴죠. 취향을 강요하는 데 그치는 게 아니라 엄청나게 권위적이니까. 김A는 선택을 해야 했을 거예요. 나와 그 여자, 아니 어쩌면 밴드를 두고."

　그날 저녁, 이야기를 들은 김A는 놀란 표정을 지었다. 그의 앞에서 김B는 닭똥 같은 눈물을 뚝뚝 흘리고 있었다.
　- 진짜? 걔가 왜 그랬지? 그런 애가 아닌데.
　김A는 말해놓고 아차 싶었지만 어쩔 수 없었다. 그에게 황은 친한 아르바이트 동료이자 열렬한 팬이었고 착한 동생이었다. 김A는 그날도 황이 선물해준 가죽 팔찌를 차고 있었다. 황이 선물해준 음반들과 라이더 재킷은 또 어떻고. 그러니 김A가 본 황은 정말 그럴 애가 아니었던 것이다. 그러나 김B는 귀를 의심했다. 어떻게 그 여자 편을 들 수 있지? 내가 잘못 들었겠지? 나는 그 여자 때문에 넘어지고 똥에 맞고, 아르바이트까지 못 나가고 있는데! 그러나 그녀의 고막은 튼튼했다. 잘못 들은 게 아니었다.
　황의 분노가 불같았다면 김B의 분노는 얼음장 같았다. 그 한기는 고요히 김A에게로 번져들었다. 그녀는 길길이 날뛰는 대신 입술을 꾹 깨물었다.
　- 그럼 내가 알아서 할 테니까 오빠 끼어들지나 마요.
　- 왜? 어떻게 하게? 나 철규 형한테 죽어. 그러지 마.
　김A는 쩔쩔맸다. 그럴수록 김B는 김A가 더 미워졌다. 나보다 눈치 없는 새끼는 처음이야, 생각하며 홱 등을 돌렸다. 뒤에서 김A가 몇 번이고 불렀지만 김B는 돌아보지 않았다.

김B가 곽과 접촉하게 된 것은 그 시점이었다. 기숙사로 돌아온 김B는 공용 컴퓨터에 앉아 몇 개의 검색어를 연달아 입력했다. 복수하는 법, 나보다 힘센 사람한테 복수하는 법, 굉장한 복수 방법, 효과적인 복수……. 김B는 이를 아득아득 갈았다. 나보고 못생겼다고? 자기 얼굴은 생각도 안 하고! 그러는 황은 페르시안 익스트림이랑 똑같이 생긴 얼굴을 하고 있었다. 그 고양이의 얼굴을 잘라 황에게 붙여놓아도 아무도 눈치채지 못할 정도였다. 납작하게 눌려서는! 김B는 키보드를 부술 듯 두들겼다.

김B는 '님이 더 잘되면 그게 복수예요' 같은 한심한 답변을 볼 때마다 뒤로 가기 버튼을 맹렬하게 눌렀다. 그녀가 원하는 것은 황이 확실히 무너지는 것이었다. 그때 그녀의 눈에 들어온 것은 '복수하고 싶어요'라는 글에 누군가 달아놓은 댓글이었다.

'그 사람이 가장 좋아하는 것을 빼앗으세요…….'

그건 그나마 효과적으로 보였다. 무엇을 빼앗지? 처음 김B의 머릿속에 떠오른 대상은 김A였다. 그러나 김A는 이미 김B의 것이었다. 그거 말고 뭐가 있지? 그다음으로 생각난 것은, 물론 황의 러시안 블루였다. 루루였는지, 피피였는지. 그러나 기숙사에선 고양이를 키울 수 없었다. 그다음으로 떠오른 것은 고양이 커뮤니티에서의 활동과 명성, 그것은 황에게 김A의 팬 클럽 이상으로 중요한 것처럼 보였다. 지피지기면 백전백승이라고, 김B는 황이 종종 언급했던 고양이 카페에 가입했다.

카페를 훑어보던 김B는 놀랐는데 그녀가 놀란 까닭은 다른 데 있는 게 아니었다. 김B는 국어국문을 전공하고 있었다. 무언가를 읽고 이해하는 데 그녀가 무리를 겪는 일은 많지 않았다. 그러나 김B는 게시물들의 절반밖에 이해할 수 없었다. 마치 외국어처럼, 혹은 외계어처럼 거기서 사용되는 단어들은 이해할 수 없는 범주에 있었다. 감자, 식빵 굽기, 하악질, 꾹꾹이, 땅콩, 찹쌀떡, 젤리, 무지개다리……. 물론 김B가 그 단어들의 진짜 뜻을 몰랐던 건 아니었다. 감자란 땅에서 자라는 쌍떡잎식물로 덩이줄기를 식용으로 하는 것이었다. 게시물을 계속 보며 김B는 그 단어들이 고양이의 오줌이 모래에 섞여 굳은 것, 고양이가 웅크리고 엎드린 자세, 고양이가 적대감을 가질 때 털을 빳빳이 세우고 내는 소리와 태도, 어떤 대상을 앞발로 누르는 행동, 수고양이의 고환…… 등을 나타내는 의미라는 것을 알게 되었다. 처음에 김B는 그것이 그 카페에서만 통용되는 소규모의 은어인 줄 알았다.

그러나 다른 카페를 봐도, 자신의 개인 공간에 고양이 이야기를 써도, 모두가 같은 단어를 같은 의미로 사용하고 있다는 것은 김B에게 충격이었다. 어째서 모두들 젤리를 고양이의 발바닥이란 의미로 사용하는 거지? 김B에게 그것은 과일 과즙을 넣어 굳힌 젤라틴 덩어리였다. 김B는 어쩐지 소외된 기분이 들었다. 그들은 언어의 본질 중 사회성을 엉망으로 만들어버리고 있었다. 김B는 사용하는 언어에서 완벽히 역사적으로 뒤처진 듯한 느낌을 받았다. 자신이 동시대에 살고 있는 것 같지가 않았다. 고양이 언어가 사용되기 시작한 것은 최근의 일인 것 같았지만 그럼에도 거의 모두가 그 언어를 쓰는 것 같았다. 김B는 어째서, 자신이 그 대열에 끼이지 못하는지에 대해 생각했다. 그때 황의 앙칼진 목소리가 머릿속을 스쳤다.

'건방진 년, 이깟 것도 모르면서 어디서 고양이 애호가 흉내야?'

김B는 자신에게 일어난 일련의 불쾌한 사건들이 어쩌면 그녀가 고양이를 좋아하지 않기 때문에 벌어진 건지 의심했다. 아니, 확실했다. 김B가 고양이 애호가고 또 그 카페에서 활동하는 사람이었으면 황이 그렇게까지 하지는 못했을 테니까. 트집 잡을 것도 없었겠지. 내가 맛동산이 고양이 똥이란 걸 알았다면 말이야. 내가 고양이 애호가였다면 어땠을까? 그러나 김B는 고양이 애호가가 아니었다. 김B에게 고양이란 그저, 코끼리나 기린, 하마와 다를 게 없었다. 그건 김B의 탓이 아니었다.

김B는 망설이다가 검색 창에 새로운 단어들을 입력해보았다. 고양이를 안 좋아하는 사람, 고양이를 싫어하는 사람, 고양이 혐오가……. 아니, 김B는 고개를 가로저었다. 김B는 고양이를 싫어하지는 않았다. 코끼리와 기린, 하마를 굳이 싫어하는 사람은 없을 것이었다. 김B가 싫어하는 건 황이었다. 황은 고양이 애호가였다. 김B는 '고양이, 좋아하는 사람, 싫어'라는 키워드를 입력했다. 그녀가 곽의 '고양이 인간 안티 클럽'을 발견한 것은 그때였다.

"클럽을 본 순간, 저는 그곳이야말로 제가 몸 둘 곳이라는 것을 알았어요. 곽이 제시한 불만들과 제 생각이 거의 정확하게 일치했죠. 그가 버틀러들의 언어 사용에 대해 이의를 제기해놓았던 건 아니었지만 그들이 그들만의 세상에서 그들만의 무언가를 대규모로 하고 있다는 것에 대한 불만은 충분히 언급되어 있었거든요. 저는 즉시 고양이 인간 안티 클럽에 가입 신청을 했어요. 사실 회원 중 실체가 있는 사람은 제가 처음이나 마찬가지였어요. 인터넷 도박 광고를 위해 가입한 사람들은 빼고 말이죠."

한은 조금 망설이다 물었다.

"제 여자 친구도 그런 단어들을 쓰긴 했지만, 그게 그렇게까지 거슬렸나요? 그러니까 제 말은, 다른 취향의 인터넷 커뮤니티 중에도 그런 곳이 많아요. 문외한이 들어가면 절반도 알아듣기 힘든 곳이요."

김B는 좋은 지적이라고 말했다.

"그런데 한 씨, 잘 생각해보세요. 그들이 사용하는 단어가 알아듣기 힘들었던 이유를 말예요. 그게 그들만의 사회에서 통용되기 때문이었나요? 아님 그것이 '전문 용어'였기 때문인가요?"

한이 건담을 만들어볼까 생각했던 것은 홍이 그에게 취미 하나 없다고 트집을 잡았기 때문이었다. 왜 게임은 취미가 안 되느냐고 따지고 들었더니 돌아온 반응이란 게 참, 고상하지 못하다나. 한은 그때 정보를 얻기 위해 가입했던 카페를 생각했다. 그들의 용어들도. 그러니까 게이트, 서페이서, 데칼, 웨더링……. 한의 표정이 변했다. 김B는 빙긋 웃었다.

"저는 그것을 현대 사회에서 일어난 일종의 바벨탑 사건으로 봐요. 남들과 달라지기 위해서, 더 많은 우월감을 위해 탑을 쌓아 나가다 급기야 언어를 바꾸어버렸으니 말예요. 그게 소규모의 일이라면 모르겠지만 고양이 애호가 무리는 이미 너무 거대해지고 말았습니다. 제가 미스터 버틀러의 당선을 막으려는 것은 그런 이유예요. 지배 계통의 언어가 달라져버리면 어떤 결과가 나올지, 상상할 수 있겠어요? 그 언어 사용은 강요 아닌 강요가 될 거예요. 왜냐하면 그 언어가 곧 '교양 있는 사람들이 두루 쓰는 현대의 서울말'이 될 것이기 때문이에요. 언어의 강요란, 아시다시피 일제강점기에나 일어나던 일이었어요. 그러나 지배의 시기는 흘러가기 마련이죠. 미래를 생각한 사람이라면 거기 동화되지 않았을 거예요. 그러나 별 생각 없이 거기 섞여버린 사람들이 훨씬 더 많았죠. 그때 조선말을 버렸던 조선인들은 어떻게 되었죠? 그들은 결국 정체성을 잃고 말았어요. 당시엔 빠르게 기득권층에 속할 수 있었겠지만 이후에 그들은 조선인도, 일본인도 아닌 어정쩡한 경계인이 되고 말았죠. 언어란 그런 것이에요. 늘 사용하고 주위에 있어 잊고 지내지만, 자신이 사용하는 말이 자신이 누군지를 나타내는 지표나 다름없다는 걸 사람들은 너무 간과하고 있어요. 우리는 그것을 대비하는 동시에 그 해방 운동을 미리 하고 있는 거나 다름없어요. 문제는 이것이 눈에 띄는 지배가 아니기 때문에 다들 눈치채지 못하고 있다는 거예요. 만약 버틀러의 지배가 실제로 일어나게 되고, 고양이 언어가 표준어가 되고, 그들이 후손에게 그 말들을 가르치게 되어 마침내 그 언어만을 사용하는 사람들이 남게 된다면 어떻게 될까요? 고양이 애호가가 아닌 사람들조차 그에 동화되어버리면요? 지금 언어는 사장되고 말 겁니다. 누구도 젤리를 지금의 젤리로 기억하지 못하게 될 거예요. 조선말을 지키려는 노력과 저의 노력이 다르지 않다는 것을, 후세의 사람들은 분명히 알게 될 겁니다. 그게 제가 싸우려는 이유예요."

김B는 조금 흥분해 있었다. 한이 김B의 손등을 톡톡 두들겼다. 환승할 역이었다. 지하철 문을 나서며 김B가 말했다.

"저는 김A를 설득해 클럽에 가입하게 하는 데는 성공했어요. 그는 고양이 애호가였지만, 희망이 있었죠. 그런 언어 사용을 거의 하지 않았거든요. 그 역시 고양이를 '우리 시안이'라고 부르긴 했지만 그게 전부였어요. 그게 아니라도 김A는 저를 따를 수밖에 없었을 거예요 제가 황을 혼내주는 일을 미루겠다고 약속했거든요. 당장 그 여자를 쥐어박는 것보다 원론적인 공격이 필요하리라고 생각했으니까요. 말하자면 고양이 애호가들이 더 이상 활개를 치지 못하게 하는 일이요. 그게 곽이 처음 테러를 결심했을 때, 제가 그의 편에 선 이유였어요. 물론 황이 활동하는 커뮤니티에 '모 대학 앞 고양이 카페 알바 년이 우리 도련님을 발로 찼어요' 같은 글을 올리긴 했지만요."

김B는 그때 일이 생각나는 듯 조그맣게 웃고는 계속 말했다.

"무엇보다 김A는 음악적 버틀러들에게 질려 있었어요. 우리 클럽이 단지 고양이 애호가들을 싫어하는 것이 아니라 취향을 폄하하는 이들에 대한 안티 활동을 벌인다는 점이 그를 움직였다고 저는 생각해요."

김A가 가장 싫어하는 질문은 어떤 음악을 좋아하느냐는 것이었다. 김A는 록을 좋아했다. 그렇다고 발라드를 좋아하지 않는 것은 아니었다. 그는 포크도 들었다. 트로트 역시 나쁘지 않다고 생각했다. 그는 가끔 생각했다. 지금은 헤비메탈을 하지만 언제 펑크로

갈지, 언제 얼터너티브로 갈지는 나도 몰라. 아무도 모르는 방향으로 갈 수도 있고. 사실 그는 록의 분류가 너무 잘고 많다고 생각했다. 그건 그에게 너무 어려웠다.

김A가 밴드를 하는 이유는 무대에 서는 것이 좋고, 악기를 연주하는 게 좋고, 사람들이 자신을 쳐다봐 주는 게 좋아서였다. 록 스피릿의 계승이나 존경하는 뮤지션의 트리뷰트, 창작의 즐거움 같은 것은 그의 범주에 없었다.

– 무대에 서서, 악기를 연주하고, 사람들이 환호해주는 게 좋아.

그가 말할 때마다 밴드 멤버들은 그를 비웃었다.

– 차라리 아이돌이 되지 그래?

그러나 김A는 밴드 활동을 더 좋아했다. 왜 나더러 아이돌이 되라고 하는 거지? 무대에 서는 걸 좋아하는 게 나빠? 내 취향이 나쁜가? 나쁜 취향이란 건 뭔데?

사람들은 그가 좋아하는 뮤지션의 나열을 들을 때마다 기묘한 표정을 지었다. 그들은 '취향이 다양하시네요'라고 말하지 않았다. 그들은 김A에게 '취향이 없으시네요'라고 말했다. '취향이 없는 뮤지션은 쓰레기나 다름없지'라고도 말했다. 그것은 김A에게 스트레스가 되었다. 그렇다고 무언가를 억지로 좋아할 수도 없었다. 꿀리지 않으려 록의 역사 같은 것을 공부해볼까도 했지만 도무지 관심이 가질 않았다. 밴드 멤버들은 늘 그것에 대해 얘기했다. 이천년도 이후의 연보를 짚으며, '우리가 서 있는 곳은 이쯤이야. 정말 신나지 않아?'라고도 말했다. 김A는 '신날 건 또 뭐야? 난 당장 무대와 내 악기, 관객이 있으면 그만이라고' 생각했지만 말하지 않았다. 그는 점점 말수가 줄었다. 그건 김A가 무시 받는 걸 싫어하기 때문이었다.

- 형, 형은 왜 이렇게 무식해요?

- 아오, 씨. 너 어디 가서 록 한다고 말하고 다니지 마라. 쪽팔리니까.

- 메탈 한다는 자식이 블랙 사바스 하나 제대로 모르냐. 너 인마, 딥 퍼플은 아냐? 이 새끼 레드 제플린도 모를 거야.

- 저 새끼가 무슨 레드 제플린을 알아? 저 새끼 그냥 비주얼이야. 입 다물고 퍼포먼스나 연습해라, 채플린.

김A의 별명은 채플린이었다. 찰리 채플린의 무성영화에서 따온 것이었는데 입 닥치고 퍼포먼스나 하라는 의미가 담긴 굴욕적인 것이었다. 그러나 그들은 잘못 알고 있었다. 김A도 그 음악들을 분명히 듣고, 알고 있었다. 그는 다만 멤버들의 풀 네임, 그들의 고향, 결성의 뒷이야기, 신화적인 라이브 무대 같은 것을 몰랐을 뿐이었다. 그는 점점 자신의 무지와 취향을 숨기게 되었다. 더는 무시 받고 싶지 않았다. 너무 다양한 취향은 공격의 대상이 될 수도 있다는 것을 몸소 깨닫고 있었다.

"막 가입을 했을 때 우린 곽을 만나러 갔었어요. 곽과 저는 많은 이야기를 나눴죠. 김A는 주로 듣는 쪽이었는데, 취향의 자유에 대해선 반색을 하다가도 곧잘 볼멘소릴 했어요. 주로 순수한 고양이 애호가들의 대변이었죠. 우린 여러 번 설명했어요. 그들은 우리의 안티 대상이 아니라고요. 그런데도 우리 성향과는 좀 부딪쳤어요.

아무래도 그 친구는 고양이를 키우고 있었으니까요. 취향을 강요하는 이들에 대한 생각은 저희와 다르지 않았지만 피로웠을 거라고 생각해요. 밉지만 한 핏줄인 누군가에게 등 돌리는 기분이었지 않았을까……. 사실 이건 모두 추측이고, 김A가 클럽에서 빠진 이유는 지금도 정확히 모르겠어요. 어쨌든 그는 가입 한 달 뒤부턴 유령 회원으로 있다가 회원 정리를 할 때 함께 빠져나갔고, 저와 헤어진 것도 그쯤이었죠. 이별의 이유를 묻지도 않았어요. 무언가를 특별히 좋아하지 않는 사람과 정말 많은 무언가를 좋아하는 사람은 비슷한 듯 많이 다르더군요. 저는 그를 잡을 수 없었어요. 무언가를 좋아하라고 강요할 수 없는 것처럼, 무언가를 좋아하지 말라고 강요할 수도 없는 노릇이니까."

한이 김B를 돌아보며 물었다.

"그래서 그 친구도 연락을 끊고 잠수를 탔나요?"

김B는 고개를 저었다.

"아뇨, 그런데 서로 연락을 하진 않아요. 저는 그게 배려라고 생각했어요. 제가 이 얘길 꺼낸 이유는, 같은 고양이 문제로 헤어졌지만 그다지 나쁘지 않은 경우도 있다는 얘길 해주고 싶었던 거였어요. 그런 애호가도 있단 얘기도요. 그 친구는 고양이 애호가고 저는 아니지만, 우린 서로의 취향을 완전히 존중했거든요……. 음, 종종 공연을 한다는 소식은 들리더군요. 물론 가서 본 적은 없지만. 사귀기 전에 한 번 봤던 게 전부였죠. 김A가 하는 음악은, 제게 좀 시끄럽거든요."

지하철에서 내려 오분쯤 걷자 박람회 안내가 크게 인쇄된 현수막이 보였다. 사람들이 그쪽으로 몰려가고 있었다. 김B와 한은 천천히 인파에 몸을 실었다. 테러의 막이 오르려는 순간이었다.

4장

어쩌면 인생에서 가장 큰 사건

박람회장 앞까지 가자 낯익은 얼굴들이 보였다. 곽, 오, 남궁과 그 옆의 모르는 사람. 한은 곽의 옆에 선 낯선 사내가 자신의 파트 너인 박이리라 짐작했다. 근데 너무 아저씨잖아. 우리 아버지뻘은 되겠네. 한은 생각했다.

"왔군."

가까이 다가서자 곽이 손을 들어 아는 체했다. 한은 고개를 마주 숙여 보였다. 곽이 그의 옆에 선 중년 사내의 등을 툭 치며 말했다.

"한 군, 이쪽이 박이야. 자네 파트너지. 아주 대단한 사람이야. 별명이 고양이 사냥꾼이거든."

"안녕하세요……."

한이 어물어물 인사를 건넸지만 박은 힐긋 쳐다볼 뿐 대답도 하지 않았다. 한은 불편한 아저씨가 걸렸네, 생각하며 입을 다물었다. 박은 적어도 쉰에서 예순은 되어 보였다. 그보다 더 들었을지도 몰랐다. 박의 더부룩한 머리는 완벽한 백발이었다. 몸은 짱짱해 보였지만 자세가 약간 구부정한 탓인지 팔이 지나치게 길어 보여 어딘가 희한한 신체 구조를 갖고 있었다. 한은 입을 삐죽 내밀었다. 고양이 사냥꾼은 무슨, 저래서야 테러를 제대로 할 수나 있겠어? 이거 나 혼자 덤터기 쓰는 거 아냐? 한의 속을 아는지 모르는지 곽은 손뼉을 두 번 치고 말했다.

"자, 각자 미션은 모두 숙지했겠지. 이제 움직일 차례요. 일을 마친 후에는 모일 필요 없이 각자 귀가하는 것으로 하겠소. 문제가 생기거든 알아서 잘 도망치고. 혹시 경비에게 잡히더라도 클럽 얘긴 하지 않는 것이 규칙이오. 그럼, 움직이지."

회원들은 둘씩 붙어 차례로 표를 끊었다. 김B가 한에게 눈짓을 했다. '잘해요'라고 그녀가 입 모양으로 말했다. 한은 고개를 끄덕였다. 잔뜩 긴장이 되었다. 그가 담당한 곳은 고양이 도서와 고양이 음반 코너였다. 한은 심장이 터질 것 같았다. 이래서야 내가 불타게 생겼는데, 한은 생각했다. 그의 안주머니에는 시너가 든 작은 플라스틱 통이 두 개 들어 있었다.

한은 몇 번이고 마른 침을 삼켰다. 정말 이래도 되는 걸까? 곽은 사람이 다치지 않게 조심하면 된다고 했지만, 이래서야 방화범이랑 다를 게 없지 않나? 그렇지만 왠지 기분이 나쁘진 않았다. 무언가 대단한 사람이 된 기분이랄까, 중요한 임무를 맡은 요원이 된 기분이랄까. 악당들이 이래서 나쁜 짓을 하는 걸까, 흥분과 긴장이 동시에 되었다.

"아저씨도 시너 챙겨 왔어요? 두 갠데 하나 드릴까요?"

한은 박에게 말을 붙였다. 긴장도 풀고 좀 친해져야 일도 잘할 수 있지 않을까, 생각한 거였다. 그러나 박은 고개를 짧게 가로저을 뿐이었다. 한은 무안해져 뒤통수를 긁적였다. 에이 참, 벙어린가? 생각할 때쯤 박이 입을 열었다. 잔뜩 갈라지는 탁한 목소리였다.

"내 준비물은 다른 거야. 내 쪽엔 신경 쓰지 말고 자네 일이나 잘하지."

한은 얼굴이 화끈 달아올랐다. 뭐야, 재수 없어. 박은 묵묵히 발걸음을 옮겼고 한도 입을 다물었다. 둘은 회원들 중 가장 마지막으로 박람회장에 들어섰다. 이미 많은 관람객이 몰려 있었다.

박람회장 입구에서 고양이 귀 머리띠를 한 안내원들이 팸플릿을 나누어주었다. 건물은 돔 형태였다. 바닥에 붙은 화살표 스티커가 각 코너로 방문객들을 안내하고 있었다. 바닥은 녹색 우레탄이었는데 코너별로 바닥에 붙은 시트지의 색깔이 달랐다. 코너마다 여러 개의 부스가 설치된 식이었다. 입구로 들어서자마자 오른편에 보이는 것은 민트색 바닥의 안내소와 나무를 쌓아 만든 간이무대였다. 그 위편으로 오른쪽 상단 구석이 연두색 바닥의 도서와 음반 코너, 그 왼편에 보라색 바닥의 아이템 코너가 있었고, 좌측 하단에 핑크색 바닥의 캐터리 코너가 있었다. 중앙에 선 작은 부스 둘에서는 페이스페인팅과 동물 모양 풍선 만들기, 경품 주사위 굴리기가 한창이었다.

한은 홍 같은 사람이 많아서 좀 긴장이 되었다. 걔도 온 게 아닐까? 혹시 만나면 뭐라고 말하지? 막상 만나면 어떻게 해야 할지, 한은 미처 생각해두지 못한 것을 후회했다. 한은 힐끔힐끔 주변을 둘러보았다. 아이템 코너에 김B와 곽, 캐터리 코너에는 오와 남궁이 보였다. 버틀러와 일반인들 사이에 테러리스트들은 충분히 자연스럽게 섞여 있었다. 한은 시계를 보았다. 테러는 정시에 시작될 것이었다. 그때 미스터 버틀러의 연설이 프로그램 되어 있었다.

곽과 김B는 아이템 코너에서 부스를 훑어보고 있었다.

"이 부스네요."

"부스 중에 가장 넓고 화려하군. 미스터 버틀러가 온다는 얘길 들었나 본데."

김B는 말없이 극세사로 된 캣 타워를 한 번 짧게 쓸었다. 부드러웠다. 그 옆에는 원목으로 만든 오단 캣 타워와 노끈으로 돌돌 말린 삼단 캣 타워가 놓여 있었다.

"나중에라도 증거가 안 잡히면 어떻게 하실 생각인가요?"

"글쎄, 다른 수를 써야겠지. 그러나 증거를 잡아도 문제야. 그건 정말 최후의 수단이니 그 상황까진 안 가길 바라야지. 그렇게 되면 일이 어마어마하게 커질 테니 말이야."

김B와 곽은 누가 봐도 손님처럼 보였다. 이 캣 타워는 어떨까요? 너무 높지 않나? 고양이니까 괜찮지 않겠어요? 따위의 대화를 나누는 것만 같아 보였다. 그러나 그들은 전혀 다른 얘길 하고 있었다.

"한과 남궁이 테러를 잘해낼까요? 박 씨야 클럽장님이 엄선했다니 믿을 수 있겠지만요."

"한 군도 자네가 엄선하지 않았나? 난 오의 눈도 믿을 만하다고 보네. 우리로선 이게 최선이야. 신호가 오면 상품들을 뒤엎을 준비나 하게. 이 부스부터 시작하는 게 좋겠군. 가장 크고 화려한 데다 무엇보다 그 회사의 것이니 말이야. 동선은 잘 파악해뒀겠지."

김B는 고개를 끄덕이곤 휴대전화를 꺼내 시계를 보았다. 정시가 얼마 남지 않았다.

오는 캐터리 코너를 둘러보고 있었다. 코너 안에는 여러 개의 고양이 부스가 있었다. 벵골, 아메리칸 컬, 스핑크스, 히말라얀 외에도 캐터리별로 특정 종의 고양이들이 케이지 안에 얌전히 앉아 있었다. 그 앞에는 브리더로 보이는 사람들이 각 고양이의 특징을 설명하고 있었다. 사람들은 사진을 찍거나 연신 고개를 끄덕이며 브리더들의 이야기를 듣고 있었다. 오가 남궁에게 속삭였다.

"우리가 할 일은 간단해. 한과 박이 테러를 시작하면 그때가 신호야. 사람들이 난리가 나겠지? 그때 고양이들에게 페퍼 스프레이를 뿌린다, 동시에 케이지 문을 연다. 코가 매운 고양이들이 난리를 치며 뛰어다닐 거야. 아수라장이 되겠지? 그 정도면 돼. 어렵지 않지?"

오는 호주머니를 뒤져 페퍼 스프레이를 하나 꺼내 남궁의 손에 쥐어주었다. 남궁은 그것을 받아들어 물끄러미 내려다보았다. 손가락 두 개를 붙여놓은 크기의 스프레이였다. 치한 퇴치용이라고 적혀 있었다. 오가 옆구리를 툭 치자 남궁은 그제야 느릿느릿 주머니에 그것을 집어넣었다. 오가 주변을 두리번거리며 남궁에게 말했다.

"사실 자네가 이 일을 하겠다고 했을 때 놀랐어. 처음엔 내게 꺼지라고 하지 않았나? 왜 생각이 바뀌었지?"

남궁은 대답하지 않았다. 그는 무표정하게 가만히 서 있었다. 구부정한 어깨가 그가 입을 열 생각이 없다는 것을 대변하는 듯했다. 늘어난 흰 티셔츠는 그의 마른 등짝에 달라붙어 남궁을 더욱 처져 보이게 했다. 오가 답답한 듯 닦달했다.

"이봐, 남궁. 좀 자연스러울 수 없나? 무슨 말이라도 해봐. 자넨 어떤 소설을 쓰지? 여긴 정말 고양이 년들 천지군. 숨을 못 쉬겠어."

남궁은 어깨를 조금 더 움츠렸다. 그건 어려운 질문이었다. 내가 무슨 소설을 쓰냐고? 나는…….

"아무것도 안 써……."

"뭐? 무슨 소리야? 소설가 지망생이라고 했잖아? 습작이라도 해봤을 거 아냐. 세상에 나와 있는 모든 종류의 소설을 싫어한다며? 그거 뭘 좀 알아서 그러는 거 아닌가? 내가 고양이 년들을 싫어하는 이유는 그년들을 뼛속까지 알아서라고."

"그것과 이것은 전혀 다른 문제야……. 나는…… 어쩌면 안 쓰는 게 아니라……."

"아, 답답해. 이봐. 됐어. 그만두자고."

오는 시계를 보았다. 앞으로 이십분.

"내가 이런 얘길 해도 될지 모르겠지만 말이야. 자네 그렇게 살면 안 된다고. 자넬 보면 옛날 내 생각이 나서 말이지. 그때 내가 참, 굉장히 병신 같았거든. 아, 그렇다고 지금 자네가 병신 같다는 건 아냐. 내가 하고 싶은 말은, 사람이 말이야, 살다 보면 말이야.

변하게 되는 계기가 있어. 나는 어떤 여자를 만나고 미워하면서 이렇게까지 변했지. 이렇게까지라는 건 글쎄, 좀 더 악독하게? 더럽게? 뭐, 이번 테러가 자네에게 어떤 영향을 미칠지는 나도 잘 모르겠어. 우리가 잘 아는 사이도 아니니까. 잘 아는 사이도 아닌데 이런 말 하는 게 억울한가? 억울하면 말이야. 아무래도 좀 더 빠릿빠릿해져야 하는 법이야. 나도 한평생 더럽게 억울하게 살았는데, 생각해보면 억울할 만하게 살았던 것 같기도 하더라고. 이제 와 생각해보면 말이지. 병신이니까 병신 취급을 받았던 게 아닐까 하는 생각이 드는 거지. 하여간 자네도 좀 더 구체적으로 누군가를 미워해보라고. 분노라는 게 유효하기 위해선 구체적이어야 하는 법이거든. 내 말 알아듣겠어?"

오는 유난히 젠 체하며 떠들어댔다. 남궁은 입술을 꾹 깨물었다. 시끄럽다고 생각했다. 잘 알지도 못하면서. 남궁은 웅얼거리듯 말했다.

"나도…… 미워하는 사람이 있어……. 소설……만 미워하는 건 아니야. 소설도…… 미워하는 거지."

"그래? 그게 누구지?"

남궁은 다시 입을 다물었다. 그는 허리를 구부정하게 구부려 앞에 놓인 케이지 안의 고양이를 들여다보았다. 안에 든 고양이가 하악, 소리를 내며 꼬리를 세웠다. 남궁은 고양이의 눈을 물끄러미 바라보았다. 파랬다. 남궁의 대답을 기다리던 오는 머리를 거칠게 긁적이며 짜증스럽게 말했다.

"이봐, 관두자고. 어쨌든 이번 일은 잘해야 해. 혹시 아나? 이게 자네 인생에서 가장 큰 사건이 될지."

남궁은 대답 없이 발끝을 내려다보았다. 시커멓게 때가 탄 운동화
가 눈에 들어왔다. 오른쪽 신발 끈이 풀려 있었다. 어쩐지 낡고 닳은
기분이 들었다. 가장 큰 사건? 그런 건 이미 예전에 일어났어. 남궁
의 머릿속에 그가 미워하는 사람의 얼굴이 떠올랐다 사라졌다.

한과 박은 고양이 도서, 음반 코너에 서 있었다. 고양이 도서들
은 몇 개의 책장을 가득 채울 정도로 많았고 음반들은 고양이 도
서 코너의 구석을 조그마하게 차지했다. 음반은 표지가 보이게 진
열되어 있었으며 붙박이 이어폰과 함께 비치되어 있었다. 한은 금
방까지 훑어보던 책을 책장에 꽂아 넣으며 박을 불렀다. 고양이는
개와는 달리, 라는 구절로 시작되는 소설이었다.

"박 씨. 이보세요, 박 선생님."

"뭐."

박은 피로한 표정을 짓고 있었다. 누가 보면 혼자 미션을 다 마
친 줄 알겠어. 표정 좀 보라지. 한은 속으로 구시렁거리다 다시 입
을 열었다.

"곧 정시거든요. 저랑 얘기하기 싫은 건 알겠는데, 저도 아저씨
가 무슨 일을 맡았는지 알 권리가 있는 것 같아서요. 어, 어쨌거나
파트너잖아요? 그래야 동선도 생각하고, 또⋯⋯."

"내 준비물은 라이터다."

박이 말을 끊고 대답했다.

"그럼 아저씨가 불붙이시는 거예요?"

"아니, 그거 쥐고 팬다."

"누구를요?"

"고양이 소설가가 온다. 사인회 하러."

박람회장에 있는 스피커에서 목소리가 흘러나온 것은 그 순간이었다.

〈장내에 계신 여러분께 안내 말씀 드립니다. 지금부터 십분 후에, 에, 지금부터 십분 후에, '야옹 냐옹 댜옹'의 저자 팬 사인회가 도서 코너에서 진행됩니다. 다시 한 번 안내 말씀 드립니다. 십분 후, 정각 다섯시부터 '야옹 냐옹 댜옹'의 저자 팬 사인회가…….〉

한은 고개를 돌려 박을 쳐다보았다. 박은 오른손에 지포라이터를 쥐고 주물거리고 있었다. 박의 눈빛이 시커멓게 죽어 있었기 때문에 한은 순간 오싹했다. 진흙 속에 파묻힌 살기와도 같이 느껴졌다. 한은 문득 자신이 무슨 일을 하려고 했는지 다시 생각하게 되었다. 너무 가볍게 생각했나 봐. 이건 아니야. 난 아직 미래가 창창하다고. 한은 갑자기 초조해졌다. 고양이 애호가들이 재수 없는 건 사실이지만, 그렇다고 그들의 행사에 불까지 지르려는 건 너무 무모한 행동 아닌가? 내가 왜 불까지 질러야 하지? 내가 뭔데? 내가 진짜 무슨 요원이라도 되나?

오줌이 마려웠다. 박은 도서 코너 구석에 설치된 책상과 현수막을 흘깃흘깃 쳐다보고 있었다. 연한 분홍색 표지의 책을 든 인파가 그쪽으로 몰리고 있었다. 사람이 너무 많았다. 저 줄에 서서 사인을 받는 척 기다렸다 소설가를 팬다. 그다음에 박이 무사히 돌아갈 수 있는 확률은 얼마나 될까? 저 사람들이 왜 나한테 굳이 시너를 쥐어줬겠어. 날 언제 봤다고 중책을 맡겼겠어. 한은 자신이 무슨 미션이 어쩌고 하면서 나댄 게 우습게 느껴질 지경이었다. 오줌만 누고, 달아나자. 이건 함정이야. 한은 마음을 굳혔다. 한은 최대한 태연한 표정으로 박에게 다가갔다.

"저기, 박 선생님."

박이 돌아보았다. 한은 혀가 얼어붙어 자꾸만 안으로 말리려는 것 같았지만 애써 말을 이었다.

"제가 오줌, 아니 소피가 좀 마려워서, 저, 화장실을 좀, 제가 다녀와야겠는데요."

박은 귀찮다는 듯 손을 저었다. 한은 고개를 꾸벅 숙여 보인 뒤 도서 코너 오른편에 있는 화장실로 들어섰다. 소변기 앞에 서서 지퍼를 내렸지만 긴장이 돼서 오줌이 잘 나오지 않았다. 아, 나는 왜 이렇게 병신일까. 한은 자책했다. 홍한테 빠질 때도 꼭 이런 식이었어. 정신없이 따라가다가 후회했지. 내 인생은 뭐 이러냐. 그때 한의 오른쪽에 한 남자가 와서 섰다. 그는 지퍼를 내리고 소변을 보기 시작했다. 한은 자신도 모르게 그쪽으로 눈을 돌렸는데 순간 풉, 웃음을 참지 못했다.

남자의 축 처진 엉덩이 왼편에 웃는 모양의 점들이 있었기 때문이었다. 까맣고 작은 점 두 개와 누운 반달 모양의 몽고반점, 그것들은 영락없이 스마일 표시였다. 뭐야, 저게. 한은 걱정도 잊고 쿡쿡거렸다. 남자가 돌아보았다. 한은 의식적으로 고개를 돌렸다. 그러나 한번 새어 나온 웃음은 멈춰지지 않았다. 한은 풉, 풉, 풉, 몇 번이나 웃고 말았다.

소변을 다 눈 남자가 지퍼를 올렸다.

"저기요."

"네?"

"왜 웃어요?"

한은 실실 쪼개면서 아니라고 대답했다. 한도 그것이 매너 없는 행동이란 걸 알고는 있었지만 정말 세상에 그런 모양의 점도 있구나 싶은 게, 왜냐하면 일부러 엉덩이에 매직으로 그려 넣으려고 해도 그렇게 세세하게 만들긴 어렵지 않을까 싶었던 게, 왜냐하면 스마일 표시의 입 부분이 적당한 음영과 크기로 처리되어 누가 봐도 웃는 사람의 입 모양이라서, 원래 누가 웃는 걸 보면 웃을 수밖에 없다고 하잖아, 그런 게 웃기지 않으면 대체 뭐가 웃기겠어, 하는 생각이 한에게 자신의 실소가 정당한 듯 착각하게 만들었다.

"아, 왜 웃느냐고요. 남의 엉덩일 보고."

"아니라니까요?"

한도 자신이 왜 그렇게까지 웃는지 몰랐다. 긴장을 했다가 풀려서 그런 건지 뭔지, 한은 이제야 쏟아지는 소변을 보며 진정하려 했다. 그때 남자가 한의 뒤통수를 갈겼다.

"아, 씨발. 왜 웃느냐고. 재수 없게."

한도 웬만하면 참으려고 했다. 그가 먼저 잘못했으니까. 아마 막 터져 나온 오줌 줄기가 한의 오른손을 적시지만 않았으면 한도 참았을 거였다. 아, 머리는 우리 아버지도 안 때리는데, 짜증 나게. 한은 지퍼를 올렸다.

한은 왜 때리느냐며 남자의 어깨를 슬쩍 밀었다. 남자도 한의 어깨를 슬쩍 밀었다. 한이 남자의 가슴팍을 툭 쳤다. 남자도 한의 가슴팍을 툭 쳤다. 한이 남자의 배에 어퍼컷을 먹였다. 그가 배웠던 복싱이 이렇게 빛을 발하고 있었다. 그런데 남자도 뭘 배웠는지 한의 배에 묵직한 주먹을 꽂았다. 한이 남자의 멱살을 잡았다. 남자가 한을 뿌리쳤다. 한이 다시 일어나 달려들려는 순간, 남자의 발이 한의 가슴께를 가격했다. 퍽, 소리를 내며 시너가 든 통이 깨지는 소리가 들렸다. 그와 동시에 한의 가슴에 불이 붙었다.

한은 당황했다. 일회용 라이터와 시너를 같은 주머니에 넣어둔 게 실수였다. 불은 옷 위로 빠르게 퍼지고 있었다. 남자가 다시 일어나 달려들었다. 한은 남자의 뒤통수를 잡고 세면대로 가져가 꽂았다. 남자가 널브러졌다. 사랑에 빠진 것처럼 가슴이 불타오르고 있었다. 너무 뜨거웠다. 한은 남자가 어떻게 됐는지 살펴볼 생각도 하지 못했다. 한은 재빨리 점퍼를 벗으며 화장실 밖으로 뛰어나왔다. 그는 너무 당황해서 어떻게 해야 할지 몰랐다. 그때 정시가 되었는지 사인회가 시작된다는 안내가 흘러나왔다.

〈지금 곧 '야옹 냐옹 댜옹'의 저자 팬 사인회가 시작됩니다. 선생님께서는 안내소로 와주시기 바랍니다. 다시 한 번 안내 말씀 드립니다……〉

한은 불타오르는 점퍼를 들고 박이 있는 쪽으로 달려갔다. 한은 너무 겁이 나서 다시 오줌이 마려울 지경이었다.

"아저씨, 박 씨! 저 좀 도와주세요!"

그 순간 발이 꼬인 것은 한의 의도가 아니었다.

허공으로 던져진 한의 재킷은 정확히 부스 앞 좌판 위로 떨어졌다. 불은 그 위에 쌓인 고양이 책으로 빠르게 옮겨 붙었다. 아무래도 깨진 시너 병에서 계속 액체가 흘러나오는 모양이었다. 타닥타닥 소리를 내며 불이 시원하게 타오르기 시작했다. 불은 날름날름 잘도 혓바닥을 놀렸다. 사람들이 불이야, 소리를 질러댔다. 이리 뛰고 저리 뛰며 난장판이 벌어졌다. 아이템 부스에서 무언가 때려 부수는 소리가 들렸고 캐터리 코너에선 고양이들이 잔뜩 풀려나와 뛰어다녔다. 한은 그대로 널브러져 있었다. 이제 어쩌지? 뭘 어떻게 해야 하지? 그때 박이 한에게 빠르게 손짓했다.

"이쪽으로 뛰어!"

한은 정신없이 그쪽으로 달려갔다. 매캐한 연기가 회장을 가득 메우고 있었다. 불은 순식간에 번져 올랐다.

오는 막 아비시니안 고양이의 케이지를 따고 있었다. 서둘러야 했다. 이미 풀려난 고양이들 때문에 코가 간지러웠다. 연기 때문인지도 몰랐다. 오는 비염이 심했다. 줄줄 흘러나오는 코를 훌쩍이며 두 번째 케이지를 열려는 순간, 어디선가 앙칼진 목소리가 들려왔다.

"거기, 뭐하시는 거예요?"

오는 황급히 손을 뗐다. 딱 걸렸다 싶었다. 금방까지 옆에 서 있던 남궁은 이미 사라지고 없었다. 비겁한 새끼. 오는 이를 악물고 중얼거렸다. 브리더에게 걸렸다면 문제가 심각해질 터였다. 브리더가 관리하는 캐터리의 고양이들은 한두 푼 하는 게 아니었다. 변명을 하는 게 나을지도 몰랐지만 토끼 발은 늘 오리발보다 나왔다. 오는 뛸 준비를 하며 뒤로 돌았다. 적당히 얼버무리다 뛸 생각이었다.

"아니, 오해하지 마시고요. 고양이도 도망을 쳐야 할 것 같아서……."

오가 고개를 들었을 때, 그는 눈을 의심했다. 말문이 막힌 것은 오 혼자만이 아니었다.

"어, 당신은……."

오의 앞에는 그가 그토록 미워하고 증오하던 그 여자가 우뚝 서 있었다. 감색 투피스를 입은 멀끔한 모습으로. 오는 완전히 굳어버렸다. 아무 말도 할 수 없었다. 누군가 페퍼 스프레이를 뿌린 것처럼 머릿속이 발작했지만 혀는 얼어붙은 듯 움직이지 않았다. 여자는 머뭇거리다 고양이가 든 케이지를 집어 들었다.

"얘기는 나중에 하고, 나 좀 도와줘. 애들을 옮겨야 해."

그때 오에게 거절이란 선택지에 있는 것이 아니었다. 오와 여자는 케이지를 양팔에 하나씩 끼고 입구를 향해 뛰기 시작했다. 그들이 헤치고 나가는 길 뒤로 소화기 가루가 뿌옇게 날리고 있었다.

박에게 팔목을 잡힌 한은 정신없이 뛰었다. 이렇게 미친 듯 뛰어본 게 얼마 만인가 싶기까지 했다. 정신을 차려보니 이미 밖이었다. 외진 주택가의 골목에 둘은 나와 있었다. 밖은 아직도 한참 밝았다. 한은 숨을 돌렸다. 여기가 어디지? 박도 숨을 헐떡이고 있었다. 어쨌든 박람회장에서 한참 멀어진 것은 분명했다. 한은 문득 화장실에 쓰러진 남자가 걱정됐지만 때려놓고 걱정하는 것도 우습다 싶었다. 설마 죽은 건 아니겠지. 어떻게 됐는지 확인하고 왔어야 했는데. 그때, 옆에서 웃음소리가 들렸다. 숨이 넘어갈 것 같은 웃음소리.

한은 고개를 돌렸다. 눈이 닿은 자리에서 박이 앉아 미친 듯이 웃고 있었다. 저 아저씨가 미쳤나? 근데 저 아저씨가 웃을 줄도 아네? 한은 동시에 생각했다. 박은 한참을 더 웃다가 배를 쓰다듬으며 일어났다.

"제법이야. 몇 년 만에 웃었는지 모르겠어. 좋은 일이라곤 없었는데 이렇게 웃는군그래. 머리가 아주 좋아. 화장실에서 불을 붙여서 나올 거라곤 생각도 못 했다. 하긴 사람들 앞에서 시너를 들고 설칠 수는 없었겠지."

한은 무언가 변명을 하려다가 입을 다물었다. 사실은 그게 아니었지만 이 상황에 어떤 진실이 중요할 것 같지는 않았다.

"그나저나 내 일을 못 했군그래. 소설가를 그냥 돌려보낸 셈이니 말이야."

마저 웃음을 다 쏟아낸 박이 눈시울을 훔치며 중얼거렸다. 한은 대답하지 않고 뒤를 돌아보았다. 텅 빈 골목이, 그와 박람회장이 얼마만큼 멀어졌는지 말해주는 듯했다. 달아났는데도 달아나지 못했다는 생각이 들었다. 한은 방금 자신이 저지른 일들이 너무 멀고도 가깝게 느껴졌다.

"다른 사람들은 어떻게 됐을까요?"

한이 웅얼거리듯 물었다. 박은 대답하지 않았다. 한도 딱히 대답을 바라고 한 말은 아니었다. 박의 백발이 바람에 흐트러지는 게 보였다. 그의 목덜미에는 짐승이 할퀸 듯한 흉터가 여러 개 새겨져 있었다. 한은 하마터면 연유를 물어볼 뻔했지만 더 침울해지고 싶지 않아 입을 다물었다. 한은 등을 돌렸다.

"일단 아지트로 돌아가는 게 좋을 것 같아요."

남궁은 구부정하게 서서 잿더미가 된 책들의 폐허를 바라보고 있었다. 엉겨 붙어 검게 탄 종잇장들은 새의 토사물 같아 보였다. 깨진 케이스 사이로 음반들이 빛을 반사했다. 눈이 부셨다. 어쩌면 매운 것일지도 몰랐다. 남궁은 손등으로 짧게 눈을 비볐다. 회장 안은 아직 매캐한 연기로 뒤덮여 있었다. 사람들은 분주하게 뛰어다녔고, 관리자로 보이는 이들은 어디론가 끊임없이 전화를 걸었다. 남궁은 움직이지 않고 서 있었다. 그는 전화를 걸 곳이 없었다.

남궁은 소화기 액에 뒤덮인 책 중 한 권을 집어 들었다. 질척한 책장을 검지로 밀어 넘겼다. 고양이는 개와는 달리, 라는 구절로 시작되는 소설이었다. 남궁은 책을 덮었다. 손바닥에 재가 질척하게 묻어났다. 남궁은 생각했다. 다르다는 것은 무엇인가.

남궁은 소설가 지망생이었다. 그가 마지막으로 소설 혹은 그 비슷한 무언가를 쓴 것은 이 년 전의 일이었다. 남궁의 아버지는 소설가였다. 그가 마지막으로 소설 혹은 그 비슷한 무언가를 쓴 것은 남궁이 열세 살 때의 일이었다. 남궁이 쓰려고 시도했던 소설은 다른 어떤 소설과도 같지 않은 것이었다. 남궁의 아버지가 썼던 소설은 다른 어떤 소설과도 같지 않았다. 남궁의 아버지는 어느 순간부터 소설을 쓰지 않았다. 남궁은 어느 순간부터 소설을 쓸 수 없었다. 남궁의 아버지는 대형 트럭을 운전했다. 남궁은 몇 년 전부터 아무것도 하지 않았다.

어렸을 때 남궁은 아버지의 직업을 말하는 걸 좋아했다. 아버지는 뭐하시냐는 질문에 친구들이 농사지으시는데요, 가게 하시는데요, 대답할 때 그는 소설 쓰시는데요, 대답했다. 그 대답은 그의 어깨를 으쓱하게 만들었다. 우리 아버지 소설간데요, 대답하는 것은 우리 아버지 깡팬데요, 대답하는 것만큼이나 멋졌다. 남궁은 아버지가 소설가인 게 좋았다. 다른 친구들의 아버지와는 달리 젊고 깔끔하고 아는 게 많은 것도 좋았지만 어딘가 이해할 수 없는 다른 면이 아버지에겐 있는 것 같았다. 아버지는 우아했고 지적이었는데 그것들이 아버지의 독특함을 설명하는 모든 근거가 될 순 없었다.

남궁의 아버지는 촉망받는 소설가였다. 그가 갓 등단했을 때, 평론가들은 그를 혜성과 같은 신인이라고 불렀다. 등단 작품에 이어 몇 편의 단편소설을 발표할 때마다 그는 센세이션을 불러 일으켰다. 잡지사에서는 아버지의 원고가 끝나기를 찾아와 기다렸다. 이제까지 본 적 없는, 전혀 새로운, 압도적으로 독특한, 난해하나 분별 있는, 과 같은 수식이 아버지에게 따라붙었다. 아버지는 젊었고 패기 넘쳤으며 아름다운 부인과 똘똘한 아들을 가지고 있었다. 그때 남궁은 열한 살이었다.

어렸을 때 남궁의 입버릇은 '어린것들'이었다. 친구들이 잠자리를 잡아 머리를 뜯어내고 올챙이를 잡아 내장을 터뜨리고 놀 때 남궁의 취미는 어머니가 깎아주신 팔등분짜리 사과를 포크로 찍어

먹으며 배를 깔고 엎드려 문학 전집을 읽는 것이었다. 남궁은 소설가의 아들이었다. 남궁은 자신이 남들과는 다르다고 느꼈다. 친구들이 만화방에서 시간을 보낼 때 그는 교과서보다 글씨가 많은 책들과 씨름했다. 남궁은 아버지의 직업이 자신이 읽는 책의 저자와 같다는 데 자부심을 느꼈다.

그러던 남궁이 아버지에게 의문을 품은 것은 어느 무더운 여름날이었다. 남궁은 여느 때와 같이 엎드려 한국 문학 전집을 탐독하고 있었다. 현진건을 막 읽고 덮었을 때, 남궁은 가슴 한구석이 뭉클해지는 것을 느꼈다. 좋은 책을 읽을 때마다 남궁은 아버지가 더욱 자랑스러워졌다. 남궁은 문득 궁금해졌다. 아버지의 책은 몇 번째에 있을까? 남궁은 새삼스레 책 뒤를 펼쳐 목차를 살폈다. 기역, 니은. 그러나 아버지의 이름은 책 뒤에 없었다.

– 어머니, 왜 니은에 아버지가 없지요?

의문이 든 남궁은 어머니에게 여쭈었다. 거의 까막눈이나 다름없던 어머니는 아들의 질문이 부담스러웠다. 어머니는 그 사람들은 죽었기 때문에 거기 실렸다고 대답했다. 그러니 제발 쓸데없는 것 좀 묻지 말고 와서 김치 간 좀 보라고. 남궁의 입에 김치는 좀 싱거웠다.

– 소금을 좀 넣어야 할 것 같아요.

그러나 의문은 해소되지 않은 채였다.

그날 저녁 남궁의 가족은 밥상에 모여 앉아 식사를 하고 있었다. 주로 어머니가 떠들었고 아버지는 말이 없었다. 아버지는 과묵한 편이었다. 어머니가 반찬을 더 가지러 자리를 비우자 남궁은 조심스레 아버지에게 물었다.

- 아버지, 아버지는 소설가지요?

아버지는 음, 대답하며 애호박나물에 젓가락을 가져다 댔다. 남궁은 계속 물었다.

- 그런데 아버지는 왜 아직 안 죽었어요?

아버지는 조금 놀란 표정을 지었다.

- 왜, 아버지가 죽었으면 좋겠냐?

- 아니요, 그런 게 아니라요. 문학 전집에 아버지 이름이 없어서요.

- 그 사람들이 다 죽은 사람들이라고 누가 그러더냐?

- 어머니가요.

- 네 어머니는 아무것도 모른다.

아버지는 미간을 찌푸리며 애호박나물을 입에 넣고 오물거렸다. 남궁은 계속 말했다.

- 거기 나온 사람들이 다 죽은 사람이 아니라면, 아버지는 왜 거기 들어 있지 않아요? 아버지도 소설가잖아요. 아니에요?

- 아니, 아버지는 소설가다. 그건 부인할 수 없는 사실이지. 다만 아버지는 거기 실린 사람들의 소설과는 조금 다른 것을 쓰고 있다. 그런 문제지.

- 다른 것을 쓰는 게 어째서 문제지요? 아버지는 왜 같은 것을 쓰지 않아요? 아버지도 거기 실리면 친구들한테 더 자랑할 수 있을 텐데.

아버지는 무심한 표정으로 밥그릇을 뒤적거리다 숟가락을 내려놓았다.

　- 설명하자면 이렇다. 지금 네 어머니가 한 이 밥은 어떠냐? 씹기 좋지 않으냐.

　남궁은 고개를 끄덕였다. 어머니는 늘 밥을 좀 질게 했다. 아버지는 계속 말했다.

　- 거기 실린 글들은 진밥이다. 씹고 삼키기 좋다는 뜻이지. 사람들은 그런 글을 좋아한다. 읽고 섬기기 좋기 때문이지. 아버지의 글은 고두밥이다. 씹기도 삼키기도 쉽지 않다는 의미다. 남들과 다른 것, 알기 힘든 것, 그런 것은 튀어나온 돌부리와도 같다. 시선을 두다가도 비켜가거나 피하고 마는 거지. 아버지는 남들과 다른 글을 쓴다. 진밥과 같은 글을 써보려 했던 적도 있었지만 아버지는 그런 글을 쓸 수 없었다. 그것은 타고나는 것과 다름없었다. 아버지는 글쓰기를 배운 적도 없다. 그런데도 아버지는 글을 쓰게 되었지. 아버지는 다른 사람이었고 전에 없는 사람이었다. 전혀 새롭다는 것은 이해받기 쉽지 않다는 거지. 그래서 난해하다는 평을 듣는 거다. 아버지는 그런 글을 쓴다. 읽히지 않는 글이지. 누가 읽어주지 않는 글이라고 할까.

　아버지는 쩝쩝거리며 말을 이었다.

　- 그러나 다행히도 상황이 좀 달라졌다. 고두밥도 잘 삼키는 사람들이 나타난 것이다. 사람들이 비로소 아버지를 읽고 인정하고 이해해주기 시작했단 얘기지. 그러니까 좀 기다려라. 아버지도 곧 그 전집에 이름을 싣게 될 테니.

　아버지는 미역국을 크게 한 술 떠 입에 집어넣었다. 그것은 남궁이 이해하기엔 너무 어려운 얘기였다. 그러나 단순한 호언장담 같지는 않았다. 겨우 십여 년을 산 남궁의 경험에 비추어 봐도 다르다는 것은 다르지 않은 것보다 나은 것 같았다. 그렇게 생각하면 아버지의 남다름이 남궁은 나쁘지 않았다. 아버지는 좀 기다리라고 했지만 남궁은 좀이 아니라 더 오랫동안이라도 기다릴 수 있었다. 아버지의 글이 전집에 실리게 되면, 친구들에게 자랑해야지. 남궁은 아버지를 따라 미역국을 퍼 먹으며 히죽 웃었다. 반찬을 더 덜어온 어머니가 무슨 얘길 그렇게 재미있게 하느냐고 물었지만 남궁과 아버지는 눈을 마주치고 비밀스럽게 웃을 뿐이었다. 그건 사나이들 간의 대화였다.

그러나 아버지의 소설가 목숨은 짧았다. 어느 순간 아무도 아버지를 찾지 않았다. 거짓말처럼 아버지의 글을 수식하던 표현들이 바뀌었다. 거만할 정도로 제멋대로인, 심란할 정도로 까다로운, 이해하고 싶지 않은 수준으로 난해한······. 그나마 긍정적이었던 평은 아버지를 발굴했던 평론가가 언급한, 시대를 잘못 타고난, 정도였다. 그러나 그것은 하나 마나 한 소리였다. 누구라도 태어나는 때를 조정하는 것은 불가능했다. 그것은 아버지에게 다시 태어나라고 말하는 것처럼 들렸다. 그 말에 아버지가 보일 수 있는 반응은 자신의 생년월일을 부정하는 것뿐이었다. 아버지에게 내세에 대한 강한 믿음이 있었다면 그는 당장 옥상으로 올라갔을 것이었다. 하지만 아버지에겐 그런 믿음도 없었다. 그래서 아버지는 가만히 있었다. 아버지는 시대에 아무것도 할 수 없었다. 사실 아버지는 시대에 아무 짓도 하지 않았다. 시대를 잘못 타고난 것은 아버지의 잘못이 아니었다. 아버지는 그 어떤 것도 잘못하지 않았다.

아버지의 등단은 긴 습작기 끝에 이뤄진 것이었다. 아버지는 자신이 소설가인 것을 좋아했다. 아버지는 글을 쓸 때 살아 있는 것을 느낀다고 말했다. 등단 직후 아버지는 일 년에 네 편의 소설을 발표했다. 이후엔 한 해에 한 편씩 두 편의 소설을 더 발표했고, 그렇게 총 여섯 편이었다. 그러나 일곱 번째 소설을 발표할 기회는 없었다. 아무도 아버지를 찾지 않았다. 아버지는 책을 내지 못한 채 글을 그만두었다.

남궁이 중학교에 올라가던 해, 아버지는 절필을 선언했다. 그 선언은 거실에서 이루어졌다. 아버지는 술에 취한 상태였고 갈기갈기 찢긴 원고지가 허공을 날았다. 남궁은 울고 있었다. 왜 그런 얘길 하느냐고 물었다. 아버지는 대답하지 않았다. 아버지는 원고지를 잘게, 더 잘게 찢을 뿐이었다. 아버지의 눈동자에 눈송이 같은 글 조각들이 비쳐 보였다. 남궁의 눈물 젖은 눈동자에도 그것이 비쳐 들었다. 남궁은 절망했다.

아버지의 절필 선언을 아는 것은 어머니와 남궁뿐이었다. 그의 절필 선언을 들어줄 독자는 없었다. 그런 독자가 있었다면 아버지는 절필을 결심하지 않았을 터였다. 사람들은 아버지를 이해한 척했다. 사람들은 아버지를 이해하지 못했다. 이해하려 노력하지도 않았다. 그들은 그저 한 명의 소설가를 망각하는 방식으로 버렸다. 소설가인 아버지는 절망했다. 아버지는 버림받은 개와 같은 표정을 하고 있었다. 그러나 아버지는 울지도 않았다. 들을 사람이 없는 곳에서 개는 짖지 않는 법이었다. 그 이후로 아버지는 대형 면

허를 따러 다녔다.

　남궁은 실망스러웠지만 내색하지 않았다. 아버지의 약속이 그의 가슴속에 남아 있었다. 아버지는 좀 기다리라고 말했고 남궁은 더 기다릴 수도 있었다. 남궁은 아버지를 믿고 있었다. 남궁은 여전히 아버지의 직업란에 소설가라고 적었다. 친구들이 아버지가 쓴 책의 제목을 물을 때마다, 그는 곧 전집에 실릴 테니 기다리라고만 말했다. 남궁은 더 기다렸지만 아버지는 더 이상 글을 쓰지 않았다. 서랍에서 잡지를 꺼내 상자 속에 담은 것은 남궁이었다. 고등학생이 되었을 때 남궁은 아버지의 직업란에 무직이라고 적었다. 아버지는 대형 트럭을 운전하고 있었다.

　고등학생이 된 남궁은 더 이상 '어린것들'이라는 말을 쓰지 않았다. 반 아이들이 여전히 어리게 느껴졌지만 입 밖으로 꺼내지는 않았다. 그는 거의 말을 하지 않았고 아버지뿐 아니라 어머니와도 말을 섞지 않았다. 그는 집에도 학교에도 정을 붙일 수 없었다. 모두가 그에게 경쟁하라고 부추겼으나 그는 그 레이스에 참가하고 싶지도 않았다. 그는 이미 그 경쟁에서 떨어져 나간 사람을 알고 있었다. 그가 목격한 아버지의 도태는 남궁을 염세주의자로 몰아가고 있었다.

　그는 자신이 너무 많이 알고 있다고 생각했다. 자신이 아무것도 모르던 때로 돌아가고 싶었다. 하교 후 그는 늘 방에 틀어박혔다. 그는 책을 읽거나 자주 멍하니 앉아 있었다. 책에는 그의 아버지보다 잘난 사람들이 쓴 글이 들어 있었다. 남궁은 가끔 소설가였던 아버지의 모습을 회상했다. 경멸과 존경 사이에서 남궁은 방황했다. 남궁이 아버지를 진심으로 경멸하게 된 것은 조금 더 후의 일이었다.

그때 남궁의 반에는 정박아가 하나 있었다. 녀석은 어딘가 달랐다. 남궁뿐만이 아니라 반 아이들, 선생님, 수위 아저씨와도 달랐다. 녀석은 탈색한 듯 누런 머리털과 주근깨가 덕지덕지 붙은 흰 피부를 갖고 있었다. 한약을 잘못 먹어서 그렇다는 소문도 있었고 혼혈이라 그렇다는 소문도 있었다. 그러나 가끔 학교에 찾아오는 녀석의 할머니는 백발이 성성한 전형적인 한국인 노파였다. 무엇이 진실인지는 아무도 알 수 없었다.

녀석의 비쩍 마른 몸뚱이는 그의 질질 끄는 걸음걸이를 더욱 우스꽝스럽게 부각했다. 눈동자는 허공을 맴돌았고 그것은 주변 사람들을 불안하게 만들기에 충분했다. 무슨 생각을 하는지 도무지 종잡을 수 없는 어떤 이가 주는 불편함을 녀석은 잘도 제공했다. 그래서인지 아이들은 녀석을 놀리거나 피했다. 못살게 굴거나 경멸했다. 남궁은 녀석의 존재를 무시했는데 관심이 없었다고 하는 편이 맞을 것이다. 꼭 녀석만 무시한 것은 아니었다. 그는 애들을 볼 때마다 어린것들이라고 생각했으나 말하진 않았다.

녀석의 엉덩이는 사시사철 반쯤 내놓아져 있었다. 반 아이들은 고추를 보여주면 무엇을 주겠다든가 하는 식으로 녀석의 바지를 벗겼다. 아이들은 저희들에게도 달려 있는 그것을 신기한 듯 구경했다. 녀석이 고추를 보여준다는 소문이 돌자 다른 반 애들까지 몰려들기 시작했다. 남궁도 본의 아니게 그것을 보았지만 음모의 색이 엷은 것과 포경이 되지 않은 것, 유난히 길쭉해 보이는 것 빼고는 그의 것과 크게 다르지 않아 보였다. 그런데도 아이들은 녀석을 구경했다. 잠자리의 머리를 떼거나 올챙이의 내장을 터뜨렸던 아이들의 장난은 머리가 굵어지는 만큼 성적인 것으로 옮아간 듯 보였다.

시간이 지나고 관객이 늘수록 아이들의 장난은 도가 더해졌다. 엉덩이를 까고 복도를 전력 질주해. 여선생의 치마를 들치고 와. 짓궂은 표정으로 묘한 행위를 시키는 아이들도 있었다. 손으로 엉덩이를 벌려봐. 알몸 토끼뜀 열다섯 번에 초코바 하나. 녀석은 초점 잃은 눈동자로 요구에 곧잘 응했다. 점심시간마다 남궁의 교실은 북새통을 이뤘다. 녀석의 책상에는 빵이나 핫바 따위가 넘치도록 쌓여갔다. 아이들은 대가를 지불한 만큼 거침이 없었다.

남궁은 방관자였다. 아이들이 못됐다고 느꼈지만 딱히 말릴 생각은 하지 않았다. 아이들 수가 많은 탓도 있었지만 녀석의 편을 들 이유가 없는 것 같았다. 남궁이 아니라도 녀석을 도와줄 만한 사람이 있을 것 같았다. 그것은 선생님이나 수위 아저씨가 될 수도 있었다. 꼭 남궁일 필요는 없는 것이었다. 그 생각들은 그로 하여금 자신을 도덕적으로 문제가 없는 것처럼 느끼게 했다. 왜냐하면 남궁은 적어도 그들의 장난에 끼어들지도 반응하지도 않았기 때문이었다. 그러니 남궁이 흘린 실소가 그를 자괴에 이르게 한 것은 당연한 일이었을 것이다.

그날따라 아이들은 도가 지나쳤다. 아이들이 먼지떨이로 툭툭 쳐 발기시킨 녀석의 성기는 이미 시뻘겋게 부풀어 있었다. 녀석은 학교 아이들로 된 원 한가운데 바지를 까고 서 있었다. 오늘따라 시끄럽군. 교실 앞자리에 앉아 있던 남궁이 문득 뒤를 돌아보았다. 아이들은 우우 소리를 질러대고 있었다. 멍청한 것들. 남궁이 다시 고개를 돌리려는 순간, 어떤 목소리가 귀에 들어왔다.

"흔들어."

누가 먼저였는지 모른다. 다만 그 시작이 남궁뿐 아니라 모두의 귀를 파고든 작고 분명한 한마디라는 것만은 확실했다. 흔들어. 목소리들은 파동처럼 퍼져 나갔다. 흔들어. 흔들어. 반에 모인 백여 명의 아이들은 곧 한목소리가 되어 외쳤다. 흔들어. 흔들어. 흔들어.

이윽고 녀석은 흔들기 시작했다. 녀석은 빠르게 손을 움직였다. 목소리는 점점 더 높아졌다. 흔들어. 흔들어. 흔들어. 곧 녀석은 몸을 바들바들 떨며 눈을 한껏 치켜떴다. 눈동자는 거의 뒤로 넘어가 자취를 감추었고 벌름거리는 콧구멍에서는 말간 콧물이 흘러내려 입에서 흐르는 침과 뒤섞이고 있었다. 외침이 멎은 것은 순간이었다. 녀석의 성기에서 희고 말간 액체가 물총을 쏜 듯 뻗어 나왔다. 철썩 소리를 내며 녀석의 정액이 마룻바닥에 쏟아졌다. 아이들은 와아, 소리를 질렀다. 아이들은 휴대전화로 사진을 찍으며 낄낄거렸다. 그것은 우스꽝스럽다기보다는 분명 그로테스크하고 비논리적인 광경이었다. 순간 남궁은 픽, 웃고 말았다.

남궁은 자신이 웃었는지도 몰랐다. 그가 자신이 웃었다는 것을 깨달은 것은 녀석과 눈이 마주친 직후의 일이었다. 녀석은 흐린 눈으로 멍하니 남궁을 바라보고 있었다. 남궁의 심장이 덜컹 내려앉았다. 찰나였으나 남궁에게는 길게만 느껴진 시간이었다. 누군가의 손아귀에 잡혀 녀석의 시선이 흐트러진 순간, 남궁은 자리에서 벌떡 일어났다.

몇몇 아이들이 녀석의 뒤통수를 쥐고 바닥에 쏟아진 그의 정액을 핥으라고 강요하고 있었다. 병신아, 쌌으면 닦아야지. 남궁은 아이들을 헤치고 나가 미닫이문을 힘껏 밀었다. 입을 가리고 화장실로 뛰어갔다. 느닷없는 욕지기가 올라왔다. 내가 왜 웃었지? 그의 웃음은 그가 쓰고 있던 방관자의 가면을 완전히 부숴버리고 말았다. 속이 울렁거렸다. 남궁은 변기를 잡고 몇 번이고 토했다. 찬물로 입을 행구고 거울에 얼굴을 비춰보며, 남궁은 아무래도 발가벗겨진 듯 느껴졌다. 방금 아이들 앞에서 수음을 마친 것이 자신인 것 같았다. 아이들이 그의 뒤통수를 쥐고 바닥에 짓이기는 것 같았다. 내가 왜 웃었지? 대체 뭐가 웃겼지?

도저히 교실로 돌아갈 기분이 들지 않았다. 남궁은 점심시간이 끝나길 기다렸다 가방도 챙기지 않고 학교를 빠져나왔다. 몇 개의 정류장과 두 개의 육교를 건너 집으로 돌아왔다. 어머니는 집에 없었다. 다행이었다. 누군가와 마주치면 견딜 수 없을 것 같았다. 남궁은 방으로 숨듯이 들어가 문을 닫았다. 교복을 벗지도 않고 바닥에 누웠다. 찬 기운이 끔찍할 정도로 등을 타고 올라왔다. 그것은 남궁이 느꼈던 자괴감과 닮아 있었다. 내가 정말 왜 웃었지. 남궁은 울고 싶은 기분이 들었다. 아버지가 그의 방문을 노크한 것은 그때였다.

ㅡ 이 시간에 무슨 일이냐?

남궁은 벌떡 일어나 앉았다. 아버지가 있을 거라곤 꿈에도 생각하지 못했다. 남궁은 무슨 말을 해야 할지 몰라 그대로 앉아 있었다. 남궁은 아버지가 빨리 문을 닫고 나가주길 바랐다.

　- 어디 아프냐?

　남궁은 고개를 가로저었다. 아버지는 그사이 좀 늙은 것 같았다. 아버지가 남궁의 방문을 두드린 것은 굉장히 오랜만의 일이었다. 남궁은 눈을 내리깔았다. 잠시 침묵이 흘렀다. 아버지는 알았다고 말하며 방문을 닫으려 했다. 남궁이 아버지를 부른 것은 부지불식간의 일이었다.

　- 아버지.

　문을 닫으려던 아버지의 손이 멈췄다. 남궁은 고개를 들었다. 그는 망설였다. 무언가 털어놓으면 기분이 풀릴 것도 같았다. 그러나 상대는 아버지였다. 나는 뭘 기대하는 걸까? 남궁은 자신이 아버지를 믿고 따랐던 때를 떠올려보았다. 너무 오래전 일인 것 같았다. 아버지는 아들의 머뭇거림이 끝나기를 기다리고 있었다. 남궁은 주저하다 입을 열었다.

　- 반에 다른 애들하고 다른 애가 하나 있어요. 그런데…….

　남궁은 말을 골랐다. 자세히 털어놓기엔 자신이 오늘 저지른 잘못을 들킬 것 같았다. 남궁은 아직도 속이 울렁거리는 것 같았다. 사실대로 전부 쏟아내기엔 아버지와의 대화가 너무 오랜만이었다. 남궁은 애써 말을 이었다.

　- 걔가 놀림을 받거든요. 다른 애들한테요. 비웃음 당하고, 또…… 괴롭힘 당하고 그러거든요…….

　아버지는 듣고 있다는 듯 고개를 끄덕였다. 아버지는 팔짱을 끼고 문 앞에 서 있었다. 남궁은 눈을 내리깔았다. 아버지의 눈을 쳐다볼 자신이 없었다. 남궁은 어물어물 계속 말했다.

　- 근데요…… 오늘도 그랬는데요……. 그게…… 어떤 애가, 걔는 놀리던 애가 아니었는데요. 그…… 실수로 웃어버렸거든요……. 근데 그걸 괴로워하더라고요……. 물론 걔가 잘못한 거긴 한데요……. 좀 다르게 생각해보면 그게…… 어, 애들 잘못인가 싶어서요. 그러니까 제 말은…… 걔가 안 달랐으면 됐잖아요. 걔도 우리랑 같았으면, 어, 놀릴 만한 근거를 안 만들었으면, 그랬으면…… 놀림도 안 받고…… 비웃음도 안 당할 거니까……. 사실 잘못한 거는, 놀린 애들이 아니라…… 남들과 다른 걔…… 아닌가 해서요…….

　말도 안 되는 건 남궁도 알고 있었다. 그는 자신이 무슨 말을 하는지 제대로 파악하지도 못하고 있었다. 자신의 말이 두서없는 궤변이라는 것을 느끼고 있었다. 걔가 뭐 다르고 싶어서 달랐나. 백 번 생각해도 잘못한 건 그 앨 괴롭힌 아이들과 그를 방관하고 비웃은 자신이 분명했다. 남궁은 비겁한 자신이 역겨울 정도였다. 차라리 모든 것을 털어놓고 죽도록 혼이 나고 싶었다. 아버지, 사실은 그게 제 얘기였어요. 저도 그 애들이 나쁘단 걸 알고 있어요. 그런데 제가 오늘 그런 상황에서 실소해버렸거든요. 일부러 그런 건 아닌데요. 어쨌거나 웃어버렸거든요. 그런데 마치 실금한 듯 부끄러워서, 견딜 수 없어서 아버지에게 헛소리를 한 거거든요. 아버진 저 이해하시죠. 차라리 몇 대 때려주시면 어떨까요. 나는 내 아들을 이렇게 치사하게 키우지 않았다, 하면서 혼내주시면 어떨까요. 그러나 아버지는 말이 없었다.

　남궁은 입을 다물고 손바닥을 쳐다보았다. 하긴 아버지에게 뭘 바라겠어. 기대한 내가 잘못이지. 남궁은 아버지에게 말을 꺼낸 것조차 후회가 되었다. 그에게 필요한 것은 배심원이 아니었다. 차라리 거울이나 우물 같은 반성의 기회와 성찰이었다. 어쨌거나 웃은 건 사실이었고, 잘못은 누가 잘못했다고 말해주지 않아도 잘못이었다. 그건 녀석을 괴롭히지도 돕지도 않는 사람치곤 비겁한 짓이었다. 남궁은 자신의 잘못을 인정하려 노력했다. 내일 학교에 가면 녀석에게 사과해야지. 웃어서 미안해. 그리고 너, 애들이 그렇게 시키는 거 하지 않아도 괜찮아. 아니, 하지 않는 게 맞아. 남궁은 말해 줄 생각을 했다. 쉽지 않겠지만 그렇게 하지 않으면 학교를 다닐 수조차 없을 것 같은걸. 남궁은 생각했다. 남궁은 얼굴을 손바닥으로 힘껏 비비며 말했다. 아버지는 아직 거기 서 있는 것 같았다.

– 됐어요, 아버지. 제가 괜한 소릴 했네요. 들어가서 쉬세요.

남궁은 잠시 혼자가 되길 기다렸다. 그러나 문이 닫히는 소리는 들리지 않았다. 남궁은 얼굴에서 손바닥을 떼고 문 쪽을 올려다보았다. 아버지는 문 앞에 그대로 서 있었다. 아버지는 남궁을 내려다보고 있었다. 남궁은 아버지의 표정이 조금 이상하다고 느꼈다. 왜 저러시지? 지금 생각해보면 남궁은 차라리 그때 아버지를 억지로 쫓아냈어야 했다.

– 아버지?

아버지는 무표정하게 남궁을 내려다보고 있었다. 아버지는 그새 더 많이 늙어 보였다. 운송업을 시작하면서 아버지는 점점 더 말수를 잃어가고 있었다. 아버지는 숨을 몇 번 들이쉬고 뱉었다. 아버지는 입을 몇 번인가 열었다 닫았다. 남궁은 아버지의 전에 없는 행동이 이상했다. 마침내 아버지는 깊은 숨을 내쉬고는 기묘한 표정으로 빠르게 말했다.

- 그래, 네 말이 맞다.

남궁은 귀를 의심했다.

- 뭐라고요?

- 네 말이 맞단 말이다. 걔, 남들과 다르다는 걔, 걔가 나쁜 거라고.

남궁은 말문이 막혔다. 남궁은 아버지가 농담을 한다고 생각했다. 아니, 생각하고 싶었다. 남궁이 그 이야기를 꺼낸 것은 동조 받으려는 것이 아니었다. 아버지가 남궁에게 해야 하는 것은 비난이었다. 남궁은 얼굴에 피가 확 몰리는 걸 느꼈다. 부끄러운 줄을 알아야 했다. 본인도, 아버지도. 남궁은 울컥 뱉어내듯 말했다.

- 어떻게 아버지가 그런 말씀을 하실 수가 있어요. 다른 사람도 아닌 아버지가요. 그리고 그 녀석은 자기가 다르고 싶어서 다른 게 아니에요. 그 녀석은……

아버지는 남궁의 말을 끊고 들어왔다.

- 그게 자의적이든 타의적이든, 그건 중요한 게 아니야.

아버지는 남궁을 똑바로 내려다보았다.

- 남들과 다르다는 건 나쁜 거다. 그래, 나는 이제야 알 것 같다. 너를 보니 더 알겠구나. 무슨 말인지 알겠지. 너는 다행히 같아 보이는구나. 계속 그렇게만 지내라. 알겠냐. 다르고자 해도 불가능하겠지만 참 다행이다. 너는 같아 보이니 말이다. 너는 그렇게 다른 아이들을 비웃고 놀려야 한다. 피부색이 다르거든 놀려라. 알겠느

냐. 하는 행동이 다르거든 놀려라. 알겠느냐. 사랑하는 대상이 다르거든 놀려라. 알겠느냐. 팔다리가 부족하거든 놀려라. 알겠느냐. 그게 네가 살아남는 법이다. 아버지는 살아남지 못했다. 아버지도 놀리고 비웃고 싶었으나 못 했다. 그렇다고 아버지가 흉내 내길 성공한 것도 아니었다. 아버지는 실패자야. 그런 면에서 너는 훌륭하구나. 네가 나를 안 닮아서 천만다행이다.

아버지는 속사포처럼 말을 쏟아냈다. 남궁은 눈을 질끈 감았다. 끔찍한 궤변이었다. 귀를 막고 싶을 정도였다. 아버지는 미친 것 같았다. 남궁은 눈을 부릅뜨고 따지듯 말했다.

- 아버지는 지금 저더러 쓰레기가 되라는 말씀이세요? 그동안 아버지와 소원하긴 했지만 마음속 한구석엔 존경하는 마음이 남아 있었어요. 그런데 괜한 짓이었네요. 아버지가 어떻게 그렇게 말씀하실 수가 있어요? 제가 그 녀석을 비웃었다는데 어떻게 훌륭하다고 말씀하실 수가 있어요? 저를 나무라셔야죠. 차라리 회초리를 드셔야죠.

- 너는 나를 존경하지 않는다.

아버지는 딱 잘라 말했다. 남궁은 심장을 얻어맞은 기분이었다. 아버지는 남궁을 노려보지도 않았다. 아버지는 무표정했고 남궁은 그래서 더 고통스러웠다.

- 아니에요. 저는…….

- 너는 나와 다르다. 그래서 다르지 않지. 너는 그것을 축복으로 여겨야 한다. 어쭙잖게 이해하려 들지 마라. 네가 나를 비웃는 것은 뺨을 때리는 것과 같지만, 너의 어설픈 손 내밀기와 이해의 시

240

도는 내 목을 조르는 것과 같다. 내버려둘 수 없을 바엔 돌을 던지는 게 낫다. 너는 나를 이해할 수 없을 테지. 너는 그렇게 태어난 종족이다. 너는 다르지 않으니까.

아버지는 남궁을 보고 있었지만 누군가 다른 사람에게 말하는 것 같은 말투로 차갑게 단언했다. 남궁은 아무 말도 할 수 없었다. 너는 나를 존경하지 않는다는 말을 들은 순간부터 그는 굳은 기름 덩이같이 무너지고 있었다. 남궁의 마음은 아버지를 이해해야 할지 경멸해야 할지 우왕좌왕했다. 그러나 아무래도 이해할 수 없었고 무언가 말을 하기도 전에 아버지는 그대로 등을 돌렸다. 아버지는 말했다.

– 내가 아들 하나는 잘 키웠구나.

아버지는 그대로 방문을 닫았다. 조금 뒤 현관문이 닫히는 소리가 들렸다. 남궁은 그 자리에 그대로 앉아 있었다. 아버지는 아들을 정말 잘 키웠을까? 남궁은 존경에 대해 생각했다. 곧 다름에 대해 생각했고 이해에 대해 이해하려 해봤다. 아무것도 잡히는 것은 없었다. 남궁이 실소했을 때, 그를 가장 괴롭힌 것은 그가 하찮게 생각하던 다른 아이들과 그가 다를 것 없지 않은가 하는 자아성찰이었다. 그런데 내가 걔들과 다르지 않다고? 특별하지 않아 다행이라고? 남궁은 머리털을 쥐어뜯었다.

두 시간쯤 지났을 때 남궁은 생각했다. 아니, 나는 달라. 나는 녀석과도 다르고 아버지와도 달라. 그렇다고 다른 아이들과 같은 것도 아니다. 무엇이 어떻게 다른가? 나는 또래의 누구보다 책을 많이 읽었고 생각이 깊고…… 지적이고 사려 깊지 않았던가. 불과 오늘 오전까지만 해도, 내가 세상에서 가장 빛나지 않았던가. 학교 아이들은 전부 모자라고 멍청하지 않았던가. 그런데도 내가 정말 특별하지 않은가. 생각을 거듭할수록 무너질 듯 위태로운 기분이 들었다. 방 안에 어둠이 찾아들고 있었다. 남궁은 형광등을 켜지 않았다.

더 시간이 지나 자정이 넘게 되었을 때, 남궁은 방 한가운데서 일어났다. 그는 몇 시간 동안 자신의 내부에 자라난 식물을 마주했다. 그것은 분노였다. 그의 안식을 깨뜨린 자들에 대한 분노. 아버지의 말이 맞을지도 몰랐다. 남과 다른 이들은 비난받아야 마땅했다. 평온을 깨뜨리기 때문이었다. 아버지 역시 경멸당해야 마땅했다. 아버지는 달랐고 부끄러운 줄도 몰랐다. 낳아줬음 다야? 도태된 주제에, 결국 특별하지 못했던 주제에, 인정받지 못한 주제에 내게 그런 말을 해? 남궁은 이를 갈았다. 그것은 같은 반 녀석의 경우에도 마찬가지였다. 남궁은 사과하려던 마음을 지워버렸다. 아니, 머릿속에서 녀석이 수음하던 장면 자체를 지워버렸다. 간단한 일이었다. 경멸의 리스트를 다시 작성하는 것에 불과했다. 그전까지 그는 보통의 아이들을 무시했다. 다르지 않다는 이유로. 이제 그는 남과 다른 이들까지 경멸했다. 자신과 다르다는 이유로. 그가 리스트에 올린 이들은 남궁을 제외한 모두였다. 나는 비겁하지 않아. 남궁은 중얼거렸다. 나는 특별해.

아버지는 그날 새벽 늦게 귀가했다. 아버지는 만취해 있었다. 잠들지 못한 남궁의 귀에 아버지가 무언가를 찢는 소리가 들렸다. 남궁은 방 안에 그대로 누워 있었다. 남궁은 아버지가 미쳤다고 생각했다. 남궁은 아버지를 존경할 뻔했던 마음을 거둔 지 오래였다. 그 자리에 가늘게 떨리는 경멸 덩어리를 올려두었다. 그것은 빠르게 가지를 뻗어 나갔다. 남궁은 아버지가 찢는 것이 아버지의 소설이 아니길 바랐다. 그것이 부디 신문지나 전화번호부이길 바랐다. 소설가인 아버지는 특별했기 때문이었다. 그러니 지금의 아버지가 소설을 쓰는 것은 안 될 일이었다. 남궁은 아버지를 짓밟고 싶었다. 아버지가 그의 마음을 짓밟았으니까. 다행히 아버지는 다시는 소설을 쓰지 않는 것 같았다. 남궁은 마음 놓고 그를 경멸할 수 있었다.

고등학교를 졸업한 남궁은 문예창작학과로 진학했다. 아버지는 그에 대해 아무 말도 하지 않았다. 남궁은 미친 듯이 문학을 공부했다. 특별한 글을 쓰는 것이 그의 유일한 목표였다. 그는 우수한 성적으로 대학을 졸업했다. 교수들은 그에게 자주 얘기했다.

- 잘 쓰는데, 힘을 좀 빼보는 게 어떤가. 아무래도 딱딱해서 말이야. 그리고 이건 어디서 본 듯한 내용이군.

남궁은 자신이 남과 다른 소설을 쓰려 들 때마다 왜 그와 같은 평을 듣는지 이해할 수 없었다. 그러니 남궁은 교수들까지 무시할 수밖에 없었다. 그들은 도태되진 않았지만 남궁을 이해하기엔 머리가 부족했다.

대학을 졸업한 남궁은 매년 신춘문예와 문예지의 신인상에 응모했다. 남궁의 등단에 대한 열망은 남달랐다. 그것을 이루지 못하고는 아버지를 이기지 못할 것 같았다. 단순히 다름에 불과한 자신을 특별한 듯 포장하다 실패하고 도태된 사내. 그것이 아버지

243

를 보는 남궁의 시선이었다. 그런 사람도 해낸 등단을 자신이 못할 거라고는 생각할 수 없었다. 최종 심사에 오른 것도 여러 번이었지만 그를 막아서는 것은 늘, '탁월하지만 어디선가 본 듯한'이라는 수식이었다. 그들은 특별함을 알아보는 심미안이 부족한 것 같았다. 그래서 남궁은 심사위원들을 무시했다. 그것은 아버지를 무시하는 이상이었다. 그 정도 위치에 섰는데도 보는 눈이 없다는 게 그 이유였다.

칠 년이 넘는 습작기를 거치고도 그는 등단의 문턱을 넘지 못했다. 완성된 단편소설만도 백 편에 가까웠다. 그에게 더 시도할 새로움이란 없는 것 같았다. 이해할 수 없었지만 무언가 더 쓸 거리도 없었다. 그는 글쓰기를 멈추는 수밖에 없었다. 남궁은 작은 블로그를 운영하며 기존에 출판된 소설들을 남김없이 비판하는 일로 소일했다. 가끔 어머니에게 전화가 걸려왔지만 어느 순간부터 받지 않았다. 어머니는 남궁에게 취직을 하라고 말했으나 남궁은 누군가의 뒤나 닦는 하찮은 일을 할 생각이 없었다. 그런 일을 하기에, 그는 너무 특별했다. 남궁이 오의 쪽지를 받은 것은 그런 생활이 이 년쯤 이어질 때의 일이었다.

〈삶이 지루하세요? 지금 당장 특별한 테러리스트가 되어보세요! 세상에 분노하세요!〉

남궁은 손에 들고 있던 책을 떨어뜨렸다. 책이 납작하게 펼쳐져 바닥에 붙었다. 검게 탄 죽은 새 같았다. 남궁은 시체들을 발로 툭툭 찼다. 시답잖은 말에 끌려, 모임에 나간 것부터가 잘못이다 싶었다. 특별한 테러리스트라고? 그러나 남궁의 눈에 그들은 전혀 특별하지 않았다. 오히려 도태된 쪽에 가까워 보였고 굳이 특별한 쪽을 찾자면 오히려 고양이 애호가들인 듯했다. 남궁만큼은 아니었지만 그들은 이미 세력을 만들어내는 데 성공한 듯 보였고 승리자에 가까워 보였다. 내가 어딘가에 속한다면 그런 곳이어야지. 남궁은 생각했다. 물론 그곳도 나의 진가를 발휘하기엔 후진 세계일 테지만 말이야. 남궁은 잠시 히죽거렸다. 그는 승리에 목마른 사람이었다.

남궁이 보기에 회원들의 테러는 색다를 것도 없는 접근이었다. 회원들이 버틀러들에게 분노하기 전부터 남궁은 전 인류에 분노하고 있었으니까. 오는 이 테러가 남궁의 삶을 변화시키는 계기가 될지도 모른다고 말했지만 그에게 그럴 만한 사건은 이미 일어났다. 그건 아버지에 대한 마지막 미련을 버릴 수 있었던 중요한 사건이었다. 역사를 만든다는 둥 건방지게 굴었지만 그들이 변화시킬 수 있는 건 없을 거야. 세상은 결국 특별한 이들만이 변화시킬 수 있는 거야. 남궁은 생각했다. 나와 같은 사람 말이지. 나머지 버러지들은 납작하게 엎드려 있으면 되는 거야. 내가 발을 뺐으니 지금쯤 미션은 실패했겠지? 꼴좋다. 남궁은 입을 찢어 웃었다. 특히나 오는 혼나야 마땅했다. 그러게 왜 남의 말을 끊고 그랬어. 제 깟 게 뭘 안다고. 남궁은 바닥에 깔린 책의 잔해들을 발로 짓이겼다. 버러지들 같으니.

남궁은 그대로 집으로 돌아가려다 바닥에 깔린 미처 타지 않은 책을 한 권 집어 들었다. 오늘은 '야옹 냐옹 댜옹'을 까볼까. 이까짓 걸 써놓고 사인회를 하려 했다 이거지. 남궁은 가방을 열어 주섬주섬 책을 집어넣었다. 기분이 좋았다. 오랜만의 상쾌한 기분이었다. 남궁은 문을 향해 걸었다. 그때 날카로운 목소리가 귀에 와 닿았다. 누군가 굉장히 짜증이 난 모양이었다. 남궁은 힐긋 돌아보았다. 안내소 앞에 사람들이 모여 있었다. 길길이 날뛰는 여자 옆에 정장을 입은 말쑥한 남자 하나가 눈에 띄었다. 그는 차분한 표정으로 고개를 끄덕이거나 가로젓고 있었다. 남궁은 그를 알아보았다. 장국태였다.

"의원님 스케줄이 엉망이 됐잖아요. 이거 어떻게 할 겁니까? 연설을 해야 하는데 사람이 없다니요, 화재라니요!"

장국태의 보좌관으로 보이는 여자가 박람회 담당자 같은 남자에게 언성을 높여 따지고 있었다. 담당자는 연신 고개를 꾸벅이며 사과를 거듭하고 있었다. 남궁은 자연스럽게 그들의 곁을 지나 걸었다. 장국태는 팔짱을 끼고 무표정하게 서 있었다. 그의 시선은 벽면에 붙은 금연 건물 표시에 향해 있었다. 장국태는 낮은 목소리로 물었다.

"화재의 원인은 밝혀졌습니까? 불이 날 이유가 전혀 없는 것 같습니다만."

담당자는 진땀을 빼며 변명했다.

"그게 저희도 전혀 모르겠습니다. 일단 도서 코너에서 발화가 시작된 것으로 추정되는데, 조사가 끝나는 대로 말씀드리도록 제가 조치를……"

남궁은 그 상황이 우스웠다. 의원이란 작자도 소용없군. 나는 모든 진실을 알고 있는데 말이야. 그는 킬킬대며 마저 걸어 회장 밖으로 나가려 했다. 막 발걸음을 옮기려던 그때, 남궁의 머릿속에 좋은 생각 하나가 떠올랐다. 남궁은 히죽 웃으며 대화를 나누고 있는 이들 가까이 다가섰다.

"실례합니다……."

사람들이 남궁을 돌아보았다. 남궁은 어깨를 움츠리며 가벼운 투로 말했다.

"말씀드릴 게 있어서요……. 실은 제가 화재 원인을 알고 있거든요……."

그들은 놀란 표정을 지었다. 보좌관은 그게 뭐냐며 달려들었다. 장국태는 남궁을 의아하게 쳐다보았다. 남궁은 그들의 표정을 살피며 재미있다는 듯 말을 이었다.

"이건 방화입니다. 아주 계획적인 테러 범죄예요……. 믿기 힘드시겠지만 아무래도 말씀을 드려야 할 것 같아서……. 저는 범인 또한 알고 있거든요. 아주 악질적인 놈들이죠. 그들의 목표는 의원님입니다. 장국태 의원님이요……."

이리저리 맴돌던 남궁의 시선이 장국태에게 멈추었다. 장국태의 안색이 변했다. 장국태는 팔짱을 풀고 바로 섰다. 그의 미간이 잔뜩 좁아졌다. 그가 물었다.

"그게 누구죠? 배후가 누굽니까?"

남궁은 히죽거리며 입을 열었다. 이야기가 이어질수록 장국태의 얼굴이 빠르게 굳어졌다. 그들의 뒤로 연기에 그을린 박람회 현수막이 천천히 내려지고 있었다.

한과 박이 아지트에 들어서자마자 박수가 쏟아졌다. 한은 스포트라이트를 받은 것처럼 팔뚝으로 얼굴을 가렸다. 곽이 달려와 둘을 맞았다.

"대단해, 최고야!"

한은 꼼짝없이 곽의 품에 안겼으나 박은 그의 손을 피해 회원들이 모인 뒤쪽으로 빠졌다. 곽이 아쉽다는 듯 그를 쳐다보자 박이 입을 열었다.

"축하는 한에게나 하지. 나는 아무것도 안 했으니까."

"그럴 리가. 박 형도 훌륭히 미션을 수행하지 않았소?"

곽은 리모컨을 들고 텔레비전의 볼륨을 높였다. 막 아나운서가 사건을 보도하고 있었다.

〈다음 소식입니다. 오늘 오후 다섯시 오십분쯤, 세시부터 진행된 고양이 박람회장에서 불이 나 삼십분 만에 꺼졌습니다. 이 불로 초청 소설가 윤 씨가 부상을 입고, 도서와 음반 등이 불타 천만 원가량의 재산 피해가 났습니다. 소방 당국은 전기 누전으로 불이 시작된 것으로 보고 정확한 화재 원인을 조사하고 있습니다.〉

"박 형의 미션은 미스터 버틀러의 연설과 동시간에 진행될 사인회장에서 난동을 부리는 거였지. 몇 대 때려주거나 시비를 거는 식으로 말이오. 그래야 한이 방화를 저지르기 쉬워질 테니까. 그렇게 하지 않았소? 아님 소설가가 다친 게 우연이란 말이오?"

곽은 의아한 표정으로 물었다. 박은 어깨를 으쓱해 보였다. 그러나 곽의 말을 듣던 한에게 짚이는 게 있었다. 설마.

"잠깐만요."

한은 휴대전화를 꺼내 소설가 윤의 이름을 검색 창에 넣었다. 곧 몇 장의 사진과 인명 정보가 떴다. 이천칠년 등단, '야옹 냐옹 댜옹'의 저자. 맙소사. 소설가는 그 남자였다. 엉덩이에 스마일이 있는 남자.

한은 곽에게 휴대전화를 내밀며 얼떨떨하게 말했다.

"화장실에서 저랑 시비가 붙은 사람이에요. 어, 그러니까 그것도 제가 한 모양인데요……."

천장이 낮지 않았으면 헹가래를 쳤을지도 모르는 일이었다. 곽이 보물을 얻었다며 한을 끌어안았다. 이번에도 한은 그의 포옹을 피할 수 없었다. 곽은 거듭 말했다.

"자네 없었으면 이번 미션은 성공하지 못했을 거야."

김B가 가까이 다가와 막 곽의 품에서 벗어난 한을 끌어안았다. 그녀는 한의 품에 대고 중얼거리듯 말했다.

"한 씨가 자랑스러워요……."

한은 어색해 머뭇거리다 팔을 들어 마주 끌어안았다. 따뜻했다. 도망치지 않길 잘했다는 생각도 들었다. 회원들은 한을 거의 영웅처럼 떠받들었다. 한이 진짜 요원이었다면 그는 당장 특진 명령을 받는 동시에 상장을 거머쥐었을 것 같았다. 한의 인생에서 이렇게까지 칭찬받았던 일이 있었던가. 한은 박람회장에서 느꼈던 불안감이 멀리 사라지는 것을 느꼈다. 한은 바보처럼 웃었다. 나 혹시 테러에 소질이 있는 거 아닐까?

그러나 축제 분위기도 잠깐, 곽은 회원들에게 자리에 앉기를 권했다.

"우리 한 군 덕분에 오늘 미션은 성공적이었소. 한 군, 정말 잘 해주었어……. 그러나 아직 끝난 건 아니오. 우리는 현실을 직시해야 하오. 우리가 궁극적인 목표를 달성한 것은 아니란 얘기지. 방금 함께 뉴스를 봐서 알겠지만 우리가 그렇게 대대적인 테러를 벌였음에도 그게 미스터 버틀러에 대한 불만이란 걸 눈치챈 사람이 없는 것 같소. 우리의 목표는 붙잡히지 않는 선상에서 진행되어야 했으니 물론 여러분은 잘해주었소. 정확한 시간에 맡은 임무를 수행해주었지. 우리의 목적이 백 퍼센트 달성되지 못한 것은 미스터 버틀러의 연설 시간이 한 시간 미뤄진 것 때문이오. 주최 측이 미리 언질을 했다면 상황이 좀 더 나았을 테지만, 지금은 그것을 아쉬워할 때가 아니야. 우리는 그다음 미션으로 넘어가야 하오. 한 달 후면 후보자 등록을 하게 될 거요. 미스터 버틀러가 후보가 되지 않으면 우리는 좀 더 천천히 움직이거나 아직 버틀러들의 세상이 오기엔 이르단 판단을 내리고 아예 클럽을 이전의 친목 상태로 돌릴 수도 있을지 모르겠소. 그러나 지금 분위기로 봤을 땐 그가 후보가 되는 게 기정사실이오. 우린 미리 움직여야 하오."

김B가 새로운 프린트를 나누어주었다. 그녀가 말했다.

"오늘 테러가 불을 이용한 것이었다면 두 번째 테러는 화학적인 방법입니다. 미스터 버틀러를 공격하는 방법도 생각했지만 그것은 지나치게 한시적이란 결론을 내렸습니다. 경호도 만만치 않을 테고 원론적인 문제는 바뀌지 않을 것이라고요. 오늘 방법이 미스터 버틀러가 후보가 되는 것을 막기 위한 것이었다면, 지금 소개할 방법은 유권자인 버틀러를 공략하는 데 그 목적이 있습니다.

250

후보를 지지할지도 모르는 버틀러의 수 자체를 줄여버리는 거죠. 그들이 뭉친 것은 고양이를 좋아한다는 공통점 때문인데, 고양이를 좋아할 수 없는 대상으로 만들어버리는 거예요. 이번 미션명은 '흉한 고양이 프로젝트'입니다. 우리는 이를 통해 일단 가짜 고양이 애호가들을 걸러낼 생각이에요. 고양이를 좋아하는 게 아니라 단지 자신이 버틀러인 것만을 즐기는 그런 무리들 말이죠. 그러기 위해 우리는 고양이를 공격할 예정입니다."

"다음 모임은 이 주 후로 하지. 아마 재료도 그쯤 준비될 거라고 보네. 약품의 효과가 보이려면 그만큼, 아니 그 이상의 시간이 또 필요할 테니 그날까지는 모든 준비를 마쳐놓을 생각이네. 가능한 한 서둘러야 할 거야. 이제 정말 얼마 남지 않았으니 말이야. 이번 미션에 쓰일 약은 오가 수고해주었지. 그가 이 약을 개발했거든."

"그런데 오는 어디 있죠? 아직 안 왔나요? 그러고 보니 남궁도 없네."

한이 물었다. 곽은 걱정스러운 표정을 지었다.

"그러게 말이야. 전화도 받지 않더군. 그쪽 조에 무슨 일이 생긴 모양이야……. 아마 큰일은 아닐걸세. 아무튼 다들 일단 집에 돌아들 가서 대기하게. 한 군은 남아서 나와 잠깐 대화를 좀 하고. 자네 여자 친구 일이네."

곽은 한을 돌아보며 덧붙였다. 한은 자신이 잠시나마 홍에 대한 생각을 완전히 하지 않고 있었다는 데에 놀랐다. 한은 고개를 짧게 끄덕였다. 곽은 박에게 고양이 사냥을 서둘러달라고 말하고는 회의를 끝마쳤다. 자리에서 일어난 박은 곽에게 다가와 손가락을 꼽으며 무언가 말했고 곽은 몇 차례 고개를 젓고는 내일 직장에서 보자며 그를 보냈다. 한은 문을 나서는 박과 김B를 쳐다보고 있었다. 김B는 돌아보지 않았다. 인사도 안 하고 가나? 한은 머리를 긁적였다.

모두 자리를 뜨자, 곽이 한에게 다시 자리를 권했다.

"그래, 미션을 해보니 어떻던가?"

"그게…… 생각보다 할 만하던데요. 스릴이 넘친다고 해야 할지……. 그러고 보면 제가 박 씨 아저씨 미션까지 해냈잖아요. 어쩌면 그 남자가 소설가인 걸 직감해서 그런 것 아닐까요? 그냥 되게 재수 없기에 이렇게, 이렇게 해서 이렇게, 때려준 건데, 그 남자가 먼저 공격을 해서 그렇게 된 거긴 하지만요. 그래서 일단은 정당방위였지만 그 사람이 저를, 이렇게 밀쳐서 제가……."

"그거 다행이군."

곽이 웃으며 끼어들었다. 한은 말이 많았나 싶어 작게 헛기침을 했다. 재연까지 해 보인 건 좀 그랬나?

"그런데 제 여자 친구 얘기라는 건……. 아직 이렇다 할 단서는 없다고 들었어요. 김B 씨에게서요. 그래서 오 씨가 통화 내역 조회하는 방법을 쓰게 될 거라고 하던데요."

곽은 앞에 놓인 머그잔에 보리차를 따라 목을 축였다. 그는 고개를 가로저으며 말했다.

"아니, 그렇게는 안 될걸세. 그래서 내가 자넬 남으라고 한 거야. 그런 건 불가능해. 김B가 잘 몰라서 한 말이지……. 통화 내역을 뽑아주는 것은 본인이 직접 갈 때나 가능한 거야. 통신사 직원이라도 그걸 함부로 뽑아볼 수는 없어. 법적으로 문제가 생기기 때문이지. 컴퓨터를 잘 다뤄 해킹이라도 하면 모르지만 말이야. 오가 잘하는 것은 화학 실험과 보험에 관련된 거지, 통신 쪽엔 우리나 마찬가지로 문외한이네."

한은 가슴이 덜컹 내려앉는 것을 느꼈다.

"그럴 리가 없어요. 그럼 왜 그런 말을 했겠어요? 아까 김B 씨가 제게…… 분명히……."

"자넬 놓치기 싫었겠지. 그리고 보통 여자들은 웬만한 남자라면 통신, 컴퓨터 이런 쪽에 빠삭할 거라고 믿는 경향이 있더군. 그러나 실은 그렇지 않잖은가. 자네도 알다시피 말이야. 그러니 내 말 믿게. 김B가 틀렸어. 오에겐 그런 일을 할 만한 능력이 없네. 고의는 아니었을걸세. 김B도 아까 나와 얘기하면서 그 사실을 알았어. 인사도 안 하고 가는 것 못 보았는가? 자넬 볼 면목이 없었을 거야."

한은 입을 꾹 다물었다. 소설가와의 혈투를 재연할 때의 들뜬 기분은 이미 남아 있지 않았다. 이건 얘기가 달라도 너무 달랐다. 잘 해줄 것처럼 해놓고 뒤통수를 때리다니? 한을 처음 꾈 때, 이들은 어땠던가. 최선을 다해 도와줄 것처럼 말하지 않았나? 이래서야 이들이 카드 회사 아줌마와 다를 게 뭔가. 한이 느낀 감정은 배신감에 가까웠다. 나는 저들의 강요로 사람을 때리고 불까지 질렀는데!

곽은 잠시 한의 붉으락푸르락 변하는 얼굴색을 잠자코 보고 있었다. 한이 거칠게 머리를 긁자 곽이 그를 달래듯 말했다.

"솔직히 말하는 내 입장도 좀 생각해주게. 계속 미루면서 자넬 이용할 수도 있었어. 그러나 나는 우리의 신뢰 관계를 깨뜨리고 싶지 않았네. 자네가 우릴 도와준 만큼 우리도 자넬 도와주고 싶어. 다만 통신 내역 조회니 그런 것은 불가능하다는 걸 얘기한 것뿐이야. 내 말은, 그러니까 생각을 좀 바꾸면 어떨까 싶어서 말일세. 자네는 여자 친구를 만나기 위한 방법으로 그 여자가 있는 곳을 찾아내려고만 했어. 그러나 어떤 사람과 만나고자 할 때에는 두 가지 방법이 있네. 찾아가는 방법만이 있는 건 아니란 말이야."

그러나 한은 이미 화가 날 대로 난 상태였다. 한은 내뱉듯 물었다.

"그럼 뭘 어떻게 하라는 말씀이세요?"

"불러내는 걸세. 자네 여자 친구를. 말하자면 여자 친구 쪽에서 자넬 찾아오게 하는 거지."

그게 무슨 개소리야? 연락을 안 받으니까 이러고 있는 거 아냐. 사람 놀리는 거야, 뭐야? 한은 주먹을 쥔 손에 힘이 들어가는 것을 느꼈다. 그러나 곽은 태연했다.

"자네가 유명인이 되는 걸세. 유튜브 스타 말이야. 난 지금 삼차 미션을 얘기하고 있는 걸세. 이차 미션을 성공리에 마치면 어떻게 될까? 물론 버틀러들 수가 줄어들겠지. 계획대로 잘되어 미스터 버틀러를 저지할 수도 있겠지. 그러나 우린 거기서 멈추지 않을 걸세. 왜냐하면 우린 물밑에 머무르지 않을 생각이거든. 우리는 목소리를 낼 걸세. 우리가 저지른 일들과 그 이유에 대해 이야기할 거란 말이야. 버틀러들을 왜 미워하는지, 왜 그들을 저지해야 하는지를 얘기할 걸세. 굉장한 화제가 되겠지? 그때 자네가 우리 클럽의 간판이 되어주게. 계획대로만 된다면 자네는 엄청난 유명인이 될 거야. 그리고 내가 들은 바로는, 그 여자라면 스타가 된 자네를 찾아 오고도 남을 것 같은데, 그렇지 않나? 잘 생각해보게."

한은 곽을 노려보았다. 잘 생각해보라고? 아니, 그건 잘 생각하고 말고 할 것도 없는 일이었다. 한은 발칵 성을 냈다.

"결국 나를 또 이용하겠다는 거 아닙니까? 내게 다 뒤집어씌우려고!"

"아니, 그건 오핼세. 회원들은 전부 그 화면에 함께 등장할 거야. 자네를 포함해 모두 분장을 할 걸세. 알아차리지 못하게 말이지. 자네는 마이크를 쥐어주면 되는 거지. 그들을 설득하려면 나보다야 자네가 낫지 않겠나? 버틀러들의 평균 연령대를 생각해보면 말이야. 다만 그런 이유네."

"어쨌거나 김B와 당신이 날 속인 건 사실이지 않습니까. 의도적이건 의도적이지 않건 그런 건 중요하지 않습니다."

한은 벌떡 일어났다. 곽이 한을 빤히 올려다보며 말했다.

"이제 와서 발을 빼기엔 너무 깊이 들어오지 않았나? 자넨 사람을 때렸고 불을 질렀어. 그 모든 걸 혼자 감당할 생각인가? 종착지가 천국일지 지옥일지는 몰라도, 누군가 동승자가 있는 편이 낫지 않겠어?"

"아뇨, 난 클럽을 그만두겠습니다. 이제 연락하지 마세요. 경고했어요."

으르렁거린 한은 등을 돌려 걸어 나갔다. 그의 뒤에서 곽의 목소리가 울렸다.

"이봐, 한 군. 메리트가 있는 남자가 되란 말일세!"

아지트 문이 쾅 소리를 내며 닫혔다. 한이 계단을 내려가는 소리가 멀어졌다.

모두가 빠져나간 방은 문이 닫히는 소리가 메아리칠 만큼 고요했다. 곽은 텅 빈 방에 혼자 앉아 있었다. 이제 곧, 곽은 생각했다. 계절은 빠르게도 흘러갔다. 대통령 선거까지 두 달도 채 남아 있지 않았다.

오와 여자는 카페 창가 자리에 앉아 있었다. 고양이를 가게에 옮겨놓고 들어온 참이었다. 오는 초조하게 다리를 떨었다. 오는 여자의 얼굴을 똑바로 쳐다보기가 힘들었다. 여자는 완전히 변한 것 같기도 하나도 변한 게 없는 것 같기도 했다. 여자가 물었다.

"뭐 마실래?"

"난……."

그 순간 오의 머릿속에서 브레인스토밍이 일었다. 그게 마지막으로 일어난 게 벌써 일 년 전의 일이었기 때문에 오는 당황했다. 무엇을 마셔야 하는가? 커피를 마셨을 경우, 그것을 엎었을 때 셔츠에 얼룩이 생길 확률, 그 얼룩을 뺄 세제의 선택의 폭, 마트에 결정한 상품이 없는 상황에서의 대처 방법…….

"오렌지주스 마셔. 나도 그걸로 할게."

여자는 여전히 선택에 능숙했다. 벨이 울리자 여자는 음료를 받아왔다. 여자는 빨대로 오렌지주스를 저었다. 얼음이 달그락거리는 소리를 냈다. 오는 그것을 물끄러미 보고 있었다. 여자가 입을 열었다.

"고양이 박람회엔 어쩐 일이야? 네가 고양이를 좋아했었나?"

"그러는 너는 왜 거기 있었지? 그 가슴에 단 캐터리 명찰은 또 뭐야?"

"브리더니까."

"고등학생이?"

"다 알고 있으면서 그런 도발은 그만둬."

오는 입을 다물었다. 감색 투피스는 여자를 나이 들어 보이게 했다. 아니, 어쩌면 제 나이로 보이게 했다는 말이 맞을 것이었다. 노란 후드티를 입었다면 어땠을까. 오는 자신이 여자를 고등학생으로 착각했던 순간을 떠올렸다. 서른둘을 고등학생으로 착각한 것은 오의 잘못일지도 몰랐다. 오는 립스틱이 발린 여자의 입술을 보며, 일 년 전 그 계절을 떠올렸다.

– 여기가 아저씨 집이에요?

그날 여자애는 오의 집에 가보고 싶다고 말했다. 오는 긴장했다. 그것은 그의 시뮬레이션에는 없던 일이었다.

대답도 듣지 않고 신발을 벗어던진 여자애는 오의 집 이곳저곳을 둘러보았다. 이게 어떤 상황이지? 나는 뭘 해야 하지? 오는 생각을 정리하기 위해 느릿느릿 신발을 벗었다. 생각은 그가 신발을 벗는 속도보다 빨랐으나 그로서는 어떤 결론을 내리기 힘들었다. 누군가가 세우는 가설이란 대부분 그의 경험에 비춰 나오는 것이었다. 오는 여자 경험이 없었다. 꼭 성적인 것만을 얘기하는 것은 아니었다.

여자애는 다시 현관 쪽으로 돌아와 문득 생각났다는 듯 가방을 열었다. 세 개의 플라스틱 물약 통을 꺼냈다. 물약 통에는 약간 미끈거려 보이는 액체가 들어 있었다. 차례대로 분홍색, 노란색, 연두색이었다. 오는 그것들이 딸기 맛, 레몬 맛, 청포도 맛일 거라고 추측했다.

– 아, 고마워.

오는 고맙다고 말하긴 했지만 정말로 그것의 용도를 추측하기 어려웠다. 오는 그것들을 냉동실에 넣고 문을 닫았다. 어쨌거나 '아, 고마워', 그 말은 오가 여자애를 만나 한 것 중 가장 긴 대사였다.

여자애는 주문할 때조차 오의 의견을 구하지 않았으며 가끔 '괜찮죠?'라고 물었으나 정말 괜찮은지 묻는 것 같지는 않았다. 오는 다만 끄덕이는 식으로 동조를 표했고 그걸로 충분했다. 여자애는 시종일관 오를 다만 지갑으로 취급해주었는데 그것이야말로 오가 바라마지 않는 것이었다. 여자애는 여기는 뭐가 맛있다는 식으로 끊임없이 선택했다. 그것은 그의 시선이 닿는 족족 시뮬레이션 되는 온갖 커피의 맛과 향과 모양을 일축해주었다. 무엇보다 여자애는 오가 그녀의 선택을 고까워할 거라는 걱정을 않는 것 같았다. 상대방의 반응을 상상하다 어떤 일들을 실행에조차 옮기지 못했던 오가 보기에 그건 정말 이상하고, 이상한 이상으로 매력적인 점이었다.

함께 있는 시간이 두 시간이 넘어갈 때쯤 오는 여자애가 편하다는 것을 깨달았다. 여자애는 오가 시뮬레이션을 돌릴 필요가 없다고 느낀 유일한 상대나 다름없었다. 여자애는 선택을 하는 데 꿍

장히 능숙한 것처럼 보였다. 무엇을 먹을지, 무엇을 마실지, 심지어 무엇을 입을지조차 여자애는 굉장히 빨리 선택했다. 여자애는 망설이지 않았다. 자신이 무엇을 원하는지 정확히 알고 있는 것 같았다. 오의 덜떨어진 모뎀을 생각해보면, 그녀의 머릿속에는 적어도 듀얼 코어 이상의 장비가 장착된 것이 분명했다. 오는 여자애와 더 긴 시간을 보내고 싶었다. 그러나 스테이크와 커피를 먹고 마시고, 침을 받은 이상 더 붙잡을 수는 없었다. 오는 여자애가 본인의 집에 가고 싶다고 말할 거라고 생각했다. 그런데 여자애가 그의 집에 가고 싶다고 말한 것이었다.

여자애는 별거 없는 그의 집 구석구석과 옷장, 서랍장까지 열고 훑어보았다. 흥미롭단 표정이었으나 오로선 이해할 수 없는 일이었다.

- 집에 언제 갈 거니?

여자애는 대답하지 않았다. 오는 무언가 다른 말을 건네기 위해 머릿속을 뒤졌다. 뭐 좀 마실래? 아냐, 방금 마시고 들어왔잖아. 텔레비전 볼래? 아냐, 지난번에 고장 났었지. 오의 손바닥은 식은땀으로 젖어들고 있었다. 여자애가 입을 연 것은 그때였다.

- 아저씨, 나 좀 재워주면 안 돼요?

오는 깜짝 놀라 고르던 말을 전부 잊어버렸다. 여자애는 집을 나왔다고 했다. 돌아가고 싶지 않다고 말했다. 오가 마음에 든다고 했다. 오에겐 거절할 이유가 없었다.

오는 여자애를 재워주었다. 다음 날, 여자애는 집에 가지 않았다. 오는 하루 더 여자애를 재워주었다. 그다음 날도 여자애는 집에 가지 않았다. 셋째 날, 여자애가 조심스레 입을 열었다.

- 아저씨, 저 아저씨랑 살면 안 돼요?

오는 거절하고 싶지 않았다. 그래서 여자애와 오는 함께 살게 되었다.

처음에 여자애는 무슨 일이건 시켜만 달라고 말했다. 먹여주고 재워주는 값을 할 거라나. 그러나 여자애는 도무지 할 줄 아는 것이 없었으니 달걀 프라이를 하다 천장의 스프링클러를 터뜨릴 정도였다. 그날 하루 내내 오의 거실은 물바다였다. 여자애는 미안해했지만 오는 여자애가 미안해하는 것이 싫었다. 어떤 사람에게는 부담스러운 마음이 떠나는 근거가 된다는 것을 오는 알고 있었다. 그는 여자애가 떠나지 않길 바랐다. 동거한 지 일주일째 되던 날, 오는 여자애에게 애써 집안일을 도울 필요가 없다고 말했다.

- 난 네가 네 마음대로 하는 게 제일 좋아. 네 멋대로 하는 게 날 돕는 거야.

그러면서 그는 자신의 힘든 점을 이야기했다. 무언가를 결정하는 게 너무 어렵고 누군가 대신 결정해줬으면 하고 언제나 생각했다고. 그것 때문에 쉴 수가 없고 모든 게 엉망이라고. 너무 피곤해서 어떨 땐 차라리 애완동물이 되어 주인이 있었음 싶었다고. 오는 그것을 여자애가 편한 마음으로 머무르길 바라는 마음으로 한 얘기였지만 여자애는 다르게 받아들인 것 같았다.

- 그래요? 그럼 내가 아저씨 주인 해줄게. 나 애완동물을 키워보고 싶었거든.

그날부터 둘의 관계는 기묘하게 바뀌었다.

— 재미없게 굴지 마요. 좀 제대로 맞혀보란 말이야.

오는 무릎을 꿇고 앉아 있었다. 무언가 부드러운 것이 뺨에 와 닿는 것을 느꼈다. 깃털? 아니다. 이 방에 깃털이 있을 리가 없어. 그렇다면 뭘까? 오는 손가락이 본능적으로 움찔거리는 것을 애써 참고 있었다. 눈에는 눈가리개가 씌워져 있었다. 시각이 봉쇄된다는 것은 청각과 후각과 촉각, 상황에 따라 미각에까지 감각적 무게가 실린다는 것을 의미했다. 오는 그의 턱을 간질이는 그것이 무엇인지도 잘 알 수 없었지만 무언가 얘길 해야 한다는 것만은 알 수 있었다.

— 팬티?

— 말이 되는 소릴 해요. 굶고 싶니?

오는 온 신경을 피부에 집중했다. 못 맞히면 벌을 받게 될 것이었다. 오는 며칠째 제대로 된 식사를 하지 못하고 있었다. 사실 엎드려 식사를 하면 그 메뉴가 무엇이건 간에 편할 수가 없는 것이었다. 여자애는 요리를 잘하지 못했으므로 그들은 대개 인스턴트 식사를 해야만 했다. 여자애는 데운 햇반에 잘게 썬 스팸이나 캔 참치를 섞어 주거나 레토르트 육개장에 햇반을 말아 주곤 했는데 그건 요리라기보다는 잘 만든 개밥에 불과한 듯 보였고 오가 먹는 방식 역시 그랬다.

— 아니, 붓인 것 같아. 붓.

오는 다급하게 내뱉었다. 여자애는 점점 지루해하는 것 같았다.

— 붓일 리가 있나…….

여자애는 중얼거리며 오의 눈에 묶여 있던 천을 벗겨주었다.

261

오는 갑자기 밝아진 시야에 적응하려 눈을 깜빡이다 여자애의 손을 살폈다.

- 강아지풀이었구나……. 어디서 난 거야?

- 아까 마트 갔다 오면서 꺾어왔어요.

여자애는 안대를 쓰지 않은 오의 얼굴 구석구석을 강아지풀로 쿡쿡 찔러대며 말했다. 여자애는 소파에 앉아 다리를 꼬고 있었다.

- 벌을 준다고 했잖아요.

- 그렇게 말하지 않기로 했잖아.

- 아, 그렇지. 지갑 내놔. 개새끼야.

오는 지갑을 건네며 히죽 웃어 보였다. 개새끼는 오의 애칭이었다.

오는 여자와 함께 있는 게 이렇게 행복할 거라곤 생각하지 못했었다. 여자애는 오가 무엇을 입을지 골라주었고, 무엇을 먹을지 정해주었고, 목줄을 채우듯 출근할 때의 이동수단을 선택해주었다. 오는 완전히 만족스러웠다. 지출이 늘었지만 입이 하나 더 늘었으므로 당연한 것이란 생각이 들었다. 오는 여자애에게 진심으로 빠져들었다.

오는 여자애와 많은 이야기를 나누었다. 여자애와 이야기할 때 그의 뇌는 고요했다. 그는 보험 회사에서의 고충을 말했고 회사를 그만두고 싶다고 토로했다. 그러나 무엇을 하고 싶은지, 무엇을 잘할지 모르겠고 겁이 난다고 말했다. 여자애는 잠시 생각하는 듯하더니 가볍게 말했다.

- 근데 아저씨가 말하는 시뮬레이션이니, 경우의 수니, 가설이

니 하는 것들 말이에요. 그거 뭐 연구할 때 주로 쓰는 말 아니에요? 그쪽으로 나가보지 그래요? 어울릴 것 같은데.

오가 대학원 입학 준비를 하게 된 것은 전적으로 여자애의 그 말 때문이었다. 그는 회사를 그만두었고 집 근처 대학의 대학원에 원서를 넣었다. 결과가 나오기까지는 꽤 시간이 있었다. 오는 그동안 여자애와 시간을 보내며 더 많은 추억을 쌓고 싶었다. 이를테면 데이트 같은 것. 그러나 여자애는 그를 애완동물 이상으로 보는 것 같지 않았다. 오가 여자애와 할 수 있는 것은 산책이나 소소한 놀이뿐이었다.

여자애는 마트에 갈 때마다 몇 가지 소품들을 사오곤 했다. 오는 하얀색 고양이 귀가 달린 머리띠와 빨간 가죽으로 된 목줄과 인조 터럭으로 된 생쥐 장난감 따위를 갖게 되었다. 어느 날부터 여자애는 오를 야옹이라고 부르기 시작했다. 오는 개새끼로도 충분한 것 같았지만 여자애의 의견은 좀 달랐다.

– 아저씨는 있잖아요. 진짜 개같이 생겼거든. 욕하는 게 아니라, 그, 바우와우? 그래서 개라고 부르면 진짜 개 같아서 말예요. 근데 난 고양이가 더 좋거든.

그러고 보니 여자애는 고양이를 무척 좋아하는 듯 보였다. 침이 든 플라스틱 물약 통을 담아왔던 크로스백에도 고양이가 세 마리 그려져 있던 것을 오는 뒤늦게 기억해냈다. 꺼놓은 채 통 사용하지 않는 휴대전화에도 그녀는 고양이 장식을 매달고 있었다.

여자애는 오가 자신의 야옹이라서 기쁘다고 말했다. 오도 기뻤다. 그러나 오는 자신이 고양이답지 않은 고양이라서 여자애가 떠날까 겁이 났다. 오는 고양이의 특징들을 공부하고 습득하려 애썼고 어떻게든 더 고양이에 가까워지려 노력했다. 그러나 노력해도 되지 않는 종류의 일들이 있었다. 오는 고양이 같은 남자가 아니었다. 오는 야옹이보다는 개새끼에 가까웠다.

－고양이는 나랑 닮았어요. 외롭고, 제멋대로에, 철이 없어 보이지만……, 쟤도 뭔가 이유가 있을 거야.

여자애는 종종 고양이에 대해 얘기했다. 그것은 주로 자신과 고양이의 닮은 점의 나열이었다. 확실히 여자애는 어딘가 고양이 같은 면이 있었다. 제멋대로에, 철이 없어 보이지만, 무엇보다 엄청나게 매혹적이라는 점에서.

오는 여자애에게 길들여졌다. 어느 순간부터 오는 여자애가 없는 삶을 상상할 수 없었다. 모든 것을 여자애가 결정해주고 보살펴주는 상황은 오를 철저히 종속적으로 만들었다. 그러던 오가 실수한 것은 아직 그의 내면에 남아 있던 애완동물답지 못한 마음가짐 탓이었다.

－집에서도 고양이를 길러?

여자애와의 동거가 세 달째 접어들던 때였다. 한참 누운 채 재롱을 부리던 오는 여자애가 싫증을 낸 그 참에 궁금했던 것을 물어보았다.

－아니, 엄마가 천식이 있어서.

여자애는 고개를 가로저으며 가볍게 대답했다. 그것은 언뜻 평범한 말 같았지만, 오에게는 좀 다르게 다가왔다. 오는 누워 있던 몸을 천천히 일으켜 세웠다. 엄마라고? 어쩐지 한 대 얻어맞은 느낌이었다. 여자애에게도 엄마가 있을 텐데, 또 가족이 있을 텐데. 이렇게 내가 독차지해도 괜찮은 걸까? 생각해보면 오가 그녀의 가족에 대해 관심을 가졌던 것은 그녀가 가출을 얘기하기 바로 직전뿐이었다. 오는 갑자기 휘몰아치는 그녀와 그녀의 가족에 대한 생각을 멈출 수 없었다.

  – 아버지는?

  오는 침착한 표정으로 물었다. 소파 위의 여자애는 양 무릎을 모아 붙이고 쪼그려 앉아 자신의 발가락을 내려다보고 있었다. 오가 질문을 던지자 여자애는 천천히 그의 눈으로 시선을 옮겼다. 차가운 눈빛이었다. 여자애의 얼굴에서 웃음기는 찾아볼 수 없었다. 오는 불과 십분 전까지 야옹아, 하며 웃음을 흘리던 여자애와 눈앞의 이 여자애가 동일 인물이라고 쉽사리 주장할 수 없을 것 같다고 생각했다.

  – 너 뭐하는 거야.

  여자애는 느리게 말을 던졌다. 공기가 얼어붙는 듯한 침묵이 이어졌다. 생각해보면 짧은 동안의 침묵이 분명했으나 오에겐 억겁과도 같이 느껴졌다. 오는 이미 자신의 실수를 깨달은 참이었다. 그는 애완동물 주제에 감히 어른처럼, 오빠처럼, 아빠처럼 굴었던 것이다. 알랑하게도, 건방지게도, 주제넘게도. 그 사실을 깨달은 오는 잔뜩 긴장했다. 오는 쏟은 물을 주워 담고 싶었다. 어떻게든 여자애의 다문 입을 열게 하고 싶었다. 그러나 여자애의 입은 덜 삶아진 꼬막처럼 꾹 다물려 있었다. 오는 어물어물 대답했다.

  – 아니, 난 그게 아니라…….

- 씨발.

여자애는 나지막이 욕을 읊조리며 자리에서 일어났다. 오는 처음으로 시뮬레이션을 돌리지 않게 된 자신을 후회하고 원망했다. 여자애가 짐을 싸는 데는 십분도 채 걸리지 않았다. 오는 어떻게 해야 할지 알 수 없었다. 오는 화난 여자를 풀어줘 본 일이 없었다. 실은 여자를 화나게 한 것조차 처음이나 다름없었다. 오는 여자애의 손목을 붙잡는 식으로 무언가 시도해보려고 했으나 그녀는 완강했다.

- 뒈지고 싶니?

여자는 잔에 든 얼음을 오독오독 씹어 먹고 있었다, 태연하게. 오는 심장을 가눌 수가 없었다. 처음의 당혹감은 이미 사라지고 남은 것은 분노와 가망 없는 회한이었다. 오는 자신이 여자를 찾으려 백방으로 돌았던 것을 떠올렸다.

그때 오는 느닷없이 유기된 것이나 다름없었다. 유기된 동물들이 흔히 그렇듯, 정신을 차린 오는 자신의 주인을 찾아 나섰다. 단서라곤 여자애가 잘 때 몰래 찍은 사진과 여자애가 자신의 집 근처라며 약속 장소로 정했던 처음의 그 지하철역뿐이었다. 심부름 센터의 직원은 한 달의 말미를 달라고 말했다. 그러나 삼 주가 되던 날 전화가 걸려왔다. 직원의 말을 들은 오는 힘이 풀렸다. 휴대 전화가 툭 바닥으로 떨어졌다.

여자애가 오에게 한 말 중 진실이란 없었다. 있다면 고양이를 키우지 않는다는 점 정도일까. 여자는 고등학생이 아니었다. 여자의 나이는 서른둘이었다. 여자는 기혼자였고, 남편은 원양 어선을 타고 있어 넉 달째 집을 비운 상태였다. 모친의 천식 여부는 알 수 없었지만 얼마 전 부모가 교통사고로 동시에 세상을 떴다고 했다. 보고서의 말미엔 '채팅으로 여고생 행세를 한다'는 내용이 들어 있었다. 이해가 되지 않던 일들이 퍼즐 조각 들어맞듯 정리되는 것 같았다. 여자애는 단 한 번도 학교 얘길 하지 않았다. 종종 내뱉는 말들에서 묘한 연륜이 느껴졌다. 보고서 마지막 장 아래에 주소와 휴대전화 번호가 적혀 있었으나 오는 번호를 누를 수 없었다. 그는 아무것도 할 수 없었다.

오는 실망했다. 아니, 그가 느낀 그 절망감은 실망이란 단어로는 지나치게 축소된 감이 있었다. 그는 끔찍한 진실과 마주한 사람들이 흔히 갖는 몇 가지 단계를 거쳤다. 의심하고 분노하고 절망한 뒤, 마침내 인정하고 체념하는 식. 오는 사람들이 흔히 하는 간단한 방식으로 여자애에게서 벗어나려 애썼다. 그것은 상대를 미워하고 부정하는 것이었다. 그는 집에 남아 있던 여자애의 흔적을 전부 쓰레기통에 처박았다. 소중하게 얼려놓았던 딸기 맛, 레몬 맛, 청포도 맛 침 역시 휴지통으로 들어갔다. 그게 오가 할 수 있는 최선이었다. 버림받은 개가 미치지 않기 위해선 주인을 원망하는 수밖에 없었다.

오는 여자애의 모든 점을 저주했다. 거기엔 여자애가 고양이를 좋아하는 것까지 포함되어 있었다. 자신이 고양이답지 못하다는 데 절망하던 그는 고양이를 좋아하는 이들과 고양이 자체를 증오하게 되었다. 주인이 없는 오는 하나부터 열까지 모든 일을 자신이 해야 했다. 다만 한 가지 좋았던 점은 분노로 차가워진 머릿속에선 더 이상 어떤 폭풍도 일지 않는다는 것이었다. 오의 머릿속은 태풍의 눈처럼 고요했다. 오는 그 고요를 자신의 감정을 추스르는 데 사용했다. 그것은 불쾌하고 고독한 정적이었다.

오의 감정이 다 정리되기까지는 생각보다 긴 시간이 필요했다. 그사이 대학원 합격 발표가 났다. 직장과 주인을 함께 떠나보낸 그에게 다른 선택은 없었다. 오는 대학원에 입학했다. 학교를 다니며 오는 흔들림 없는 나날을 보냈다. 감정적인 혼란이 완전히 잦아들게 되자 오는 칼날이 벼려졌음을 느꼈다. 마침내 오는 복수를 하기로 마음먹었다. 그는 자신이 느꼈던 절망을 그 누군가도 느끼길 바랐다. 오는 여자애를 만났던 채팅 사이트에 접속해 그와 같이 주인을 찾아 나선 여자들을 꾀었다. 오는 주로 마음 붙일 곳 없는 미성년자나 주부들을 만나 주인 행세를 했다. 그는 지배하며, 여자들을 암컷으로 대했다. 그에게 의존적인 여성들은 밥이나 다름없었다. 그녀들은 스스로를 암캐라 칭하며 오의 발가락을 핥았다. 그녀들을 상대하며 오는 스스로를 더 강한 사람처럼 느꼈다.

열 명도 넘는 복종자들이 그에게 길들여지고 버림받았다. 그에게는 그것이 당연하고 마땅한 일처럼 여겨졌다. 문제는 그들 중 일부가 진심이란 것이었다. 오가 주인인 여자애에게 행복과 평온을 느꼈듯, 그들은 오에게 같은 것을 느끼고 바랐다. 그러나 오는 개새끼였다. 그는 친절과 애정을 빌미로 그들을 꾀고, 마음 놓게 한 뒤에, 가차 없이 내쳤다. 몇 명인가는 울었고 몇 명인가는 빌었다. 그러나 오는 뒤도 돌아보지 않았다. 그에게 죄책감은 없었다. 그의 행위에 누군가 책임을 져야 한다면 그것은 그의 주인이었던 여자 애일 것 같았다. 그런데 그 여자가 지금 그의 앞에 앉아 있었다.

"사람을 보냈더라. 내 뒤를 캐라고."

오는 대꾸하지 않았다. 옅게 화장을 한 여자는 이제야 그 나이로 보였다. 오는 여자의 뻔뻔스러움이 믿어지지 않았다. 여자는 싱글거리는 표정으로 계속 말했다.

"어쨌든 반갑다. 어떻게 지냈어? 가끔 생각나긴 했는데."

"남편은 돌아왔나?"

여자의 얼굴에 짧은 당혹감이 스쳐 지나갔다. 여자는 다시 태연한 표정으로 돌아왔다.

"대학원은 다닐 만해? 적성에 잘 맞지?"

"이제 진짜 고양이를 키우나 보지? 왜, 나로는 모자랐나?"

"아저씨……."

여자는 작게 한숨을 내쉬었다.

"나 아저씨랑 살 때 참 좋았어. 아저씨가 내 고양인 것도 좋았어. 그때 내게 힘든 일이 있었는데……. 아니, 그건 관두자. 하지만 아저씨도 알잖아. 아저씨는 고양이가 아니야."

"아저씨라고 부르지 마. 너랑 나랑 몇 살이나 차이 난다고. 너는 날 무책임하게 버렸어. 애완동물을 들일 땐 끝까지 책임질 수 있을지 없을지 잘 생각하고 결정했어야지. 네가 그렇게 떠나고 내가 어땠는지 알기나 해?"

"그렇게 떠난 건 미안하게 생각해. 아주 나갈 생각은 아니었어. 잠깐 바람 좀 쐬다 돌아갈까 생각하기도 했어. 그런데 그게 아니더

라. 거짓말로 시작된 관계가 이어져 봤자 얼마나 이어지겠어. 남편은 돌아왔냐고? 아니, 그 사람은 완전히 떠났어. 그때 남편과는 이미 이혼 얘기가 오가고 있었거든. 남편이 바람을 피운 것 때문이었지. 어선을 타다 만난 외국 여자였어. 억장이 무너졌지……. 부모님이 교통사고로 돌아가시고, 나는 남편에게 완전히 의지하고 있었거든. 결혼을 하기 전에는 부모님께 의지했겠지. 그러니 땅과 하늘이 동시에 무너진 것 같았어. 여고생인 척 채팅을 한 건…… 나쁜 의도가 아니었어. 난 대화가 필요했을 뿐이야. 그런데 나를 온전히 드러내기는 두려웠어. 부모와 배우자를 동시에 잃고, 스스로가 어떤 사람인지조차 모호했으니까……. 아저씨와 함께 있어 행복했던 건 거짓말이 아니야. 하지만 아저씨와 함께 있었을 때도, 아저씨가 내게 의지한 만큼 나도 아저씨한테 의지했을 거야. 아저씨 집에서 나와 길을 돌아다니는데, 문득 이런 생각이 들었어. 나는 매번 누군가에게 의지하면서 살기만 했던 건 아닐까."

오는 말없이 듣고 있었다. 그의 앞에 놓인 오렌지주스 위로 녹은 얼음이 투명한 층을 만들고 있었다.

"그래, 나도 고양이를 키우고 있어. 그렇지만 그게 나와 닮아서는 아니야. 예전에 내가 나와 고양이가 닮았다는 말을 한 적이 있었지? 그건 절대로 착각이었어. 나는 그저 제멋대로에 무언가를 책임지고 싶지 않았던 것뿐이었어. 나는 고양이에 한참 못 미치는 인간이 틀림없었어. 고양이를 돌보며 느낀 점은, 그 애들이 제멋대로로 보이는 게 생각이 없기 때문이 아니란 거야. 고양이들은 단지 자신의 감정에 솔직한 동물이었을 뿐이야. 고양이는, 누군가에게 의지하지 않고 복종하지 않고, 스스로의 힘으로 세상을 헤쳐 나갈 힘이 있는 존재들이었어. 어떤 종류의 어떤 고양이라도 말이야. 나는 내가 고양이에게 끌렸던 이유를 알게 되었어. 그건 나보다 감정적으로 강한 누군가에게 끌리는 자연스러운 일이었던 거야. 난 그 동물을 더 깊이 알고 싶다고 생각했고 브리더가 되기로 결심했지. 그래서 내가 캐터리 코너에 있었던 거야. 그 캐터리에 유명한 브리더가 하나 있는데, 그 사람 견습생으로 들어가게 됐거든. 그 사람은 진짜 브리더야. 아비시니안을 전문으로 하지만 모든 고양이에 대한 이해와 애정을 기초해서 그 일을 하고 있으니까. 아저씬 모르겠지만, 그렇지 않은 브리더가 세상엔 많거든. 브리더인 척 속여 마구 번식시킨 고양이로 돈을 버는 사람들도 많고…… 물론 난 아직 견습생이지만 언젠가는 유능한 브리더가 되고 싶어."

여자는 조금 빠르게 말을 쏟아냈다. 오는 여자의 눈이 반짝이는 것조차 못마땅했다. 여자는 그럴싸하게 이야기하고 있었지만 오에겐 변명으로밖에 들리지 않았다. 오히려 그것은 분노의 기점이 될 수도 있었다. 그의 삶을 엉망으로 만들어놓고, 자신은 삶의 목표를 찾았다고 자랑스레 말하는 여자는, 스스로를 용서한 듯 보였다. 오는 내뱉듯 말했다.

"네가 진짜 고양이 애호가가 되고 브리더를 꿈꾼다니 듣던 중 반가운 소식이군. 그러나 고양이는 쓰레기야. 아니, 쓰레기보다 더 나빠. 제멋대로인 걸 이해하라고? 그게 강하다는 증거라고? 네가 무슨 말을 어떻게 해도 소용없어. 너는 내게 연구를 해보라고 권했던 걸 후회하게 될 거야. 난 생화학을 전공하고 있거든. 나는 이 지구

상에서 고양이란 고양이는 모조리 씨를 말려버릴 생각이야. 두고
봐. 두 달 안에 고양이의 역사가 다시 적힐 거고, 네 고양이도 거기
서 벗어날 순 없을 테니까. 그리고 너는 네가 여전히 변하지 않았
다는 걸 증명하게 되겠지. 네 고양일 또 버리게 될 테니."

"그게 무슨…… 아저씨, 잠깐만……."

여자는 무언가 더 말을 하려 했지만, 오는 여자를 남겨두고 자리
에서 일어났다. 누군가 그의 심장을 스패너 같은 걸로 옥죄는 듯했
다. 그는 빠르게 걸어 나갔다. 여자는 오를 따라 나오지는 않았다.
등 뒤로 여자의 시선이 느껴졌지만, 그는 뒤돌아보지 않았다.

5장

인류 취향의 역사를 위하여

박과 곽은 주차장에 서 있었다. 박은 커다란 포대 자루를 들고
자신의 트럭에서 내렸다. 누런 포대 자루가 크게 꿈틀거렸다.

"지금까지 잡은 고양이는 이게 다요."

곽은 고개를 끄덕였다.

"몇 마리지요?"

"다섯 마리."

"아직 더 잡아야겠군요. 근데 한 번에 다 데리고 올 줄은 몰랐
어요."

"집에 놓아둘 곳이 없어서 별수 없었소. 마누라가 의심하는 눈
치를 보이거든, 고양이가 있으면서 주질 않는다고 말이야. 어차피
오가 쓸 거라고 하지 않았나? 거기 가져다놓으면 될 거 아뇨."

박이 차에 오르자 곽이 조수석에 올라탔다. 둘은 말없이 오의
집으로 향하고 있었다.

곽은 지난번 통화했을 때 오의 목소리가 평소와 달랐던 것에 대해 생각하고 있었다. 그는 무언가 다른 일에 정신이 팔린 듯했다. 남궁의 소식을 물어도 오는 그가 배신했는지 연락이 안 된다는 말밖엔 하지 않았다. 떨떠름했으나 남궁과의 연락은 전적으로 오가 맡았으니 곽으로선 달리 방법이 없었다. 문제가 생기면 안 돼. 곽은 생각했다. 후보자 등록일을 겨우 이 주 앞두고 있었다. 장국태가 후보로 선출되는 것은 기정사실 같았다.

곽은 초조하게 길을 안내했다. 곽은 자신이 궁극적으로 하고자 하는 일을 위해선 말미에 오와의 마찰을 피할 길이 없다는 것을 잘 알고 있었다. 오와 크게 문제가 있었던 건 아니었지만 곽과 오는 어딘가 잘 맞지 않는 구석이 있었다. 준비가 다 되었단 말에 안심했던 게 잘못이었을까. 이제 얼마 남지 않았는데 심경에 변화라도 생긴 건 아니겠지. 포대 안에서 고양이들이 미친 듯 울었다.

오의 집 초인종을 눌렀지만 대답은 없었다. 곽과 박은 서로의 눈을 쳐다보았다. 손잡이를 쥐고 돌려보자 잠겨 있지 않았다. 곽과 박은 현관 안으로 들어섰다.

"이봐, 오. 안에 있나?"

반향은 없었다. 곽은 현관 맞은편의 안방을 열어보았지만 비어 있었다. 곽은 초조하게 화장실 오른편의 작은방을 열어보았다. 오는 거기 있었다. 책상 앞에 앉은 오의 등을 본 곽은 가슴을 쓸어내렸다. 그 방은 오가 실험실로 쓰는 공간이었다. 벽의 한 면에는 책장이 빈틈없이 세워져 있었고 그 옆에 무언가 공식이 적힌 화이트보드가 놓여 있었다. 판유리가 깔린 책상 위에는 스테인리스 철판과

백열등, 병에 든 몇 가지 약품, 주사기 따위가 비치되어 있었다.

"있으면 대답을 하지 않고……. 뭐하고 있었나? 고양이를 잡아 왔네."

곽은 오에게 다가서며 말을 걸었으나 오는 대꾸도 하지 않았다. 곽은 더 가까이 다가서서 오의 얼굴을 살폈다. 오의 눈이 기묘하게 번뜩이고 있었다. 곽은 오싹한 기분이 들어, 그의 어깨를 짚었던 손을 떼었다. 오는 회색 줄무늬 고양이의 목덜미를 쥐고 주사로 약을 투여하고 있었다. 고양이는 바짝 굳어 있었고 이미 무언가에 취한 듯 보였다. 낮게 울음을 운 고양이는 잠깐 몸을 바르르 떠나 싶더니 곧 털썩 쓰러졌다. 오가 곽을 돌아보았다.

"형님 오셨습니까."

"그 주사는 뭔가? 회의 때 그런 얘긴 안 나온 걸로 아는데."

"사료에 섞을 약품도 만들어두었습니다. 그런데 아무래도 주사가 더 손쉬울 것 같아서요. 물론 위험을 감수할 필요는 있겠죠. 보시는 것같이 이 녀석에겐 약이 좀 과했던 모양이지만, 농도만 좀 조절하면 될 겁니다."

오는 태연히 쓰러진 고양이를 가리켰다. 좀 과했다고 했지만, 고양이는 이미 숨을 쉬지 않는 것 같았다. 곽은 기가 막혔다.

"아니, 왜 시키지도 않는 짓을 하나? 우리의 목표는 고양이가 아니란 걸 잊었나?"

곽은 오와 쓰러진 고양이를 번갈아 쳐다보며 타박했다. 오는 대답하지 않았다. 뒤에 서 있던 박이 고양이가 든 포대를 바닥에 내려놓으며 말했다.

"이런 일이란 얘긴 못 들었는데. 실험이 끝나면 고양이를 돌려준다지 않았나. 너희가 성공한다고 해도 마누라가 고양이를 먹고 싶어 하리란 건 변하지 않아. 약품에 전 고양이는 필요 없단 얘기야. 먹을 수가 없으니까."

"박 형, 오해하지 마시오. 이건 오의 독단일 뿐이오. 애초 결정된 사안에 주사는 없었소. 우리는 원래 계획대로 사료에 약품을 타서 유통시킬 거예요. 오, 경구용은 어떻게 되었나?"

오는 불만스러운 표정을 감추지 않은 채 방구석에 놓인 커다란 플라스틱 약수통 여러 개를 가리켰다.

"이거면 충분할 겁니다. 그게 잡아온 고양인가요? 개들로 직접 실험을 해봐야 될 것 같긴 하지만 일단 기니피그에게는 먹혔습니다……. 그런데 왜 형님이 주사를 반대하는지 이해할 수가 없어요. 어차피 고양이 아닙니까. 고양이가 없으면 고양이 애호가도 사라질 텐데, 장기적으로 보면 그게 훨씬……."

"장기적으로 보니 오히려 안 될 말이네. 우리에게 전 세계의 고양이를 멸종시킬 만큼의 세력과 자본, 시간이 있다고 해도 결론은 같았을 걸세. 우리에겐 그럴 자격도 이유도 없어. 애초 우리 클럽이 목표로 삼은 대상은 고양이가 아니라 각 분야의 버틀러야. 미스터 버틀러가 고양이가 아니라 이구아나 버틀러였다면 우린 같은 방법으로 이구아나를 노렸을 거야. 이 얘긴 이미 충분히 한 것으로 아는데."

"그렇게 부정적으로만 보지 마시고, 제 얘길 잘 생각해보세요. 이제껏 고양이와 같은 종은 없었습니다. 역사적으로도 말이에요.

이만큼 무리 지은 인간들이 복종을 맹세하고 자신을 낮춰 부르게 된 것을, 그걸 인간들 잘못이라고만 말할 수 있습니까? 아뇨, 고양이 잘못이에요. 그 동물이 존재한 자체가 잘못이란 말입니다. 고양이가 아니었으면 그 동물을 추종하는 무리도 생겨나지 않았을 거란 말예요. 물론 당장은 그 여파가 크지 않겠지만 꾸준히 약품을 개발해서 계속 처치하다 보면…….”

곽이 중간에 말을 잘랐다.

“꿈도 크군. 우리 계획이 불만이면 지금이라도 그만두게. 우리의 사상 때문에 고양이라는 종을 멸종하려 든다면, 자기들 무리의 취향을 빌미로 소수 무리의 취향을 우습게 여겨버리는 버틀러와 우리가 다를 게 뭔가?”

곽은 박을 돌아보며 말을 이었다.

“이차 미션은 계획대로 진행될 겁니다. 박 형은 최대한 많은 고양이를 잡아들여 주십시오. 고양이는 분명히 받게 될 테니까요. 수가 모자라면 보상금으로 채워서라도 드리겠습니다. 그런데…… 고양이가 정말 신경통에 효험이 있긴 하던가요?”

곽은 흘리듯 물었다. 그건 박이 고양이를 포획하는 이유로 댄 이야기에 관한 것이었다. 박은 말없이 그대로 서 있었다. 박은 대답하기 어려웠다. 그가 바닥에 내려놓은 자루에서 고양이들이 기어 나왔다. 오가 이양, 이양, 우는 고양이들을 잡아 집어넣었다. 오의 손길이 거칠었기 때문에 고양이들은 우리 안에 패대기쳐질 때마다 더 날카로운 울음을 울었다. 박은 잠시 오의 행동을 지켜보고 있었다. 저것까지 다섯 마리. 박은 뒤돌아섰다. 고양이를 더 잡아야 했다.

곽이 오와 할 얘기가 남았다고 말했기 때문에 박은 혼자 차로 향했다. 박은 골똘히 생각에 잠겨 있었다. 고양이가 정말 신경통에 효험이 있던가요? 곽의 목소리가 머릿속을 맴돌았다. 그런 질문을 받으면 박은 할 얘기가 없었다. 그런 민간요법이 있다는 것은 알고 있었지만 그게 실제로 신경통에 효험이 있는지 없는지 그는 알지 못했다. 박이 고양이를 잡는 이유는 그의 아내가 먹고 싶어 해서였지 신경통 때문이 아니었다. 박으로선 이 무의미한 사냥이 언제까지 이어질지 예측할 수 없었다. 윤형자는 날이 갈수록 더 많은 고양이를 먹고 싶어 했다.

어린 시절 윤형자의 별명은 고양이였다. 아마도 그녀의 구순열과 빛이 엷은 눈동자 탓이었을 것이다. 유난히 까만 머리털 역시 그 별명에 영향을 미쳤을 테지. 윤형자가 그 사실을 고백했을 때, 박은 그녀를 달래기 위해 이렇게 말했다.

– 하지만 고양이는 귀엽잖아요. 영특하고.

그러나 그 시절 작은 시골 마을에서 고양이란 단어는 귀엽고 영특하다는 특징 대신 괴이쩍은 속설에 관련되었다. 고양이에 관한 속설 중 가장 많은 비중을 차지하는 것은 죽음과 관련된 것이었다. 단지 별명이 고양이인 것에 불과했던 아홉 살 난 여자애를 사람들은 자연스레 죽음의 상징으로 여겼다. 마녀를 설명할 때면 결코 빠지지 않는 것이 검은 고양이였던 것처럼 윤형자는 마을의 마녀로 분류되었다. 윤형자의 어머니가 그녀를 낳다 죽은 것, 아버지와 할아버지가 같은 날 사고를 당해 세상을 등진 것 역시 그것의 근거처럼 사용되었다. 그건 여자애가 지기엔 너무 큰 편견이었으나 그녀를 보호해줄 어른은 없었다. 선생님은 그녀를 방치했으며 할머니는 너무 늙어 귀가 잘 들리지도 않았다.

— 그들이 절 귀엽다는 의미로 야옹아, 라고 불렀으면 참을 수 있었을지도 몰라요. 그러나 제 별명은 처음부터 끝까지 고양이였어요. 처음엔 학교 애들이 놀리기 시작했지만 그건 곧 마을 전체로 퍼졌죠. 마치 역병처럼요.

어느 날 아침, 윤형자는 늦잠을 잔 탓에 등교를 서두르고 있었다. 윤형자의 집에서 학교로 가기 위해서는 작은 건널목을 하나 지나야 했다. 그녀는 여느 때처럼 그곳을 가로지르려 했다. 윤형자의 작은 머리는 서둘러야 한다는 생각으로 가득 차 있었고, 차가 오는지 둘러보는 그녀는 완벽히 무방비 상태였다. 그녀의 뺨에 불이 난 것은 바로 그 순간이었다.

— 어디 재수 없게 아침부터 눈앞을 가로질러 가?

느닷없는 폭력에 윤형자는 뺨을 감싸 쥐고 상대를 올려다보았다. 아픈 것보다 놀란 게 더 컸을 것이다. 그녀를 때린 남자는 동네 어른 중 한 명이었다. 어른은 그녀를 때려놓고도 태연한 표정으로 서 있었다. 마치 당연히 해야 할 일을 한 것처럼. 그 옆의 다른 어른은 당황한 기색을 보였지만 윤형자를 때린 어른이 이렇게 말하자 완전히 납득하고 넘어갔다.

— 아, 이년이 고양이라네.

— 아, 그래서…….

- 사람 앞을 가로지르지 말았어야지.

어른들은 낄낄거리며 그녀의 앞을 스쳐 지나갔다. 그들이 지난 자리에 진한 술 냄새가 남아 있었다. 그들은 떠났지만 윤형자는 그 자리에서 움직일 수 없었다. 한 발짝도.

마침내 텅 빈 길에 혼자 서게 되자, 그녀는 왈칵 눈물을 쏟았다. 성이 났고 서러웠고 억울하고 두려웠다. 내가 뭘 잘못했지? 나는 왜 길을 가로지르면 안 되지? 내가 고양이라서? 윤형자는 아무도 보지 않을 때에만 아주 조금씩 걸었다. 어떻게 움직여도 누군가의 앞을 가로지를 것 같았기 때문이었다. 윤형자는 점심시간이 다 되어서야 학교에 도착했다. 그녀는 아주 녹초가 되어 있었다.

윤형자의 별명은 고양이였다. 그녀에겐 그 별명을 물릴 힘이 없었다. 대신 그녀는 고양이가 하면 안 되는 모든 일을 파악하기로 마음먹었다. 그게 그녀가 생각할 수 있는 유일한 대비책이었다. 수업이 끝난 뒤 그녀는 곧장 도서관으로 향했다. 윤형자는 날이 저물도록 도서관 구석 자리에 앉아 고양이에 관한 속설을 찾았다. 그것들은 한두 개가 아니었다.

그날 아침 윤형자에게 적용된 속설은 '아침나절에 고양이가 앞을 가로지르면 종일 재수가 없다'는 것이었다. 그 외에도 '고양이가 한번 품은 복수심은 막을 길이 없다', '고양이는 주인을 배반한다', '고양이가 아기 울음을 울면 집안의 아기가 죽는다', '고양이는 악마를 불러들인다', '고양이를 괴롭히면 칠 대가 망한다' 같은 것들이 있었다. 그중 윤형자의 마음을 파고든 것은 '고양이는 아홉 개의 생명을 가지고 있다'는 것이었다. 그것은 그녀에게 일종의 희망처럼 느껴지기도 했다.

윤형자는 정말 자신이 고양이일지도 모른다고 생각했다. 모두가 그녀를 고양이라고 불렀기 때문이었다. 모두가 무엇을 그렇게 부르면 무엇은 그렇게 되는 법이었다. 윤형자는 늘 아홉 개의 생명을 생각했다. 그것은 누군가 그녀를 놀리고 괴롭힐 때에도 마찬가지였다. 마을 어른이나 학교 친구들이,

— 암고양이는 발정이 난다며?

— 암고양이는 한 번에 여러 놈의 새끼를 품을 수 있다며?

라고 얘기하며 그녀의 몸을 건드릴 때에도 그녀는 아홉 개의 생명을 생각했다. 그때 그녀가 저주한 것은 남자들이 아니었다. 인간인 동시에 고양이인 자신이었다. 차라리 완전한 고양이였다면, 복수를 할 수 있지 않았을까? 악마를 불러들일 수 있지 않았을까? 남자들이 그녀 위에서 몸을 흔들다 떠나갈 때마다 그녀는 아홉 개의 생명에 대해 생각했다. 어느 순간부터 그 속설은 그녀에게 종교와도 같은 것이 되었다. 내게는 아홉 개의 생명이 있어. 너희는 아무것도 아니야. 너희는 정말, 아무것도 아니야. 그러다 더 이상 참을 수 없게 되었을 때, 그녀는 아홉부터 하나까지 숫자를 세어 나갔다.

그녀는 열한 살 때 처음 손목을 그었다. 열두 살 때는 콘센트에 젓가락을 꽂았으며, 열세 살 때는 한데서 눈을 감았다. 열네 살 때는 차도로 뛰어들었고, 열다섯 살 때는 농약을 마셨다. 열여섯 살 때는 옥상에서 뛰어내렸고, 열일곱 살 때는 목을 맸으며, 열여덟 살 때는 저수지에 뛰어들었다. 그런데도 그녀는 매번 어떻게든 살

아남았다. 죽지 않으면 병신이 되어야 마땅했을 거라고 모두가 말했지만 다친 곳도 이상할 정도로 없었다. 어떤 사람은 그것을 기적이라고 불렀고 어떤 사람은 악마의 가호를 받기 때문이라고 말했다. 그러나 윤형자는 알고 있었다. 그것은 자신에게 아홉 개의 영혼이 있기 때문이라는 것을.

윤형자가 열아홉 살이 되었을 때, 그녀의 할머니가 죽었다. 그때 윤형자에게는 꼭 하나의 생명만이 남아 있었다. 할머니의 장례식을 마친 윤형자는 짐을 싸서 마을을 나왔다. 가출이라고 부를 수는 없었다. 가출이란 누군가 기다리는 사람이 있는 경우에나 가능한 일이었으니까. 윤형자는 도시로 떠났다. 쥐뿔도 없는 그녀에게 도시 생활은 쉽지 않았다. 흔한 타락의 길도 그녀에겐 흔하지 않았다. 쪽방에서 잠을 자며 그녀는 계속 일자리를 구하러 다녔다. 일 년 만에 얻은 일자리는 소아마비 딸을 가진 아주머니가 운영하는 작은 마트의 계산원이었다. 그곳에서 윤형자는 마스크를 쓰고 오 년을 일했다. 월급이 많지는 않았지만 그녀는 행복했다. 도시에는 그녀를 고양이라고 부르는 사람이 없었으니까. 그것만으로도 그녀는 만족스러웠다. 몇 번의 연애를 하고 또 그만큼의 이별을 하며, 그녀는 평범하고 평탄하게 삶을 이어 나갔다. 그러나 어린 시절의 악몽이 떠오를 때마다, 그녀는 매번 지옥과 맞닥뜨려야 했다.

- 장애인 등록증을 받으려 했던 적도 있었어요. 아무래도 보조금이 나오지 않을까 생각했거든요. 그러나 기준이란 게 참 매몰차더군요. 난 얼굴의 육십 퍼센트가 손상되어야만 판정받을 수 있는 안면장애도 아니었고 언어장애 판정을 받기엔 발음이 정확한 편이

었어요. 나라에서 내게 해줄 수 있는 건 없는 것 같았어요. 국제 결혼 정보 회사에서 일하게 된 건, 그곳의 사장이 마트 사장님의 친오빠였기 때문이었어요. 지금 생각하면, 그게 내 삶에서 일어난 가장 좋은 일이 아니었나 싶어요. 거기서 당신을 만났으니까.

윤형자는 모든 것을 털어놓고 싶다고 말한 만큼 모든 것을 털어놓았다. 이야기를 마친 윤형자는 떠날 거면 지금 떠나라고 말했지만, 박은 생각보다 더 많이 그녀를 사랑했다. 박은 윤형자의 손등에 입을 맞추며, 그녀의 마지막 생명을 끝까지 지켜주겠노라 맹세했다. 윤형자는 청혼을 받아들였고 꼭 한 달 후 둘은 식을 올렸다. 꽃피는 봄날이었다.

그날 윤형자는 박에게 자신의 하나 남은 생명을 바치기로 약조했다. 그것은 박의 맹세에 대한 보답이었다. 문제는 없을 것 같았다. 언청이는 안 된다며 길길이 날뛰던 어머니였지만 막상 며느리를 들이자 잘해주었다. 어머니와 박, 윤형자는 함께 농사를 짓고 감을 팔고 곶감을 말리며 행복하게 사는 듯했다. 그러기를 육 개월, 윤형자에게 아기가 생겼다.

박은 그때를 떠올렸다. 임신을 한 것 같다고, 뺨을 붉히며 얘기하던 윤형자의 표정이 어제처럼 선명했다. 윤형자는 기뻐하며 말했다.

- 당신에겐 미안하지만, 내 생명을 돌려줘야겠어요. 우리 아기가 생겼잖아요? 섭섭해도 어쩔 수 없어요.

물론 섭섭할 리가 없었다. 박은 걱정 말고 가져가라며 웃었다. 전혀 섭섭하지 않으니 아기를 위해 전부 써달라고, 그게 자신이 가장 바라는 일이라고. 그렇게 윤형자의 아홉 번째 생명은 박의 것에서 아기의 것이 되었다. 박은 가끔 생각했다. 그때 혹시 그 생명을 돌려주지 않았다면 어땠을까, 하고. 아니, 아기가 사산되지 않았다면 어땠을까. 우리는 행복할 수 있지 않았을까. 설사 행복하지 못했더라도, 지금처럼 윤형자가 껍데기만 남는 일은 없지 않았을까.

임신 초기에 윤형자는 아기의 입술이 갈라져 나올까 걱정했다. 그것이 유전 질환은 아니었지만 그녀로선 걱정할 수밖에 없는 일이었다. 박은 그녀를 안심시켰다. 혹시 아기에게 문제가 있더라도, 요즘은 의학이 발달해 아기 때 수술을 해주면 완치될 수 있다고. 그리고 당신의 입술도, 나는 괜찮지만 계속해 마음에 걸린다면 수술을 받자고 얘기했다. 윤형자는 박을 끌어안았다. 그러나 아기의 입술은 멀쩡했다. 잘못이라고도 말할 수 없는 둘의 잘못은, 아기의 입술에 대해서만 걱정했다는 것이었다.

둘은 아기의 생명에 대해 걱정하지 못했다. 왜냐하면 초음파로 봤던 아기는 정말로 완벽했기 때문이었다. 심장이 힘차게도 뛰었고 손가락 발가락이 온전히 열 개였기 때문이었다. 그러나 아기가 건강했던 것은 배 속에 있을 때뿐이었다. 탯줄이 아기의 목을 감았을 때, 윤형자가 할 수 있는 일은 없었다. 의사는 뒤늦게 제왕절개를 시도했지만, 아기는 죽은 채 세상 밖으로 나왔다. 윤형자는 아무 말도 할 수 없었다. 그녀는 울지도 못했다. 그녀는 그렇게 아홉 번째 생명과 아기를 동시에 잃었다.

윤형자는 앓아누웠다. 그녀는 작은 방 구석에 죽은 듯 누워 있었다. 어쩌면 그녀는 이미 죽어 있었는지도 몰랐다. 눈을 뜨고 있긴 했지만 어디에도 초점을 맞추지 않았다. 잠이 든 것 같다가도 비명을 지르며 깨어났으며 제대로 먹지도 마시지도 못했다. 자리보전을 하고 누운 며느리를 박의 어머니는 안쓰럽게 쳐다보았다. 그러나 그 기간이 길어지자 조금씩 타박을 하기 시작했다.

— 애 잃어본 게 저 혼자뿐인 줄 아느냐. 네 위로도 형 누나가 넷은 있었다. 다 죽고 없어서 그렇지. 그래도 다들 살지 않느냐. 나도 살았고 말이다. 참, 저렇게 약해 빠져서야 원.

박은 윤형자가 자연히 이겨내기를 바랐다. 달리 방법이 있는 것도 아니었기 때문에 기다리려고 했다. 그러나 점점 야위어가는 아내를 보는 것은 그에게도 고역이었다. 그에게 가장 중요한 것은 아내가 빨리 회복하는 것이었다.

그러니 박의 생각으로는 구개열 수술이 긍정적으로 작용할 것 같았다. 그건 평생 그녀를 괴롭힌 고양이라는 별명을 붙이는 데 상당한 영향을 미쳤으니까. 박은 어떻게든 아내를 기운 나게 해주고 싶었다. 아내가 건강해지기만 한다면, 아기야 다시 가지면 될 일 아닌가. 그는 고심하다 자리에 누운 윤형자에게 말을 붙였다.

— 여보, 할 말이 있는데.

윤형자는 조금 꿈틀거릴 뿐 대답하지 않았다. 박은 용기를 내야 했다. 그녀의 목소리를 들은 게 무척 오래전 일이라는 생각이 문득 들었다. 그는 조심히 말을 이었다.

— 당신 고양이 입 때문에 하는 얘긴데……. 지난번에 말한 구개열 수술 있잖아. 당신 그걸 받아보는 게 어떨까…….

그러나 윤형자가 보인 반응은 박의 예상과는 달랐다. 아니 그 누구도 그런 반응을 예상할 수는 없었을 것이다. 윤형자는 벌떡 일어나 박을 돌아보았다. 그때 윤형자의 눈동자는 노랗고, 살기와 광기와 악의가 가득 찬 듯 보였다. 윤형자는 손톱을 세우고 박에게 달려들었고 박의 목덜미를 할퀴듯 긁었다. 그녀는 비명처럼 내질렀다.

― 고양이, 고양이, 고양이히히힉…….

아내는 거품을 물며 그의 품 안으로 쓰러져버렸다. 박의 심장이 덜컹 멎는 듯했다. 내가 대체 무슨 짓을 한 거지?

― 엄마, 구급차!

박은 핏기 없이 바들거리는 아내를 끌어안고 울부짖었다. 부엌에서 누룽지를 먹고 있던 박의 어머니가 놀라 구급차를 불렀고 윤형자는 경련하며 들것에 실려 나갔다.

윤형자는 한참 입원해 있었다. 의사는 그녀가 정신적으로 피폐하다고 했다. 몸의 이곳저곳이 고장 나 있는 데다 무엇보다 환자에게 살고자 하는 의지가 보이지 않는다고 말했다. 다시 임신을 계획하기는커녕 이 정도 버틴 게 기적이라고 말하는 의사를 보며 박은 조금만 더 기적이 이어지길 바랐다. 윤형자가 여덟 번의 죽음을 이겨내고 자신의 앞에 나타나주었던 것처럼. 그러나 윤형자가 보일 수 있는 기적은 임신을 포함한 아홉 번이 전부인 모양이었다. 그녀는 아주 오래 입원해 있었다.

아내가 입원하자, 박은 아무것도 손에 잡을 수 없었다. 박에게 윤형자는 전부나 다름없었다. 박의 손이 가지 않자 농장은 빠르게 엉망이 되었다. 나무는 시들했고 작황은 형편없었다. 간신히 맺은 감들은 작고 떫을 뿐 아니라 판매하기엔 어림없는 당도를 가지고 있었다. 그렇게 박이 넋을 놓은 사이, 박의 어머니가 세상을 떴다. 의사는 심장마비라고 했지만 박으로선 어머니가 농장일 때문에 혹사한 탓이 아닌가 싶어 죄책감을 덜 길이 없었다. 정신을 차린 박은 농장에 다시 매달렸다. 감나무들이 회복되기까지 꼭 삼년의 시간이 걸렸다. 감나무가 다시 잘 영근 감을 매달 때쯤, 윤형자가 돌아왔다.

대문 안으로 커다란 가방을 하나 끌고 돌아온 윤형자는 건강해 보였다. 감나무의 가지를 치고 있던 박은 멀리서 아내를 발견하고 신발이 벗겨질 듯 달려갔다. 꿈에도 그리던 아내였다. 박은 전정가위를 내던지고 허우적거리며 달려갔다. 박은 뛰어가 윤형자를 안았다. 야윈 그녀의 손을 쥐고 몇 번이고 입을 맞췄다. 윤형자는 조용히 그의 등을 끌어안았다. 박은 꿈을 꾸고 있는 것 같았지만 꿈이 아니었다. 그쯤 박의 꿈은 소박했다. 다시 건강해진 윤형자와 서로 등 긁어주며 잘 늙는 것. 아이가 있건 없건 그건 중요치 않았다. 윤형자는 이미 두 번째 아이를 갖기엔 나이가 많았다. 모든 것이 제자리로 돌아온 듯 보였다. 그러나 탈선한 기차가 레일 위로 돌아오는 것은 불가능에 가까운 일이었다.

그다음 날, 박은 갈고 닦은 음식 솜씨로 상을 차렸다. 윤형자가 좋아하던 조기구이도 빼놓지 않았다. 야윈 아내를 살찌우게 하기 위해서, 그는 무엇이건 해주고 싶었다.

- 여보, 많이 먹어. 먹고 싶은 건 뭐든지 말해. 나 이제 토란국도 끓일 줄 안다.

윤형자는 고개를 끄덕였다. 박은 그녀가 숟가락을 들기만을 기

다렸다. 그러나 아내는 밥상을 물끄러미 바라볼 뿐 숟가락 들 생
각을 하지 않았다. 그녀의 눈동자가 파르르 흔들렸다. 조기구이와
토란국, 콩나물무침과 구운 쇠고기를 훑은 그녀의 시선이 남편에
게로 향했다. 박은 의아한 표정으로 그녀를 쳐다보고 있었다. 그를
바라보며 윤형자는 느리게, 그러나 분명하게 입을 열었다.

　- 여보…… 나…… 고양이가 먹고 싶어요…….

　박은 골목에 숨어 있었다. 올가미 안쪽에 놓인 어포에는 잘게
자른 개박하가 발라져 있었다. 마침 고양이 한 마리가 가까이 다
가왔다. 커다랗고 통통한 놈이었다. 고양이는 한참을 경계하며 올
가미 주변을 맴돌았다. 고양이는 조심스럽게 하얀 발로 어포를 톡
톡 쳤다. 어포가 움직이지 않자 고양이는 안심한 듯 올가미 안으
로 머리를 디밀었다. 박이 잽싸게 올가미를 챘다. 고양이의 목에
올가미가 걸렸다. 박은 발버둥치는 고양이를 쥐고 포대 자루 안에
집어넣었다. 이걸로 두 마리. 박은 올가미를 거두었다. 장소를 옮
길 생각이었다.

　윤형자가 왜 고양이를 먹고 싶어 하는지, 박은 여전히 알 수 없
었다. 그녀가 고양이를 닮아서였는지, 그것이 그녀의 별명이었기
때문이었는지 아내는 말해주지 않았다. 그녀는 그저 돼지고기와
쇠고기와 오리고기를 마다하며 고양이, 고양이 중얼거렸고 박은
그녀를 위해 고양이를 잡고 삶았다. 아내는 그것을 전투적으로 먹
어댔다. 그녀가 고양이의 살을 발라 입안에 쑤셔넣는 모습은 아귀
같기도, 걸신 같기도 했다. 윤형자는 무언가를 죽일 듯이 고양이를

먹어댔고, 실제로 무언가를 끊임없이 그녀 안에서 죽이고 있는 것처럼 보였다. 박으로선 그것을 막을 수 없었다. 그가 할 수 있는 것은 오직 고양이를 잡는 것뿐이었다.

박이 도시로 이사를 오게 된 것은 그의 고양이 사냥이 도를 넘었기 때문이었다. 처음에 박은 내놓고 고양이를 잡았다. 마을 사람들이 왜 그렇게 고양이를 잡아대느냐고 물을 때마다 그는 신경통 핑계를 댔다. 마을에서는 아직 민간요법이 양약보다 더 먹히는 편이었다. 젊은 사람이 아프다며 안쓰러워하는 이들도 있었다. 그건 좋은 핑계거리였다. 가끔 윤형자가 제정신을 차릴 때면 토악질을 해댔기 때문에 박은 아내에게도 고양이를 잡는 것이 자신의 신경통 탓이라고 믿게 했다. 박은 계속해서 고양이를 잡았으나 윤형자가 고양이를 찾는 일은 점점 잦아졌다.

박은 사냥을 멈출 수 없었다. 그는 길을 걸으면서도 고양이의 흔적을 좇았고 그의 눈빛은 날이 갈수록 날카로워졌다. 언제부턴가 박의 몸에서 진동하는 피비린내와 고양이 누린내는 스스로도 느낄 수 있을 만큼 지독한 것이었다. 마을 어른들보다는 아이들의 눈이 정확했다. 아이들은 이미 박을 고양이 귀신이라고 부르며 피하고 무서워했다. 어른들도 그의 고양이 사냥이 점차 심해지는 것을 눈치채고 있었다. 약으로 쓰는 것치고는 지나치다고 생각하는 사람이 늘고 있었다. 그만큼 박의 집에서는 고양이의 울음소리와 비명이 끊이지 않았다. 그래도 어떻게든 마을에서의 사냥은 계속 이어질 것 같았는데, 그러다 사건이 일어났다.

오랜만에 산책을 나간 윤형자가 마을 이장 손녀딸의 고양이를 목격한 것이 불행의 시작이었다. 윤형자는 꼭 그 고양이를 먹어야겠다며 남편을 졸랐다. 은빛 털이 사자 갈기 같이 뻗은 녹색 눈의 고양이. 그녀가 특정 고양이를 바란 것은 처음이었다. 그때까지 윤형자는 고양이라면 가리지 않고 먹었다. 박의 희생양이 되었던 고양이들은 주인 없는 놈들이었다. 박은 윤형자를 설득했다. 일이 커질지도 모른다고, 잡히면 이제까지의 사냥 또한 불거질 거라고. 그러나 윤형자는 막무가내였다. 다섯 살배기가 떼를 쓰듯, 윤형자는 사흘 동안 밥을 한 술도 뜨지 않았다.

- 그 고양이, 그 고양이.

나흘째 되던 날, 박은 이장 집의 담을 넘었다. 들키지 않을 거라곤 생각지 않았지만 그로서는 선택의 여지가 없었다. 그날 밤 윤형자는 은색 고양이를 맛있게 먹어치웠다.

예상대로, 고양이가 없어진 것을 안 이장은 곧바로 박의 집으로 찾아왔다.

- 고양이 값의 세 배를 물고 마을을 떠나게. 그럼 없던 일로 치겠네.

형사 문제로 커지지 않은 것이 불행 중 다행이었다. 고양이는 삼백만 원이라고 했다. 박은 밭과 집을 헐값에 팔고 구백만 원을 물었다. 남은 돈을 쥐고, 박은 시골 마을을 떠났다. 그의 옆자리에는 윤형자가 앉아 있었다. 박은 그렇게 나고 자란 고향을 떠나왔다.

박은 고양이를 담은 포대 자루를 질질 끌고 차에 올랐다. 이제 몇 마리째인지 셀 수도 없었다. 윤형자가 고양이를 먹기 시작한 게 벌써 오 년이 되어가고 있었으니까. 도시로 이사 온 박은 어떻게든 아내의 식습관을 돌리려 애썼다. 고향에서 쫓겨난 것이 이제까지의 죗값을 치르는 것 같았기 때문이었다. 윤형자는 자주 떼를 썼지만 고양이를 그 이상 희생시키는 것도 안 될 일 같았다. 도시로 이사 와 이 년간은 어떻게든 고양이를 먹지 않고 지냈다. 윤형자도 조금씩 고양이 없는 식단에 익숙해져 갔다. 둘은 천천히 괜찮아지는 것 같았다. 그랬던 윤형자가 다시 떼를 쓰게 된 것은, 그녀가 대장암 치료를 마친 직후였다.

항암 치료를 마친 윤형자는 다시 고양이를 먹고 싶다고 졸랐다. 수술은 잘되었지만 언제 재발할지 모른다는 게 의사의 소견이었다. 박의 죄책감이 고개를 들 때마다 그에겐 변명거리가 따라붙었다. 처음 고양이를 잡기 시작할 때 박은 오히려 아내가 원하는 것이 자신이 줄 수 있는 것임에 감사했다. 그로서는 아내가 원하는 것을 주지 않을 이유가 없었다. 더 시간이 지나자 그는 아내가 바라는 것이 자신이 줄 수 있는 것임에 절망했다. 그로서는 아내가 원하는 것을 주지 않을 수 없었다. 그는 점차 지쳐갔다. 스스로 지옥행 급행열차에 오를 뿐 아니라 열차 자체라도 될 수 있으리라는 그의 굳은 마음은 시간이 지날수록 무너지고 있었다. 나사 빠진 열차처럼, 그는 레일 밖으로 튕겨져 나가 산산이 부서지고만 싶었다.

차에 시동을 걸며, 박은 안티 버틀러에 대해 생각했다. 곽이 그를 꼬드길 때, 그는 이런 얘기를 해주었다.

— 우리가 추구하는 것은 버틀러가 힘을 잃은 세계요. 형님, 우리가 버틀러라 칭하는 고양이에게 복종하는 그 무리들은 고양이 자체보다는 그 상징에 눈이 먼 사람들이오. 그들은 고양이에 대한

속설로 형수님을 괴롭힌 사람들과 크게 다르지 않아요. 그것은 이렇게 풀이될 수도 있소. 천사와 악마는 모두 날개를 가지고 있어요. 천사는 머리에 금관을, 악마는 뿔을 가지고 있지만 그 형태는 아주 비슷하지요. 단지 빛깔과 형태의 차이일 뿐이란 얘기예요. 우리의 미션이 성공적으로 끝나, 고양이를 고양이로만 생각하는 사람들이 늘게 되면, 그 편견들 또한 사라질 거요. 달리 말하면 형수님을 괴롭히던 문제가 해결되는 열쇠일 수도 있단 얘기지. 시간이 걸리겠지만 말이에요.

박은 그렇게까지 순진한 사람은 아니었다. 그 역시 그것만으로 윤형자의 마음의 병이 치유될 거라는 생각은 하지 않았다. 그저 박은 윤형자와 같은 사람이 또 있다면, 자신과 같은 사람이 또 있다면, 지옥으로 드는 이 길을 걷지 않게 되길 바랄 뿐이었다. 이 모든 것들이 헛된 상징의 말로일지도 몰랐다. 어쩌면 그의 손에 희생된 고양이들도 그 속설의 희생이었는지도 몰랐다.

박은 시동을 걸며 생각했다. 지옥에서 고개 돌릴 생각은 없다고. 내가 지옥에 떨어질 거란 건 기정사실일 거라고. 다만 어떻게든 그 굴레에서 벗어나고 싶을 뿐이라고. 박에게 안티 버틀러는 꼭 그만큼의 지푸라기였다.

다음 날, 곽과 오, 박과 김B는 아지트에 모였다. 한은 보이지 않았다. 아지트 거실에는 텔레비전이 켜져 있었다. 장국태의 모습이 화면에 비치고 있었다. 아나운서가 장국태 의원이 후보가 될 것을 확신하는 말을 하고 있었다.

"예상대로야."

곽이 중얼거리듯 말했다. 한참 동안 누구도 입을 열지 않았다.

"정말로 고양이 애호가들을 노릴 줄은 몰랐어요."

김B가 뒤늦게 내뱉었다. 곽이 씁쓸한 웃음을 흘리며 말했다.

"차라리 잘됐다고 생각하세. 이제 와 멈출 수도 없는 노릇 아닌가. 장국태가 이번이 아닌 오 년 후에 입후보하기라도 하면 그땐 정말 방법이 없을 거야. 그때까지 우리가 남아 있을 거란 보장도 없으니까. 그럼, 여러분. 계획대로 오늘 두 번째 미션을 결행하겠소. 오, 약품은 준비됐나?"

"네, 형님. 차에 있습니다."

"수고했네. 그런데 한 군이 연락이 안 되는군. 뜻이 통했다고 생각했는데."

곽의 말에 김B가 침울한 표정을 지었다. 한이 오지 않은 게 자신의 탓이라고 생각하는 것 같았다. 곽은 위로를 해줄까 하다 말을 아꼈다. 곽은 바닥에 놓여 있던 돌돌 말린 전지 한 장을 테이블 위에 올려 폈다. 간단히 그려진 평면도였다.

"이게 우리가 들어갈 사료 공장이요. 이곳을 선택한 까닭은 나와 박의 직장이기도 하지만 무엇보다 회사와 미스터 버틀러와의 결탁이 의심되기 때문이오. 내가 중앙관리실에 있으니 공장의 보안을 뚫기는 어렵지 않을 거야. 내부로 들어가는 간단한 약도와 평면도를 준비했고, 조는 두 개로 나눴소. 원래대로라면 세 명, 세 명이어야 할 테지만 남궁과 한이 빠진 이상 두 명, 두 명이 최선이겠지. 일조는 박과 오, 이조는 나와 김B요. 약품을 타는 것은 박의 조가 할 일이오. 박이 생산 라인에 있으니 눈만 잘 피하면 문제는 없을 거야."

곽은 손가락으로 평면도를 톡톡 치며 말을 이었다.

"최근 고양이 산업이 급성장을 이루고 있지. 이상하리만큼 말이야. 이 회사 또한 예외는 아니오. 이 공장의 회사는 몇 개의 공장을 더 가지고 있는데 전부 고양이와 관련된 상품을 생산하는 공장들이지. 최근엔 캣 쇼와 박람회 등에 대대적으로 스폰서를 맡고 있더군. 그 회사가 이 공장을 흡수한 것은 몇 년 전의 일이오. 이 공장도 이전까지의 소와 돼지 사료를 버리고 삼 년 전부턴 완전히 고양이 사료로 전향했지. 미스터 버틀러가 공약처럼 내세운 '길고양이 살리기 운동'은 알고 있겠지? 그 사료 주기 프로젝트를 이 공장이 맡을 거란 얘기가 내부에서 돌고 있소. 그렇담 엄청난 예산이 굴러들어오겠지? 분명히 뒤가 구린 뭔가가 있어. 난 확신하고 있소. 그러니 나와 김B, 이조는 그 증거를 수집하기 위해 움직일 거요."

곽은 검은색 매직을 길게 그어 루트를 그렸다.

"이 두 개의 철문을 지나친 후에 생산 공장 안으로 들어갈 수 있소. 내가 함께 가면 좋겠지만 인원이 모자라니 별수 없군. 김B를 혼자 보낼 수는 없는 노릇이니까. 그러니 더욱 조심해주길 바라오. 밤에 기계를 돌리는 게 흔한 일은 아니지만 추가 생산이 필요할 때 종종 이런 일이 있기도 하지. 경비가 따지고 들 경우엔 내가 잘 말하도록 할 거요. 고양이 사료를 만드는 공정은 크게 원료 분쇄, 배합, 재분배, 정형, 냉각의 순으로 이루어지는데, 약품을 타는 시점은 바로 배합 단계요. 액상 원료가 들어가는 때이기도 하니 잘 섞일 겁니다. 박 형이 오를 잘 안내해야 할 거예요."

곽은 테이블 옆에 놓아둔 쇼핑백에서 회색 근무복 두 벌을 꺼냈다.

"오와 김B는 이것을 입게. 마스크와 위생모자도 잊지 말도록. 우리가 사료를 생산할 수 있는 시간은 자정부터 네시까지요. 아침 경비가 출근하는 시간 전까지지. 우리 목적을 생각하면 그 정도면 충분할 거야. 그럴 린 없겠지만 문제가 생길 시에는 즉시 메시지를 보내도록 하시오. 김B는 나와 함께 움직이면 될 거야. 그럼, 출발하지."

그 시각, 한은 집에 있었다. 모임 시간이 가까워졌다 지나가자 한은 초조함을 감출 길이 없었다. 곽과 김B가 그를 칭찬했던 목소리가 귓가에 쟁쟁했다.

- 한 군은 우리의 영웅이네!
- 세상에서 제일 멋져요!

사실 세상에서 제일 멋지단 말을 들었는지 안 들었는지, 정신이 없어서 기억이 잘 나지 않긴 했지만 그날 김B의 표정만은 생생했다. 그 표정은 진짜였어. 한은 생각했다. 날 정말 멋지다고 생각하는 표정이었어. 그래도 김B가 날 속인 건 사실이잖아…….근데 그 사실이 진짜 사실일까? 김B가 정말 몰라서 그랬다면 그건 속이려는 의도라고 보기 어렵지 않나?

그렇다고 해도 곽은, 곽은 정말 너무했다. 다 줄 것처럼 해놓고 막상 줄 때가 되니까 말을 바꾼 건 절대로 용납하기 어려운 부분이었다. 딱 잘라 안 주는 년보단 줄 듯 말 듯 안 주는 년이 더 재수 없는 것과 같은 이치였다. 그건 일종의 거래였잖아. 한은 생각했다. 일을 도우면 홍을 잡아주겠다고 약속했잖아. 근데 이제 와서 뭐? 메리트 있는 남자가 되라고? 이런 홍 같으니라고.

한은 한숨을 쉬며 장판 위에 퍼질러졌다. 싸늘하다 못해 찬 기운이 등짝 뒤로 넘실거렸다. 어느새 가을이 끝나가고 있었다. 지난 그의 인생에서 이만큼 정신없게 보낸 때가 있었던가 싶었다. 초가을에 홍에게 차이고, 고양이 카페 정모에 가서 카레 접시를 엎고, 말도 안 되는 클럽과 얽히고, 박람회장에 가서 소설가를 패고, 불을 지르고……. 한은 등을 밀며 방바닥을 기어 다녔다. 참, 생각해보면 그제까지 난 평범한 취업 준비생, 아니다, 준비라곤 안 하고 있었으니 날백수였는데, 참 신기한 일이야.

한은 눈앞에 주먹을 쥐었다 폈다 해보았다. 복싱 삼 개월 배워놓고 사람을 친 건 처음이었다. 사실 줄넘기를 더 많이 했지만, 자신이 배운 무언가가 인생에 도움이 된 건 처음인 것 같았다. 생각해보면 마치 모험과도 같았다. 자신이 진짜 무슨 요원이라도 된 것처럼. 하지만 다시는 그런 일을 겪을 일이 없겠지. 사실 평탄한 게 평타는 치는 삶이지 않을까, 생각하며 한은 누운 채로 허공에 주먹을 휘둘러보았다. 소설가의 뱃살이 텅겨져 나올 때의 감각이 선명했다. 그 스마일 엉덩이 자식. 잽, 잽, 잽, 원투, 원투. 한의 휴대전화가 울린 것은 그때였다.

한은 기어가서 전화를 받았다.

"여보세요?"

"야, 너 뭐야?"

한은 수화기 너머로 들려오는 날카로운 목소리에 깜짝 놀랐다. 느닷없이 뭐냐니. 한은 목소리를 가다듬고 물었다.

"어디다 거셨죠?"

"이제 내 목소리까지 잊어버렸니?"

맙소사, 전화를 건 것은 홍이었다. 한은 벌떡 일어나 앉았다.

"어, 어…… 오랜만이다……."

"오랜만이고 나발이고. 야, 너 내 뒷조사하고 다니니? 남자가 뭐 그렇게 뒤끝이 더럽니? 헤어지자고 했으면 좀 그런가 보다 할 것이지, 너 뭐 사람 풀었니? 내가 너한테 헤어지자고 한 게 벌써 두 달 전이야. 근데 왜 이제 와서 우리 엄마한테 내 소식을 물어보냐는 말이야, 왜!"

홍은 속사포같이 말을 쏟아냈다. 한은 당황했다. 김B가 홍의 어머니에게 전화를 걸었단 소식을 이제야 전해들은 모양이었다.

그렇다고 한이 할 말이 없는 건 아니었다. 아니, 그럼 내가 뭐 다른 선택의 여지가 있었나? 전화를 안 받은 건 너였지, 내가 아니었잖아? 그러나 한은 늘 그랬듯 입을 제대로 놀릴 수 없었다. 한은 머릿속이 하얗게 변하는 것 같았다. 아, 내가 무슨 배짱으로 홍을 잡으러 나섰을까. 이렇게 말도 안 되게 털릴 걸. 한은 어, 그, 저……만 되뇌었다. 홍이 계속 꽥꽥거렸다.

"너 고양이 카페 일도 그래. 너 완전 미친놈 인증 제대로 했더라? 스토킹을 하려면 조용히 할 것이지, 접시는 또 왜 엎어? 거긴 진짜 왜 갔니? 고양이라도 키워보시게? 네 까짓 게 무슨 고양이야. 너

하나도 처신 못 하는 게! 넌 왜 이렇게 별 볼일이 없니?"

홍은 한보다 세 살이 어렸지만 그녀가 한에게 오빠라는 호칭을 쓰는 건 기분이 나쁘지 않을 때뿐이었다. 홍은 기분이 아주 더러운 모양이었다. 한은 반사적으로 벌렁거리는 가슴을 손으로 꾹꾹 눌렀다. 입 밖으로 심장이 튀어나올 것 같았다. 이런 걸 보면 두려움과 사랑은 한 끗 차이 아닐까? 그러나 한은 침착해야 했다. 얼마 만에 걸려온 전화인데 이대로 놓칠 순 없었다.

"저기, 만나서 얘기하자. 다 설명할게. 다 설명할 수 있어. 나한 테 일이 좀 많았거든. 그러니까 만나서 얘기하자. 할 얘기가 있는 데 전화로 할 얘긴 아니라서 그래."

그러나 홍은 매몰찼다.

"꿈도 꾸지 마. 다음번엔 신고할 거야. 내가 왜 널 찼는지 아직 도 모르겠어?"

홍은 그렇게 전화를 끊어버렸다. 한은 곧바로 통화 버튼을 눌렀으나 음성 서비스로 연결되었다. 전화를 끊는 동시에 전원을 꺼버린 모양이었다. 한은 속으로 비명을 질렀다. 아직도 모르겠냐고? 몰라. 모른다고. 아, 이년은 좀 알려주면 덧나나? 한은 머리를 쥐어뜯었다.

그러나 곧, 한은 진정해야 한다고 되뇌었다. 그는 차근차근 홍이 말했던 불만들을 떠올려보았다. 고양이에 대한 이해, 너에 대한 이해, 별 볼일 없는 남자, 매너리즘과 메리트.

'메리트 있는 남자가 되란 말일세!'

한은 문득 곽이 했던 말을 떠올렸다. 달리 생각나는 것이 없었다. 언제 또 홍에게 전화가 걸려올지, 영영 걸려오지 않을지조차 그는 알 수 없었다. 곽이 시킨 대로 하면 정말 홍에게서 다시 연락이 올까? 알 수 없는 일이었다. 그러나 한에겐 선택의 여지가 없었다. 그놈의 메리트 있는 남자, 별 볼일 있는 남자, 되어주면 될 거아냐! 한은 벌떡 일어나 아디다스 저지를 집어 들었다. 계단을 달려 내려가 택시를 잡아탔다. 빌어먹을, 차라리 핸드백을 사달라고 떼를 쓸 것이지, 대체 여자들은 왜 이러는 거야?

회원들을 태운 박의 트럭이 공장에 도착했을 때, 곽의 휴대전화가 울렸다. 곽은 몇 마디를 나눈 뒤 공장의 위치를 말했다. 김B의 표정이 밝아졌다.

"한 씨예요?"

곽은 휴대전화 폴더를 닫으며 말했다.

"마음이 바뀐 모양이야. 이쪽으로 오겠다는데……."

곽은 잠시 생각에 잠기더니 곧 입을 열었다.

"잘됐군. 김B, 계획을 좀 변경하면 어떨까 싶은데. 역시 내가 공장 안에 들어가 봐야겠어. 박 형이 생산 라인에 있다고 하더라도 공장 전체가 전자동 시스템으로 돌아가기 때문에, 박 형이 대처하기 어려운 상황이 생길 가능성이 커. 그러니 자넨 여기서 한 군을 기다렸다가 재무회계실로 숨어들게. 안에 들어서면 난초 화분이 놓인 받침이 보일 거야. 그 오른편에 있는 회색 캐비닛에 장부가 들어 있을 거고. 그중 최근 삼 년 것만 들고 나와 주게. 캐비닛 하나만 따면 될 거야. 후에 가져다놓는 것은 내가 하도록 하지. 출근을 좀 서두르면 될 테니 말이야. 그리고…… 혹여나 그럴 일은 없어야겠지만, 누군가에게 들키면 냅다 튀는 게 좋을 걸세. 그럼 좀 도둑이 미수에 그친 정도로 처리될 테니까……. 혹시 문제가 생기면 각자 귀가하는 것으로 하고……. 그럼 부탁하네."

김B는 고개를 끄덕였다. 꽉 쥔 주먹에서 그녀의 결의와 긴장이 느껴지는 듯했다.

"우리가 하는 일은 장난이 아니라는 것을 알아두어야 할 거야. 아직도 이 일의 중대함을 모르는 사람이 있을 거라곤 생각지 않네. 또한 이것이 불법적인 일임을 충분히 인지하고 있길 바라네. 박 형도…… 들키게 되면 직장에서 잘리는 수준으로 끝나진 않을 거라는 걸 알아두셔야 해요. 그러나 이것이 우리에겐 작은 불법일지 몰라도 인류 취향의 역사로 봤을 땐 큰 도약이고 걸음일 거라고 나는 믿어 의심치 않아."

말을 마친 곽은 바깥을 살핀 뒤 차 문을 열었다. 김B가 이어 내리고, 오와 박이 양손에 약수통을 하나씩 들고 내렸다.

"곧 경비가 돌 시간이야. 들어올 때야 내 재량으로 별일 없었지만 수상한 행동을 하다 걸리면 문제가 커질 거야. 한이 서둘러 도착해야 할 텐데. 김B, 부디 조심하게."

곽이 뒤로 돌며 속삭였다. 김B가 곽의 거친 손을 한 번 꼭 쥐었다 놓았다. 가을바람이 스산했다. 노란 가로등이 그들을 비추고 있었다.

"이쪽으로."

곽이 박과 오를 담장의 그림자 쪽으로 이끌었다. 철문 앞에 선

곽이 목에 건 카드를 센서에 가져다 댔다. 삑 소리를 내며 기계가 작동했다. 오가 걸쇠를 당기고 문손잡이를 돌렸다. 박이 뒤를 돌아보았다. 셋은 곧 문 안으로 사라졌다. 김B는 초조하게 휴대전화 시계를 보았다. 사료 공장은 도시 외곽에 있었다. 한이 탄 택시가 얼마나 빨리 달려올지가 관건이었다.

김B는 트럭 조수석에 앉아 한을 기다렸다. 그녀는 망설이다 휴대전화를 들고 메시지를 작성했다. 돌아와 줘서 고마워요? 아니 이건 너무 상투적인가. 기뻐요? 행복해요? 이건 너무 오버하는 것 같나. 김B는 메시지를 썼다 지우길 반복했다. 그때 김B의 눈에 자동차의 노란 헤드라이트 빛이 보였다. 한이 벌써 도착했나? 총알 택시라도 타고 온 걸까. 김B는 생각했다. 그럼 고맙다는 말은 직접 하는 게 좋을 것 같았다. 그녀는 휴대전화를 닫고 몸을 숙여 숨었다. 한을 놀라게 할 생각이었다.

그러나 공장의 정문 안으로 들어온 까만 세단 위에는 택시 등이 붙어 있지 않았다. 김B는 정수리부터 눈까지만 살짝 내밀어 차가 향하는 방향을 살폈다. 뭐지? 이 시간엔 누가 오지 않을 거라고 했는데. 승용차는 곧장 공장 쪽으로 향하는 것 같았다. 김B는 플래시를 끈 채 휴대전화 카메라로 차의 꽁무니를 찍었다. 김B는 곽에게 즉시 메시지를 보냈다.

곽은 박과 오를 아래층에 두고 막 이층의 주조정실로 들어서려던 참이었다. 공장 구석에 있는 철제 계단을 올라 오른쪽 벽에 난 세 번째 방이었다. 곽이 문손잡이를 쥐는 순간 휴대전화가 울렸다.

〈긴급 상황. 어떤 차가 공장 쪽으로 가고 있어요. 차종과 번호판

을 찍은 사진 첨부.〉

곽은 머릿속을 더듬었다. 본 적이 없는 차였다. 곽은 아래층에 대고 말했다.

"잠깐 대기하게. 어떤 차가 공장 안까지 들어왔다고 하는데, 처음 보는 차야. 일단 숨게."

곽은 들어올 때 켰던 조명을 내렸다. 순식간에 공장은 어둠으로 뒤덮였다. 어둠 속에서도 각자의 긴장감이 전해지는 것 같았다. 곽은 자신의 숨소리가 좀 크다고 느꼈다.

김B는 한에게 전화를 걸었다.

"얼마나 걸려요? 일이 좀 긴박하게 흘러가는데."

"왜요, 나 없이는 못 할 일입니까?"

"한 씨 없이 할 수 있는 일이 어디 있어요? 어디쯤이에요?"

정말 다급하게 자신을 찾는 김B의 말에 한은 괜스레 두근거리는 걸 느꼈다. 그는 어, 그, 저, 하다가 다 왔다고 대답했다. 한은 정말 거의 다 와 있었다.

"바로 앞에 대지 말고 좀 떨어져서 내려요. 전 하얀 트럭 안에 있어요. 경비 눈 피해서 조심히 잘 들어와야 해요."

도착한 한은 몸을 낮춰 트럭 쪽으로 다가왔다. 한이 앞에 닿자 김B가 조수석에서 내렸다. 김B는 짧게 상황을 설명하며 한의 손을 이끌었다.

"저 앞이에요. 공장이랑 창고, 사무실 건물이 따로 있는데, 아까 그 차에서 내린 사람이 들어간 곳이 사무실 건물이에요. 원래대로라면 빈 방에서 장부 몇 개만 꺼내서 나오면 됐을 텐데, 일이 복잡해졌어요. 무엇보다 저기 들어간 사람이 대체 누군지……."

"뒤쪽으로 돌아가 보면 어때요? 건물이 단층짜리니까 가능할 것 같은데."

"천잰데요……?"

대화를 마친 김B와 한은 몸을 낮춰 수풀이 우거진 뒤로 들어섰다. 고개를 들자 빛이 새어 나오는 창문이 보였다. 한은 반쯤 열린 자주색 암막 뒤에 서서 방 안을 훔쳐보았다. 한의 눈이 동그랗게 커졌다. 한은 손짓을 해 김B를 불렀다. 잠시 후, 그녀는 새로운 문자 메시지를 곽에게 보내야만 했다.

〈미스터 버틀러, 사무실에서 대머리 남자와 접촉 중.〉

곽은 문자 메시지를 읽곤 미간을 찌푸렸다. 미스터 버틀러와 대머리 남자? 순간 곽의 머릿속에 공장 본부장의 얼굴이 스쳤다. 곽은 휴대전화를 닫고 조용히 말했다.

"다들 거기 있나?"

오가 헛기침으로 응답했다. 박은 아마 그의 옆에 있을 것이었다. 곽이 허공에 대고 말했다.

"계획을 변경해야겠네. 일이 꼬였어. 본부장이 온 모양이야. 그리고 지금 미스터 버틀러와 접촉하고 있는 모양이네. 공장을 가동시키긴 어려울 것 같네. 사료는…… 우리 돈으로 사는 게 낫겠어. 사료를 사서 아지트에서 약을 섞고 건조시키지. 효과가 좀 떨어질지 모르지만 일단 그게 최선인 것 같아."

"그럼…… 한과 김B는 어떻게 하지? 차 한 대로 오지 않았나."

박이 웅얼거리듯 물었다. 곽은 난감한 듯 대답했다.

"그러나 기다리기엔 위험 부담이 너무 커요. 그렇다고 지금 다들 퇴각한다는 건 말도 안 되고……. 이건 천운이나 다름없소. 미스터 버틀러와 본부장이 만나는 장면을 잡을 수 있다면 아주 결정적인 증거가 될 거요, 장부까지도 필요 없을 정도로. 그러니 우리끼리 아지트로 무사히 돌아가는 게 나을 겁니다. 거기서 김B와 한을 기다리도록 하지요……. 그럼, 차로 이동합시다. 나를 따라오시오."

곽과 박, 오는 빠르게 공장을 벗어났다. 트럭으로 향하는 길에 박이 다리를 접질렸기 때문에 오가 운전대를 잡았다. 박은 자꾸 뒤를 돌아보았다. 괜히 한이 마음에 걸렸다. 멍청해 보였지만 나쁜 녀석은 아니었는데, 무사했으면 좋겠군. 경비가 자리에 없었으므로 셋을 태운 트럭은 유유히 정문을 빠져나갔다. 곽은 김B에게 메시지를 보냈다.

〈대머리가 본부장이야. 증거를 포착하라. 올 때는 택시.〉

김B는 플래시를 끄고 몇 장의 사진을 찍었다.

"안으로 들어가야겠어요. 무슨 얘길 하는지 알아야죠. 이 늦은 밤에 단둘이 만나다니, 어딘가 수상해요."

한이 고개를 끄덕였다. 한의 심장이 다시 불끈거리고 있었다. 심심한 일상에 누군가 MSG라도 섞어준 양, 감칠맛과 같은 짜릿한 감각이 몸속 구석구석을 돌고 있었다. 둘은 몸을 낮춰 움직였다.

한과 김B는 뒷마당을 나왔다. 건물 복도에 불이 꺼져 있어서 마치 빈 건물 같았지만 저 안에서 미스터 버틀러와 본부장이 비밀리에 만나고 있을 것이었다. 조금 힘주어 밀어보았지만 건물 안으로 들어가는 유리문은 잠겨 있었다. 사실 거기로 들어가려는 건 좀 뻔뻔한 감이 없지 않았다. 건물을 빙 둘러 살피던 한이 작은 소리로 김B를 불렀다. 김B가 달려가자 한이 앞에 있는 창을 툭툭 두들겼다. 화장실에 난 유리창이었다. 한은 덜컹덜컹 섀시를 흔들어 빼냈다. 빼낸 창은 건물에 기대 세워두었다. 먼저 넘어간 한이 김B를 받아주었다. 안은 깜깜하고 조용했다. 보안 시스템은 미스터 버틀러가 안에 들어갈 때 해제된 모양이었다.

화장실을 나온 김B가 휴대전화를 켜고 바로 동영상 촬영 버튼을 눌렀다.

"작동할 때 소리가 나니까요."

김B가 속삭였다. 한은 고개를 끄덕였으나 어둠에 묻혀 보이지 않았다. 휴대전화 카메라는 조용히 어둠을 담아 나갔다. 창을 맞은 편에 두고 몇 개의 문이 일렬로 서 있었다. 불빛은 '회의실' 오른편에 있는 방에서 새어 나오고 있었다. 김B가 겁도 없이 앞장섰다. '본부장실' 안에서 무언가 두런거리는 소리가 들리긴 했으나 휴대전화에 담기엔 역부족이었다. 제대로 알아들을 수 있으면 좋을 텐데. 그러나 대화를 알아듣기 쉬운 거리는 아니었다. 그때 문이 벌컥 열렸다. 심장이 쿵 내려앉았다. 김B와 한은 문 옆에 놓인 커다란 화분 뒤로 급히 몸을 숨겼다.

방 안에서 새어 나온 조명이 두 남자를 비추고 있었다. 정장에 넥타이를 맨 미스터 버틀러의 멀끔한 모습이 보였다. 그의 앞에 선 대머리 남자는 셔츠와 면바지 차림이었다. 미스터 버틀러가 본부장의 어깨를 두들겼다. 본부장은 연신 굽실거렸다. 둘은 몇 마디를 더 나누었다. 그 대화와 장면을 김B의 휴대전화가 잡아내고 있었다. 잠시 후 미스터 버틀러가 건물을 나섰다. 문 앞까지 가 배웅한 본부장이 방 안으로 돌아갔다. 김B가 가슴을 쓸어내렸다. 한의 손이 김B의 손을 잡았다. 김B가 고개를 끄덕였다. 둘은 화장실 창문을 도로 끼워놓고 공장을 나섰다. 돌아가는 길엔 한참 걸어 나와 택시를 타야 했다. 언제 손을 잡았느냐는 듯, 택시에 오른 둘은 약간 어색하게 앉아 있었다. 그들의 목적지는 아지트였다.

"이쪽 것이 샘플이고, 이쪽은 길고양이들에게 풀 사료네. 고양이 애호 카페에 들어가서 샘플을 나눈다고 글 작성을 하면 신청자가 생기겠지. 그때 택배로 부치면 될 걸세. 길고양이들에게 풀 사료는 아무래도 발품을 좀 팔아야겠지. 당분간만 좀 수고해주게."

곽은 아지트에 모인 회원들에게 말했다. 공장에 잠입한 지 이틀이 지난 후였다. 곽은 그들의 잠입이 들키지 않았다고 전했다. 보안 카메라를 확인하게 되면 문제가 생길지도 모른다고 말했으나 그게 언제 일어날지는 알 수 없었다. 그들이 사들인 사료 포대는 총 서른다섯 개였다. 개봉된 사료 포대들이 벽에 기대 놓여 있었고 옆에는 작은 은박 봉지가 쌓여 있었다. 봉지 앞에 '유기농 천연 고양이 사료'라는 문구가 인쇄되어 있었다. 물론 새빨간 거짓말이었다. 사료는 유기농도 천연도 아니었다. 평범한 육분과 옥수수 가루로 만들어진 싸구려였으며 오가 만든 약품을 분무해 다시 건조시킨 것이었다.

"그 사료를 먹으면 어떻게 되는 건가요? 고양이가 죽나요?"

한이 오른손을 들고 질문했다. 한은 또 한 번 잔뜩 띄워져 기분이 좋아진 상태였다. 곽은 한을 다루는 법을 알아낸 듯했다. 그는 한 없이는 되는 일이 없을 거라고 그를 치켜세웠다. 그의 칭찬에 한은 머리를 긁적이며 수줍게 웃었다. 한과 김B가 찍어온 동영상에는 결정적인 증거가 찍혀 있었다. 그것은 적당한 편집을 거친 뒤 제작 영상에 삽입될 예정이었다. 곽은 빙그레 웃으며 대답했다.

"아니, 그렇지 않네. 말했듯이 이 미션의 이름은 '흉한 고양이 프로젝트'야. 이 약품은 고양이의 탈모를 촉진할 뿐이네. 회수된 사료 중에서 탈모 부작용이 발견된 성분을 농축해 효과를 극대화한 것뿐이지. 또한 기니피그에게 실험했을 때 지나치게 활동적이 되는 현상이 발견되었는데, 지나치게라는 것이 포인트라네. 어떤 기전인지는 잘 모르겠지만 그게 고양이가 발정 났을 때의 행동과 흡사하다고 하면 이해가 빠를 거야. 알겠지만, 발정기의 고양이를 다루는 것은 쉽지 않네. 그것을 가짜 애호가들이 버틸 수 있을까? 나는 고양이의 구체적인 발광을 원하네. 온종일 발정이 나 스프레이를 뿌려대고 밤낮으로 울어댈 고양이들을 말이야. 당장 귀엽고 예쁘단 이유로 고양일 들인, 말하자면 그저 있어 보이고 싶어 하는 버틀러들이라면 가까운 시일 내에 반드시 부정적인 피드백을 보일 걸세."

"그렇게 했는데도 버틀러들이 줄지 않으면 어쩌죠? 그러니까 진짜 애호가 수가 생각보다 많을 수도 있는 일이잖아요. 그럼 고양이만 희생되는 것 아닌가요?"

곽은 웃으며 대답했다.

"그건 걱정할 것 없네. 사료를 끊고 시간이 지나면 다시 털이 자랄 거야. 좀 시간이 걸린다 뿐이지. 그리고 진짜 애호가가 이토록 대규모의 무리를 지을 리는 없다는 게 내 생각이네. 어디에나 진짜는 적은 법이거든. 물론 우리가 고양이를 책임질 수는 없는 노릇이지. 그 이유로 버틀러에게서 버려진다면 그것도 그들의 운명 아닐까. 제대로 된 주인을 만나지 못한 탓이니까."

샘플을 보내는 것은 김B와 오가 맡았다. 학기 중이었기 때문에 보통 그 일은 저녁에 이루어졌다. 주소를 확인하고 다음 날 등굣길에 우편으로 보내는 식이었다. 곽과 박은 출근을 해야 했으므로 길고양이에게 사료를 주는 것은 자연히 한이 맡았다. 한은 참 할일이 없었다. 아지트가 있는 동네에는 고양이가 모이는 공터와 시장 뒷길, 이렇게 두 개의 포인트가 있었다. 한은 그곳을 포함해 고양이가 지날 것 같은 모든 길에 은박 그릇에 담은 사료를 놓았다. 고양이에게 먹이를 준다고 빗자루를 들고 쫓아오는 아줌마도 있었다. 그는 고양이들도 참 힘들겠다, 생각하면서도 계속 사료를 배포했다. 사료를 놓고 멀리서 지켜보니 지나가던 고양이들이 거기 다가서는 게 보였다. 한은 남은 사료들을 들고 걸음을 옮겼다. 최대한 많은 고양이들이 그 사료를 접해야 했다.

커뮤니티에서의 사료 배급 또한 성공적이었다. '유기농', '천연', '최상급 재료'라는 문구는 애호가들을 설레게 하기 충분했다. 샘플인데도 양이 많았고 배송비를 빼곤 무료였다. 고양이 애호가들은 끊임없이 사료를 신청했다. 회원들이 우편으로 보낸 사료는 천 봉지가 넘었다. 소포장에 든 사료만으로 고양이들이 반응할지는 미지수였으나 약품의 양에도 한계가 있었다. 약품을 더 만들고 사료를 몇 포대 더 구입했지만 재정 문제로 멈출 수밖에 없었다. 회원들이 그것들을 모두 배포하는 데 이 주의 시간이 걸렸다. 그사이, 장국태가 대선 후보로 출마했다.

"이제 기다리는 수밖에 없네. 우린 할 만큼 했잖아?"

곽이 말했다. 회원들은 고개를 끄덕였다. 이제 세 번째 미션을 준비해야 했다. 그들은 동영상 원고를 쓰는 데 총력을 기울였다. 이대로 미스터 버틀러가 대통령이 되게 할 순 없었다.

대통령 선거가 이 주 앞으로 다가왔을 때쯤, 인터넷에 이상한 글들이 올라왔다. 유기된 고양이 수가 기하급수로 늘었다는 소식이었다. 동시에 커뮤니티의 회원 수가 눈에 띄게 줄어갔다. 고양이에서 다른 동물로 바꾸는 이들이 많았다. 그 종류는 이구아나, 햄스터, 고슴도치까지 다양했다. 혹은 자신이 동물을 키울 만한 자질이 부족하다 느끼는 이들도 있었다. '고양이는 키우기 어려운 것 같아요', '고양이는 사진으로 보는 걸로 만족하는 게 좋을 듯', '고양이 키우는 사람들, 이거 어떻게 참아요?'와 같은 글이 커뮤니티를 도배했다. 약품을 탄 사료의 효과가 드러나는 시점이었다. 털이 미친 듯이 빠져서 바닥에 쌓일 정도라고 했고 잠도 자지 않고 난장을 피운다고 했다. 밤새 뛰어다니고 사방 군데 오줌을 뿌린다고 했다. 중성화를 해도 소용이 없었고, 중성화를 하지 않은 고양이들은 아무 데서나 교접했으며 골목에선 고양이들의 흘레하는 소리가 울려 퍼졌다. 고양이 혐오가 늘어난 것은 의도치 않은 결과였다.

한편 장국태의 캠프에서는 비상이 걸렸다. 취향을 기반으로 유권자를 끌어들이려던 계획에 차질이 생길 참이었다. 장국태는 남궁과 몇 번인가 접촉했다. 남궁에게 장국태에 대한 충성심 같은 게 있을 리 없었으나 그는 최대한 협력을 꾀했다. 미스터 버틀러가 대통령이 된다면 그에게 돌아오는 국물이 많을 거란 생각이었다. 사실 남궁이 꿈꾸는 것은 오히려 자신이 대통령이 된 모습이었지만 그의 눈에도 미스터 버틀러는 특별해 보였다. 아직 승리자라고 말할 순 없었으나 적어도 인생의 실패자 같은 놈들이 스스로를 특별한 테러리스트라고 칭하는 모습보단 좋아 보였다.

장국태는 더 많은 정보를 원했지만 사실 남궁도 아는 게 많지 않았다. 그가 참여한 첫 번째 미션 전에는 그 다음 미션 이야기는 나오지도 않았기 때문이었다. 그래서 남궁은 장국태가 솔깃할 것 같은 이야기를 계속 만들어냈다. 그것은 이제껏 쓴 백 편의 소설에서 사건을 만드는 것에 비하면 식은 죽 먹기였다. 놈에게 붙어 있으면 소설 나부랭이를 쓰는 것보단 낫겠지. 진작 이럴걸, 쓸데없이 무능한 아비 한번 이겨보겠다고 말이야, 남궁은 생각했다.

장국태는 곽이라는 인물을 주축으로 만들어졌다는 클럽 안티 버틀러의 의도를 전혀 짐작할 수 없었다. 그러나 목적은 분명한 것 같았다. 그를 대통령 선거에서 떨어뜨리는 일. 그렇다면 배후도 분명하지 않은가, 그는 생각했다.

"치사한 자식들."

장국태는 씁듯이 내뱉었다. 그것은 상대 진영의 후보일 것이었다. 배 후보는 뒤늦게 개 애호가들을 상대로 선거 공략을 펼치고 있었다. 그것은 장국태를 의식한 빤한 행보였다. 대선을 얼마 앞 둔 시점이었던 만큼 이미 네거티브 선전이 판을 치고 있었다. 그 들은 상대방을 물어뜯는 데 혈안이 되어 있었다. 재산에서 군대 문제, 가족 관계에서 사소한 언행까지, 서로의 모든 것들이 정적 의 빌미가 되고 있었다.

장국태는 이를 갈았다. 배 후보를 배후로 둔 놈들이, 감히, 나를. 그런 삼류 대학밖에 못 나온 자식이 내 상대가 되는 것조차 쪽팔린 데 말이야. 장국태는 그게 배 후보의 불법 선거운동 본부라 확신하고 있었다. 물증은 없었으나 심증은 명백했다. 아니 물증이 없는 것도 아니었다. 남궁이 그에게 준 안티 버틀러의 명함과 그들의 도메인. 비밀 커뮤니티로 설정되어 있어 게시물을 볼 수는 없었으나 배 후보의 이야기가 적혀 있을 것이 틀림없었다. 그에겐 곽의 휴대전화 번호도 있었으니 그들을 잡는 건 시간문제였다. 물론 주의는 기울여야 했다. 그들은 생각보다 위험할지도 몰랐다. 방화와 폭력을 아무렇지도 않게 저지르다니, 그는 생각했다. 박람회장 사건을 축소, 은폐한 것은 장국태였다. 여론을 의식했기 때문이었다.

대선이 불과 보름밖에 남아 있지 않았다. 장국태가 노리는 유권자들은 유동이 심한 젊은층이었다. 어차피 사십대 이상부터는 당을 보고 뽑을 가능성이 컸다. 그는 어떻게든 해야 했다. 더 이상 고양이 애호가들이 와해되는 것을 두고 볼 수는 없었다. 고양이 애호가들 수가 줄어들고 있다는 보도가 줄을 이을 때마다 그는 이 또한 배 후보의 짓이 아닌지 의심했다. 무슨 짓을 했는지는 알 수 없었지만 갑자기 몇 년 동안 이어져왔던 애호가들 수가 급감할 수는 없는 것이었다. 길고양이 문제도 골칫거리였다. 유기된 고양이 수가 이렇게까지 늘어버리면 길고양이 관리 비용은 공약으로 내세운 예산만으론 터무니없이 부족할 터였다. 장국태는 머리털을 쥐어뜯었다.

"이 곽이란 놈은 뭐하는 새끼지? 왜 남의 다 된 밥에 코를 빠뜨리는 거야? 돈 때문인가? 아, 개새끼들. 고양이 애호가는 또 왜 싫어하는 거야? 고양이를 싫어하나? 생각이 있는 사람이라면 고양이를 좋아할 수밖에 없는 것 아닌가? 이렇게 예쁜데 말이야. 안 그러니, 사바나."

장국태는 자신의 책상 위에 엎드려 있는 노란 눈동자의 고양이를 쓰다듬었다. 고양이는 길게 소리 내어 울며 책상에서 뛰어내렸다. 사바나라고 불린 고양이는 일반 고양이보다도 훨씬 커다랬고 표범과도 같은 점박이 무늬를 가지고 있었다. 사바나는 장국태의 열두 번째 고양이였다.

"그래, 나도 안다. 사바나, 너야말로 진정한 퍼스트 캣이지. 이놈들을 가만둘 순 없겠어. 집사로서도 말이야."

장국태는 중얼거리듯 말했다. 그는 휴대전화를 들고 전화를 걸었다.

"자넨가? 그래, 보도자료를 내게. 증거? 당연히 있지. 증인도 있네. 보도를 낸 즉시, 남궁이란 놈에게 연락하게. 내 방으로 오라고 말이야."

사실상 그것은 개싸움이었다. 국민들로선 재밌었을지도 모르겠다. 장국태 측에서 기사를 내자 즉시 배 후보 측의 반박이 들어왔다. 그런 사실이 전무하다는 것이었다. 장국태 측은 즉시 남궁의 기자회견을 준비했다. 남궁이 말한, 배 후보를 배후에 둔 그 클럽이 벌인 짓들은 엄청났다. 장국태를 지지하는 세력인 고양이 애호가들을 괴롭히기 위해 고양이에게 염산을 뿌리고, 몇십 마리를 동시에 불태우고, 여성 지지자들을 추행하고, 장국태가 결혼하지 못한 이유가 무정자증 때문이란 헛소문까지 냈다고 했다. 배 후보 측은 터무니없는 흑색선전이라며 그를 명예훼손으로 고소하겠다는 입장을 밝혔지만 장국태는 코웃음을 쳤다. 주제에 고소라고? 뻔뻔한 것도 정도가 있었다.

그런데 갑자기 남궁이 연락이 되지 않았다. 보좌관은 그가 전화를 받았을 때 당장 출발하겠다, 대답했다고 전했다. 그러나 보도가 시작된 후, 몇 시간이 지나도 남궁은 도착하지 않았다. 서둘러 다시 연락해보았지만 휴대전화가 해지되어 있었다. 남궁과의 모든 연락이 끊긴 것이었다. 장국태는 애가 달아 그를 찾아 헤맸지만 어디서도 그의 흔적을 찾을 수 없었다. 남궁의 집에 찾아갔지만 비어 있었고 부모는 도리어 그에게 아들의 소식을 물었다. 남궁이 잠적하자 장국태가 배 후보의 짓으로 지목한 모든 사건들의 증거가 뜬구름이 되어버렸다. 장국태는 충분히 준비가 되었다고 생각했지만 남궁이 없는 이상 곽의 전화번호와 클럽의 명함은 그저 숫자의 나열과 글자가 적힌 종이쪽에 불과했다. 장국태는 불현듯 자신이 속았다는 것을 깨달았다. 그저 남궁이란 남자가 지어낸 이야기에, 감쪽같이 속아 넘어간 것이었다. 어쩌면 남궁이란 놈이 진짜 배 후보의 첩자일지도 몰랐다. 그러나 증명할 방법이 전무했다. 장국태는 이를 갈았다. 남궁을 죽여버리고 싶었지만 그것도 일단 놈을 잡아야 가능한 일이었다.

장국태의 실수는 배 후보에게 날개를 달아준 것이나 다름없었다. 장국태는 더 이상 돌이킬 수 없는 데까지 사태가 기운 것을 깨달았다. 그는 자신의 포커페이스가 산산이 무너지는 것을 느꼈다. 어떻게 끌어모은 인긴데, 어떻게 다가선 최고의 자린데! 장국태는 길길이 날뛰며 사람을 풀었다. 이렇게 된 이상 곽이란 놈을 잡아다 자신의 말이 거짓이 아닌 것을 밝혀야 했다. 이미 여론이 좋지 않았다. 팽팽하게 대치했던 지지율이 터무니없이 흔들리고 있었다. 대선까지는 일주일도 남아 있지 않았다. 장국태는 놈들을 잡아 갈기갈기 찢어버리리라 다짐하고 또 다짐했다.

6장

미스터 버틀러의 취향

CLUB
ANTI
BUTLER

"드디어…… 대통령 선거가 나흘 앞으로 다가왔소."

곽의 표정이 어둡게 깔려 있었다. 회원들은 아지트에 모여 있었다. 분위기가 전에 없이 무거웠다. 김B가 말없이 일어나 호치키스로 박힌 문서를 돌렸다. 한은 그것을 받아 넘겨보았다. 거기엔 미스터 버틀러 측에서 낸 보도자료가 프린트되어 있었다. 보도자료의 중앙에 '안티 버틀러'라는 문구가 선명했다.

"어떻게 알았는지 감이 안 오는 것은 아니오. 첫 번째 미션 외엔 전부 거짓인 것만 봐도 알 수 있지. 남궁이 연락이 안 되었던 이유를 이제야 알 것 같소……. 왜 그랬는지는 아직도 모르겠지만 말이야……."

곽의 시선 끝에 오가 닿아 있었다. 오는 고개를 푹 숙이고 있었다. 귀가 시뻘겋게 달아올라 있었다. 곽은 헛기침을 하고 말을 이었다.

"오는 자책했지만 이건 내 실수요. 그가 아무것도 묻지 않았을 때 눈치챘어야 했는데. 남궁의 태도가 미래를 함께하려는 모습은 아니었으니 말이야. 아무튼 이 보도로 우리 클럽의 이름이 알려졌소. 뉴스를 보는 사람 중에 우리 클럽 이름을 모르는 사람은 없지 않을까 생각될 정도요. 우리 인터넷 카페도 이미 알려진 모양이고. 서버가 다운될 정도로 접속자가 폭주하고 있거든. 물론 카페는 여전히 비공개로 가입 승인을 받아야만 하고 지난 글들은 전부 삭제했지. 그러나 남궁이 아지트 위치를 알고 있으니, 여기까지 찾아오는 것도 시간문제일 거야."

김B가 깊은 한숨을 쉬었다. 오는 고개를 들지 않았다.

"이제 우린 어떻게 되는 거지."

박이 웅얼거리자 김B가 머뭇머뭇 대답했다.

"미스터 버틀러는 혈안이 되어 있을 거예요. 이제 와 실수였다 정정 보도를 낼 수도 없으니 증거를 잡으려 하겠죠. 미스터 버틀러 측이 배 후보의 짓이라고 지적한 일련의 사건들 중에 실제 우리가 한 것은 몇 가지 없지만, 글쎄요, 우리가 무사할 수 있을 것 같지는 않네요. 고양이 애호 커뮤니티에서도 우리가 배포한 사료에 대해 말이 나오고 있어요. 고양이들이 이상 징후를 보인 게 사료 탓인 걸 알아차린 거죠. 물론 지금쯤 그 증상도 사라졌겠지만, 그들은 우릴 용서하려 들지 않을 거예요. 진짜 애호가든, 가짜 애호가든 우리가 고양이에게 몹쓸 걸 먹인 건 사실이니까요."

김B는 담담히 말을 이어갔지만 목소리가 떨리고 있었다. 무언가 사건이 일어날 것만 같은 중압감이 그녀를 뿌리째 흔들고 있는 것 같았다. 고개를 끄덕이며, 곽은 셔츠 단추를 끝까지 잠갔다. 비장한 표정이었다. 회원들이 의아해 쳐다보자, 곽은 차려 자세로 서서 그들 하나하나에게 머리를 숙였다.

"자네들이 여기까지 따라준 것, 정말 고맙게 생각하네. 형님도…… 정말 고맙습니다."

오가 주먹을 꾹 쥐는 게 보였다. 김B가 얼굴을 감싸 쥐었다. 한은 가슴 한구석이 아려오는 걸 느꼈다. 그러나 뭐라고 위로를 할 수 있을까. 위로를 하기엔 그 역시 책임을 피할 수 없는 입장이었다. 한은 아무 말도 할 수 없었다. 사실 이러한 결과는 충분히 예상한 것이었다.

"진심으로 여러분을 자랑스럽게 생각하오. 우린 겨우 다섯 명으로 한 소대로도 할 수 없는 일을 해냈어요. 그리고 나는 책임을 질 생각입니다. 만약 문제가 생기면 전부 내가 지시한 일이라고 이야기하면 될 거예요. 사실상 수장이란 그러기 위해 존재하는 것 아니겠소……."

김B가 울먹이며 끼어들었다.

"그건 말도 안 돼요. 전 정말 좋아서 한걸요!"

곽은 손을 들어 그녀의 말을 저지했다. 그는 담담한 표정으로 말을 이었다.

"단, 세 번째 미션까진 마무리 짓는 게 좋겠어요. 여기서 도망치면 아무것도 안 될 거요. 우린 멀리 왔고, 결승선 또한 아주 가까우니 말이오. 말이 나왔으니 오늘 바로 촬영에 들어가는 게 좋겠소. 한 군, 부탁하네."

한은 고개를 끄덕였다. 그것은 한을 메리트 있는 남자, 별 볼일 있는 남자, 유튜브 스타로 만들어줄 중대한 촬영이었다. 몇 주 전만 해도 세 번째 미션은 한에게 그렇게 인식되어 있었다. 그러나 이미 한의 머릿속엔 곽의 무거운 표정과 김B의 파르르 떨리던 입술밖에 들어 있지 않았다. 그의 심장을 뛰게 만들었던 미션들과 나누었던 대화들, 웃고 떠들고 언성을 높이고 다툰 순간들까지.

한은 조용히 자리에서 일어났다. 작은 방으로 들어가 침착하게 옷을 갖춰 입었다. 인턴 면접 때 입었던 정장이 이렇게 쓰일 줄, 그는 상상도 하지 못했다. 서투르게 넥타이를 매는데 김B가 들어왔다. 김B는 한의 비뚤어진 넥타이를 바로 매주었다. 내려다보이는 김B의 눈시울이 붉어져 있었다. 넥타이를 다 맨 그녀가 손을 떼려 하자 한이 김B의 손목을 쥐었다.

"너무 걱정하지 마세요. 우리 중에 최악의 순간을 예상하지 않은 사람은 없었잖아요. 나조차도요."

김B가 한의 가슴에 이마를 가만히 기댔다. 그녀의 어깨가 떨리고 있었다. 한은 한숨을 쉬며 김B의 머리를 쓰다듬었다. 시간이 없었다. 이제 촬영을 시작해야 했다.

"위치를 잡았다고? 어디야? 아니, 나도 가지. 그놈 얼굴을 봐야겠어."

장국태는 의자 뒤에 걸어두었던 재킷을 집어 팔을 꿰었다. 그는 대한민국 경찰이 쓸 만하다고 생각했다. 기왕이면 더 일찍 잡았으면 좋았겠지만 일처리가 늦어진 건 정부 부서라는 게 다단한 만큼 어쩔 수 없는 일이었다. 장국태는 이를 갈았다. 대선까지 앞으로 이틀, 그러나 아직은 판세를 뒤집을 수 있을 것 같았다. 남궁이 한 말 중에 거짓이 섞여 있더라도 어쨌거나 안티 버틀러라는 클럽이 있다는 것은 사실이었다. 장국태는 그들의 홈페이지에 몇 번이고 들어가 본 참이었다. 고양이 애호가를 싫어하는 모임이라고? 미친 새끼들.

장국태는 차에 올라 시동을 걸었다. 남궁이 말했던 놈들의 아지트는 그의 지역구와 멀지 않은 곳에 있었다. 가까운 곳에 두고 멀리서 찾았군. 간도 큰 놈들이야. 장국태는 지난 며칠간 강원도 끝에서 제주도 끝까지 사람을 보낸 것을 떠올렸다. 장국태는 이를 갈며 차를 출발시켰다. 곽이라는 놈이 배 후보를 배후에 두고 활동했다는 것은 명백했다. 그렇지 않다면 굳이 그의 성공을 이렇게까지 망치려 들 이유가 없지 않은가. 배 후보의 가증스러운 미소가 장국태의 머릿속을 스쳤다. 배 후보는 치졸하기가 이를 데 없는 남자였다. 그는 절대로 대통령감이 아니었다. 치사한 자식, 장국태는 어금니를 꽉 깨물며 몇 대의 차를 추월해 달렸다. 최고란, 나 같은 남자가 되는 거라고! 마치 청와대로 향하듯, 그의 바퀴는 거침이 없었다.

같은 시각, 회원들은 컴퓨터 앞에 앉아 있었다. 그들은 꼭 두 시간 전 유튜브에 동영상을 올린 참이었다. 동영상은 여러 SNS를 통해 빠르게 퍼져 나갔다. 그들의 동영상으로 인터넷이 뜨겁게 달궈지고 있었다. 포털 사이트의 실시간 검색어 상위권을 차지한 단어들은 '안티 버틀러', '버틀러 뜻', '버틀러 동영상', '장국태 거짓말',

'장국태 뒷거래' 따위였다. 촬영과 편집 후 완성된 동영상은 십분이 조금 안 되는 분량이었다. 동영상은 이렇게 시작되었다.

"안녕하세요? 클럽 안티 버틀러입니다. 최근 저희 클럽의 이름이 여러 곳에서 회자되고 있다는 것을 알고 있습니다. 국민 여러분께 심려를 끼쳐드린 점, 진심으로 죄송하게 생각합니다."

동영상이 찍힌 장소는 아지트의 거실이었다. 벽에는 커다랗게 안, 티, 버, 틀, 러, 라고 인쇄된 다섯 장의 에이포 용지가 붙어 있었다. 대표로 나선 한은 정장을 입고 얼굴의 반을 가리는 하얀 가면을 쓰고 있었다. 그는 테이블 위에 깍지 낀 손을 얹고 의자에 앉아 카메라를 응시하고 있었다. 그의 뒤로 곽과 오, 박, 김B가 역시 정장을 입고 가면을 쓴 채 서 있었다. 벽과 회원들을 뒤로하고, 한은 준비된 원고를 차분히 읽어 나갔다.

"무엇보다 먼저 말씀드리고 싶은 것은 저희 클럽이 독자적인 뜻을 가지고 행동했다는 것입니다. 알려진 것과는 달리, 저희는 배후보자의 사주를 받고 활동을 한 것이 아닙니다. 저희는 어떤 정치 세력과도 관련이 없습니다. 저희 활동의 목표 중, 장 의원의 당선 저지가 있었던 건 사실입니다. 그러나 그것은 계획의 일부일 뿐, 전부라고는 말할 수 없습니다."

주택가의 정적을 깨며 사이렌 소리가 날카롭게 울려 퍼졌다. 순댓국밥 집을 끼고 왼쪽으로 돌고, 오십 미터쯤 걷다 어린이놀이터를 뒤로하고 다시 백 미터를 걸으면 보이는 파란 대문 집, 그 앞에 세 대의 경찰차가 정차했다. 무장한 경찰들이 서둘러 내렸다. 그 뒤로 까만 세단이 따라붙었다. 무전기를 손에 쥔 경찰 하나가 대문을 흔들었다. 문은 잠겨 있지 않았다.

"저희는 '안티 버틀러', 이 세상의 모든 버틀러에 반대합니다. 여기서 버틀러란, '집사'라는 의미로 일부 고양이 애호가를 지칭하는 데서 출발하였지만 그들만을 뜻하는 것은 아닙니다. 그것은 자신의 취향에 근거해 타인을 차별 대상으로 보는 사람들, 자신의 취향을 숭배하기 때문에 타인의 취향을 낮잡아 보는 모든 이를 뜻하는 말입니다.

여러분, 취향이란 무엇일까요? 이 시대에 취향이란 자신의 개성을 드러내는 지표로서 사용되고 있습니다. 무엇을 사랑하는지, 무엇에 매혹되어 있는지는 우리를 드러내는 하나의 방식입니다. 이것이 긍정적으로 작용한다면 정체성을 드러내는 한 단초가 될 수 있을 것입니다. 그러나 그것뿐일까요? 우리는 그 뒤에서 일종의 차별이 일어나고 있다는 것에 주목해야 할 것입니다.

여러분도 주변 애호가 중 배타적인 성향을 가진 이들을 만나본 경험이 있으실 겁니다. 이른바 저희가 버틀러라고 부르는 이들이죠. 그들은 주로 소수의 무리였을 겁니다. 다수에 의해 이해받지 못하는 데 염증을 느끼고 공통의 취향을 가진 이들끼리 뭉치게 되었을 테니까요. 그게 그들이 배타적이 된 역사적 배경이었죠. 긍정적인 결과도 없지 않았습니다. 그들은 자신의 취향에 정당성을 부여하기 위해 다른 취향을 가진 이들보다 더 깊은 수준의 연구와 학습을 하는 경향을 보였으니까요. 그 과정에서 '너희는 이해하지 못하는 것을 나는 알고 있다'는 자의식이 싹텄지만 문제될 것이 없어 보였습니다. 결코 긍정적이라고 볼 순 없었지만 그들이 소수인 이상 사회에 미칠 수 있는 영향력은 한정되어 있었습니다. 버틀러들의 위험성이 두각을 드러낸 것은 그들이 다수가 되었을 경우의 일이었습니다."

경찰은 문을 열고 빠르게 계단을 올랐다. 문이 계단 옆 벽면에 부딪히며 크게 흔들렸다. 대문에 달려 있던 나무 문패가 떨어져 흙바닥 위를 굴렀다. 문패에는 'Club·Anti·Butler'라는 글자가 새겨져 있었다.

"고양이 애호가가 표적이 된 것은 그들이 마이너에서 메이저로 급성장한 가장 대표적인 취향의 무리였기 때문입니다. 초기의 고양이 애호가들은 편견과 싸우는 방식으로 그들만의 결속력을 다졌습니다. 우리나라는 그 어떤 국가보다도 고양이에 대한 편견이 심했으니까요. 그들은 그와 같은 방식으로 자신들만의 성향과 언어, 세계를 만들어 나갔습니다. 문제는 시간과 함께 편견이 무너지면서 고양이 애호가 수가 지나치게 늘어난 데 있었습니다. 그전까지 고양이 애호가들은 고양이를 애호하는 데 초점을 맞췄지만 새롭게 유입된 무리 중에는 고양이보다도 그들이 이미 만들어놓은 세계 자체에 매혹을 느끼는 경우가 많았습니다. 우리는 임의로, 그들을 진짜 고양이 애호가와 가짜 애호가로 분류했습니다.

고양이 애호가 수가 급증하면서 그들의 영향력이 그들 세계 바깥으로 뻗어 나가기 시작했습니다. 그러나 그들의 배타적인 성향은 그대로였습니다. 그것이 이미 고양이 애호가의 특성처럼 자리 잡았기 때문이었을 겁니다. 스스로 벽을 쌓으며, 타인이 자신들의 애호를 이해하지 못한다고 결론지었고, 그럼으로써 그들의 단합은 더 커지는 것 같았습니다. 바깥으로 뻗어 나오는 배타가 크고 강하다는 것은 그들 내부의 결속력이 강하다는 반증이었습니다. 고양이 애호가 수가 늘어갈수록 우리는 그러한 경향이 염려스러웠습니다. 처음에 그것은 차별에 대한 막연한 우려였습니다. 그러나 버틀러 현상이 심화되고 그들 무리가 커지면서 저희는 다른 우려를 펼치게 되었습니다. 그것은 그들이 정치적으로 악용될지도 모른다는 것이었습니다. 이와 같은 경향이 일종의 맹목 현상을 불러일으킬 것이 뻔했기 때문이었습니다. 학연, 지연과도 같은 종류로, 인간은 자신과 같은 무리에 속한 사람의 편을 들기 마련이니까요. 그 판단의 근거가 바로, 장국태 의원의 대통령 출마였습니다.”

숨을 한 번 고르고, 한은 계속 읽어 나갔다.

“장국태 의원은 후보에 오르기 전부터 자신이 고양이 애호가임을 강조하는 모습을 보였습니다. 실제로 그의 지지 세력은 그가 출마하기 전부터 자리 잡히고 있었습니다. 대통령 후보는 취향을 가지면 안 되느냐는 의문을 품는 분들이 계실지도 모르겠습니다만, 우리는 장국태 의원이 고양이를 좋아하는 것을 문제 삼는 것이 아닙니다. 우리는 자신의 취향을 지향하는 이들을 지지하는 입장을 가지고 있으니까요. 장국태 의원이 우리의 표적이 된 것은 그가 진짜 고양이 애호가를 표방하여 지지자들을 이용하려 들었기 때문입니다. 또한 그러한 과정에서 드러난 장국태 의원의 성정이 국민을 대변하기에 적합하지 않다는 판단이 섰기 때문입니다. 그는 가짜 애호가일 뿐만 아니라 자신의 정치적 목적을 위해 고양이를 악용하고 국민 여러분을 속였습니다. 국민 여러분, 장국태 의원은 길고양이를 사랑하지 않습니다."

장면이 바뀌며 어둑한 복도가 화면을 메웠다. 조명이라곤 문틈에서 비쳐 나오는 게 전부였다. 오른쪽 하단에 촬영 일시가 나오지 않았다면 화면이 멈춘 줄 알았을 것이다. 그때 화면이 흔들리며 바닥과 벽을 비췄다. 조금 뒤 카메라가 다시 복도를 비추자 날카로운 소리를 내며 방문이 열렸다. 각 잡힌 빛이 복도 바닥을 수놓았다. 뚱뚱한 대머리 남자가 문밖으로 나왔다. 그는 문을 열고 나오는 동시에 손잡이를 쥔 채 뒤로 물러났다. 그 뒤를 이어 키가 꽤 큰 남자가 문밖으로 나왔다. 남자는 정장을 차려입고 민트색 넥타이를 매고 있었다. 장국태였다.

대머리 남자가 굽실거리며 말했다.

- 아무튼 여기까지 오시게 해서 정말 죄송합니다, 의원님. 밖에서 뵙는 건 좀 위험할 것 같아서요. 그나저나 유통기한이 지난 사료는 그렇다 쳐도 변질된 사료는 어떻게 할까요? 곰팡이도 피고 그랬는데요.

- 상관없으니 전부 사용하게. 코리안 쇼트헤어는 국제 고양이 협회에서도 인정하지 않는 근본 없는 것들이야. 그깟 잡종들이 뭘 먹건 무슨 상관인가. 중요한 건 내가 길고양이 돌보는 모습을 보여주는 거야. 사비를 털어서라도 공약을 지키겠단 결의를 보여주는 거지. 그러니 계속 폐기 결정된 것들을 모아두라고. 내가 당선되면 자네 회사가 그 길고양이 살리기 프로젝트를 맡게 될 테니까. 이건 박 이사랑 얘기가 다 된 부분이야.

- 예, 영수증 같은 건 다 만들어두었습니다. 장부도 신경 써서

만져두면 될 겁니다. 아무튼 바쁘신데 참……. 아, 신상품 사료가 나왔는데 좀 챙겨드릴까요?

걸음을 옮기려던 장국태가 휙, 남자를 돌아보았다. 기가 차다는 표정이었다.

– 내가 그딴 걸 내 고양이에게 먹일 것 같은가? 자넨 그 머리로 어떻게 본부장이 됐나? 대표의 사촌이라더니 참……. 어디서나 낙하산 인사가 문제라니까……. 혼자 가겠네. 나오지 말게.

말을 마친 장국태가 뒤로 돌았다. 그는 빠른 걸음으로 유리문을 밀고 밖으로 나갔다. 본부장이라 불린 남자는 의원이 건물을 나갈 때까지 허리를 숙이고 서 있었다. 장국태가 완전히 빠져나가자 남자가 고개를 들었다.

– 씨발 새끼. 어린놈의 새끼가 건방지게.

연달아 욕을 내뱉으며, 남자는 다시 방 안으로 들어갔다. 끼익 소리를 내며 방문이 닫히자 복도는 다시금 정적에 휩싸였다. 팟, 소리를 내며 삽입 영상이 멈추었다. 잘 찍힌 영상은 아니었지만 화면에 나오는 인물의 정체와 대화 내용을 파악하기 어려울 만큼은 아니었다. 장면이 전환되며 화면은 다시 아지트를 내비쳤다. 동영상이 끝나가고 있었다.

회원들은 컴퓨터 화면을 보고 있었다. 동영상 조회 수가 빠르게 올라가고 있었다.

"사람들이 우리 얘길 듣고 있어요."

김B가 중얼거렸다. 한이 화면 속 자신의 모습을 손가락으로 가리키며 말했다.

"아, 내 넥타이. 넥타이가 비뚤어졌네. 왜 아무도 말 안 해줬어요?"

그때, 아지트 문이 열리며 경찰이 들이닥쳤다. 그래서 한은 대답을 들을 수 없었다. 경찰이 회원들의 팔을 뒤로 꺾어 제압했다. 경찰이 꼼짝 마, 했는지 묵비권 얘길 했는지, 한은 기억할 수 없었다. 그들은 순순히 경찰의 지시에 응했다. 반항할 생각도 하지 않았다. 그럴 거였으면 이미 도망을 쳤을 거였다. 회원들의 손목에 수갑이 채워졌다. 아지트가 순식간에 북적북적했다. 경찰들의 뒤를 이어 장국태가 구둣발로 들어왔다.

"당신들인가?"

장국태는 속으로 나를 엿 먹인 게? 하고 덧붙였다.

"곽이 누군가? 얼굴이나 좀 보지."

장국태가 다가서자 곽이 몸을 비틀었다. 곽의 손목엔 은빛 수갑이 채워져 있었다. 장국태가 손짓하자 경찰이 곽의 팔뚝을 쥔 채로 물러나 뒤에 섰다. 사람들의 시선이 집중되었다. 곽이 장국태의 눈을 똑바로 올려다보았다. 곽과 장국태가 비로소 대면하는 순간이었다. 장국태는 비식비식 웃으며 곽을 마주했다.

"자네가 곽인가? 도망치진 못했군."

곽은 말없이 장국태를 쏘아보았다. 곽의 눈빛에 장국태는 잠시 의아한 표정을 지었다. 이 새끼가 왜 날 노려보지? 그런 표정이었다. 잠시 뒤, 장국태의 눈이 점차 커다랗게 떠졌다.

"아니, 너는……."

"날 기억하나, 국태? 루비는 안녕한가?"

그것은 근 삼십오 년 만의 재회였다.

곽이 어렸을 때, 고양이가 한 마리 있었다. 키우는 건 아니었다. 그저 그들은 매일 저녁 뒷마당에서 만났다. 털이 검고 눈이 노란 날씬한 몸매의 고양이를, 곽은 깜이라고 불렀다. 해 질 녘 곽은 엄마 몰래 숨겨 가지고 나온 반찬이나 어포를 들고 깜이를 기다렸다. 깜이는 거의 정확한 시간에 뒷마당에 나타났다. 곽은 먹을 것을 놓아두고 세 걸음 뒤로 물러나 있었다. 깜이는 경계가 심한 고양이였다. 깜이는 아주 조심스레 그것을 입으로 물고 뒤로 물러나 조금 떨어진 곳에서 먹었다. 음식을 다 먹은 깜이는 잽싸게 등을 돌려 달아났다. 곽은 매일 깜이가 음식 먹는 것을 물끄러미 보고 있었다. 곽이 깜이의 등을 만질 수 있게 된 것은 반찬을 주기 시작한 지 꼭 한 달이 지난 때였다.

그쯤 곽의 반에는 남자애 하나가 전학을 왔다. 그 애의 이름은 장국태였다. 녀석은 왠지 겉돌았다. 그의 아버지는 군의원이었다. 곽 역시 녀석이 크게 마음에 들지는 않았다. 선생님들이 녀석의 눈치를 보는 것도 그랬고 반 아이들과는 다르게 멀끔한 옷차림도 그렇고 유난히 화려한 도시락도 재수 없었다. 그런데 친구들과 깜이 얘길 할 때, 녀석이 끼어든 것이었다.

- 어, 너 고양이 키워? 나도 고양이 키우는데.

고양이를 계기로 둘은 빠르게 친해졌다. 국태는 생각만큼 재수 없는 놈은 아닌 것 같았다. 둘은 국태 집에서 자주 놀았다. 국태 집에는 재밌는 게 많았고 먹을 것도 많았고 고양이와 노는 것도 재밌었다. 고양이 이름은 루비였다. 녀석은 꼬리와 코끝, 발끝이 까만 베이지색 고양이였다.

- 루비는 샴 고양이야. 아빠가 수입해온 앤데, 우리나라에 몇 마리 없을걸? 저기 액자에 든 상장 같은 거 보이지? 앤 순수 혈통이라고.

- 순수 혈통이 뭔데?

- 몰라, 비싸다는 뜻일걸?

그게 무슨 뜻이건 루비는 국태를 잘 따랐고 곽의 손길을 피하지도 않았다. 곽은 종종 고양이 간식을 얻어다 깜이에게 주었다. 국태와 곽은 종일 붙어 다녔고 서로의 가장 친한 친구가 되었다.

그러던 어느 날, 국태가 곽의 고양이를 보고 싶다고 말했다. 곽은 머뭇거렸다. 엄마가 친구를 데리고 오는 것을 싫어했기 때문이었다. 그러나 고양이만이라면, 뒷마당에서 보여주면 되니까 괜찮지 않을까? 곽은 망설이다 수락했다. 다만 좀 더 놀다가 출발하기로 했다. 깜이가 올 시간이 안 됐기 때문이었다. 해 질 녘이 되자 둘은 곽의 집으로 향했다. 도착했을 즈음엔 해가 거의 저물어 있었다.

- 고양인 어디 있어?

- 잠깐만…… 아, 저기 온다. 깜이, 안녕?

깜이가 담을 넘어 사뿐사뿐 곽에게 다가왔다. 낯선 국태 탓에 조금 경계하는 듯했지만 깜이는 용감했다. 깜이가 앞에 서자, 곽은 호주머니를 뒤져 얻어온 간식을 꺼내려 했다. 그때 국태가 그의 손을 덥석 쥐었다.

- 야, 저건 도둑고양이잖아. 저건 고양이가 아니야.

- 깜이가 왜 고양이가 아니야? 그럼 저게 뭔데?

- 글쎄, 들쥐? 바퀴벌레? 저런 놈한테 내 간식을 줄 순 없어.

- 뭐라고? 너 다시 말해봐.

곽이 국태의 멱살을 쥐었다. 국태가 곽의 정강이를 발로 찼다. 둘은 한참을 엉겨 붙어 싸웠다. 둘 다 지쳤을 때, 곽의 콧구멍에선 피가 흘러나오고 있었고 국태의 아랫입술은 터져 있었다. 국태가 씩씩대며 말했다.

- 하긴 너 같은 가난뱅이 새끼가 고양일 키운다고 할 때부터 뭔가 이상했어. 몇 번 놀아줬더니 어디서 기어올라? 너랑 나는 혈통이 다르다고, 거지새끼야. 너 우리 루비가 얼만지나 아냐?

국태는 내뱉듯이 말하곤 뒤돌아 뛰어가 버렸다.

국태가 돌아간 뒤, 곽은 분한 마음을 이길 수 없었다. 순수 혈통? 그게 뭔데? 내가 왜 거지야? 간식을 얻어먹어서? 깜이 간식을 얻어 와서? 곽은 속이 상했고 맞은 데가 너무 아팠다. 곽은 땅바닥에 엎드려서 엉엉 울었다. 국태가 미웠다. 루비도 미웠고, 그 상장 같은 것도 미웠다. 더 미운 건, 울고 있는 그의 옆을 멀찌감치 맴도는 깜이였다. 너는 왜 순수 혈통도 아니어서! 곽은 바닥의 흙을 움켜쥐고는 깜이에게 흩뿌렸다. 깜이는 흠칫 놀라 물러섰다. 곽은 몇 번이고 바닥을 훑어 깜이에게 던졌다.

- 꺼져! 너도 필요 없어!

곽이 소리를 지르자 깜이는 놀란 듯 달음박질쳤다. 깜이는 담장 위에 올라서서 곽을 돌아보았다. 곽은 헉헉 숨을 몰아쉬며 깜이를 쳐다보았다. 깜이의 노란 눈이 곽을 원망하는 듯 빛났다. 순간, 곽은 자신이 무슨 짓을 했는지 깨달았다. 그와 동시에 깜이가 등을 돌렸다. 미처 곽이 움직이기도 전에 깜이는 빠르게 달려 사라졌다. 곽은 후회했지만 깜이는 벌써 떠나고 없었다. 그 후로 몇 번이고 먹을 것을 들고 뒷마당을 서성였지만 깜이를 만날 수 없었다. 원망스러운 눈빛, 그게 마지막이었다.

"난 자네가 좀 바뀌었길 기대했네. 길고양이를 사랑한다는 자네의 말은 진심 어려 보였으니까. 그러다 자네 인터뷰를 읽게 되었지. '장국태 의원의 고양이 사랑'이란 특집 기사에 실린 것 말이야. 기억나겠지? 자네가 '신은 인간에게 호랑이를 쓰다듬는 기쁨을 주기 위해 고양이를 만드셨다'는 말을 인용했던 것 말이야. 거기 자네가 이제껏 키웠단 고양이들의 목록이 나와 있더군. 루비에서 지금의 고양이까지 총 열두 마리가 말이야. 그것 참, 흥미롭더군. 샴 고양이에서 본 적도 없고 들은 적도 없는 신기한 고양이들로 옮겨가는 과정이 말이야. 그런데 국태, 고양이 수명이 평균 십오 년이란 건 자네도 알고 있을 걸세. 루비야 나이가 들어 죽었다고 해도 말이야. 다른 고양이들은 어쨌지? 버렸나? 팔아치웠나? 사랑한다면서, 왜지? 더 희귀한 고양이로 갈아타기 위한 것은 아니었나?"

장국태가 곽의 멱살을 쥐었다. 장국태의 몸이 분노로 부들부들 떨리고 있었다. 그러나 곽은 말을 멈추지 않았다.

"지금 키우는 녀석은 사바나 고양이라고 하더군. 세계에서 가장 비싸다는 고양이 말이야. 축하하네, 드디어 최고가 됐으니 말이야. 그럼 이젠 뭘 사들일 거지? 더 희귀한 고양이가 남아 있긴 한가? 아님 퓨마라도 사들일 셈인가? 그게 자네가 고양일 사랑하는 자세인가?"

장국태의 얼굴은 시뻘겋게 붉어져 터질 듯했다. 곽이 말을 내뱉을 때마다 그의 얼굴 채도가 올라갔다. 그의 안색은 흡사 고추장과 같은 색감을 갖고 있었다. 장국태가 곽의 멱살을 흔들며 소리 질렀다.

"겨우 그까짓 이유로 내 인생을 망쳐? 이제 와 복수라도 하겠다는 건가?"

곽은 장국태의 얼굴을 빤히 쳐다보며 말했다.

"복수? 뭔가 착각한 모양이군. 난 자네에게 복수하려던 게 아니야. 자네의 본질을 알고 있기에 대통령이 되려는 걸 막았을 뿐이야. 알량한 귀족주의와 유치한 선민의식에 물든 자네가 고양이 애호가들을 속이고 나아가 국민을 속이는 것을, 나는 두고 볼 수 없었을 뿐이네. 자네가 대통령이 되었을 때, 자네의 순혈주의가 불러올 파장을 나는 생각하고 싶지도 않네. 자네에겐 국민을 대변할 능력이 없어. 자네는 고양이를 좋아한다고 공공연하게 말하고 다녔지만 자네의 취향은 그저 남들이 부러워할 만한 것을 가지고 있는 것뿐이야. 그런 자네가 언론에 말했던 것처럼 모든 고양이와 동물을 사랑한다고 맹세할 수 있나? 자네 고양이가 순수 혈통이 아니고, 희귀하지 않았더라도 좋아했을 거라고 말할 수 있겠어? 자넨 국민들을 속이고 이용하려 들었어!"

그 순간, 장국태의 주먹이 곽의 얼굴을 갈겼다. 곽의 얼굴이 왼쪽으로 무참히 돌아갔다. 장국태가 다시 곽에게 달려들려 했지만 그의 양 어깨를 두 명의 경찰이 거머쥐고 있었다. 제자리로 고개를 돌린 곽이 우물우물 피가 섞인 침을 바닥에 내뱉었다. 경찰들을 둘러보며, 곽은 분명한 목소리로 말했다.

"저쪽이 선빵 친 거요. 다들 봤지?"

한은 끝까지 읽어 나갔다.

"이러한 연유로 저희는 장국태 의원의 당선을 저지하기 위한 뜻을 모았습니다. 그러나 저희의 궁극적 목적은 특정 취향에 지배되는 세상을 저지하는 것이었습니다. 모든 취향은 동일한 만큼의 가치를 지닙니다. 무언가를 좋아하고 좋아하지 않는 것으로 우열이 가려질 수는 없습니다. 호불호가 외압에 의해 결정될 수 없는 것은 취향이란 것이 그만큼 순수하단 의미일 것입니다. 그러니 여러분, 자신의 취향이 소중하다면 타인의 취향 또한 소중함을 알아야 합니다. 법에 저촉되지 않는 한 모든 이의 취향은 존중되어야 합니다."

한은 원고에서 눈을 떼고 카메라를 쳐다보았다. 원고를 뒤집어 테이블 위에 놓고 말을 이었다.

"또 말씀드리고 싶은 것은 언론에 알려진 저희의 범행 중 대부분은 사실이 아니라는 것입니다. 조사를 받은 후, 저희 몫의 죗값은 달게 받도록 할 것입니다. 그에 대해 변명할 생각은 없습니다. 지금까지 영상을 봐주신 분들께 진심으로 감사의 말씀 올립니다. 고맙습니다."

인사와 함께 한과 회원들이 일제히 고개를 숙였다. 회원들의 정수리를 보이면서, 영상은 거기서 끝이 났다.

곽은 충분히 말을 맞췄다고 생각했지만 회원들이 서로 자신이 가장 잘못했다고 목청을 높였기 때문에 경찰 관계자는 난감한 표정을 지었다. 경찰이 화를 내기 직전에, 곽이 발을 한 번 쿵 구르고 자신을 무시하느냐고 성을 냄으로써 상황은 간신히 정리되었다. 한은 자신이 불을 지른 것에 대해 입을 열려고 했으나 곽이 고개를 젓는 것을 보고 입을 다물었다. 한은 울 것 같았으나 곽의 표정은 결연했다. 곽은 그 모든 게 자신이 지시한 일이며 이 친구들은 아무 잘못이 없다고 증언했다. 그러나 법이란 그렇게 처리되는 것이 아니었다. 그들의 의리나 우정과는 별개로 형은 집행되어야 했다. 그들은 동물보호연대의 고소 또한 피해갈 수 없었다.

남궁은 수배가 된 상태였고 김B와 한은 기소유예와 사회봉사를 처분 받았다. 그러나 박과 오, 특히 곽은 기소를 면하기 어려울 것 같았다. 고양이에게 해를 입힐 목적으로 사료를 제조한 것과, 촬영을 위해 개인 사유지에 불법 침입한 점, 실화라고 주장했지만 어쨌거나 박람회장에 불을 지른 점과 선거를 방해한 행위의 죄질은 결코 가볍지 않았다. 그나마 소설가를 때린 것이 드러나지 않고 상황이 좋지 않아 창고를 털지 않은 게 불행 중 다행이었다. 특히나 오는 조사 과정에서 실제로 고양이들을 학살한 것이 드러나 회원들을 충격에 빠지게 만들었다. 오가 자백한 장소에는 스무 마리도 넘는 고양이들이 죽어 매장되어 있었고, 그중 일부는 안구가 파헤쳐져 있는 등 무참히 훼손되어 있었다. 그것은 재판 결과를 크게 흔들 것 같지는 않았지만 안티 버틀러가 싸잡아 욕먹기에 좋은 근거가 되었다.

장국태는 대통령이 되지 못했다. 책임론이 불거짐에 따라 그는 의원 자리에서 물러나야 했다. 뒷거래에 따른 검찰 조사 역시 피하기 어려울 것이라고 했다. 그렇다고 배 후보가 대통령 자리에 오른 것도 아니었는데, 당선된 것은 선거 한 달 전에 했던 여론조사에서 이십 퍼센트가량의 지지율을 보였던 김 후보였다. 아놀드 슈왈제네거 전 미국 주지사를 닮은 그는 보디빌더 출신으로 굉장한 근육질 몸매를 가지고 있었다. '건강한 육체, 건강한 정신, 건강한 나라'라는 슬로건으로 선거 활동을 진행했고 배 후보와 장국태가 개싸움을 하는 동안 빠르게 지지율을 끌어올린 모양이었다. 그는 삼십구 점 일 퍼센트의 지지율로 당선됐다. 그쯤 사람들 사이에서는 '대통령이 되려면 헬스 해라'는 말이 돌았고 헬스클럽과 피트니스센터는 전에 없는 성수기를 맞게 되었다.

많은 논란을 남긴 사건이었다. 경찰에서 단속에 나섰으나 동영상은 대선 당일까지 활발하게 떠돌았다. 언론에서는 다섯 명의 반사회적 인물들이 저지른 동물 괴롭히기처럼 보도했지만 장국태 후보자가 사료 공장과 뒷거래를 한 것은 사람들의 뇌리에 깊이 각인된 듯 보였다. 많은 커뮤니티에서 활발한 토론이 이루어졌다. 어쨌거나 그들이 범죄를 저지른 것은 사실이라는 의견과 비리를 밝힌게 가상하다는 의견, 이를 계기로 모두가 반성의 시간을 가져야 한다는 의견이 팽팽히 맞섰다. 사건은 누군가에게는 큰 영향을, 누군가에게는 작은 영향을 미치고, 또 누군가에게는 아무 영향도 미치지 못하면서 시간과 함께 천천히 지워지는 듯 보였다.

그러나 아주 작은 곳부터 미묘하게 상황이 변하고 있었다. 먼저 고양이 애호 인구의 증가세가 주춤하는 듯 보였다. 그것이 포화 상태가 되어서인지 이 사건과 연관이 있어서인지는 단언할 수 없겠지만 고양이에 대한 애정 없이 분양을 받는 이들을 지양하는 분위기가 크게 확산되었다. 동시에 '버틀러'라는 단어가 유행하면서 그들 스스로가 버틀러가 아닌지 경계하는 분위기가 번졌다. 버틀러란 회원들이 정의한 대로 집사라는 의미보다는 '취향을 차별하는 사람'이라는 의미로 사용되었다. 고양이 애호가들은 여전히 그들의 은어를 사용했지만 단어 옆에 부연 설명을 달아주거나 질문에 친절히 대답해주는 식으로 신규 애호가들을 배려했다. 또한 모든 종의 고양이가 사랑받아야 마땅하다는 운동, 길고양이의 중성화 운동뿐 아니라 유기견, 로드킬의 위험에 빠진 야생동물을 위한 운동 역시 지속적으로 이어졌다. 개나 고양이뿐 아니라 거북이나 고슴도치를 키우는 사람, 기린이나 하마를 좋아하는 사람들의 커뮤니티 역시 활성화되었다.

꼭 애완동물의 경우가 아니라도, 소수 취향을 위한 커뮤니티들이 늘어났다. 현무암을 좋아하는 사람들의 모임에서 여성의 발을 사랑하는 사람들의 모임까지. 버틀러들은 여전히 존재했으나 그들은 더욱 폐쇄적인 방향으로 몸을 틀었다. 그들은 심지어 면접이나 논술 같은 방식으로 커뮤니티 가입의 담을 높였다. 그럼에도 버틀러들은 취향에 있어 가장 깊이 있는 지식을 가진 무리들 중 하나였다. 가끔 친절한 마음을 품은 버틀러들이 자신들의 지식을 나누기도 했는데, 그런 사람들은 귀족이라는 의미로 노블레스라 불리게 되었다. 노블레스 칭호를 받은 버틀러들은 자신들의 취향을 공유하고 확산하기 위해 움직이는 모습을 보였다. 삐걱거렸지만 무언가 확실히 변화하고 있었다. 나비효과와도 같은 일이었다. 한은 그것의 불씨를 회원들이 지폈다는 것에 뿌듯함을 느꼈다. 한은 그해의 마지막을 변화 과정을 지켜보는 데 보냈다. 홍에게 연락이 온 것은 그쯤이었다.

〈만날래? 보고 싶어.〉

떠났을 때처럼 느닷없고 갑자기 홍은 문자 메시지를 보내왔다. 한은 한참 동안 문자 메시지를 보고 있었다. 곽이 히죽이는 모습이 보이는 듯했다. 거봐, 내 말 맞지? 연락 올 거라고 했지? 즉시 반응하기엔 너무 많은 생각이 한의 머릿속을 오갔다. 한은 망설이다 〈어디서?〉라는 답장을 보냈다. 홍은 자주 만나던 카페의 이름을 댔다.

*

그래서 나는 너와 마주 앉아 있었다. 너를 본 것은 꽤 오랜만의 일이었다. 그사이 겨울이 되었고 나는 어딘가 조금 변해 있었다. 그러나 변한 것은 나뿐만이 아닌 것 같았다. 너는 고양이 귀 머리띠도, 고양이 꼬리도 없는 채였다. 너는 상당히 연한 메이크업을 하고 아이보리색 원피스를 입고 있었다. 그건 이제까지 네가 보여준

호피 무늬나 지브라 무늬를 연상하기 힘든 참한 의상이었다.

너와 나는 어색하게 카운터로 향했고 너는 의외로 캐러멜모카를 주문했다. 나는 너를 힐긋 쳐다보고 생크림을 추가한 캐러멜마키아토를 시켰다. 두 개의 머그잔 위의 생크림은 위태로울 정도로 높이 솟아 있었다. 너와 나는 음료를 들고 창가 자리에 가 앉았다. 늦은 크리스마스 장식이 여전히 창에 붙어 있었다. 날이 몹시 추웠다. 한파가 몰아치고 있었다.

"오랜만이다?"

너는 유난히 생글거리며 말했다. 오랜만이라곤 했지만 네 말투는 마치 어제 보고 헤어진 듯 태연했다. 나는 속으로 내가 널 만난 게 몇 개월 만인지 세어보았다. 그게 벌써 사 개월 만이었다. 오랜만이긴 하지, 나는 말없이 생각하며 생크림을 떠서 입에 넣었다. 네가 물었다.

"나 안 보고 싶었어?"

나는 조금 주춤했다. 그건 좀 화가 날 법한 발언이었기 때문이었다. 그래, 보고 싶기도 했지. 자주 생각도 났지, 아무렴 청혼한 상댄데. 나는 깊이 심호흡을 했다. 나는 빨대를 내려놓았다. 생크림이고 뭐고, 나는 내가 왜 이 자리에 나왔는지를 생각해야 했다. 나는 네 전화를 받았을 때 느꼈던 떨림의 원인을 알아야 했다. 달리 궁금한 것도 있었고. 나는 대답 없이 말을 돌렸다.

"쿠치는 찾았어? '레종'에 있었을 텐데."

"레종? 고양이 카페 얘기하는 거야? 찾긴 찾았는데 거기서 찾은 건 아닌데."

너는 카페 모카를 홀짝이며 말을 이었다. 네 코끝에 생크림이 묻어 있었다. 나는 그게 좀 의도적인 거라고 생각했다. 귀여워 보이려고. 쿠치는 일주일 째 되던 날, 집으로 돌아왔다고 했다. 참 별일 없이, 사라졌던 것처럼 불현듯. 청소를 하려고 문을 열어두었더니 아무렇지도 않게 걸어 들어왔다고, 너는 말했다. 꾀죄죄했지만 다친 데 없이 돌아와 마음을 놓았다고. 너는 생긋 웃어 보였지만 나는 이해가 되지 않았다.

내가 레종에 갔던 건 네가 고양이를 잃어버린 지 나흘째 되던 날이었다. 그런데 사흘 만에, 지하철로 몇 정거장이나 되는 길을, 고양이가 찾아 돌아왔다고? 나는 고양이가 몇 킬로미터나 되는 길을 걸어 돌아오는 것을 상상해보았지만 그건 말도 안 됐다. 나는 혹시나 고양이가 히치하이크를 성공적으로 해내는 모습을 상상해보았으나 역시 불가능한 일이었다. 그러다 문득, 그보다 훨씬 높은 가능성을 가진 생각이 머리를 스쳤다. 그것은 그 고양이가 쿠치가 아니었을지도 모른다는, 아주 시금털털한 생각이었다. 네가 계속 말했다.

"갑자기 쿠치는 왜 물어봐? 내가 아직도 고양이 키우고 있을까 봐 그래? 오빠 고양이 싫어하니까……. 걱정 마. 나 지금은 안 키우니까."

그건 또 무슨 소리람. 나는 황당해서 물었다.

"쿠치를 안 키운다고? 왜? 너 고양이 좋아하잖아."

"응, 좋아했지. 근데 쿠치 덩치가 너무 커지니까 좀 징그럽고 해서, 이제 다른 걸 좀 키워보고 싶더라고. 그래서 나 요즘은 페릿

키워, 페릿."

"페릿은 또 뭐야?"

"오빠 페릿도 몰라? 족제비잖아. 요즘 엄청 인기야. 희귀 동물 키우기. 걔 이름은 탐탐이야. 요즘 생각인데, 난 얘를 위해 태어난 게 아닌가 싶어. 얼마나 귀여운 줄 아니?"

내가 알 리가 없었다. 나는 족제비를 실제로 본 일이 한 번도 없었다. 쿠치를 위해 태어나고, 탐탐을 위해 태어나고, 너는 자주도 태어난 모양이었다. 말문이 막힌 나는 앞에 놓인 머그잔을 내려다보았다. 생크림이 녹아 머그잔 위로 무너져 있었다. 나는 레종에 데려다놓은 터키시 앙고라를 생각했다. 그럼 걘 지금 어떻게 됐지? 어쩐지 꼬리 모양이 좀 다르다 싶더라니……. 그때 네가 말했다.

"나 오빠 동영상 봤어."

나는 고개를 번쩍 들었다. 고양이 걱정이 산산이 부서지는 순간이었다. 사실 내가 걱정해야 하는 건 고양이가 아니라 나였다. 나는 심장이 부들거리는 걸 느끼고 또 꾹꾹 눌렀다. 나는 너의 병신 소리에 즉시 대비해야 했다. 그런데 너는 도리어 수줍은 기색을 보여 나를 의아하게 했는데 너는 머리카락을 배배 꼬며 이어 말했다.

"오빠 유명해졌더라? 오빨 모르는 사람이 없어. 그 동영상 본 계집애들이 오빠 잘생겼다고 난리더라. '안티 버틀러 가면남'으로 한동안 인기였는데, 몰랐어?"

나는 당혹스러웠다. 그런 걸 내가 알 수 있을 리 없었다. 가면남은 또 뭐야? 나비의 날갯짓은 묘한 곳까지 영향을 미친 것 같았다. 인기가 있었다니 기분이 나쁘진 않았지만, 그건 좀 우스꽝스러운 얘기였다. 취향에 대해 진지하게 논했던 그 동영상이, 네가 속한 세계에서는 맥락 없는 팬덤을 만들어낸 모양이었다. 나는 그제야 네가 만나자고 한 이유를 알아차렸다. 우습게도, 나는 너에게 메리트 있는 남자가 되어 있었다. 나는 네게 별 볼일 있는 남자가 되어 있었다, 이제 와서.

"나 솔직히 좀 뿌듯했어. 난 오빠가 좋아하는 사람이잖아? 오빠 같은 혁명가가 말이야. 솔직히 있잖아. 나 오빠가 나빴다고 생각하지 않아. 이제 내가 고양일 안 키워서 하는 말이지만, 그 애들 좀 재수 없는 건 사실이잖아, 그치? 카페에서도 말이야. 카레가 싫으면 접시를 던질 수도 있다고 생각해. 오빠 생각보다 화끈하던데? 있지, 생크림도 꽤 맛있다."

너는 계속 조잘거렸다. 생크림이 맛있는 건 사실이었지만 나는 대답하지 않았다. 너는 내 말문을 막으러 나온 것 같았다. 나는 가슴의 떨림이 천천히 사라지는 것을 느꼈다. 그게 두려움이었든 설렘이었든, 그 자리가 묵직하고 차갑게 가라앉는 것이 느껴졌다. 그건 실망스러움에 가까웠다. 나는 생각했다. 나는 네가 변하길 바랐는데, 왜 이런 기분이 드는 걸까. 네가 이제껏 좋아해온 것들을 부정하고 있어서? 사랑은 움직이는 거라고 소리 지를 듯이 굴어서? 확실히 그것들은 내가 듣고 싶은 얘기가 아니었다. 그럼 내가 듣고 싶은 얘긴 대체 뭐였을까.

"나 오빠를 너무 쉽게 놓았나 봐. 재미없다고 생각했거든. 근데 그게 아니었어. 있지, 어느 누구를 만나도 오빠만큼 맞는 사람이 없더라. 오빤 내가 해달란 대로 해주잖아. 움직이란 대로 움직여주잖아. 오빠 아직 나 좋아하는 거 맞지? 나도 이제 오빠 좋아. 우리 다시 만나자. 응?"

너는 눈을 치켜뜨고 네가 귀엽다고 생각하는 표정으로 나를 올려다보았다. 그건 이별을 고한 사람 특유의, 건방짐이 섞인 표정이었다. 너는 의심 없이, 순진무구하게, 내가 거절할 거라는 생각은 고양이 똥만큼도 하지 않은 채 나를 기대하고 있었다. 너는 계속해서 떠들어댔다.

"있잖아, 오빠. 나 이제 오빠 정말 좋아해. 진심이야. 진심으로, 나…… 오빠 내 말 듣고 있는 거지? 화 많이 났어? 술 한잔하고 모텔 갈까? 그래, 그러자. 우리 마지막으로 한 번만 더 해보자. 그럼 내가 오빨 얼마나 좋아하는지 알게 될 거야. 있잖아, 나 정말 반성하고 있어. 결혼도 정말 생각해볼게. 그땐 반지가 조잡했잖아. 나 갖고 싶은 반지가 있거든. 오빠, 듣고 있는 거지?"

나는 듣고 있었고 너는 너무 시끄러웠다. 오빠, 있잖아. 오빠, 내가. 오빠, 오빠, 오빠. 마치 거대한 암고양이가 소란스럽게 울어대는 것 같았다. 나는 듣고 있었을 뿐만 아니라 속에서 울컥거리는 말을 애써 삼키고 있었다. 넌 내가 우습니? 사랑이 그렇게 쉽니? 난 너 정말 사랑했어. 간이고 쓸개고 다 빼줬어. 너 때문에 취향도 포기했고, 불도 질러봤고 사람도 패봤어. 그런데 넌 뭐? 갖고 싶은 반지? 한 번만 더 해보자고? 나는 끓는 속을 진정시킬 수 없었다. 이건 아니었다. 나는 내가 여기까지 나온 진짜 이유를 깨달았다. 나는 네게 말해주어야 했다. 늦었지만 말해야 했다. 그러니까,

네 취향은 절대로 내 취향이 될 수 없었다고. 너는 취향을 추구

할 순 있었지만 내게 강요할 순 없었다고. 너는 매번 내 취향을 비난했지만 나도 네 취향이 썩 마음에 드는 건 아니었다고. 너는 날 창피해했지만 나는 오히려 네가 창피했다고.

네가 렌즈를 짝짝이로 끼는 게 쪽팔렸다고. 데이트를 할 때마다 고양이 귀 머리띠를 하고 오는 것도 쪽팔렸고, 어떤 옷을 입건 간에 허리춤에 고양이 꼬리 같은 것을 달고 오는 것도 창피했다고. 네가 칠하는 검은 매니큐어도, 네가 입는 검고 야한 원피스들도, 사실 내 취향과는 거리가 멀었다고. 나는 좀 더 단아한 취향을 좋아했지만, 너는 흰 속옷은 갖고 있지도 않았다고. 하지만 말할 순 없었다고. 너는 맹수 같은 무늬를 갖고 있었고 나는 암호랑이를 덮치듯 네게 달려들어야 했다고. 나는 너를 사랑했지만, 사랑하긴 했지만, 네 취향은 넌덜머리가 났다고. 너를 사랑하는 것과 네 취향이 내 취향이 되는 건 다른 얘기라고. 너는 나를 좀 더 배려해야 했다고. 그랬다면 너와 내가 이렇게까진 안 됐을 거라고, 말하고 싶었지만,

나는 말하지 않았다. 대신 나는,

"니야앙!"

소릴 질렀다. 너는 뒤로 자빠지면서 꺅, 비명을 내질렀다. 나는 너를 두고 그대로 밖으로 나와버렸다. 네가 부르는 소리가 들렸지만 뒤돌아보지 않았다. 오빠, 오빠, 오빠.

카페를 나온 나는 그대로 지하철역으로 뛰었다. 너는 정말 천하의 못된 년이었다. 네가 못된 년인 게 고양이 애호가라서는 아닐 거란 생각이 들었다. 물론 족제비 애호가여서도 아닐 거였다. 쿠치는

뭐 저런 걸 주인이라고. 나는 지하철에 올라 카페 레종으로 향했다. 가는 길에 캐리어도 구입했다. 고양이를 데리러 가야 했다.

카페 안에 들어서자 고슴도치 여자가 어서 오세요, 말했다. 나를 알아본 여자의 얼굴이 확 썩었지만 나는 숨을 몰아쉬며 고양이를 찾으러 왔다고 말했다. 여자는 어이없단 표정을 지었다.

"왜요? 뭘 이제 와서……. 그리고 그쪽 고양이 싫어하잖아요?"

"저는 고양이를 싫어하지 않습니다."

나는 대답하고 카운터에 들고 간 캐리어를 올렸다. 여자가 나를 물끄러미 쳐다보는 게 보였다. 나는 여자가 혹시 그 동영상을 보고 날 알아볼까 봐 조마조마했지만 나는 그 고양이에 대한 책임이 있었다. 여자가 작게 한숨을 내쉬곤 말했다.

"혹시 찾으러 올까 봐 일주일쯤 데리고 있었는데요. 지금은 좋은 집사를 만나서 갔어요. 여기 데리고 온 게 그쪽이니까 이제라도 돌려달라면 돌려줄 테지만, 고양이에게 뭐가 더 나은 결정일지는 본인이 더 잘 알지 않겠어요?"

말을 마친 여자는 카운터에 놓인 마우스를 몇 번인가 딸깍거렸다. 여자가 모니터를 내 쪽으로 돌려주었다. 거기에 그 고양이가 있었다. 쿠치인 줄 알았던 터키시 앙고라가 노랗고 파란 눈으로 카메라를 응시하고 있었다. 고양이는 캣 타워 위에 엎드려 있었고, 그 뒤에 다른 터키시 앙고라가 사료 그릇에 고개를 파묻고 있는 게 보였다. 나는 말문이 막혔다. 사진 속 고양이들은 편안해 보였다. 행복해 보였다고 할까.

무엇이 고양이에게 더 좋은가…….

나는 말없이 뒤돌아섰다. 빈 캐리어를 들고 집으로 돌아왔다. 네게 전화가 여러 통 와 있었지만 회신하지 않았다.

에필로그

완벽한 봄날

여자가 오를 찾아온 것은 입춘이 지난 지 얼마 되지 않아서였다. 오는 두 번 여자를 돌려보냈고 세 번째에야 마주 앉았다. 면회 시간은 십분 남짓이었다. 여자는 칠분쯤 돼서야 머뭇머뭇 입을 열었다.

– 지내긴 어때?

오는 대답하지 않았다. 그는 그저 고개를 숙이고 있었다. 여자가 다시 말했다.

– 나 고양이 안 버렸어.

지난번 오의 예언에 대한 대답이었다. 그것은 '근데 넌 고양이한테 왜 그랬어?'처럼 들렸다. 오의 등이 움찔 움직였다. 그러게, 내가 왜 그랬을까. 미웠다고 말하면, 설명이 될까. 그러나 그 고양이들이 네게 무슨 짓을 했느냐고 물으면, 오는 할 얘기가 없었다.

– 면회 시간 끝나갑니다.

교도관이 말했다. 여자는 작게 한숨을 쉬고 의자에서 일어섰다. 그녀가 그 자리에 그대로 서 있었기 때문에 오는 슬쩍 고개를 들었다. 구멍 뚫린 플라스틱 판 너머로, 여자가 오를 내려다보고 있었다. 여자가 속삭이듯 말했다.

- 나오면 연락해. 밥 먹자.

오는 대답하지 않았다. 머릿속이 복잡했다. 그는 자신이 증오조차 제대로 하지 못하는 머저리처럼 느껴졌다. 여자는 문을 향해 걸었다. 오는 여자의 뒷모습을 보고 있었다. 그를 무참히 버렸던 여자의 등이 좁고 작아서, 오는 눈을 뗄 수 없었다. 그때 여자가 뒤를 돌아보았다. 여자는 머뭇거리다 입 모양으로 말했다.

- 미안해, 야옹아.

오는 별수 없이 고개를 숙여야 했다.

그는 그날 오랫동안 울었다고 했다.

"아직 모르겠어. 내가 그 여자를 용서할 수 있을지. 누가 날 용서할 수 있을지. 이 미션에 발을 담근 것이 후회가 돼. 그 여자를 만난 것, 아니, 태어난 것조차."

박은 기소유예를 처분 받았다고 했다. 아내가 항암 투병 중인 점과 나이가 많은 점, 운전과 고양이를 잡아 나른 것 외에는 특별한 혐의가 발견되지 않은 점에 따라 정상 참작이 되었다는 설명이었다. 구치소에서 나온 박은 윤형자를 만나기 위해 서둘러 집으로 향했다. 그러나 그를 기다린 것은 싸늘하게 식은 윤형자의 사체였다.

죽은 아내의 입에는 박이 부엌 구석에 쌓아두었던 고양이 가죽과 털이 박혀 있었다. 부검 결과 윤형자는 아사 직전의 상태에서 고양이 가죽을 먹으려다 기도가 막힌 것 같다고 했다. 냉장고와 쌀독에 박이 준비해놓은 저장 반찬과 곡식이 가득 있었는데도, 윤형자는 마지막 순간까지 고양이를 먹고자 한 모양이었다. 그래서 박은 울 수도 없었다. 윤형자는 화장했다. 박은 유골함을 조수석에 싣고 고향으로 내려가 어머니 옆에 아내를 묻었다.

박은 화장이 끝나는 대로 이발소로 향했다고 했다.

– 완전히 밀어주시오.

박은 불교에 귀의하겠다고 말했다. 평생 동안 고양이를 잡고 먹은 죗값을 치르겠다고 했다.

"우리가 한 일의 결과는 모르겠네. 어쨌거나 더 이상 말도 안 되는 속설로 내 마누라 같은 사람이 나오지 않길 바랄 뿐이야. 아내도 기뻐할지도 몰라. 눈 감은 표정이 평온해 보이더군. 아무튼 이제 마지막을 걱정하지 않아도 된다는 게 가장 좋은 것 같아. 아홉 번이 전부 끝났으니 말이야. 이제 그녀가 살아온 아홉 번의 지옥을 내가 대신 짊어질 걸세. 그렇다고 내가 극락에 갈 일은 없겠지만 말이야."

박은 다시는 우릴 만날 수 없으리라 쓸쓸히 웃었다.

곽을 만나지 못한 지 한 계절이 지나고 있었다. 곽은 모든 면회를 거부하고 있었다. 괜찮은 변호사가 곽과 오를 도울 거라는 얘기를 들었지만 어떻게 될지는 미지수였다. 우리가 건드린 건 보통 사람이 아니었다. 장국태의 이야기는 더 이상 언론에 흘러나오지 않았다. 곽과 오의 판결은 계속 미뤄지고 있었고 남궁의 소식은 알 길이 없었다. 사실은 알고 싶지도 않았다. 만나면 반드시 훅훅 때려줘야 할 것만 같아서 안 만나는 게 좋을 거라 생각했다. 나는 아직 기소유예 상태였다.

우리는 우리가 한 일에 대한 대가를 담담히 받아들이고 있었다. 상을 받을 거라곤 생각지 않았지만 생각보다 책임이 컸다. 그것을 씁쓸해하기엔 다른 씁쓸한 것도 한두 가지가 아니었다. 어쩌면 우리는 정말 반사회적 인물들인지도 몰랐다. 사회가 불만스러워 괜한 핑계로 세계를 뒤집어엎으려 했는지도 몰랐다. 언론이 말했던 것처럼. 그러나 이 시대는 어떤 영웅도 배출할 수 없을 것 같았다. 이 시대에 혁명이란 IT 혁명밖에 없는 것 같았다. 미래에 사소한 취향을 가진 이가 조금 더 자유로울 수 있다면, 그것으로 괜찮을지도 모른다는 생각을 잠깐 했지만 가끔 억울하기도 했다. 그러나 누가 기억해주길 바라고 한 일은 아니었으니까, 괜찮다고 되뇌었다. 시대를 잘못 타고난 것은 우리 잘못이 아니었다.

엄마와 아버지를 뵐 낯이 없었지만 뵈었다. 엄마는 내게 미친 새끼라고 했다. 틀린 말은 아니었다.

"토익 점수를 따와도 모자랄 판에 집행유예를 받아와? 아이고, 화상아."

엄마 말에 틀린 말은 없다고 생각했다.

"그래서 어떻게 대기업에 입사할래?"

그 말은 좀 틀렸다고 생각했다. 어차피 내가 대기업에 들어갈 일은 없었을 테니까. 내가 공무원이나 경찰이 되려고 하지만 않으면 별일 없을 거라고 말했지만 나는 내가 뭘 하게 될지 전혀 알 수 없었다. 엄마를 안심시키려고 오 년이 지나면 집행유예 받은 기록이 지워질 거라고도 말해주었다. 엄마는 별로 안심한 기색이 아니었다. 다만 그때가 되면 내가 서른이 훌쩍 넘을 텐데 어떻게 할 거냐고 물었다. 나는 어떻게든 될 거라고 대답했다. 세상에 태어나서 무언가를 좋아할 수 있는 게 참 좋은 일 같다고, 뭐건 간에 취향에 맞는 일을 하려고 찾는 중이라고 말했다. 엄마는 그런 일을 못 찾으면 어떻게 할 거냐고 쏘아붙였고 나는 폐지라도 줍지 뭐, 대답했다가 등짝을 맞았다.

그래도 뭐랄까, 처음으로 무언가 하고 싶은 기분이 들었다. 무언가 해낸 느낌이 들었기 때문이었을 것이다. 안티 버틀러는 결국 사람들의 뇌리에서 잊혔지만 우리가 누군가에게 영향을 미친 것만은 분명했다. 대기업에 다니는 것보다 이게 더 멋진 거 아닌가? 어쨌거나 대통령도 떨어뜨렸잖아? 사실은 계속 요원 같은 일을 하고 싶은데, 곽 아저씨가 출소하려면 멀었고 나를 만나주지도 않는다. 사회를 변화시키는 방법이 또 뭐가 있을지, 가끔 피가 끓었지만 무언가 도화선이 없는 이상 당분간 나는 얌전히 있어야할 것이었다. 나는 하고 싶은 일을 조금 느긋하게 찾기로 했다. 그건 내가 무언가 준비한다는 의미였다. 그렇게 나는 날백수에서 인생 준비생이 되었고 아르바이트를 시작했다. 홍에게 썼던 카드빚도 갚아야 했다.

나는 안티 버틀러 커뮤니티를 계속 운영했다. 다만 옆에 부연설명을 달았다. '버틀러 차별에 대한 사례, 고민 상담 들어드립니다'라고. 일종의 상담 사이트처럼 변모했지만 나쁘지 않은 결과라고 생각했다. 종종 다수의 취향에 의한 차별을 겪은 사람들이 글을 남겼고 김B와 내가 거기에 답변을 달아주었다.

어쨌거나 다시 일상이었다. 김B는 휴학을 했고 고양이 카페 아르바이트를 다시 시작했다. 고양이가 미운 건 아니라니까, 김B는 말했다. 나와 김B는 종종 만났다. 사회봉사를 하고 돌아오는 길에도 만났고 접견실엔 따로 들어가야 했지만 면회 갈 때도 함께 갔다. 우리는 자주 안티 버틀러 시절의 얘길 했고, 각자의 취향에 대해 이야기했고, 또 다른 이야기들을 나눴다. 어느 날부터 우린 주말마다 만나게 되었고 또 주말이 되었다.

초인종이 울렸다. 김B였다.

"밖에 눈 온다."

"눈?"

"거짓말이야. 이건 벚꽃."

김B, 아니 승연이 들고 온 비닐봉지를 내게 안겼다. 나는 승연의 어깨에 앉은 꽃잎을 떨어주었다. 그녀가 내민 봉지에는 고양이 사료 샘플 여러 개와 캔으로 된 간식이 들어 있었다. 걔가 다니는 가게에서는 종종 이런 것을 챙겨주었다. 나는 유통기한을 확인했다. 하루 남은 것들이었다. 승연이 안방 문을 열며 말했다.

"대감이, 안녕?"

노란 줄무늬 고양이가 다가와 승연의 다리에 몸을 비볐다. 안방에는 네 마리의 고양이가 살고 있었다.

터줏대감이 돌아온 것은 레종에 갔다 빈 캐리어를 들고 집에 돌아온 며칠 후였다. 폭설이 내릴 거란 뉴스를 본 참이었다. 라면을 끓여먹고 이불을 뒤집어쓰고 앉아 있는데 밖에서 고양이 우는 소리가 들렸다. 처음엔 무시하려 했다. 어디 골목이나 다른 데서 우는가 싶어서. 내가 사는 동네엔 고양이가 많았다. 그런데 그렇다고 하기엔 울음소리가 지나치게 선명해서, 나는 이불을 걷고 투덜거리며 일어났다. 울음소리는 뒷마당 쪽에서 나는 것 같았다. 나는 방에 딸린 쪽문을 열었다. 폭설주의보가 떴다더니 눈이 엄청나게 내리고 있었다. 나는 이불을 도로 집어 망토처럼 걸치고 뒷마당을 훑었다. 거기, 녀석이 있었다.

고양이는 가로등 불빛 아래, 눈이 흩날리는 돌담 위에 앉아 나를 멀뚱히 쳐다보고 있었다. 노란색 줄무늬 고양이, 녀석은 터줏대감이었다. 나는 녀석을 바로 알아보았다. 나는 괜히 반가워서,

– 어, 대감!

하고 불렀는데 저를 부른 걸 알았는지 녀석이 돌담 아래로 뛰어내렸다. 나는 녀석이 하는 것을 잠시 보고 있었다. 녀석은 옥탑으로 향하는 계단을 올라 금세 문 앞까지 왔다. 잠시 쳐다보고 있었는데 녀석이 불현듯 폴짝, 눈 묻은 발로 방 안까지 들어왔다. 그래서,

– 어, 이 자식이?

했는데 돌아보니 녀석은 이미 아랫목에 자리를 잡고 앉아 날 빤히 올려다보고 있었다. 나는 바깥과 녀석을 번갈아 쳐다보다가 별수 없이 문을 닫았다. 고양이를 내보내기엔 인간적으로 너무 추웠다.

녀석이 대감이 아니라 마님인 것을 알게 된 것은 그로부터 삼일 후의 새벽이었다. 앓는 소리에 잠을 깨니 녀석이 책상 밑에서

새끼를 낳고 있었던 거였다. 모두 세 마리였다. 다음 날 나는 태어나서 처음으로 미역국을 끓였고 새끼 고양이들에게 삼월이, 사월이, 오월이라는 이름을 붙여주었다. 승연은 대감 자식들 이름으론 적합하지 않다고 놀렸지만 아무튼 나는 덕분에 봄들과 함께 살게 되었다.

"누가 알았겠어. 오빠가 고양이 가족을 키울 줄."

승연이 커피를 내리며 말했다. 승연은 나를 자주 놀렸고 나는 가끔 못 들은 척했다.

승연은 블랙커피를 좋아했다. 나 때문에 말하진 못했지만, 이라고 그녀는 덧붙였다. 승연은 아르바이트 하는 카페에서 커피를 배웠다고 말했고 나는 승연에게 커피를 배웠다. 그저 쓰기만 했던 까만 물에 쓴맛, 신맛, 고소한 맛, 단맛, 떫은맛이 숨어 있다는 것도 알게 되었고 가끔이지만 커피 향이 좋다고 느끼는 순간도 갖게 되었다. 승연은 커피에 우열이 있다기보다는 에스프레소나 아메리카노가 커피 자체의 맛에 가까울 뿐이기 때문에 그런 말을 하는 사람들이 많다는 얘길 해주었다. 중요한 건 커피를 마실 때 맛있고 즐겁다고 느끼는 것이라고, 그녀는 말했지만 나는 잘 모르겠다고 대답했다. 아직까진 생크림을 얹은 게 훨씬 좋다는 고백에 승연은 종종 생크림을 얹은 커피를 만들어주곤 했다. 커피를 다 내린 승연이 양손에 머그잔을 들고 턱짓으로 작은 방을 가리켰다. 그곳이 우리의 카페였다.

우리는 블랙커피가 담긴 머그잔을 들고 작은 방에 들어갔다. 벽에 등을 기대고 앉아, 각자의 이어폰을 귀에 꽂았다. 그쯤 우리는 각자 좋아하는 음악을 듣고 난 뒤에 플레이어를 바꾸어 서로의 음악을 듣는 감상 방법을 취하고 있었다. 우리는 동시에 음악을 재생시켰다. 나는 켈리 클락슨, 승연은 조영남이었다. 각자의 음악이 같은 공간에서 맴돌고 있었다. 문득 승연을 돌아보았을 때, 내 귓가엔 '모멘트 라이크 디스'가 흐르고 있었다. 승연은 눈을 감고 음악을 듣고 있었다. 나는 물끄러미 그녀의 얼굴을 보았다. 그녀의 입술이 조그맣게 움직이는 게 보였다. 음악을 따라 부르는 모양이었다. 나는 승연이 무엇을 듣는지는 알 수 없지만 '모멘트 라이크 디스'가 바로 그 순간이란 생각을 했다.

나는 머뭇머뭇 다가가 승연의 입술에 입을 맞췄다. 켈리 클락슨과 조영남이 입을 맞추는 순간이었다. 아주 조금 뒤, 승연의 팔이 나의 목을 감았다. 이어폰이 빠지면서 승연이 듣고 있던 음악이 조그맣게 들렸다. 조영남의 화개장터였다. 창문 너머 벚꽃이 흩날리는 소리가 들려왔다. 있어야 할 건 다 있고 없을 것은 없는, 완벽한 봄날이었다. 어제부터 오늘, 어쩌면 내일까지, 날씨가 참 좋았다.

내 눈에 멋져 보이는 사람들은 늘 굉장한 취향을 가지고 있었다. 그들은 잘 모르겠는 음악을 듣고 잘 모르겠는 작품을 읽고 잘 모르겠는 그림을 보았다. 태생적으로 그들은 그것을 좋아하기 위해 태어난 것 같았다. 나는 그들이 부러웠다. 나와는 다른 종족처럼 느껴졌고 나도 그들처럼 되고 싶었다. 이런 것들이 좋다고 느껴지지 않는 걸 보니 나는 참 촌스러운 사람이구나, 생각했다. 그건 아마도 내가 멋있어 보이고 싶은데 멋진 구석이라곤 하나도 없고 그렇다고 멋있는 척은 못 하겠어서 그냥 대충 좀 멋있게 봐 줬으면 좋겠는 사람이라 더 그랬을 것이다. 그래서 잘 모르겠는 음악을 듣고 잘 모르겠는 작품을 읽고 잘 모르겠는 그림을 보러 다녔다. 한 이삼년 동안은 그렇게 혼자 안달복달 발발거렸던 것 같다.

결론부터 말하자면 잘 안 됐다. 노력하면 될 것 같았는데, 그것들은 운명적으로 내 것이 아닌 것 같았다. 여전히 내겐 마카롱보다 오란다가 어울렸고, 또 입에 맞았다. 마카롱인 척 해보려 더 노력했던 적도 있었는데 영 아니란 것을 깨닫게 되었다. 취향을 훔치는 게 안 된다는 것을 알았을 때 나는 그것이 어쩔 수 없는 일이라 느꼈는데 오히려 기분이 낫기도 했다. 어쩔 수 없다는 것은 운명이라는 거였고 그게 안 될 수밖에 없다는 것은 내 것이 내 것일 수밖에 없단 것과 같은 말이었다. 뭘 놓았다는 뜻은 아니고 그게 노력으로 되지 않는다는 것을 알게 되어서 더는 노력하고 싶지 않아졌다는 얘기다. 그러니 이 소설은 고급 취향 획득에 실패한 쌈마이 하나가 투덜대는 것인지도 모르겠다. 그러나 혁명이란 투덜거림이 모여서 생겨나는 것 아니겠는가.

사실 현실에서 만나게 되는 버틀러들은 작중 버틀러들처럼 공격적이지 않고 정말 참 우아하고 단아하고 고상해서, 그들이 내게 주는 피해 아닌 피해라고는 나랑 안 놀아주는 것뿐인데, 그걸 그들의 잘못이라고 말할 수는 없을 것이다. 그래도 나는 가끔 버틀러들이 노블레스가 되어주길 바란다. 그들과 만날 때면 여전히, '나는 잘 모르니까 닥치고 있어야지' 하는 상태에 돌입하지만 가끔은 귀를 열어두고 싶다. 혹시 당신이 문을 열고 안을 보여줄 수도 있을 테니까. 나는 여전히 내 취향을 사랑하지 않는다. 그게 굳이 사랑하거나 자랑하거나 해야 하는 종류가 아니기 때문인데 그저 뼈처럼 하얗고 단단하게 내부를 버티고 있는 것, 부러뜨리면 아픈 것, 그러니까 말하자면 취향이라는 단어에 어울리는 동사는 존중하다 정도란 얘기고, 취향이니까 존중해달라고 아까부터 말하고 있습니다만 — 이쯤에서 각설하고,

작가의 말을 쓰기 위해 집에 있던 장편소설 수상작 뒤페이지를 몽땅 뒤졌습니다. 여섯 권쩬가 일곱 권째 되는 책의 작가의 말을 읽다가 문득 아직도 나는 나를 작가로서 생각지 못하는구나, 느꼈습니다. 그래도 작가니까 내가 말하면 그게 작가의 말이라고 생각하긴 했는데 아직 좀 어렵습니다. 나도 멋있는 척 좀 하고 싶은데 그게 잘 안 되니 화가 납니다. 고마운 사람이 너무 많은데 다 못 적겠습니다. 외할아버지와의 약속을 지킬 수 있어 기쁩니다. 등단 오년 차, 다른 누구보다 어쨌거나 계속 쓴 내가 제일 고맙습니다.

사실 아직도 내 책이 진짜 나오려나 싶어서 좀 의심되는데, 이게 출판되어서 서점 한편에 놓이는 순간까지 계속 의심하고 있을 것 같습니다. 솔직히 평생 책을 내지 못할지도 모르겠다 생각했습니다. 못 내면 어쩔 수 없지 생각했는데 어떻게 상을 받고 또 이렇게 책이 나온 걸 보니 운명인가 싶습니다. 읽어주셔서 고맙습니다. 진짜, 진심으로요. 그리고 꼭, 다시 만났으면 좋겠어요.

취향입니다 존중해주시죠

초판 1쇄 발행 2013년 4월 5일
초판 4쇄 발행 2013년 6월 26일

지은이 이수진
발행인 서영택 총편집인 이홍 편집인 김보경 편집장 유진
편집 윤성훈 디자인 인수정 교정교열 유은하
제작 한동수 마케팅 윤석오 이유섭 이은미 박종원

임프린트 웅진지식하우스 주소 서울시 종로구 견지동 87-1 가야빌딩
주문전화 02-3670-1021, 1173, 1595 팩스 02-747-1239
문의전화 02-3670-1079(편집) 02-3670-1123(영업)

홈페이지 http://www.wjbooks.co.kr
페이스북 http://www.facebook.com/wjbook
트위터 http://twtkr.olleh.com/wjbooks

발행처 (주)웅진씽크빅 출판신고 1980년 3월 29일 제406-2007-00046호

ⓒ 이수진, 2013
ISBN 978-89-01-15619-4 (03810)

책값은 뒤표지에 있습니다. 잘못된 책은 바꾸어 드립니다.

취향입니다
존중해주시죠

취향입니다
존중해주시죠

취향입니다 ✋
존중해주시죠

취향입니다
존중해주시죠

예쁘고
못돼 처먹은 너

시치미
떼지마

완벽한
봄날

인류 취향의
역사를 위하여

취.존

취.존

취.존

취.존

CLUB
ANTI
BUTLER

제4회
중앙장편문학상
수상작

취향입니다 존중해주시죠